EL

AL BORDE DEL ARMAGEDÓN

REMANENTE

TIM LAHAYE

JERRY B. JENKINS

Publicado por
Editorial Unilit
Miami, Fl. 33172
Derechos reservados

Primera edición 2002
© 2002 por Tim LaHaye y Jerry B. Jenkins
Todos los derechos reservados.

Originalmente publicado en inglés con el título: *The Remnant* por
Tyndale House Publishers, Inc.
Wheaton, Illinois.

Traducido al español con permiso de Tyndale House Publishers.
Left Behind® es una marca registrada de Tyndale House Publishers, Inc.
(*Translated into Spanish by permission of Tyndale House Publishers.*
Left Behind® *is a registered trademark of* Tyndale House Publishers, Inc.)

Fotografía de la cubierta © 1995 por Barry Beitzel. Todos los derechos reservados.
Fotografía de los autores © 1998 por Reg Francklyn. Todos los derechos reservados.

Serie *Left Behind*® diseñada por Catherine Bergstrom
Diseño por Julie Chen

Proyecto conjunto con la agencia literaria de Alive Communications, Inc.,
7680 Goddard Street, Suite 200, Colorado Springs, CO 80920.

Encuentre la última información acerca de la serie *Dejados atrás* en:
www.leftbehind.com

Traducido al español por: Nellyda Rivers

El mensaje de Zión Ben Judá al remanente en Petra, en el capítulo 1, es una
adaptación de Daniel 3.26 e Isaías 48.10-21. Los personajes en esta novela a veces
hablan palabras de pasajes tomados o adaptados de la Santa Biblia Nueva Versión
Internacional.

Citas bíblicas tomadas de la Santa Biblia, revisión 1960
© Sociedades Bíblicas Unidas y
la Santa Biblia Nueva Versión Internacional
© 1999 por la Sociedad Bíblica Internacional.
Usadas con permiso.

Producto 495279
ISBN 0-7899-1044-6
Impreso en Colombia

3 3090 00900 3189

En memoria del
Dr. Harry A. Ironside

Mi agradecimiento muy especial
para David Allen
por su experto asesoramiento técnico

Cuarenta y tres meses
en la tribulación;
un mes en la gran tribulación

Los creyentes

Raimundo Steele: cuarenta y cinco años aproximadamente; ex capitán de aviones 747 de Pan-Continental; perdió a su esposa e hijo en el arrebatamiento. Fue piloto de Nicolás Carpatia, el Soberano de la Comunidad Global; miembro fundador del Comando Tribulación; fugitivo internacional; actualmente clandestino en Petra donde pasa como egipcio.

Camilo "Macho" Williams: poco más de treinta años; ex escritor principal del *Semanario Global*; ex editor del *Semanario de la Comunidad Global*; miembro fundador del Comando Tribulación; editor de la revista cibernética *La Verdad*; su identidad de funcionario de la CG con el alias Jack Jensen se halla comprometida; fugitivo en el exilio, Torre Fuerte, Chicago.

Cloé Steele Williams: veinte años aproximadamente; ex alumna de la Universidad Stanford; perdió a su madre y su hermano en el arrebatamiento; hija de Raimundo; esposa de "Macho" y madre de Keni Bruce, un bebé de quince meses. Presidenta de la Cooperativa Internacional de Bienes, una red clandestina de creyentes; miembro fundador del Comando

Tribulación; actualmente de servicio clandestino en Grecia como oficial de alto rango de los Pacificadores de la Comunidad Global.

Zión Ben Judá: a finales de los cuarenta años; antiguo erudito rabínico y estadista israelí. Reveló a través de la televisión internacional su creencia en Jesús como el Mesías. Posterior a ello, asesinaron a su esposa y dos hijos adolescentes; escapó a los Estados Unidos; maestro y líder espiritual del Comando Tribulación; cuenta con una ciberaudiencia diaria de más de mil millones de personas; en la actualidad, visita al remanente judío en Petra.

Doctor Jaime Rosenzweig: casi setenta años; botánico y estadista israelí y ganador del Premio Nobel; ex Hombre del Año del *Semanario Global*; actualmente con la identidad de Miqueas dirige al remanente judío en Petra

Lea Rosas: casi cuarenta años; ex enfermera jefe de administración del Hospital Arturo Young Memorial, situado en Palatine, Illinois; reside en la "Torre Fuerte", Chicago.

Al B. (también conocido como "Albie"): casi cincuenta años; nativo de Al Basrah, al norte de Kuwait; piloto; antiguo comerciante del mercado negro internacional; su falsa identidad de Marco Elbaz, vicecomandante de la CG se halla comprometida; Torre Fuerte, Chicago.

Mac McCullum: casi sesenta años; piloto de Nicolás Carpatia; se supone muerto en un accidente aéreo; actualmente de servicio en Grecia, como oficial de alto rango de la CG.

Abdula Smith: poco más de treinta años; ex piloto jordano de combate y primer oficial del Fénix 216; se supone muerto en un accidente aéreo; actualmente de servicio en Petra, como egipcio.

Hana Palemoon: casi treinta años; enfermera de la CG; se supone muerta en un accidente aéreo; actualmente, de servicio en Grecia, como oficial de la CG de la división de Nueva Delhi.

Ming Toy: poco más de veinte años; viuda; fue guardia en el Correccional Belga de Rehabilitación Femenina (el Tapón); se ausentó sin permiso de la CG; Torre Fuerte, Chicago.

Chang Wong: diecisiete años; hermano de Ming Toy; espía del Comando Tribulación en los cuarteles centrales de la CG, Nueva Babilonia.

Gustaf Zuckermandel, hijo, (alias Zeke o Z): poco más de veinte años; falsificador de documentos y especialista en disfraces; perdió a su padre en la guillotina; Torre Fuerte, Chicago.

Enoc Dumas: casi treinta años; pastor latinoamericano de treinta y un miembros del ministerio "El Lugar" de Chicago; recientemente reinstalado en la Torre Fuerte.

Esteban Plank (alias Pinkerton Esteban): cincuenta y cinco años aproximadamente; ex editor jefe del *Semanario Global*; ex director de relaciones públicas para Carpatia; se le supuso muerto en el terremoto de la ira del Cordero; actualmente, oculto con las fuerzas pacificadoras de la CG, Colorado.

Georgiana Stavros: dieciséis años; escapó del centro de marcas de la lealtad instalado en Tolemaida, Grecia, con la ayuda de Albie y Camilo; capturada por la CG, paradero y situación desconocidos.

George Sebastian: veinticinco años aproximadamente; ex piloto de helicópteros de guerra de la Fuerza Aérea de los Estados Unidos, base en San Diego, California; capturado por la CG mientras estaba de servicio para el Comando Tribulación; detenido al nordeste de Tolemaida, Grecia.

Los enemigos

Nicolás Jetty Carpatia: treinta y seis años; antiguo presidente de Rumania; ex secretario general de las Naciones Unidas; se proclamó Soberano de la Comunidad Global; asesinado en Jerusalén; resucitó en el complejo palaciego de la CG en Nueva Babilonia.

León Fortunato: poco más de cincuenta años; ex mano derecha de Carpatia y comandante en jefe. En la actualidad, el Muy Altísimo Reverendo Padre del Carpatianismo que proclama al Soberano como el dios resucitado; palacio de la CG, en Nueva Babilonia.

Viv Ivins: sesenta y cinco años aproximadamente; amiga de toda la vida de Carpatia; operativo CG; palacio de la CG, en Nueva Babilonia.

Suhail Akbar: poco más de cuarenta años; jefe de seguridad e inteligencia de Carpatia; palacio de la CG, en Nueva Babilonia.

PREFACIO

De El sacrilegio

Si Raimundo no estuviera petrificado, habría disfrutado que Zión se viera igual al sol jordano que como se veía en la Torre Fuerte. Abdula y Raimundo eran lo que lucían como gente del Medio Oriente en sus túnicas. Zión parecía más un profesor desastrado.

—¿Quién es su piloto? —preguntó un guardia de la CG.

Zión señaló con la cabeza a Abdula y los llevaron a un helicóptero. Una vez en el aire, Raimundo llamó a Cloé [en Grecia].

—¿Dónde están? —preguntó.

—Papá, estamos en la ruta, pero hay algo que no marcha bien. Mac tuvo que arrancar este vehículo cruzando los alambres.

—¿Chang no le dijo al tipo que dejara las llaves?

—Es evidente que no y, por supuesto, ya conoces a Mac. Va a saltar fuera y hacer señas para que lo lleve alguno de la CG mientras nosotras manejamos felices a la ciudad, tratando de hacernos pasar como comisionadas de Nueva Babilonia para revisar estas demostraciones de los judaítas.

—¿Estás lista?

—¿Que si estoy lista? ¿Por qué no me obligaste a quedarme en Chicago con mi familia? ¿Qué clase de padre eres tú?

Ya sabía que estaba haciendo bromas pero no pudo dominar una risita sofocada.

—No me hagas desear haberlo hecho.

—Papá, no te preocupes. No nos iremos de aquí sin Sebastian.

————

Cuando Abdula avistó Petra, Jaime estaba en el lugar alto con un cuarto de millón de personas dentro y otros tres cuartos alrededor del lugar, haciendo señas al helicóptero. Se había preparado un lugar grande y llano, pero la gente se tapó la cara cuando el helicóptero desató una nube de polvo. Al apagarse el motor y disiparse el polvo, hubo una salva de aplausos y vítores cuando Zión se bajó saludando con timidez.

Jaime anunció: "¡El doctor Ben Judá, nuestro profesor, mentor y hombre de Dios!"

Raimundo y Abdula desembarcaron inadvertidos y se sentaron en un borde rocoso cercano. Zión aquietó a la multitud y empezó: "Mis amados hermanos y hermanas en Cristo, nuestro Mesías, Salvador y Señor. Permitan que primero cumpla una promesa hecha a unos amigos y esparza aquí las cenizas de una mártir de la fe".

Sacó de su bolsillo la pequeña urna y le quitó la tapa, esparciendo su contenido al viento. "Ella lo derrotó por la sangre del Cordero y por su testimonio, pues no amó su vida sino que la entregó por él".

Abdula le dio un codazo a Raimundo y miró hacia arriba. De la distancia llegaba el estridente ruido de dos bombarderos de combate. A los pocos segundos la gente se dio cuenta y empezaron a murmurar.

Chang se inclinaba sobre su computadora, allá en Nueva Babilonia, observando lo que Carpatia veía en la transmisión desde la cabina de uno de los bombarderos. Chang trasladó el audio del avión mediante el aparato espía instalado en la oficina de Carpatia. Quedó claro que León, Viv, Suhail y la secretaria de Carpatia se habían reunido en torno al monitor de la oficina del soberano.

"Blanco asegurado, armado", dijo un piloto. El otro repitió lo mismo.

"¡Aquí vamos!", dijo Nicolás con voz chillona. "¡Aquí vamos!"

Zión extendió sus manos. "No se distraigan, amados, pues descansamos en las promesas seguras del Dios de Abraham, Isaac y Jacob de que nos han enviado a este lugar de refugio que no puede penetrar el enemigo de su Hijo". Tuvo que esperar que pasara el rugido de los bombarderos mientras volaban encima de ellos y dieron la vuelta en la distancia.

"¡Sí!", chillaba Nicolás. "¡Muéstrense y, luego, lancen cuando regresen!"

Mientras las máquinas de guerra regresaban, Zión decía: "Por favor, únanse conmigo de rodillas, con la cabeza inclinada, los corazones sintonizados con Dios, seguros de su promesa de que el reino y el dominio, y la grandeza del reino bajo todo el cielo, se le dará al pueblo de los santos del Altísimo, cuyo reino es eterno y todos los dominios le servirán y obedecerán".

Raimundo se arrodilló, pero mantuvo los ojos en los bombarderos que, mientras rugían entrando en alcance de nuevo, descargaron simultáneamente sus misiles dirigidos directamente al lugar alto, el epicentro de un millón de almas arrodilladas.

"¡Síííí!", aullaba Nicolás. "¡Sí! ¡Sí! ¡Sí! ¡Sí!"

Por eso, ¡alégrense, cielos, y ustedes que los habi-
tan! Pero ¡ay de la tierra y del mar! El diablo, lle-
no de furor, ha descendido a ustedes, porque sabe
que le queda poco tiempo.

Apocalipsis 12:12, NVI

UNO

Raimundo Steele había resistido bastante los enfrentamientos con la muerte por lo cual sabía que el dicho popular era más que cierto: No solamente la vida destelló ante sus ojos, sino que también los sentidos estaban bien vivos. Se daba cuenta de todo, recordaba todo, pensaba en todo y en todos mientras permanecía arrodillado incómodo sobre la implacable roca rojiza de la ciudad de Petra, en el antiguo Edom.

A pesar de los estridentes bombarderos de la Comunidad Global, más grandes de los que cualquiera haya visto o de los que hubiera leído, escuchaba el sonido acompasado de su corazón y su jadeante respiración. Poco acostumbrado a la túnica y las sandalias egipcias, se tambaleaba sobre sus rodillas y dedos lastimados. Raimundo no podía doblar la cabeza ni despegar los ojos del cielo ni de los dos proyectiles que parecían agrandarse a medida que caían.

A su lado estaba postrado su querido compatriota, Abdula Smith, con la cabeza oculta en las manos. Para Raimundo, Smith representaba a cada uno por el que se sentía responsable: todo el Comando Tribulación, diseminado por el mundo. Unos en Chicago, otros en Grecia, aun otros en Petra con él. Había uno en Nueva Babilonia. Raimundo sintió que Abdula se estremecía mientras el jordano gruñía y se apoyaba en él.

Raimundo estaba asustado también y no lo iba a negar. ¿Dónde estaba la fe como resultado de ver tantas veces que Dios lo libraba de la muerte? No era que dudara de Dios, pero había algo muy dentro de sí, su instinto de supervivencia, que le decía que iba a morir.

Ya hacía mucho que la duda se había disipado para la gran *mayoría* de las personas... solo quedaban muy *pocos* escépticos. Si ahora alguien ya no era un seguidor de Cristo, tal vez había optado por oponerse a Dios.

En sí, Raimundo no le tenía miedo a la muerte, ni a la vida después de la muerte. Proveer un cielo para su pueblo era poca cosa para el Dios que ahora se le manifestaba milagrosamente cada día. Raimundo le tenía miedo a la agonía pues, aunque su Dios lo había protegido hasta ahora y le había prometido vida eterna cuando llegara la muerte, no le había ahorrado heridas y dolor. ¿Cómo sería caer víctima de los misiles?

Rápido, eso era seguro. Raimundo conocía bastante a Nicolás Carpatia para saber que ahora el hombre no iba a economizar esfuerzos. Una sola bomba destruiría con toda facilidad al millón de personas que tenían metida la cabeza entre las piernas como mejor podían, al parecer todos menos Raimundo, y dos bombas los desaparecerían. ¿Lo cegarían los destellos? ¿Oiría las explosiones? ¿Sentiría el calor? ¿Se daría cuenta de que su cuerpo se iba desintegrando en pedacitos?

Cualquier cosa que pasara, Carpatia lo convertiría en influencia política. A lo mejor no televisara al millón de almas desarmadas que daban la espalda a la Comunidad Global mientras las bombas se precipitaban sobre ellos, pero seguro que mostraría el impacto, los estallidos, el fuego, el humo, la desolación, ilustrando así la futilidad de oponerse al nuevo orden mundial.

La mente de Raimundo discutía contra sus instintos. El doctor Ben Judá creía que estaban a salvo, que esta era una ciudad de refugio, el lugar que Dios prometió y, no obstante, pocos días antes Raimundo perdió a un hombre aquí. Por otro lado, el ataque terrestre de la CG finalizó milagrosamente en el último instante. ¿Por qué no podía Raimundo apoyarse en eso, confiar, creer, tener fe?

Porque conocía los misiles y, mientras estos caían, los paracaídas de cada uno se desplegaban, se inflaban, frenaban y les permitía caer en un descenso vertical y simultáneo sobre las masas reunidas. El corazón de Raimundo desfalleció cuando vio el dardo negro soldado a la nariz de cada bomba; la CG no dejaba nada al azar. Con poco menos de metro y medio de largo en cuanto estas puntas sobresalientes tocaran el suelo, detonarían las espoletas haciendo que las bombas explotaran por encima de la superficie.

Cloé Steele Williams estaba impresionada con la pericia para conducir que tenía Hana. Vehículo desconocido, terreno desconocido y, sin embargo, la india estadounidense, ahora con el extraordinario cambio de una india de Nueva Delhi, manejaba el incautado jeep de la CG como si siempre hubiera sido suyo. Manejaba con más suavidad y confianza que Mac pero, por supuesto, él se había pasado hablando todo el viaje a través de la campiña griega.

—Entiendo que todo esto es nuevo para ustedes, muchachas —dijo, haciendo que Cloé le guiñara un ojo a Hana.

Si había uno al cual se le soportaba el chauvinismo inconsciente, ese era a este experto piloto y ex militar, quien trataba de "damitas" a todas las mujeres del Comando Tribulación pero que, al parecer, no se percataba de su condescendencia.

—Tengo que llegar al aeropuerto —les decía—, que está para aquel lado y ustedes tienen que llegar a Tolemaida y ubicar a la Cooperativa.

—¿Cuál de las dos vuelve a manejar? —dijo mientras se paraba junto al camino y se bajaba de un salto.

Hana se puso al volante, pasándose desde el asiento trasero, con su almidonado uniforme blanco de oficial de la CG aún terso.

—Ustedes dos parecen un par del Cuerpo Armado Femenino pero, por supuesto, ahora ya no les dicen así —dijo Mac meneando la cabeza.

Miró hacia ambas direcciones del camino y Cloé se sintió obligada a hacer lo mismo. Era mediodía, el sol caliente y alto encima de sus cabezas, sin nubes. No vio vehículos ni tampoco los escuchó.

—No se preocupen por mí —añadió Mac—, alguien pasará y me llevará.

Levantó una bolsa de tela desde la parte trasera del jeep y se la terció al hombro. También llevaba un portafolio. Gustavo Zuckermandel, hijo, al que todos conocían como Zeke o Z, había pensado en todo. El muchacho de movimientos lentos de Chicago se había convertido en el mejor falsificador y maquillador del mundo y Cloé decidió que ellos tres eran las mejores muestras de su trabajo. Resultaba raro ver a Mac sin pecas ni pelo rojizo. Ahora su cara era oscura, su pelo castaño y usaba anteojos que no necesitaba. Ella solo esperaba que el trabajo de Z en su papá, y los demás que estaban en Petra, fuera tan eficaz como este.

Mac puso sus bolsas en el suelo y apoyó los antebrazos sobre la puerta del lado del chofer, poniendo su rostro a escasos centímetros del de Hana, y dijo:

—Niñitas, ¿se aprendieron de memoria todo?

Hana miró a Cloé luchando por no sonreír. ¿Cuántas veces les había preguntado eso durante el vuelo desde los Estados Unidos y el viaje en ese vehículo? Ambas asintieron con la cabeza.

—Déjenme ver de nuevo sus credenciales.

La de Hana estaba precisamente al frente de él.

—Indira Jinnah, de Nueva Delhi —leyó Mac.

Cloé se inclinó hacia delante para que pudiera ver la suya.

—Y Cloé Irene, de Montreal —tapó la credencial y preguntó—: ¿Y ustedes a quién están asignadas?

—Al comandante en jefe Howie Johnson, de Winston-Salem —dijo Cloé. Había repasado eso muchas veces—. Ahora usted es el oficial de la CG de mayor rango en Grecia y si alguien lo duda, pueden verificar con palacio.

—Perfecto —dijo Mac—. ¿Tienen sus armas al costado? Este individuo, Kronos, tiene un poco más de poder de fuego, al menos un pariente suyo lo tiene.

Cloé sabía que necesitaban más poder de fuego sobre todo por desconocer con qué se iban a enfrentar, pero aprender a usar la Luger y la Uzi que la clandestinidad griega podía abastecer, según se sabía, había resultado más que suficiente para presionarla antes de irse de Chicago.

—Sigo insistiendo en que la gente de la Cooperativa se va a quedar bien callada cuando vean nuestros uniformes —dijo Hana.

—Pues les muestras tu marca, jovencita —dijo Mac.

La radio bajo el panel crepitó. "Atención a las Fuerzas Pacificadoras de la CG. Alerta, alerta, Seguridad e Inteligencia lanzaron un ataque aéreo sobre varios millones de subversivos armados de la Comunidad Global que se encuentran en un enclave de montaña descubierto por grupos de infantería a unos ochenta kilómetros al sudeste de Mizpe Ramón, en el desierto del Néguev. Los insurgentes asesinaron incontables soldados de infantería de la CG y se apoderaron de una cantidad desconocida de tanques y transportes blindados.

"Suhail Akbar, el director de Seguridad e Inteligencia de la Comunidad Global anunció que se han tirado dos misiles armados en forma simultánea y a los que le seguirá un misil lanzado desde el aeropuerto Resurrección de Ammán, Jordania; el resultado esperado será la aniquilación del cuartel central de los rebeldes y de todo su personal. Aunque aún hay enclaves de la resistencia en todo el mundo, el director Akbar cree que esto destruirá con eficacia a noventa por ciento de los partidarios de los traidores judaítas, incluyendo al mismo Zión Ben Judá y todo su gabinete".

Cloé se llevó la mano a la boca y Hana le tomó la otra mano.

—Niñas, limítense a orar —dijo Mac—, todos sabíamos que esto iba a llegar. O tenemos fe o no la tenemos.

—Resulta fácil hablar desde aquí —replicó Cloé—. Pudiéramos perder a cuatro personas, sin mencionar a los israelitas que prometimos proteger.

—Esto no me lo tomo a la ligera, Cloé, pero aquí tenemos que cumplir un cometido y esto no es más seguro que una montaña sometida a un bombardeo aéreo. Conservas tu valor, ¿oíste? Escúchame, no vamos a saber lo que pasó en Petra hasta que lo veamos con nuestros ojos o lo sepamos de nuestra gente. ¡Ya oíste las mentiras de la CG a sus propias fuerzas! No nos cabe la menor duda de que solamente hay un millón de personas en Petra y...

—¿*Solamente*?

—Bueno, sí, comparado con los varios millones como dicen ellos. ¿Y armados? ¡De ninguna manera! ¿Y que matamos tropas de la CG, es decir, asesinamos? ¿Y qué decir acerca de las cosas que incautamos...?

—Lo sé, Mac —dijo Cloé—. Es que...

—Es mejor practicar llamándome por mi nombre de la CG, señorita Irene. Y recuerde todo lo que repasamos en Chicago. Puede que tengan que pelear, defenderse, hasta matar a uno.

—Yo estoy lista —dijo Hana, haciendo que Mac girara la cabeza a ella.

Cloé también se sorprendió pues sabía que Hana se había entusiasmado con este cometido, pero no se podía imaginar que quisiera matar, no más que ella misma.

—Mostremos las garras —dijo Hana mirando a Cloé, luego a Mac—. Ya superamos la diplomacia. Si la cosa es de matar o de que me maten, pues mato antes a uno.

Cloé solamente pudo menear la cabeza.

—Solamente digo —continuó Hana—, que esto es guerra. ¿Piensas que no matarían a Sebastian? Pudiera ser que ya lo hayan hecho. Y no cuento con encontrar viva a esta chica Stavros.

—Entonces, ¿por qué estamos aquí? —preguntó Cloé.

—Por si acaso —replicó Hana usando el acento indio que le había enseñado Abdula en Chicago.

—Por si acaso es bueno —dijo Mac volviendo a levantar sus bolsas—. Nuestros teléfonos son seguros. Mantengan expuestos a la luz diurna los receptores solares...

—Vamos, Mac —dijo Cloé—. Respétanos un poco.

—Ah, sí, lo hago —dijo Mac—. Las valoro muchísimo. A decir verdad, me tienen impresionado. Venir aquí por uno al que ni han visto, bueno, al menos tú, Cloé, y Hana, digo Indira, supongo que no llegaste a conocer a George lo bastante para preocuparte, este, eh, interesarte personalmente tanto por él.

Hana meneó la cabeza.

—Sin embargo, aquí estamos ¿no? —dijo Mac—. Aquí estuvo uno trabajando por nosotros y ahora creemos que corre peligro. No sé ustedes, pero yo no me iré de aquí sin él.

Mac giró sobre sus talones y escudriñó el horizonte haciendo que Cloé y Hana hicieran lo mismo. Un punto negro crecía a medida que se movía hacia ellos.

—Márchense de prisa —dijo Mac—. Y manténganse en comunicación.

La primera impresión de Raimundo fue la de estar en el infierno. ¿Se equivocó? ¿Todo fue en balde? ¿Lo mataron y se perdió el cielo a pesar de todo?

No se había dado cuenta de las explosiones aisladas. Las bombas produjeron un destello tan cegador que tal parecía que a Raimundo, incluso con los ojos involuntariamente apretados tanto como se lo permitía la contracción de su rostro, le había llegado hasta los tuétanos la blancura resplandeciente. Era como si el destello lo hubiera llenado y luego fulgurara desde su interior, y se retorciera contra el sonido y el calor que tenían que seguir. Sin duda, se estrellaría contra los demás y lo aniquilarían al final.

El trueno resonante envió su propia onda de choque, pero Raimundo no se desplomó ni oyó que hubiera rocas cayendo ni formaciones montañosas estrellándose. Instintivamente estiró con fuerza sus manos para no perder el equilibrio, pero eso no hizo falta. Oyó diez mil gemidos, quejidos y alaridos, pero su garganta estaba contraída. Aun con los ojos cerrados, a la blancura la sustituyeron el naranja, el rojo y el negro y ahora, ¡ah, el hedor del fuego, el metal, el petróleo y la roca! Raimundo se obligó a abrir los ojos dándose cuenta de que ardía mientras el rugido atronador despertaba ecos que surcaban toda Petra. Levantó los brazos cubiertos por la túnica ante su rostro, al menos inconsciente por un tiempo del calor abrasador. Sabía que en cuestión de segundos se consumirían su ropa, luego su carne y después sus huesos.

Raimundo no veía mucho a través de la enfurecida tormenta de llamas, pero divisó que también ardía cada peregrino acuclillado cerca de él. Abdula rodó colocándose de lado y se quedó en posición fetal, con el rostro y la cabeza aún metidos en sus brazos. Las llamas blancas, amarillas, anaranjadas y negras que crecían se lo tragaron como si fuera una mecha humana de un holocausto demoníaco.

Uno a uno se fue parando la gente que rodeaba a Raimundo y levantaron los brazos. Las capuchas, las cabelleras, las barbas, los rostros, los brazos, las manos, las túnicas, la ropa, todo crepitaba con la conflagración como si el fuego se generara por debajo de ellos. Raimundo miró por encima de las cabezas, pero no distinguió el cielo despejado. Hasta el sol lo cubría el inmenso mar de furiosas llamas y lo enturbiaba un par de nubes en forma de hongos. La montaña, la ciudad, toda la zona estaba incendiada, y las columnas de humo y las llamas que lamían todo se elevaban miles de metros por el aire.

Raimundo se preguntaba qué debía parecerle esto al mundo y de repente se dio cuenta que la multitud de israelitas estaba tan confundida como él. ¡Se tambaleaban, se miraban los unos a los otros, con los brazos en alto, ahora se abrazaban, sonriendo! ¿Era esto una pesadilla absurda? ¿Cómo era posible que los engullera la brutal fuerza de la más reciente tecnología de destrucción masiva y, sin embargo, siguieran de pie, entrecerrando los ojos, con miradas asombradas, aún capaces de oír?

Raimundo abrió y cerró su puño derecho, a centímetros de su rostro, maravillándose de las llamaradas sibilantes de las lenguas de fuego que saltaban desde cada uno de sus dedos. Abdula luchaba por ponerse de pie girando en círculos como si estuviera ebrio, imitando a los demás al levantar los brazos y mirar al cielo.

Se dio vuelta hacia Raimundo y se abrazaron, fundiéndose el fuego de sus cuerpos. Abdula se echó hacia atrás para mirar a Raimundo directamente a la cara.

—¡Estamos en el horno de fuego! —se regocijó el jordano.

—¡Amén! —gritó Raimundo—. ¡Somos un millón de Sadrac, Mesac y Abednego!

Chang Wong se reunió con los demás expertos en su departamento, mientras su jefe, Aurelio Figueroa, los conducía a una enorme pantalla de televisor que mostraba, en directo, lo que ocurría desde la cabina de uno de los bombarderos que volaba en círculos sobre Petra, transmitiendo a todo el mundo a través de la Red de Noticias de la Comunidad Global. Chang iba a verificar, más tarde, la grabación del espía electrónico instalado en la oficina de Carpatia para controlar las reacciones de Nicolás, su nueva secretaria Cristal, León, Suhail y Viv Ivins.

—Misión cumplida —informaba el piloto, escrutando el blanco y mostrando los kilómetros cuadrados que ardían con furia—. Se sugiere cancelar la próxima secuencia de misiles. Innecesaria.

Chang apretó los dientes con tanta fuerza que le dolió la mandíbula. ¿Cómo sobreviviría alguien a todo eso? Las llamas eran densas y el humo negro ascendía tan alto que el piloto tenía que evitarlos para mantener la claridad de la filmación.

—Negativo —llegó la respuesta del comando CG—. Ammán, inicie secuencia de lanzamiento.

—Eso es rematar —musitó el piloto—, pero es cosa de ustedes. Regreso a la base.

—¿Repite? —la voz sonaba como el mismo Akbar.

—¡Eso, cambio! Regreso a la base.

—Ese es otro negativo. Permanece en posición para alimentación visual.

—¿Con un misil que viene, señor?

—Mantén la distancia suficiente del suelo. El misil encontrará su blanco.

El segundo avión recibió permiso para regresar a Nueva Babilonia, mientras que el primero seguía volando en círculos al sudeste de la ciudad de piedra rojiza, con su cámara rodando continuamente y mostrando al mundo que Petra ardía al sol del mediodía.

Chang deseaba estar en su habitación y ser capaz de comunicarse con Chicago. ¿Cómo se habría equivocado tanto el doctor Ben Judá respecto a Petra? ¿Qué iba a pasar ahora con el Comando Tribulación? ¿Quién iba a reavivar al remanente de creyentes que quedaba en el mundo? ¿Y adónde huiría Chang cuando llegara esa hora?

Eran las cuatro de la madrugada en Chicago y Camilo se hallaba sentado frente al televisor. Lea y Albie se le unieron, Zeke había ido a buscar a Enoc.

—¿Dónde está Ming? —preguntó Macho.

—Con el niño —contestó Lea.

—¿Qué te parece todo esto? —dijo Albie contemplando fijamente la pantalla.

—Solo que deseo haber estado allá —dijo Macho meneando la cabeza.

—Yo también —dijo Albie—. Me siento como un cobarde, un traidor.

—Nos perdimos algo —dijo Camilo—. Todos nos perdimos algo.

Siguió tratando de llamar a Cloé apenas imaginándose lo que debía estar pasando. No obtuvo respuesta.

—¿Te imaginas a este tipo? —dijo Lea—. No le basta con matar salvajemente a un millón de personas y destruir una de las ciudades más hermosas del mundo. Ahora los persigue con un misil.

Camilo pensó que la voz de Lea sonaba tensa. ¿Y por qué no? Tenía que estar pensando lo mismo que él, que no solo perdieron a sus líderes y contemplaron la incineración de un millón de personas, sino que todo lo que pensaban que conocían desapareció de la pantalla.

—Anda a buscar a Ming, ¿quieres? —pidió—. Dile que deje dormir a Keni.

Lea salió apresurada cuando Zeke y Enoc entraban. Zeke se desplomó en el suelo, pero Enoc se quedó parado, moviéndose.

—Camilo, no puedo quedarme mucho rato —dijo—. Mi gente está muy conmovida.

—Vamos a reunirnos todos al amanecer —dijo Camilo asintiendo con la cabeza.

—¿Y...? —dijo Enoc.

—Y qué sé yo. Orar, me imagino.

—Hemos estado orando —dijo Albie—. Es hora de reabastecernos.

_____

Raimundo no dejaba de reír. Las lágrimas le corrían y se desternillaba de la risa mientras la gente de Petra empezaba a gritar, cantar y danzar. Espontáneamente formaban enormes círculos que giraban, con los brazos rodeando los hombros de unos y otros, saltando y lanzando los pies al aire. Abdula estaba pegado al lado de Raimundo, riéndose y gritando:

—¡Alabado sea el Señor!

Seguían en medio del fuego tan denso, profundo y alto que solo se veían el uno al otro y las llamas. Nada de cielo, nada de sol, nada en la distancia. Todo lo que sabían era que servían de combustible del mayor incendio de la historia y, no obstante, todos estaban sanos y salvos.

—¿Estaremos despiertos, capitán? —gritó Abdula a carcajadas—. ¡Este es el sueño más raro de mi vida!

—Amigo mío, estamos despiertos —contestó Raimundo a los gritos, aunque la oreja de Abdula estaba a centímetros de él—. ¡Ya me pellizqué!

Esto hizo que Abdula se riera más aun y a medida que su círculo giraba y se ensanchaba, Raimundo se preguntaba si las llamas se apagarían y el mundo sabría que Dios había triunfado de nuevo sobre el maligno. Una pareja de ancianos, que estaba frente a él, se contemplaban el uno al otro mientras el círculo giraba, con sus sonrisas inmensas y maravilladas.

—¡Estoy ardiendo! —gritaba la mujer.

—¡Yo también! —decía el hombre, y saltaba con torpeza, casi hasta el punto de tumbarla a ella y a otras personas mientras mantenía un pie en el aire, mostrándole el fuego que envolvía toda su pierna.

Raimundo lanzó una mirada más allá de ellos, consciente de algo raro y preguntándose qué sería más extraño que todo esto. Por todos lados dentro de su alcance visual, que se extendía solamente unos diez metros, se veía a veces un montón de ropa o túnicas que demostraban que alguno aún seguía hecho un ovillo en el suelo.

Raimundo se soltó de Abdula y del joven al otro lado, alejándose y abriéndose paso a uno de esos que seguían en el suelo. Se arrodilló y le puso una mano en el hombro tratando de que se parara o que al menos mirara hacia arriba. El hombre se encogió alejándose, gimoteando, temblando, llorando a gritos:

—¡Dios, sálvame!

—¡Estás a salvo! —dijo Raimundo—. ¡Mira! ¡Observa! Estamos ardiendo y, sin embargo, sanos y salvos! ¡Dios está con nosotros!

El hombre meneó la cabeza y se cubrió aun más con sus brazos y piernas.

—¿Estás herido? —preguntó Raimundo—. ¿Te queman las llamas?

—¡Estoy sin Dios! —gimió el hombre.

—¡Eso no puede ser! ¡Estás a salvo! ¡Estás vivo! ¡Mira a tu alrededor!

Aun así, el individuo no se consolaba y Raimundo buscó a otros, hombres y mujeres, algunos adolescentes, en la misma miserable condición.

—¡Pueblo! ¡Pueblo! ¡Pueblo! —se oyó claramente la voz de Zión Ben Judá y Raimundo tuvo la sensación de que la voz llegaba de cerca, pero no veía al rabino—. ¡Habrá tiempo para regocijarse y celebrar, alabar y agradecer al Dios de Israel! Por ahora, ¡escúchenme!

La danza, los gritos y los cantos se detuvieron, pero continuaban muchas carcajadas. La gente seguía sonriendo y abrazados y buscaban de dónde salía la voz, pero parece que concluyeron que bastaba con oírla. Los gritos de los desesperados continuaron también.

"No sé", empezó el doctor Ben Judá, " cuándo Dios levantará la cortina de fuego y veremos de nuevo el cielo despejado. No sé cuándo sucederá, ni si el mundo sabrá que estamos a salvo. Por ahora, ¡basta con que lo sepamos nosotros!"

La gente dio vítores, pero antes que recomenzaran sus danzas y cantos, Zión prosiguió.

"Cuando se reúnan, el maligno y sus consejeros nos verán como cuerpos sobre los cuales el fuego es impotente, verán que nuestras cabelleras no se abrasaron y que nuestra ropa no se dañó y que el olor del fuego no está en nosotros. Hermanos y hermanas míos, ellos interpretarán esto a su propia manera. Quizá no permitan que el resto del mundo siquiera lo sepa, pero Dios se revelará a su manera y en su tiempo como lo hace siempre.

"Amigos, él tiene algo que decirles hoy. Él dice: 'Miren, los he refinado, pero no como a plata; los he probado en el horno de la aflicción. Lo haré por mí, por mí, pues, ¿cómo se puede profanar mi nombre? No daré a otro mi gloria.

"'¡Escúchenme, oh Israel!', dice el Señor de los ejércitos, 'yo los he llamado, son mis amados, son los escogidos. Yo soy el que soy. Soy el primero, también soy el último. Sin duda, mi mano echó las bases de la tierra y mi diestra extendió los cielos. Cuando los llamo, se yerguen unánimes.

"'¡Reúnanse y oigan! ¿Quién entre ellos declaró estas cosas? El Señor lo ama; lo complacerá en Babilonia. Yo, sí, yo mismo he hablado'.

"Así dice el Señor, vuestro Redentor, el Santo de Israel: 'Yo soy el Señor vuestro Dios que los lleva por el camino que deben ir. ¡Ah, si hubieran obedecido mis mandamientos! Entonces su paz hubiera sido como un río y vuestra justicia como las olas del mar. Declárenlo, proclamen esto, díganlo hasta lo último de la tierra, que el Señor redimió a sus siervos y que no tuvieron sed cuando él los llevó por el desierto. Él hizo que las aguas fluyeran de la roca para ellos; también partió la piedra y las aguas fluyeron abundantes'".

Mientras el Comando Tribulación en Chicago miraba, el piloto del bombardero informaba al Comando CG que tenía a la vista el misil lanzado desde Ammán. Desde el lado derecho de la pantalla venía la densa columna de humo blanco que marcaba la trayectoria del sinuoso proyectil a medida que se acercaba a las llamas y la humareda que se elevaban desde Petra.

El misil descendió en picada perdiéndose de vista en la oscuridad y, segundos después, estalló otra explosión, extendiendo aun más el fuego que parecía adueñarse de la región montañosa. Sin embargo, inmediatamente después se elevó un colosal géiser que disparaba agua a un kilómetro y medio de altura hacia el cielo.

"Yo estoy...", empezó el piloto. "Yo estoy viendo... no sé lo que estoy viendo. Agua. Sí, agua. Rociando. Esto es, ¡uf!, esto tiene algún efecto sobre el fuego y el humo. Ahora se aclara, el agua sigue subiendo y empapando la zona. Pareciera que el misil tocó un manantial que, ¡uf!... esto es cosa de locos, comandante, yo veo, puedo ver... que ahora se extinguen las llamas, se disipa el humo. Hay gente viva allá abajo..."

Camilo saltó de su silla y se arrodilló frente al televisor. Sus amigos vitoreaban y chillaban. El televisor dejó de mostrar la escena y la Red salió al aire de inmediato con su disculpa de las dificultades técnicas.

—¿Vieron eso? —gritó Camilo—. ¡Sobrevivieron! ¡Sobrevivieron!

———————

Chang enarcó las cejas y se quedó boquiabierto. Sus compañeros de trabajo dijeron groserías y señalaron y miraron con fijeza, gruñendo cuando se interrumpió la transmisión. "¡No puede ser! Parecía que... ¡no, no era posible! ¿Cuánto tiempo estuvo ardiendo ese lugar? ¿Dos bombas y un misil? ¡No!"

Chang se apresuró a regresar a su computadora para cerciorarse de que aún grababa desde la oficina de Carpatia. La espera le parecía interminable para escuchar la conversación entre Akbar y el piloto.

———————

Raimundo se reunió con Abdula y estaban de pie escuchando a Zión cuando la tierra se abrió con un crujido atronador y un chorro de agua, de no menos tres metros de diámetro, salió desde el suelo, elevándose a gran velocidad y altura que pasó todo un minuto antes que empezara a llover sobre ellos.

Las llamas y el humo se aclararon con tanta velocidad y el agua refrescante se sentía tan buena que Raimundo se fijó que los demás hacían lo mismo que él. Levantaban las palmas de sus manos hacia el cielo y volvían sus rostros al firmamento dejando que el agua los limpiara. Pronto, Raimundo se dio cuenta que estaba a unos ochenta metros de Zión y Jaime que se hallaban al borde del gigantesco abismo de donde brotaba el agua.

Parecía que Zión trataba una vez más de ganarse la atención de la multitud, pero era inútil. Corrían, saltaban, se abrazaban, cantaban, danzaban, se daban la mano, se reían y, de inmediato, fueron cientos de miles los que daban gracias a Dios gritando a todo pulmón.

Sin embargo, Raimundo veía que aquí y allá había gente lamentándose, llorando. ¿Eran incrédulos? ¿Cómo sobrevivieron? ¿Dios los protegió a pesar de todo, solo porque estaban ahí? Raimundo no lograba entender eso. ¿Era importante saber a quién se protegió y a quién no y por qué? ¿Hablaría Zión sobre el asunto?

Luego de varios minutos, Jaime y Zión pudieron llamar al orden a la gente. De alguna manera se redobló el milagro de Zión al lograr que lo escuchara un millón de personas, sin amplificación, pues podían escucharlo por encima de los ruidos del impetuoso chorro de agua que brotaba.

—He accedido a quedarme al menos unos días —anunció Zión—. Para adorar junto a ustedes. Para agradecer juntos a Dios. Para enseñar. Para predicar. ¡Ah, miren cómo aminora el agua!

El ruido comenzó a disminuir y poco a poco se empezó a divisar la punta de la columna del agua que se precipitaba, ahora a menos de trescientos metros por encima de ellos. Lenta, pero uniformemente, se redujo el manantial, en altura pero no en anchura. Pronto solo tuvo unos ochenta metros de altura, luego, cincuenta, luego siete. Por último, se formó un lago pequeño dentro del cráter producido por la erupción inicial y en el medio de la poza, de poco más de tres metros de ancho y unos treinta centímetros de alto, burbujeaba el manantial como si estuviera hirviendo, aunque parecía fresco y capaz de sumarse al ya milagroso abastecimiento de agua.

—Algunos lloran y se avergüenzan —dijo Zión—. Y con toda razón. En los próximos días les atenderé también. Pues aunque no aceptaron la marca del maligno, tampoco se mantuvieron firmes con el único Dios verdadero que en su misericordia, determinó protegerlos, darles otra oportunidad más para que lo escojan a él.

»Muchos lo harán, aun en este día, incluso antes que yo comience a enseñar sobre las inescrutables riquezas del Mesías, su amor y perdón. No obstante, muchos de ustedes permanecerán en su pecado, arriesgándose a que se les endurezca el corazón de modo que nunca sean capaces de cambiar de idea. Aun así, no olvidarán este día, esta hora, este milagro, esta prueba inequívoca e irrefutable de que el Dios de Abraham, Isaac y Jacob sigue al mando. Puede que ustedes opten por su propio camino, pero nunca discreparán en que la fe es la victoria que vence al mundo.

DOS

En Chicago, Camilo trataba de comunicarse con Cloé, luego con Raimundo y con Chang. Nada. Tiró lejos su teléfono, pero no pudo sentarse.

—¿Dónde está Ming? —preguntó—. ¿Sabe algo de esto?

—Ella se fue —contestó Lea.

—¿Bajó? Dile que deje dormir a la gente de Enoc y que venga para acá.

—Mi gente no debe estar durmiendo en este momento —dijo Enoc.

—Ella no está abajo —dijo Lea—. Dejó una nota.

—¿Qué?

—Su hermano le dijo algo acerca de...

—¿Dónde está Keni?

—Durmiendo, Camilo. Está bien. Escucha, su hermano le dijo algo de sus padres y ella decidió ir a buscarlos.

—¡Vaya, hombre! —exclamó Zeke.

—¿Te dijo algo, Z? —preguntó Camilo.

—¡Qué va!, pero hubiera tenido que darme cuenta. Precisamente esta mañana terminé sus cosas. El corte de pelo y todo lo demás. Sus documentos son lo mejor que he hecho. Ya saben, la transformé en un muchacho. Quiero decir, no en realidad, solamente hice que pareciera como... bueno, ya saben.

Camilo lo supo de inmediato. Para empezar, Ming era diminuta. Era cualquier cosa, pero no tenía absolutamente nada de masculino. Sin embargo, Zeke le cortó el cabello, la enseñó a moverse como un hombre, le cortó las uñas, le cambió el color del rostro. Con las ropas que tenía guardadas y las modificaciones de su viejo uniforme de la CG, Zeke la había convertido en un joven Pacificador de la CG.

—¿Con qué nombre? —preguntó Camilo.

—El de su hermano —contestó Z—. Chang. De apellido Chow. No sabía que se iba a ir en cuanto la tuviera lista.

—No es tu culpa. ¿Cuánto hace que se fue? Quizá podamos alcanzarla.

—¡Macho! —exclamó Lea—. Es una adulta, una viuda. Si quiere ir a China, no se lo puedes impedir.

—¿Por cuánto tiempo te parece que estaremos a salvo aquí con todo el mundo recorriendo las calles cada vez que les da la gana? —preguntó Camilo meneando la cabeza—. Chang ya nos dijo que el palacio comienza a sospechar algo. Si Esteban Plank lo supo allá en Colorado, no pasará mucho tiempo antes de que alguien venga a espiar por aquí.

—Es probable que no te dijera lo que pensaba hacer porque sabía que ibas a tratar de disuadirla.

—Lo que habría tratado de ayudarla. Buscarle alguien que la llevara, algo.

—Sí, claro, como si dispusieras de un avión y un piloto.

Camilo reaccionó a la andanada de sarcasmo de Lea. Su suegro se había quejado de que era capaz de eso, pero Camilo no había estado en su mira.

—Esto no es provechoso, Lea.

—Hubiera servido haber mandado a Albie con ella.

—¡No sabía que ella se iba!

—Bueno, ahora lo sabes.

—Estoy dispuesto —dijo Albie—. Sin embargo...

—No podemos quedarnos sin ti —dijo Camilo—. De todos modos, ya estás al descubierto y aún no tenemos una caracterización nueva para ti.

—Me puedo ocupar de eso en veinticuatro horas —dijo Zeke.

—¡No! Esperemos que ella se comunique y nos mantenga informados —dijo Macho pateando una silla—. ¿Cómo puede ella parecer hombre si tiene una voz muy suave y delicada?

—No cuando vociferaba órdenes en la cárcel —dijo Lea.

—Será mejor que se vaya vociferando de aquí a la China —comentó Camilo—. Imagínense si la encuentran. Descubren que está ausente sin permiso del Tapón, la relacionan con el hermano y, ¡bingo!, él pasa a la historia. ¿Y dónde nos deja a nosotros?

———

Cloé no sabía qué esperar, pero no era que Tolemaida luciera como si hubiera pasado por la guerra. La CG había dejado tranquila a Grecia por mucho tiempo. Estaba segura de que a eso ayudaba que Grecia fuera parte de los Estados Unidos Carpatianos. Nicolás no desearía recibir la publicidad asociada con descubrir a los judaítas en su propia región. Sin embargo, la red de creyentes había florecido tanto que llegó el momento en que era demasiado grande como para ocultarse. En cuanto la primera oleada de tácticas de la mano dura barrió el país, haciendo que llevaran a muchos a la guillotina en lugar de aceptar la marca de lealtad a Carpatia, la batalla entre la CG y los seguidores clandestinos de Cristo alcanzó tremenda escala. La administración de la marca de la lealtad había empezado por los presos y no había dado buenos resultados. En la jefatura había infiltrados. Dos jóvenes prisioneros escaparon. Y una vez que pasó lo peor de la guillotina, se descuidaron las cosas.

Una de las ramas más fuertes de la Cooperativa Internacional de Bienes, idea original de Cloé, tenía sus oficinas centrales en la ciudad. Esta se había convertido en el lugar clandestino de reunión de los creyentes. Sin embargo, hubo una emboscada que a la iglesia de allí no solo le costó a Lucas "Laslos" Miclos, sino también a Kronos, uno de sus más amados miembros antiguos, y al adolescente Marcelo Papadopoulos. Y, según razonaba Cloé, si la muchacha que decía ser Georgiana Stavros era de veras una impostora llamada Elena, como escuchó Esteban Plank, Georgiana también estaba muerta.

Había poca gente en la calle a la luz del día y muchos eran CG. Saludaban con cortesía a la india y la occidental que vestían uniformes de oficiales de alto rango y elegantes gorritas blancas engalanadas con pasamanería azul. Según pronto se dieron cuenta, Albie les había enseñado un saludo apropiado que era más preciso y militar que el de la mayoría de la CG real. La indiferencia era la máscara de Cloé y Hana. Nada de contacto visual, sin hablar entre ellas con el volumen suficiente para que los demás escucharan. El semblante adusto, casi como una mueca feroz, las hacía parecer totalmente concentradas en su cometido. Ellas tenían que ir a ciertos lugares y ver a cierta gente, y su postura desalentaba la cordialidad y la conversación trivial.

Desde el complejo palaciego de la CG de Nueva Babilonia, Chang Wong había echado a correr el rumor de que la máxima jerarquía de palacio enviaría a un oficial de alto mando a Grecia para que empezara a arreglar el desastre, distribuyendo cuidadosamente unos memorandos confidenciales de falsos Pacificadores de alto rango en palacio.

Cloé no creía que las fuerzas de la CG las miraran con insistencia porque eran hombres solitarios. Suponía que evaluaban los uniformes y ataban cabos. Algunos tenían que suponer que esas dos venían con el nuevo tipo, quienquiera que fuera y dondequiera que estuviera.

Hana fingía un andar perfecto y Cloé, si no hubiera estado tan nerviosa, se habría divertido con "Indira". Apretaron el paso hacia una sucia tienda que tenía una ventana malamente sujeta con cinta adhesiva. Un televisor polvoriento estaba sobre un estante y daba a la calle, donde había una media docena de la CG arrodillados o agachados frente a la ventana mirándolo. Uno de ellos se fijó en las imágenes de Cloé y Hana reflejadas en la ventana y carraspeó. Los otros se pararon con rapidez y saludaron.

—Caballeros, abran paso —dijo Hana, de nuevo con su estudiado acento.

Cloé apenas pudo mantener su compostura cuando vio que Petra ardía y, oportunamente, lo que hizo que la Red interrumpiera el reportaje. Los soldados de la CG se inclinaron hacia delante contemplando con fijeza el televisor y, luego, los unos a los otros.

—¿Qué fue eso? —dijo uno—. ¿Sobrevivientes?

—Hombre, estás loco — dijeron otros y lo pellizcaron.

—Caballeros, a trabajar —dijo Hana.

—Sí, señor, señora —dijo uno y los otros se rieron.

—¿Hijo, conoces la diferencia entre un oficial varón y uno mujer? —espetó Cloé.

—Sí, señora —contestó aquel, enderezándose.

—¿Te parece que eso fue divertido?

—No, señora. Pido disculpas.

—¿Dónde está el bar más cercano?

—¿Señora?

—¿Estás sordo, niño?

—No, señora. Tres cuadras hacia arriba y dos a la derecha —respondió, apuntando.

—¿Estás de servicio, Pacificador?

—Sí, señora.

—¿Dónde se supone que estés?

—En el cuartel central del escuadrón, señora.

—Proceda.

Las mujeres habían dejado desconectados sus teléfonos, previo acuerdo con Mac, de que no los usarían sino después de su primer contacto con la clandestinidad o en caso de emergencia. Cloé sabía que su padre y su esposo estarían intentando comunicarse con ella después de lo que vieron en el televisor, pero tendrían que esperar.

Pocos minutos después, un joven que estaba sentado en una silla al frente del bar, Cloé supuso que apenas tendría veinte años, les lanzó una mirada desde atrás de su ejemplar del *Semanario de la Comunidad Global*. Cloé se preguntó si el joven creería que su esposo había sido el editor de esa revista. Daba la impresión que el muchacho adoptó una postura despreocupada, calándose hasta los ojos la gorra de pana y acomodando los pies contra una ventana a nivel de la acera.

—¿Viste lo mismo que yo? —preguntó Hana muy bajito.

—Sí. Seguimos el plan.

Las mujeres trataron al mirón como si fuera invisible y entraron al bar. Las persianas estaban bajas y les costó un minuto adaptarse a la oscuridad. El sitio hedía a alcohol rancio y a unas desatendidas instalaciones sanitarias.

Un par de la CG sentados en una mesa del rincón salieron enseguida y se deslizaron por una puerta trasera que daba a la calle. Cloé y Hana fingieron no darse cuenta. El propietario del bar las saludó disculpándose en griego.

—¿Inglés? —preguntó Cloé.

Él asintió con la cabeza.

Un hombre de turbante que estaba cerca se paró y dijo algo rápidamente a Hana en un dialecto indio. Cloé se asombró al ver cómo se las arregló Hana. A sabiendas, miró al hombre directamente a los ojos y le hizo un guiño, moviendo con sutileza la cabeza. Eso lo satisfizo de alguna manera y se volvió a sentar.

El tabernero movió una mano indicando una fila de botellas de licor detrás de él. Cloé meneó la cabeza y dijo:

—¿Coca Cola?

—Coca Cola —repitió el hombre sonriendo y agachándose para sacar algo desde abajo del mostrador.

Cloé apoyó instintivamente su codo en la culata de la Luger que portaba al costado y se dio cuenta de que Hana, como al descuido, ponía su mano sobre la correa de cuero puesta sobre la culata de su Glock de nueve milímetros.

El hombre mantenía su vista fija en ellas aun al agacharse detrás del mostrador y, ahora, sonreía al sacar una vieja botella de Coca Cola, de esas de vidrio. Levantó un dedo hacia la botella y empujó dos vasos sobre la barra. Cloé puso dos nicks frente a él y se llevó la botella y los vasos a una mesa.

Luego de un sorbo, con el líquido tibio mordiéndole su reseca garganta, Cloé se dio vuelta en la silla y abarcó rápidamente con la mirada todo el salón. La gente que había estado observando, se dio vuelta.

—¿Inglés? —preguntó—. ¿Alguien?

Una silla rozó el suelo y un hombre robusto, con varias capas de ropa puestas y su cara húmeda de sudor, se acercó con pasos tímidos y cortos. Saludó con educación, aunque era claro que no era de la CG.

—Poco inglés —dijo.

—¿Habla inglés? —preguntó Cloé—. ¿Puede entenderme?

Señaló un espacio mínimo entre su pulgar e índice.

—¿Un poco? —dijo ella.

—Poco —dijo y asintió con la cabeza.

—Abajo —probó Cloé—. ¿Dónde es abajo?

El hombre frunció el entrecejo, arrugando el pequeño 216 tatuado en su frente.

—¿Bajo? —preguntó.

Ella señaló abajo.

—Abajo. Subterráneo. Bodega —dijo ella señalando hacia abajo.

Él levantó una mano carnosa y meneó su cabeza.

—Limpio —dijo—. Lavado. Lavar.

—¿Una lavandería? —preguntó ella y sintió que Hana la miraba. Esto era.

Él asintió.

—Gracias —dijo ella.

—*Glacia* —dijo él, pero se quedó ahí, con los dedos gordos entrelazados. Cloé sacó medio nick de su bolsillo y se lo pasó. Él lo tomó haciendo una reverencia y se dirigió al bar.

—Me pregunto qué saben —dijo Hana quedamente—. El resto del lugar pareciera estar esperando que actuemos.

—¡Ajajá! —dijo Cloé—. Vamos a quedarnos sentadas un rato y luego nos marchamos. La lavandería es un frente, pero en verdad la gente debe llevar ropa allí.

Hana se encogió de hombros.

—¿Tienen que pasar por aquí para llegar allá? Tengo que pensar que pocos creyentes se arriesgarían a frecuentar este lugar.

Las mujeres se bebieron la Coca Cola y miraron el reloj. Salvo los dos de la CG, nadie se había ido desde que entraron, ni tampoco había entrado nadie. El joven de la silla pasó dos veces frente a la puerta del bar, caminando con pereza de arriba abajo. Al menos dos transeúntes vieron a las dos mujeres uniformadas y evidentemente optaron por no entrar.

Cloé y Hana se pararon y caminaron como en busca de otra entrada que las llevara al subterráneo.

—¿Inglés? —preguntó Cloé al joven que estaba al frente. Él se encogió de hombros mirándola con fijeza—. ¿Hay otra entrada a este lugar?

Él negó con la cabeza.

—¿Nada por la parte trasera? ¿Nada por el callejón?

Él volvió a negar con la cabeza.

—Me dijeron que aquí había una lavandería —dijo ella—. Necesito lavar alguna ropa.

—No veo ropas —dijo el hombre mirándola con fijeza. Su acento era griego.

—No andamos con ella arriba —dijo ella—. ¿Cómo bajo a la lavandería?

—Al pasar el baño. Puerta trasera, a este lado —respondió con voz ronca e hizo gestos con la cabeza hacia la salida que usaron los de la CG. Echó su silla para atrás hasta que golpeó la pared—. Pero está cerrada.

—¿Al mediodía? ¿Por qué?

Se encogió de hombros, se caló aun más la gorra y volvió a su revista.

—Bueno, está bien —dijo Cloé suspirando. Hana la siguió a la esquina poniéndose fuera de la vista—. Le doy treinta segundos.

Luego de unos segundos, Hana atisbó a la vuelta de la esquina.

—Como siempre tienes razón. Se fue.

Las mujeres se apuraron para volver al bar, fueron a la puerta trasera, pasaron el baño y bajaron unos desvencijados peldaños de madera. Una mujer delgada y de mediana edad, que vestía un voluminoso suéter gris y un pañuelo que le tapaba el pelo y buena parte de la cara, estaba de pie, aterrorizada, en la luz de la ventana.

—¿Lavandería? —preguntó Cloé.

La mujer asintió, con un puño apretado bajo su cuello.

—¿Podemos traer ropa para lavar?

Ella asintió de nuevo. Cloé divisó al muchacho detrás del borde de una gruesa cortina que colgaba en un pasillo, por detrás de la mujer. Tenía los ojos como platos. Ella lo señaló y lo llamó con un dedo.

—¡No! —dijo la mujer con desesperación, recostándose contra la pared.

El joven se aventuró a salir, mostrando un arma debajo de su camisa.

—¿Uzi? —preguntó Cloé.

—Sí, y la usaré —contestó él.

—Quítate la gorra —mandó Cloé.

—Primero te mato de un balazo —dijo el muchacho, sacando el arma.

—Costas, no —gimió la mujer.

Mientras él sacaba la terrible arma, Cloé y Hana sacaron, no sus armas, sino sus gorras. Descubriendo la frente, susurraron al unísono:

—Jesús resucitó.

El muchacho cerró los ojos y exhaló ruidosamente. La mujer se dejó caer al suelo deslizándose por la pared.

—Sin duda que resucitó —pudo decir.

—Casi las mato —dijo Costas y se volvió a la mujer—. ¿Mamá, estás bien?

Su madre ocultó la cara en sus manos.

—¿Ustedes vienen disfrazadas de CG? —dijo con dificultad en inglés—. ¿Qué hacen aquí?

—Soy Cloé Williams. Esta es mi amiga, Han...

—¡No, no puede ser! —exclamó la mujer, enjugándose el rostro y poniéndose de pie. Se precipitó a Cloé y la abrazó con toda fuerza—. Yo soy Pappas. Me conocen como señora P.

—Esta es mi amiga Hana Palemoon.

—¿Usted también en la Cooperativa? —preguntó la señora P.

Hana asintió con la cabeza.

—¿Usted es de la India?

—No. De Estados Unidos de Norteamérica.

—¿Usted disfrazada para disimular?

Hana sonrió y asintió y miró a Costas.

—¿Estamos a salvo?

—Debemos irnos —dijo el chico, dirigiéndolas a una enorme bodega de paredes de concreto al otro lado de la cortina, repleta de mercaderías de todo el mundo.

»La Cooperativa funciona aquí tan bien como en todas partes —dijo él—, pero estamos sufriendo. Solamente quedamos unos pocos.

—¿La gente de arriba no los molesta?

—Les damos cosas. Ellos no hacen preguntas. Tienen sus propios secretos. Un día, cuando les venga bien, nos denunciarán.

—Jefa de la Cooperativa en mi casa —susurraba la señora P., con la mano en el corazón—. Nadie lo creerá.

—No pueden quedarse mucho rato —dijo Costas—. ¿Cómo las podemos ayudar?

Dos jóvenes Pacificadores de la CG le hicieron un veloz y obsceno gesto a Mac cuando lo pasaron a toda velocidad en su pequeña furgoneta; entonces Mac notó la mirada de uno de ellos cuando se dio cuenta del uniforme. El vehículo patinó en el asfalto lanzando grava al retroceder hacia él.

—¡Lo saludamos! —gritó el pasajero cuando se detuvo la furgoneta y saltó al suelo—. ¡Señor, nosotros le hicimos la venia! ¿Nos vio?

—¡Sí, y se los agradezco mucho!

El chofer también se dejó caer del vehículo y Mac les devolvió el saludo.

—Mi personal tenía cosas que hacer en aquella dirección y yo tengo cosas que hacer en el aeropuerto.

—Podemos llevarlo señor, ¿quiere que lo llevemos? Nosotros lo dejaremos allá.

—Se los agradezco —dijo Mac mientras tiraba sus bolsas al vehículo y trepaba en el asiento trasero—. ¿Qué pasa en Petra?

—Señor, tremendo golpe —contestó el chofer, encendiendo la radio. Mac apoyó su frente en la mano como si tratara de escuchar cuidadosamente. Oraba con desesperación por sus compañeros—. Los hicimos polvo a todos. No habrá que enterrar a nadie.

—Niños, déjenme oír —dijo Mac y esos dos se quedaron callados. Justo antes que se perdiera la conexión, Mac oyó lo suficiente del piloto como para animarse—. Bueno, esa es una buena noticia, ¿no es así?

—Seguro —dijo el pasajero volviéndose hacia él—. No sé cómo entender lo último, pero les dimos un gran golpe, con toda seguridad que lo hicimos.

Cuando llegó al aeropuerto, a Mac le costó mucho creer el desorden que veía. Lo que restaba de la fuerza de la CG se veía indisciplinada y apática, cosa que solamente era para su ventaja.

—Necesito un vehículo —dijo al único Pacificador que se paró y lo saludó en el hangar principal—. Necesito la llave de este vehículo. Quiero guardar mis cosas y quiero ver un Rooster Tail, si está aquí.

—Ah, sí, está aquí, señor, y nosotros lo estábamos esperando. Yo llevaré sus cosas.

—¿Dije que quería que me llevaras mis cosas?

—No, señor, dijo más claro que el agua que quería guardarlas usted mismo —contestó. El soldado corrió a un escritorio donde sacó unas llaves de una enorme caja de cartón—. El Rooster Tail está en el hangar 6. El vehículo es el primero allá al final. Yo se lo puedo traer.

—¡Hágalo!

—Ah, casi me olvidaba. Tengo que ingresar su código a la computadora y...

—No antes de que me traigas el vehículo.

—Bueno, eso es cierto —dijo el soldado y se fue corriendo.

Mac se dio cuenta de que los demás lo miraban fijamente, sentados en forma más derecha y dando la impresión de estar ocupados, pero nada parecía suceder, no había aviones aterrizando ni despegando.

—¿Comandante, nos va a conseguir un poco de ayuda? —preguntó uno desde el otro lado de la oficina.

—¿Cómo dice oficial? —dijo Mac fulminándolo con su mirada.

—Yo dije que si nos va...

—¡Oí lo que dijo! ¡Ahora levante sus posaderas de esa silla y diríjase a mí en forma apropiada!

El hombre se paró rápidamente y se enredó el pie en una rueda de la silla, tropezando antes de enderezarse y acercarse. Mac lo miró derecho a los ojos. El hombre se detuvo y lo saludó. Mac lo pasó por alto.

—¿Usted acostumbra a gritarle a sus superiores desde el otro lado de la oficina, oficial?

—Señor, no estaba pensando.

—¿Preguntó algo?

—Solamente me preguntaba si vamos a conseguir algo de ayuda aquí, señor. Usted ve qué poco personal tenemos.

—Ustedes tienen mucho personal y poco trabajo que hacer, y usted lo sabe —le respondió Mac mientras miraba de un lado al otro del hangar y hacia la pista.

—Sí, señor.

—¿Me equivoco?

—No, señor, solo que, bueno, solíamos...

—Solían.

El hombre volvió a saludar y retrocedió. El oficial más joven hizo patinar el vehículo para Mac al detenerlo frente al hangar y abrió el maletero.

—Señor, ¿necesita ayuda con ese transatlántico de alta velocidad?

—No necesito nada sino una caja de herramientas y que me dejen trabajar tranquilo. ¿Qué encontraron allí?

—Nada, señor.

—No habla en serio.

—Nos dieron instrucciones de dejarlo para la jerarquía. Eso sería usted, me imagino.

Mac apretó los labios. ¿No había nada que Chang Wong no pudiera cumplir con unos pocos golpes de teclado?

—Deme una caja de herramientas y dígame quién está a cargo de la redada de los judaítas?

—¿Señor?

Mac ladeó la cabeza y miró de soslayo al muchacho.

—¿Usted me dice que le asestamos uno de los golpes de mayor éxito a los que están en la clandestinidad, justo debajo de las narices de ustedes, y que nadie sabe nada de eso?

—Ah, eso, no. Sí, lo supimos. Lo sabemos. Quiero decir que, precisamente, ¿qué pregunta usted?

—¿Quién maneja esto? Apresaron vivo a un operativo y quiero verlo. Tengo órdenes de verlo.

—Bueno, no sé donde lo tienen, señor, quiero decir, que yo...

—¡Yo no esperaba que usted supiera donde lo tienen! ¿Le pregunté eso?

—No, señor, lo lamento.

—Sin embargo, espero que lo sepa quien esté a cargo del operativo a nivel local. ¿Me entiende?

—Por supuesto.

—Entonces, ¿quién es?

—Un tipo de nombre raro, señor. Tendrá que averiguar en el cuartel central de Tolemaida.

—Resulta que es Nelson Stefanich. ¿Usted se comunica con él?

—Sí, señor.

—¿Puede cerciorarse de que me está esperando?

—Sí, señor.

—Dígale que espero recibir toda la cooperación e información que necesito en cuanto llegue allá.

—Sí, señor. Ahora bien, ¿quiere darme su código de seguridad de seis dígitos para...?

—Cero, nueve, uno, cero, cero, uno —recitó Mac, luego tomó la caja de herramientas y manejó hacia el hangar donde estaba en cuarentena el avión de George Sebastian. Sabía dónde escondía su arsenal y en cosa de segundos había sacado los paneles de la bodega de carga poniendo un arma de energía dirigida y un rifle calibre cincuenta con su bípode en el maletero del vehículo. Por la etiqueta de seguridad que George había puesto en la puerta de la bodega de carga supo que la CG la había revisado, pero era evidente que no habían descubierto los paneles secretos.

Mac volvió rápidamente al hangar principal.

—Limpio en un santiamén —le dijo al joven oficial, pasándole la caja de herramientas por la ventanilla—. ¿Sabe Tolemaida que voy?

—Lo esperan señor.

George Sebastian fingía seguir dormido. Hacía varios minutos que estaba despierto, escuchando los urgentes mensajes con estática procedentes de sus captores y sus respuestas desesperadas y ansiosas, tan bajas que no podía entender los detalles.

Yacía sobre su costado derecho, con su inmenso esqueleto contra el suelo de tierra apisonada. Estaba helado, tieso y famélico. Tenía entumecido el brazo derecho desde el codo a la punta de los dedos. Estaba esposado con las manos a la espalda. La cabeza y la cara de George latían de dolor y podía saborear sangre.

Oyó un suave ronquido detrás de él. Ah, si solo tuviera libres las manos. Se colocaría en una posición que le permitiera recuperar el flujo de sangre al brazo derecho y en silencio se colocaría en posición. Y si el guardia dormido era el único centinela con él, saltaría, desarmaría al hombre y lo silenciaría en un segundo. George se dio vuelta con mucho dolor, todo el cuerpo le dolía y estaba muerto de hambre y de sed. Frotó la mejilla contra el suelo para correr la venda que le tapaba los ojos, lo suficiente como para atisbar un poco. Sin duda, el guardia estaba ahí sentado y dormido, con un brazo colgando, su arma de alto poder de fuego en su regazo. Raro. Quizá se equivocaba, pero George creía que tenía clara la jerarquía de este grupo. El grandote, que trataba de disimular su acento francés, no era el jefe. Hablaba mucho, pero era el otro, el griego que George no había lesionado, el que parecía dirigir las cosas. Sin embargo, a menos que fuera extraordinariamente astuto y tratara de lograr que George hiciera algo, este era el que ahora dormía a unos pocos metros de su prisionero.

Su brazo derecho le hormigueaba, pero con la mano izquierda pudo maniobrar lo suficiente para tocar las esposas. Firmes y fuertes. Se había soltado de esposas corrientes, pero no de unas puestas con tanta seguridad. Oyó que se abría la puerta de arriba de la escalera y la joven, a la que le decían Elena aunque antes se hizo pasar por Georgiana, dijo:

—Le daré la última oportunidad y luego hacemos lo que haga falta.

El grandote, el doble de George, bajó pesadamente la escalera con su arma en la mano. Elena lo siguió, desarmada, pero gritó hacia arriba:

—¡Sócrates, ven ahora!

¿Tiene un perro?

El alarido de Elena despertó al jefe que se puso de pie carraspeando y frotándose los ojos.

—¿Qué pasa? —le preguntó el grandote.

—Nada, no se ha movido.

—¿Vive todavía, no es así?

—Respira.

El grandote habló al oído del que se acababa de despertar.

—¿De verdad? —preguntó el más chico—. ¿A qué hora?

—Nadie sabe todavía, pero será hoy o esta noche.

El jefe dijo un montón de palabrotas.

George esperaba que no se notara la venda corrida. El grandote lo pisó en el hombro izquierdo con su pesada bota y lo hizo ponerse de espaldas.

—Despierta, muchachote —dijo.

—Última oportunidad —agregó el jefe.

Aunque George estaba decidido a guardar silencio, pues no iba a darles el gusto a esos aficionados, quería decirles:

¿Para qué? Suéltenme y quítenme esta venda, cobardes, y los mataré sin armas.

Pasos pesados y vacilantes resonaron arriba y el guardia de la rodilla lesionada bajó con lentitud. El grandote le pasó su arma a Elena y se sentó a horcajadas sobre George. Metió sus manos bajo los brazos de George, dobló las rodillas y se levantó, gruñendo mientras lo enderezaba y lo apoyaba contra la pared más distante. George dejó que su barbilla cayera sobre el pecho.

—Muy bien —dijo el jefe—. Platón allá y Sócrates acá.

George pensó que estaba oyendo cosas raras. Había sido uno de los pocos becados de la Universidad Estatal de San Diego que jugaban fútbol y que leían historia griega, pero su mediocre rendimiento en los exámenes lo había orientado a lo militar. Su mente tenía que estar haciéndole jugarretas. ¿Así que Platón y Sócrates estaban a tres metros de él, uno a cada lado, con sus armas apuntadas a su cabeza? Tenía que ser el hambre.

—Si intenta algo, lo matan, pero tengan cuidado conmigo.

El jefe, George solo podía imaginarse su nombre, estaba arrodillado frente a él y le arrancó la venda. George parpadeó y entrecerró los ojos, pero siguió mirando el suelo. Ahora el hombre le había puesto el cañón del arma en la frente y le levantó la cara.

—Mírame a los ojos y comprende que hablo en serio.

George sintió la tentación de escupirlo.

—Has sido valiente, un prisionero de guerra modelo. Sin embargo, perdiste. Te llegó la última oportunidad. No quiero desperdiciar más tiempo ni energía contigo. La única manera para que te vayas de aquí y vuelvas a ver a tu esposa e hijo es que nos digas lo que necesitamos saber. De lo contrario, te mataré con una bala a bocajarro que te atravesará el cerebro. Tienes diez segundos para decirme dónde está la casa de seguridad de los judaítas.

George no pudo pensar en un motivo para no creerle al hombre. Estaba débil, deshecho, extenuado, pero había triunfado. No había dicho nada y ahora tampoco hablaría. No había forma que le permitieran irse libre aunque delatara a Chicago. Había una alternativa, pero no se tenía confianza para elegirla. Podía inventar un cuento largo, delirante, lleno de matices que todos creerían incluyendo gas venenoso en la cabina del avión que saldría si alguien trataba de hacer volar el aparato sin entrar antes el código apropiado en el sistema de seguridad.

Eso podía impedir que la CG se apoderara del Rooster Tail y hasta podía dejarlo a disposición del Comando Tribulación si alguien venía a intentar liberarlo. Aun así, tenía la seguridad de que el capitán Steele y los demás ya lo suponían muerto, ¿y por qué no? Y si trataba de inventar un cuento para demorar su ejecución, en su estado actual no sería capaz de mantener la coherencia y no podía arriesgarse a que se le escapara algo que pudiera ser cierto.

George dejó que su frente descansara sobre la boca del cañón y siguió callado. No quería volverse atrás, ni gesticular, ni estremecerse. Se limitó a apretar bien los dientes anticipando el tiro que lo llevaría al cielo.

TRES

Estábamos con el grupo que tenía a lo dirigentes —explicaba Costas Pappas—. El pastor y su esposa, los Miclos. El viejo Kronos. Su primo aún sigue con nosotros. ¿Saben quiénes son todas esas personas?

—Sabemos todo —respondió Cloé—. Sin embargo, ¿cómo puedes saber tanto y aún sobrevivir?

—Marcel nos enseñó el plan en la misma noche que todo pasó —dijo la señora Pappas—. Se suponía que a la muchacha la hubieran visto la gente de la clandestinidad que la conocía, pero eso era solo un rumor. Todo parecía encajar. Ayuda del Comando Tribulación, de un militar, un operativo de Estados Unidos de Norteamérica que regresaba del operativo en Israel.

—Aunque, ¿cómo supieron lo que había pasado? ¿Qué hicieron cuando el señor Miclos y el señor Kronos no se reportaron?

—Fuimos a mirar —dijo Costas con labios temblorosos. Cloé había creído que era un vigilante de poca monta, luego un joven enojado. Sin embargo, comprendió que tenía que ser valiente para vivir como vivía. Esa blandura la conmovió—. Conocíamos el plan. Nunca encontramos las piedras junto al camino. Tienen que haberlas aplastado o echado a un costado. Aun así, aquellas bestias dejaron el automóvil donde se detuvo, no lejos de aquí, a plena vista.

—Aunque con toda seguridad los estaban vigilando —dijo Hana—, al acecho de ustedes.

—Estábamos seguros de eso —replicó el muchacho—. Pasamos con rapidez tratando de aparentar que ni siquiera estábamos mirando. Sin embargo, conocíamos el auto de K. Estaba a unos pocos metros del camino, con las luces y el motor apagados, una puerta abierta. Nos sentíamos desesperados por examinarlo, por saber qué pasó, pero no queríamos portarnos como estúpidos.

—¿Y entonces...?

—Esperamos. Teníamos que esperar. No había forma de saber cuándo se iban a cansar de esperar que viniera alguno, pero a los pocos días ya no soportábamos seguir sin saber más. El primo de Kronos nos prestó un camión con tracción en las cuatro ruedas y con mapas topográficos nos trazamos un camino para llegar al automóvil desde los campos en vez de hacerlo por el camino. Lo hicimos pasada la medianoche, abriéndonos paso poco a poco por pequeños senderos que atraviesan espesos matorrales hasta el plano rocoso abierto. El primo Kronos iba manejando y dos más y yo caminábamos delante, vestidos con ropa oscura para asegurarnos de que nadie nos viera ni oyera. Dieron como las tres de la madrugada antes de que acercáramos el camión lo más que nos atrevíamos. No podíamos ver el auto de Kronos, pero sabíamos donde estaba. Cuando subimos arrastrándonos una elevación desde donde creíamos que lo veríamos, no vimos nada.

»Ya no hay dinero para el alumbrado de las calles y hacía tiempo que la batería del auto se había agotado. No había luna y no nos atrevíamos a usar las linternas, así que nada iluminaba el automóvil. Si la CG hubiera estado al acecho para emboscarnos, no hubieran pensado que vendríamos por un camino difícil, sobre todo recorriendo toda esa distancia. Estábamos casi encima del auto cuando por fin lo vimos en la oscuridad. Escuchamos y observamos y hasta nos desplegamos para ver si podíamos oír a alguno de la CG. Luego, palpamos el auto y hallamos los cadáveres. Quizá fuimos unos tontos, pero nos animamos a encender las linternas, solo de segundo en segundo, tapando la mayor parte de la luz con nuestros cuerpos.

Costas se estremeció con el recuerdo y se quebrantó. Luchaba por darse a entender.

—A los tres —pudo decir—. Baleados. Marcel en la cara. La parte de atrás de su cabeza había desaparecido. Tuvimos que trabajar duro para sacarlo desde abajo del panel de instrumentos. K recibió un balazo en la nuca, desde atrás. Quizá le cortó la médula espinal. Laslos en la frente.

—¿Ni señales del estadounidense?

Costas negó con la cabeza.

—Arrastramos uno por uno los cuerpos hacia fuera, todo el camino hasta el camión. Hedían y estaban rígidos. Fue espantoso. Mi amigo, el que estudiaba criminología antes de todo esto, determinó que quien haya sido el que les disparara, tal vez estaba en el automóvil con ellos. También encontramos la bolsa de Marcel, una que nosotros le habíamos dado. Estaba debajo del cuerpo de Laslos, cubierta con su sangre. Todavía tenía una muda de ropa y comida. No sabemos qué le pasó al estadounidense.

Cloé les dijo a él y a su madre lo que había informado Esteban Plank, que la CG se jactaba de haber impedido con éxito un intento de fuga.

—Hubo una impostora que tomó el lugar de la muchacha y otro el de nuestro hombre. Algo salió mal y pasó todo esto.

—¿El estadounidense está vivo? —preguntó la señora P.

—Detenido en alguna parte —dijo Cloé asintiendo—. Es probable que intenten forzarlo para sacarle información, pero él está bien preparado. Estamos más preocupados de que se deje matar por no cooperar.

—Ustedes deben pensar que los CG son estúpidos —dijo Costas.

—¿Cómo? —preguntó Cloé.

—Ustedes se presentan aquí disfrazadas de CG y piensan que las van a llevar precisamente donde lo tienen a él.

—Sabemos que es peligroso.

—Es suicida —dijo Costas.

—Hijo, ¿qué harías tú? —preguntó Cloé dándose cuenta de que si Costas era más joven que ella, no era por muchos años.

—Supongo que lo mismo —respondió y se encogió de hombros—. Sin embargo, no creo que dé resultado.

—Tenemos un hombre en el palacio de Nueva Babilonia o, de lo contrario, ni soñaríamos en intentar esto —dijo Cloé y empezó a esbozar los preparativos y los planes de Mac.

—Eh, disculpen —intervino Hana—. Un minuto, por favor.

Cloé le lanzó una mirada y la siguió a un rincón.

—¿Tienen ellos que saber esto, Cloé?

—¡Podemos confiar en ellos! Son de la Cooperativa.

—Sin embargo, ¿qué pasa si los atrapan y los obligan a hablar? No los recargues con todo esto.

—Hana, piensa en todo lo que han pasado. Nunca se rendirán.

—Bueno, si lo hacen, habrá más de un funeral, ya lo sabes —dijo y volvieron a donde estaban la señora Papas y su hijo.

—¿Esto da resultados? —preguntó Costas—. ¿La CG se lo cree?

—No por mucho tiempo —admitió Cloé, mirando de reojo a Hana—. Aun así, con la información adecuada en la base de datos principal de Nueva Babilonia, hemos llegado a lugares muy notables.

—Las acabamos de conocer —dijo la señora Pappas—. Y las enterraremos pronto.

—Somos gente de fe —dijo Hana, dejando de lado su acento—. Y sabemos que ustedes también lo son. Además, debemos ser gente de acción. Sabemos los riesgos y los aceptamos. No sabemos qué más hacer. ¿Dejaría que un compañero quede a expensas de una muerte segura?

Costas seguía emocionado. Se encogió de hombros.

—No sé. No veo que tengan otra alternativa, pero si van con artillería tienen mejor oportunidad que yendo disfrazadas. No logro imaginarme que resulte.

—Es que no sabemos dónde está nuestro hombre —dijo Cloé—. ¿Cómo averiguamos eso sin infiltrarnos?

—¿Y el hombre de Colorado? Parece que sabe mucho.

—Él nos dice solamente lo que oye. Si pide más detalles que parezcan apropiados, también lo descubrirían muy pronto.

—¿Cómo se las arregla para estar en la CG sin la marca?

Cloé le explicó la nueva identidad de Esteban y su reconstrucción facial, consciente del ruidoso suspiro de Hana y del ligero meneo de su cabeza.

—Su frente es de plástico. La marca de la lealtad se tendría que imprimir debajo de eso y nadie puede soportar mirarlo con su calavera al descubierto.

—Por favor —musitó muy quedo Hana.

—Quiero ir con ustedes cuando vayan por su hombre —dijo Costas.

—No puedo permitirlo —dijo Cloé—. Nosotras tenemos nuestros documentos, nuestros uniformes y, por ahora, estamos cubiertas en la computadora. Pasarían días para hacer lo mismo por ti.

—Me puedo conseguir un uniforme de la CG y ustedes me podrían cubrir. Yo...

—No —dijo Cloé—. Te lo agradecemos, pero eso no sucederá. Tenemos un plan y lo seguiremos, triunfe o falle.

—¿Necesitan más poder de fuego?

—Sí. Hubiera parecido sospechoso traer armas pesadas que no son de la CG. El señor McCallum está tratando de conseguir algo, ya sea del avión o del automóvil de nuestro hombre.

—¿Dónde está el auto?

—Según Plank, los captores de Sebastian también tienen su automóvil, con los cuales habló camino al aeropuerto.

—¿Y no lo habrán revisado buscando armas?

—No lo sabemos y no hemos oído nada.

Costas hizo señas a las mujeres para que lo siguieran a un rincón donde había un gran baúl de madera tapado con montones de frazadas. Estaba lleno de Uzis.

—No pregunten —dijo. Su madre pasó una bolsa grande de ropa en la que Costas puso tres armas envueltas en ropas y varias cartucheras con balas—. Ahora es mejor que se vayan.

A George Sebastian le habían dicho que uno nunca oye el tiro que te mata, ¿pero cómo podría probarse eso? Luchaba por permanecer sereno, pues no quería dar a sus captores la satisfacción de siquiera ponerse tenso antes del estallido letal. Retuvo la respiración mucho más allá de lo que creía eran sus últimos diez segundos y, entonces, no pudo contener un estremecimiento cuando exhaló.

—Muy bien —dijo el jefe—, pónganlo presentable, y rápido—. Primero comida y agua, luego la ducha. Y hagan algo con ese labio. Piensen alguna explicación. Nosotros no lo hicimos.

George abrió los ojos y pestañeó.

—Mira, California, sigues metido en problemas, pero ninguno de nosotros va a freírse por causa tuya. Te voy a quitar las esposas, pero hay dos armas apuntadas a ti y todo lo que necesitamos es el motivo.

Cuando tuvo las manos libres, George se las frotó, haciendo que Platón retrocediera. George se sintió tentado de asustarlo con un movimiento fingido o con un grito.

—Hagan algo con sus muñecas —le dijo el jefe a Elena—. Vamos, tenemos que movernos.

Empujaron a George escaleras arriba y le dieron dos emparedados de algo que tenía gusto a salchicha descompuesta. Las rebanadas de pan eran casi de cinco centímetros de grosor y secas. Tuvo que apretarlas con fuerza para que le cupieran en la boca. Su labio partido se estiró y sangró cuando masticaba. Sorbió ansioso la botella de agua tibia y rancia.

George quería volver a sentarse y respirar profundo unas cuantas veces, pero era claro que se suponía que este almuerzo no era plácido. Se atragantó y tosió, pero se aseguró de obligarse a tragar toda la comida. Su mejor oportunidad de escapar o de causar daño se presentaría cuando estuviera desatado y lo estuvieran moviendo. No quería invertir la energía mental necesaria para suponer qué estaba pasando ahora, pero se sentía aliviado de estar vivo y de haber cumplido su único objetivo por el momento: guardar silencio.

Cuando terminó, George recogió con rapidez las migas de pan que había en la mesa y se las metió en la boca. Las tragó con las últimas gotas de agua, inclinando la botella por completo. Elena se la quitó y apuntó hacia una salita donde apenas podía meterse en la ducha.

—Ahí está la ropa —dijo ella señalando el suelo—. Es probable que no quepas por la ventana, pero afuera hay uno y armado.

Ella salió y cerró la puerta y, aunque él sabía que tal vez ella y los demás podían oír lo que hacía, miró debajo de un jergón, pero solo halló polvo. Abrió con brusquedad tres gavetas de un gabinete alto de madera. Vacías. No había nada en el cuarto salvo una ventana que supuso daba al oeste. Levantó una persiana que parecía de papel y Sócrates niveló su arma hacia él.

—¡Apúrate! —gritó Elena desde el otro lado de la puerta.

Se quitó la ropa y se metió en la ducha. Primero abrió la llave de agua de la izquierda y lo golpeó el agua helada. Retrocedió y estiró una mano, abriendo la otra llave. También fría. Abrió las dos por completo y las dejó correr un minuto. Trató de colocar la ducha en ángulo alejado de él, pero estaba oxidada y firme en su posición.

—¡El agua de la ducha no es potable! —oyó que le gritaban desde afuera.

Quería preguntar si había jabón o una toalla, pero no hablaría. Apretando los dientes, George se obligó a meterse bajo el chorro. Su cuerpo se contorsionó y tembló, pero dejó que el agua congelada corriera desde su corto pelo por todo su cuerpo. Se frotó vigorosamente en todas partes por el mayor tiempo que pudo soportarlo y en el momento en que cerraba los grifos, oyó que se cerraba la puerta del cuarto. Atisbó. Había un montón de ropa limpia donde había dejado su ropa, la cual era sin duda de Platón su aparente doble. *Estupendo. Él no se ve tan alto.*

Sobre la cama había solo una toalla pequeña. George se secó como pudo y se puso la ropa. Una camiseta lo protegía de la aspereza de un suéter marrón. Los calzoncillos militares le apretaban. Unas medias de lana gris empezaron a calentarlo y los pantalones de caqui con un cinturón de lona le apretaban la cintura y le llegaban a nueve centímetros de sus tobillos. Las botas de la CG le apretaban, pero estaban bien.

George abrió la puerta y Elena le hizo señas que la siguiera de vuelta a la mesa donde había comido. Platón estaba de pie vigilando, con el arma en la mano, pero George se preguntó cuánto valoraban a la muchacha. Él la podría haber agarrado y hacerle una llave de la cabeza antes que los otros se dieran cuenta y matarla antes que le dispararan.

Ella le untó torpemente en su labio una pomada y le masajeó las manos y las muñecas. George le estudió la cara en busca de una señal de debilidad. Es evidente que la sangre que vio en ella cuando pensó que era su contacto clandestino no era suya. Era una asesina.

Elena le apretó una inflamación que tenía sobre la ceja y eso le dolió, pero él permaneció impasible. Si era incapaz de soportar un poquito de dolor, ¿cómo iba a luchar para librarse de esta situación? Parecía absurdo que hallara hielo en ese lugar, pero envolvió un poco de hielo en un trapo y lo puso contra su frente hinchada. Hizo lo mismo con una protuberancia que había en su nuca. ¿Por qué no podía haber guardado un cubo o dos para el agua que bebió?

La comida, fuera lo que fuera, le cayó pesada y le causó problemas estomacales, pero también sintió que le daba energía. Parte de George deseaba hacer daño, mostrarles a estos aficionados lo que podía hacer un preso estadounidense. Ah, podía hacer más que estar alerta. Si lo calculaba, ya le hubiera roto la rodilla a un guardia. Y durante todo el rato que Elena estuvo curándole las heridas, había estado lo bastante cerca de ella como para cegarla introduciéndole dos dedos directo a los ojos, quebrarle la mandíbula con un golpe en la barbilla o haberla aplastado hasta matarla volcando la mesa sobre ella y dejando caer todo su cuerpo encima.

Claro que era poco lo que hubiera ganado, pues le habrían disparado. Fantaseó con pasarla por alto y tirarse encima de Platón, desarmarlo, golpearlo con el arma, balear a Elena y correr el riesgo con los dos que estaban situados afuera. Eso tenía mejores posibilidades, pero aun así estas no eran nada buenas.

Lo ponían presentable y lo trasladaban. ¿Por qué? Alguno, un superior de ellos, debía haber querido obtener información. Y ellos querían cerciorarse bien de que estaba recibiendo buen trato. Sin duda, George era lo más cerca que habían llegado a alguno conectado con los judaítas y por eso aún seguía vivo.

Se deleitó con la idea de dar un espectáculo ante la jerarquía de la CG. Su silencio los enfurecería. Mejor aun, desde su perspectiva, mientras más alto va uno, menos preparados están para los intentos creativos de fuga. En algún momento esta gente tendría que darse cuenta de que no iba a cooperar. No iba a dar información a las buenas ni a las malas. En definitiva, en última instancia, sería prescindible. Lo usarían o como una lección objetiva, afirmando que habían cazado al enemigo, o lo ejecutarían. O ambas cosas a la vez.

Poco a poco, la meta de George se fue formando en su mente. Quería permanecer alerta, ser consciente de cada matiz. Quería saber cuándo iba la CG a perder la paciencia definitivamente dándose cuenta de que no valía la pena, que era un caso perdido. Cuando por fin tuvieran lo suficiente y su fin se acercara, quería estar seguro de llevarse a la eternidad a uno o dos de aquellos. Por sus marcas, George sabía que no iban al mismo lugar que él. Sin embargo, llegarían a su destino más pronto de lo que pensaban.

George tuvo que luchar por contener una sonrisa mientras lo conducían a un jeep. De nuevo lo habían esposado, pero no antes de haberle puesto un par de guantes grandes. *Qué considerados*, convino. *Protegen mis tiernas muñecas.*

Cuando Mac se encontró con Cloé y Hana en un claro del matorral al norte de Tolemaida, todos ya se habían comunicado con el remanente del Comando Tribulación.

—Estoy impaciente por saber cómo enfrenta Nueva Babilonia los hechos de Petra —dijo Hana—. ¿Cómo es posible que todavía haya incrédulos?

—¿Quién sabe cuándo se podrán ir papá y Abdula? —preguntó Cloé—. Por lo que sabemos, Zión querrá quedarse allí si tienen la tecnología que le permita continuar su enseñanza cibernética por todo el mundo. Creo que la CG matará a cualquiera que salga de allá.

Mac le dijo a Cloé y Hana que el cuartel central del escuadrón de Tolemaida lo esperaba, pero que él quería cancelarlo todo.

—¿Cómo así? —preguntó Cloé—. Pareciera que te pavimentaron el camino.

—Sí, pero si voy para allá, con los botones brillando, es como que estoy exhibiéndome, tratando de impresionar. Pudiera ser que olieran que hay gato encerrado sin siquiera probarlo. Además, si ese cuartel central es como el resto de este lugar, voy a parecer sospechoso si no empiezo a comerme vivo a cualquiera que se suponga al mando.

—Háblanos de eso —dijo Hana—. Detestaba trabajar en el palacio, pero la organización y el decoro hacían que este lugar pareciera una ruina.

—Si fuera realmente un comandante en jefe, estaría mandando informes a Nueva Babilonia durante toda una semana acerca de este lugar. Solo esperaba ser el primero en llegar allí, obtener lo que necesitaba y marcharme. Ni siquiera iba a pedirles ningún apoyo porque no debía necesitarlo. Ahora estoy pensando en ni siquiera asomar la nariz por allá.

—¿Qué?

—Es decir, yo.

—¿Entonces, nosotros?

—Una de ustedes.

—Yo iré —dijo Hana.

—Ahora, espera un momento —dijo Cloé—. Yo...

—Francamente, Hana, me inclino por Cloé. No creo que haya sospechas, pero si las cosas empeoran y verifican tu iris o tus huellas digitales, ya sabes que estás en los archivos de palacio.

—Como muerta.

—Bueno, sí, pero entonces, ¿cómo explicas que una dama india tenga exactamente las mismas señas de identidad de una india estadounidense muerta?

—Siempre y cuando no creas que no soy capaz de cumplir mi papel.

—¡Bromeas! La mitad de las veces te miro y me olvido quién eres. Sin embargo, Chang entró los detalles de Cloé con su nuevo nombre y aunque desconfíen y hagan que un miembro de mi personal ejecutivo tenga que demostrar su identidad, no tendría problemas.

—Mac, ¿qué quieres que haga? —preguntó Cloé.

—Quiero que te aburras.

—¿Aburrirme?

—Y te irrites. Te toca gruñir. Mientras que el importante jefazo con que viniste y su otro personal dormían una siesta en un lugar agradable, cosa que a nadie debe importarle, tú recibiste la orden de ir a buscar la información que él necesita. Con cualquier dificultad burocrática o cualquier impedimento, te enfurruñas. ¿Puedes actuar así?

—¿Qué te parece?

—Te acercas como que esto es todo y así de simple; limítense a darme la información y déjenme ir a hacer mis cosas.

Asegúrate de que los captores sepan que vamos para que no se vayan a espantar, pero es mejor que tengan listo al fulano. El jefe no está nada contento con que ellos no hayan sacado información al tipo hasta ahora, así que abran paso a uno que sabe lo que hace.

—Entendido.

—Aquel amigo piloto, Abdula, cree que si todo sale bien, podemos sacar a Sebastian, esposado naturalmente, llevándolo directamente a su propio avión y salir volando de aquí esta noche.

—¿Los locales tienen idea de que planeas llevarte al prisionero?

—No, y para cuando se enteren, debemos estar lejos de aquí.

—No será nada fácil —dijo Hana—. Incluso si en el lugar que vamos a visitarlo se tragan el anzuelo.

—Indira, nunca lo es —dijo Mac sonriendo—. La clave, sin embargo, es no tratar de convencerlos de algo. Uno los engancha logrando que hagan lo que tú dices. ¿Me explico?

—No estoy segura.

—Por ejemplo, si insinuara que Raimundo o Zión deseaban que tú hicieras algo que no querías, como volverte derecho a Chicago ahora mismo, tu primera reacción sería negativa. No querrías hacerlo, te negarías y yo entonces te diría que está bien, pero que no puedo decirte lo demás. Me preguntarías qué es y yo diría que como tomaste tu decisión ya no necesitas saber. Ahora no estaría seguro de ti, pero si estuviera en tus zapatos, haría lo posible por averiguar cuál era toda la historia y si hice una buena decisión.

—Te apuesto que podría y te cansaría también. Ya sabes que puedo.

—Es probable que lo hicieras pero, mira, entonces estarías haciendo lo que digo. No sería yo el que tratara de convencerte de algo. Serías tú la que tratara de sonsacármelo. Te digo lo que necesito lograr que realices, de modo que hagas lo que yo quería primeramente y tú no te das cuenta, sino después, cuando tomas conciencia de que te manipulé, que te pesqué y que eso parecía ser idea tuya.

—En otras palabras —dijo Hana—, de alguna manera harás que esta gente te ruegue que les saques a Sebastian de sus manos.

—Entendiste.

—Y ellos van a pensar que les estás haciendo un favor.

—Exactamente.

—Esto es algo que tengo que ver.

—Lo verás.

—¿Y dónde me quedo mientras Cloé hace sus cosas en el cuartel central?

—Esperando en el jeep con los ojos y los oídos bien abiertos. En efecto, la impresión es que ustedes son dos, pero que solamente se precisa una para obtener la dirección para el jefe.

—¿Y dónde vas a estar tú? —dijo Cloé.

—En el teléfono hablando con Chang y luego con el muchacho del aeropuerto. Quiero ese Rooster Tail lleno de combustible y listo para salir.

—¿Vas a decirle que llevaremos un preso?

—Veré cómo se desarrollan las cosas. De todos modos, si no encontramos un arma en el automóvil de George, tengo una para él y otra para mí. Ustedes tienen las portátiles.

—¿Crees que las necesitaremos?

—Al menos para el espectáculo. No hay nada sospechoso en que un oficial superior traiga personal armado consigo en una visita como esta.

Chang se apresuró lo más despreocupadamente posible para regresar a sus habitaciones en el descanso de la tarde y voló por su teclado tratando de encontrar a su hermana. Ella era mejor en esto de lo que se imaginaba. Solo deseaba que le hubiera hablado de eso para que él hubiera podido ayudarla preparándole el camino. Quizá si llegaba a alguna parte y descubría que le había dispuesto transporte en comisión, ella sabría que estaba vigilando.

El Pacificador Chow ya estaba en el sistema. Era evidente que "él" había salido de Chicago y se había conseguido transporte a Long Grove, Illinois. Chang se alegraba de saber que su hermana había evitado Kankakee y la vieja Estación Aeronaval Glenview. Aunque con poco personal, como en todas partes, los judaítas habían inutilizado esos lugares definitivamente y era imposible tomarles el pelo. Sin embargo, Chang nunca antes había visto nada en su sistema que siquiera mencionara una pista aérea en Long Grove.

Al final, descubrió una pista aérea para ejecutivos que recientemente se había reabierto para rutas comerciales limitadas. Con los minutos contados, Chang se comunicó con la torre de aquella pista haciéndose pasar por un oficial de alto rango de la administración de la aviación de la CG , "pidiendo la confirmación de rutina de un Pacificador procedente del sector internacional número treinta que iba a seguir en un avión comercial de carga con destino a Isla Pawleys en Carolina del Sur".

Chang no pudo esperar la respuesta y se apresuró a volver a su escritorio. Ahí le quedó claro que Suhail Akbar en persona estaba interrogando al primer piloto que volvió de Petra. Chang solamente podía suponer que el segundo también iría a la sala privada de conferencias de Suhail. Con unos cuantos golpes de teclado activó "el espía" de esa oficina para que grabara y más tarde descargar la información desde el sistema central.

Cloé apreciaba que Hana se mostrara lo bastante sensible como para dejarla sola con sus pensamientos en el camino de vuelta a Tolemaida.

—Te parece bien que haga esto, ¿verdad?

—Es perfectamente sensato —dijo Hana—. Si me van a verificar, este sería el lugar ideal.

Cloé trató de calmar su corazón respirando profundamente y tratando de dormitar. No le sirvió de nada, pero sabía que su vida dependía de lo que Mac llamaba su habilidad para mostrarse aburrida. Si se tenía que mostrar irritable, estaba bien, pero era más verosímil mostrarse aburrida.

El cuartel central del escuadrón ocupaba los tres últimos pisos de un edificio de cuatro pisos cuyo primer piso estaba abandonado aunque parecía que lo había usado alguna clase de empresa.

Uno de los hombres que Cloé y Hana encontraron en la calle estaba sentado en la oscuridad cerca del ascensor de esa planta baja, fumando y leyendo bajo un rayo de luz que se filtraba de la calle. El hombre se puso de pie cuando la vio y la saludó.

—Señora, el ascensor no funciona —dijo—. Tiene que subir por la escalera que está ahí, detrás de usted.

—Descanse. ¿Este es su cometido?

—Sí, señora. Alguien tiene que informarles a las personas o se quedarían todo el día esperando por esta cosa.

—¿Nadie pensó en poner un cartel?

—Sí, pero el comandante prefiere el toque personal.

—A ese es al que vine a ver —dijo ella asintiendo—. ¿Podría decirle que yo soy...?

—No tengo manera de decírselo, señora. Allá arriba está la recepcionista —dijo el joven levantando ambas manos.

—Pensé que a ustedes les faltaba personal.

—Señora, yo hago lo que me dicen —respondió y se encogió de hombros.

La escalera llevaba a una sucia sala, de muros azulejados, donde funcionaba solamente la mitad de las luces fluorescentes. No había nadie en el escritorio de recepción, pero otro Pacificador comenzó a levantarse desde el fondo de un sofá muy usado. Cloé lo detuvo con un gesto.

—Hijo, ¿cuál es su tarea aquí.

—Señora, Monitor de la Moral de la CG y decirle a la gente que la recepcionista no está aquí.

—Así lo veo.

—Bueno, decirles que volverá enseguida.

—¿Cuán pronto es "enseguida"?

—Se suponía —respondió mientras le daba una ojeada al reloj— que debía estar aquí desde hace diez minutos . Así que ahora debe llegar en cualquier instante.

—¿Pudiera informarle así de fácil al comandante Stefanich que está aquí la señora Irene, del personal del comandante en jefe Johnson.

—Bueno, podría señora pero me dieron órdenes de...

—Hágalo. Yo asumo la responsabilidad.

—Sí, señora. ¿Señora quién de qué?

—No se preocupe, lo buscaré —dijo Cloé, acercándose a la puerta.

—Ah, no puedo permitir que haga eso señora. Por favor, lamento haber olvidado sus datos.

—Monitor, ¿tiene la mano en su arma? —dijo ella.

—No, señora, bueno, sí, señora, pero no a propósito. Yo...

—Hijo, lea mi nombre en mi credencial y memorícelo. Ahora bien, todo lo que tiene que hacer es grabarse el nombre del *comandante en jefe* Johnson.

—Entendido. Un momento.

Cloé meneó la cabeza. Era una maravilla que la CG realizara algo. Apenas se había cerrado la puerta cuando se abrió de nuevo y el Monitor de la Moral la invitó a pasar con un gesto de cabeza. Apuntaba a una oficina de paredes de vidrio que estaba en un rincón del piso donde el comandante estaba sentado a su escritorio y una subordinada femenina instalada afuera.

—¿También tengo que pasar por ella? —dijo Cloé.

—Sí, señora, esa es la secretaria del comandante.

La mayor parte de los escritorios estaban vacíos y también las luces eran intermitentes. Parecía que todo lo que este comandante tenía era suficiente gente para mantenerlo protegido. A grandes zancadas, Cloé se encaminó hacia la mujer uniformada, mayor ya. La mujer sonrió expectante, pero Cloé pasó por su lado rápidamente.

—Irene, del personal de Johnson, para ver a Stefanich.

La mujer no tuvo siquiera tiempo de protestar. Nelson Stefanich parecía asombrado y empezó a ponerse de pie.

—Hola, lo siento, señor, pero el comandante en jefe no tiene tiempo para que yo me abra camino a través de todos sus niveles. ¿Tiene unos datos para él?

—Por supuesto, pero…

Cloé rebuscó en su cartera de cuero y sacó su credencial de identidad de la CG.

—¿Qué necesita?

—Bueno, me gustaría conversar con el comandante Johnson.

Stefanich tenía un acento europeo oriental, ella supuso que polaco.

—Dice que lo lamenta. La jerarquía de la CG quiere que este asunto se resuelva con presteza y entendemos que usted estaba preparado para...

—Señora Irene, haga el favor de sentarse.

—Realmente yo...

—Por favor, insisto.

Cloé se sentó.

—Esperaba que podría poner al día a su comandante respecto a los que elegimos para este cometido. Estamos muy orgullosos de su...

—Señor, discúlpeme pero entendemos que se ha obtenido cero información del operativo rebelde.

—Eso es cosa de tiempo. Se trata de un militar muy capacitado y hasta ahora hemos tenido paciencia.

—¿Pudiera sugerir que si sus comisionados estuvieran al nivel que usted dice que tienen, el comandante Johnson no hubiera tenido que venir hasta acá?

—Quizá. Sin embargo, estoy satisfecho con lo que han cumplido hasta ahora y pienso recomendarlos para...

—Haga lo que guste, señor, pero por favor mándeme de vuelta a mi jefe con lo que él necesita para hacer el contacto.

Stefanich hizo todo un espectáculo para sacar una carpeta de la gaveta de su escritorio, pero no se la dio a Cloé.

—¿Usted no sabe lo que pasó hoy? Este prisionero perdió valor inmediatamente con el éxito del ataque.

—Entiendo que esos resultados no son concluyentes. Si lo fueran, ¿no se transmitirían a nivel internacional?

—Hubo dificultades técnicas. Usted sabrá que murieron millones de traidores, incluyendo a sus líderes.

—Todavía no sabemos dónde están sus cuarteles centrales —dijo Cloé—, ni cuántos líderes pudieran quedar.

—Los hemos localizado en los Estados Carpatianos. Hasta el rebelde no refuta eso.

—Señor, ¿usted se niega a que el comandante general tenga acceso a su prisionero?

—No, yo...

—Porque de ser así, yo seré la primera afectada si el se disgusta. Sin embargo, usted será el siguiente —dijo poniéndose de pie—. Ya estoy atrasada, pero volver con las manos vacías, bueno, no me importa decírselo, la responsabilidad recae sobre usted.

—Aquí tiene —dijo él, ofreciéndole la carpeta.

Cloé se dirigió a la puerta diciendo:

—Usted puede recomendar a los locales que contrató, pero no estará en condiciones de premiarlos si...

—Aquí, no, por favor —dijo él, sonriendo a guisa de disculpa.

Cloé se detuvo y lo miró con sospecha.

—¿Un archivo? No quiero un archivo. Todo lo que tengo que darle al comandante es la dirección para llegar al preso.

—¡Eso es precisamente! ¡Mire, aquí!

Cloé se detuvo con la mano en el pomo de la puerta, y dijo:

—Su gente nos espera.

—Por supuesto.

Mirando de soslayo a Stefanich se mantuvo de pie con los labios apretados. Había llegado hasta allí y no iba a regresar hasta él.

—Entonces, entréguemelo.

Sentado, estiró la mano para ofrecerle la carpeta. Ella lo miró con fijeza de arriba abajo. Por último, él suspiró, se levantó y se acercó a ella. Cloé le arrebató el archivo y se fue.

CUATRO

Chang estaba sentado inquieto en su escritorio, fingiendo que trabajaba, incapaz de concentrarse. Se suponía que estuviera coordinando vuelos y convoyes de equipos, alimentos y suministros de las plantas de producción a las zonas más necesitadas. Había diseñado una manera de aparentar que sus instrucciones eran lógicas y completas, hasta eficientes. Sin embargo, las verdaderas transmisiones causaban infinitas demoras. Debido a una falla que introdujo en el sistema, los embarques se retenían durante días en localidades remotas y luego se entregaban en los lugares equivocados. A menudo el lugar equivocado de la CG era el acertado para la Cooperativa o el Comando Tribulación.

Chang había recibido felicitaciones por su trabajo, cubriendo así sus huellas de alguna forma y evitando que le atribuyeran los problemas a él. Sin embargo, ahora había algo en lo más profundo de su mente que le molestaba. Algo que no tenía sentido.

Ming dejó una nota informando al Comando Tribulación de Chicago que ella iba camino a la China para ver a sus padres. Si eso era cierto ¿por qué iba hacia el este? Sería sensato que tratara de hallar un vuelo a la costa oeste. Cierto que la mayoría de las ciudades californianas eran escombros y

73

que los grandes aeropuertos habían desaparecido, pero aún había muchos lugares desde los cuales volar.

Chang deseaba fingirse enfermo y tomarse libre el resto de la tarde, pero no podía arriesgarse a llamar la atención. Ya había demasiados integrantes del Comando Tribulación en puestos precarios. Tenía que estar en su lugar para ellos, sin despertar sospechas. Miró el reloj.

Camilo estaba sentado con Keni en su regazo conversando con Zeke y Lea. Ya eran más de las ocho de la mañana y Lea estaba revisando montones de mensajes e informes de gente de la Cooperativa de todo el mundo. Era sorprendente que eso estuviera marchando en gran medida, a pesar de la tragedia de los mares. Era impresionante la audacia total de la gente que, sin la marca de la lealtad, transportaba en sus vehículos gigantescos embarques de mercancías de uno a otro lado, sin haber dinero por medio.

—Macho, ¿sabes lo que tienes en esa esposa tuya? —decía Lea.

Camilo aún no sabía cómo entender a Lea. Quería tomar eso como un cumplido directo, un elogio para Cloé. Sin embargo, ¿detectaba un reto? ¿Quería decir Lea que era insensible, que *no sabía* lo que tenía en Cloé?

—Sí, creo que sí —contestó.

—Keni, no creo que él lo sepa, ¿y tú? ¿Crees que lo sabe?

—Lo sabe —dijo Keni.

—¿Tú?

El niño se rió.

—¿Sabes lo que tienes en esa mamá tuya mi amorcito? Es un genio. Ella…

Sin embargo, Keni escuchó "mamá" y empezó a gimotear repitiendo:

—Mamá, mamá.

—Gracias, Lea —dijo Camilo.

—Lo lamento —dijo ella pareciendo que en realidad lo sentía. Si no hubiera sido así, Macho estaba preparado para agregar: "Brillante, realmente sabio". Ese era el efecto que Lea le producía. Parecía que trataba de distraer a Keni cambiando de tema, pero debiera haber probado con algo que le interesara al niño, no a Camilo.

—Hablo en serio —dijo Lea—. ¿Sabes lo que he aprendido aquí? Cloé sabe cuántos barcos de mil toneladas o transatlánticos más grandes había en el mundo antes que los mares se volvieran sangre.

—No lo digas.

—¡Dilo! —dijo Keni.

—Lo digo —dijo Lea—. ¿Lo adivinas?

—No sé —contestó Camilo—. Miles, supongo.

—¿Puedo calcularlo? —preguntó Zeke.

—¡Z! —gritó Keni.

—Supongo que más de treinta mil.

—¿Barcos tan grandes? —preguntó Camilo—. Parece mucho.

—Diste en el clavo —replicó Lea—. ¿Qué, Cloé te lo dijo o algo parecido? ¿Cómo sabes eso?

—Sí, ella me lo dijo —dijo Z sin poder evitar una sonrisa—. Sin embargo, eso es tener muy buena memoria, ¿no es cierto?

Camilo lo repasó mentalmente.

—¿Qué les pasó a todos esos barcos?

—Arruinados —respondió Lea—. Muertos en el agua. Bueno, al fin y al cabo, muertos en la sangre.

—¿Y si Dios levanta el juicio? La sangre se vuelve agua salada, ¿entonces qué?

—Ni idea —dijo ella negando con la cabeza—. No me imagino lo que haría falta para limpiar la sangre de un barco con todas sus cosas.

—Y los peces muertos —agregó Z.

—¡Peces!

—¡Quién toleraría el hedor? No se ve en las noticias, pero la gente que vive en las costas están tratando de mudarse del lugar. Si nada cambia, el olor solamente empeorará y las enfermedades y todo eso, ¡puff!

—¡Puff!

Camilo dejó que Keni correteara.

—No me imagino cómo trata esto Carpatia. Uno no puede disimularlo, encubrirlo. Miles mueren a diario y pensemos en las tripulaciones varadas. Llegará el momento en que todos morirán. Oye, Lea, hace unos años escribí un artículo sobre la sorprendente dependencia de la industria naviera que tenía Panamá. ¿Qué le hace esto a un país como ese?

—Son el único país con más barcos que Grecia —dijo mientras hojeaba unos papeles—. Esto los va a llevar a la quiebra.

La mención de Grecia hizo que Camilo mirara el reloj.

—Allá es avanzada la tarde —dijo—. Si el plan está dando resultados, debieran estar listos para moverse cuando oscurezca.

—¿Por qué están esperando?

—Mac piensa que les da ventaja —dijo Camilo encogiéndose de hombros—. No sabe lo que va a pasar, pero si tienen que abrirse paso a balazos o tratar de huir de cualquier forma, se figura que tienen algo de ventaja en la oscuridad.

Lea se sentó mirando con fijeza como si no estuviera escuchando.

—¿Qué piensas? —preguntó Camilo.

—Estaba esperando una llamada o un correo electrónico para esta hora. Cloé me dijo que un comerciante tenía algo que quería despachar a Petra. Módulos de casas baratas de cierta clase.

—¿Sí?

—Un tipo rico, que hizo millones con casas de bajo costo, luego se convirtió en creyente. Aparece en el momento oportuno. Se cree totalmente los gráficos y las cartas de Zión, calcula que la Manifestación Gloriosa será exactamente a los siete años del acuerdo original de Carpatia e Israel.

—¿Tú no?

—Claro. Si Zión me dijera que hoy es ayer, se lo creería —dijo. Era claro que ella se había perdido en sus pensamientos—. Camilo, lo echo de menos. Oro constantemente por él.

—Todos lo hacemos.

—No como yo.

—Sí, ya lo sé.

—¿Qué?

—Lo sé.

—¿Sí?

—Por supuesto —dijo Camilo—. Con solo pensar en él te olvidas de qué estabas hablando.

—¡Eso no es cierto! —respondió al parecer avergonzada.

—¡Demuéstralo!

—Estábamos, eh, hablando de barcos. Panamá y Grecia.

—Lea, estábamos hablando de módulos de casas.

—Estábamos, ¿no es así?

—Estábamos. Ahora bien, ¿quién es ese individuo y qué tenemos que saber de él?

Lea se paró y miró para afuera por un agujero del tamaño de la cabeza de un alfiler que había en la pintura negra que tapaba las ventanas.

—No estoy segura —contestó—. Es de aquí, de Illinois. Algo así como Grove. Dice que nos queda menos de tres años y medio y le gustaría que le ayudáramos a hallar una manera de llevar sus existencias a Petra. Dice que pueden construir las casas ellos mismos en poco tiempo. Piensas que sobrevivió, ¿no es cierto, Camilo?

—¿Sobrevivió qué?

—El bombardeo.

—¿Este hombre estaba en Petra?

—¡Zión!

—Oh, perdóname. Volvemos a él. Bueno, yo me preocupo por mi suegro, Jaime y Abdula, pero sí, creo que sí.

—¿Qué sí qué?

—Pienso que sobrevivieron.

—No lo sabremos por las noticias, ¿no es así?

—En efecto, pero Chang lo debe saber. Lo sabe todo.

Chang no almorzó, así que cuando terminó su jornada, regresó a sus habitaciones por la galería central y llenó una bolsa con alimentos. Había muchas cosas que quería escuchar, pero la prioridad principal era encontrar a su hermana. No sabía si sus padres se estaban mudando o ya estaban escondidos, pero de todos modos eran vulnerables por carecer de la marca de la lealtad. Les había mandado información de contactos con una iglesia clandestina que había en su provincia, pero nunca supo si se habían comunicado ni si lo habían intentado.

¿Cómo podría Ming hallarlos si ni siquiera él sabía dónde estaban? ¿Y cuánto tiempo le iba a costar para llegar a China yendo por el este de los Estados Unidos Norteamericanos?

El estado de ánimo en el complejo palaciego era sombrío. Todos parecían apurados por llegar a sus habitaciones. Había sido un día raro. ¿Quién no había visto el ataque a los rebeldes y no los habían tapado con las así llamadas dificultades técnicas que de repente barrieron la cobertura aérea, justo cuando el piloto dijo con claridad que creía haber visto gente viva allá abajo?

Chang lanzó una mirada casual por ambos lados del corredor, entrando rápidamente a sus habitaciones y cerrando la puerta con llave. Pasó la computadora por un programa rápido que inspeccionaba su habitación buscando micrófono ocultos. El programa indicó que sus sistemas, instalados por David Hassid y dejados para que él los usara y mantuviera en buen estado, aún eran seguros y funcionaban con normalidad.

Chang se devoró la fruta y unas galletas, luego revisó su correo electrónico. Ahí estaba su confirmación, dirigida al nombre falso que usaba como operativo de la administración de la aviación de la CG. "Pasajero Pacificador de la CG Chang Chow desde el sector treinta va con piloto Lionel Whalum, de Long Grove, Illinois. Plan de vuelo sin escalas a Isla Pawleys en Carolina del Sur. Viaje de ida y vuelta para Whalum. Los documentos del señor Chow están en orden, destino San Diego, California. Nota: Whalum no tiene la marca de la lealtad, pero el señor Chow afirmó que se ocuparía de eso en cuanto lleguen a Carolina del Sur".

Chang lanzó un "gracias", luego buscó en la base de datos los vuelos desde Isla Pawleys a San Diego. Le sonaba conocido un vuelo programado para esa ruta al día siguiente. Era un piloto de la Cooperativa. De modo que Ming estaba usando gente de la Cooperativa para llegar a China. ¿Whalum sería de la Cooperativa también? Chang revisó los archivos de Cloé. Nada. Si era Cooperativa, aún no lo habían empleado o, al menos, ella no lo tenía ingresado. Quizá usaba otro nombre o a lo mejor Cloé estaba atrasada con la actualización de sus archivos.

Chang verificó la base de datos internacionales de la CG y mientras el programa de búsqueda revisaba en pos de Whalum, terminó de comer. Volvió a la computadora para encontrar una fotografía de Lionel Whalum de Long Grove, Illinois, y una página entera sobre él. El hombre era negro, de ascendencia africana. Él, su esposa y tres hijos se habían mudado de Chicago a los suburbios cuando su empresa empezó a tener éxito. Había ganado muchos premios cívicos y de negocios. Su lealtad a la Comunidad Global estaba registrada como "desconocida, pero no sospechoso".

Chang se cambió a otra base de datos y copió información de un centro de juramentos de lealtad en Statesville, Illinois. Volviendo a los datos de Whalum, cambió el registro de lealtad por "confirmada", documentada por el escuadrón de la CG de Statesville en la fecha en que Whalum había recibido la marca. Si *era* Cooperativa, eso le quitaría la persecución de encima. Y esto debía alertar a Ming que Chang velaba por ella.

La computadora de Chang hizo un ruido y le desplazó un escrito informándole a él, al igual que a todo el personal de la CG, de "la desafortunada pérdida de los pilotos que participaron en el ataque de hoy a las fuerzas rebeldes. Debido a un error de pilotaje, sus cargas erraron el blanco por más de kilómetro y medio; los insurgentes les dispararon unos misiles que destruyeron ambos aviones. La Comunidad Global expresa su condolencia a las familias de estos héroes y mártires de la causa de la paz mundial".

Chang se pasó velozmente a los manifiestos del hangar hallando que ambas naves aéreas, con valor de muchos millones de nicks, venían de regreso y contabilizadas. La morgue tenía en sus listados a los dos pilotos "difuntos: los restos sacados de los sitios del accidente aéreo en el Néguev". Sus datos personales ya se habían marcado en rojo con la fecha de sus decesos.

Activó la grabación de la oficina de Akbar tomada en el tiempo en que regresó el primer piloto. Había una conversación clara de la secretaria de Akbar y el piloto que escoltaban a la sala de conferencias. Minutos después empezaban los elogios, la invitación a sentarse. Luego Suhail.

—Hombre, buen esfuerzo hecho allá hoy.

—Gracias, señor —vino la respuesta con acento británico—. Ejecución perfecta. Fue bueno.

—Lo lamento. ¿No sabe que su misión falló?

—¿Señor?

—¿Que el resultado fue negativo?

—Director, no entiendo. Ambas bombas incendiarias dieron en el centro del blanco y toda la zona quedó consumida como se mandó. Cuando volví a la base, ya habían lanzado el misil y según lo que oí...

—En serio, usted ignora que erró su blanco.

—Señor, si las coordenadas eran las correctas, no erramos.

—Joven, no hubo víctimas.

—Imposible. Vi a las personas antes de lanzarlas y no vi nada sino fuego por varios minutos antes de partir.

—Como dije, el esfuerzo se hizo. Desafortunadamente, el error humano resultó en un fracaso total.

—Yo no... no estoy... No entiendo nada señor.

—Lo degradarán y la línea del partido es que usted no sabe cómo pudo ocurrir tamaño descuido.

—Señor, le ruego que me perdone, ¡pero no estoy convencido de que eso haya ocurrido!

—Yo le digo que ocurrió y eso es lo que usted dirá a todos los que quieran saber.

—¡No! O usted me demuestra que erramos nuestro blanco o yo sostendré a todos los que conozco que esta misión se realizó sin un solo error.

—A su debido momento verá las fotos de reconocimiento que muestran que no hubo pérdida de vidas en Petra

—¿Usted las vio?

—Por supuesto que sí.

—¿Y usted no tiene dudas de su veracidad?

—Ninguna, hijo.

Hubo una pausa larga. La voz del joven sonaba lastimera.

—Sería un milagro si hubiera un solo sobreviviente en esa montaña. Usted sabe lo que tiramos ahí. ¡Usted mismo lo mandó! Eso no se puede explicar de otro modo y no voy a aceptar las consecuencias.

—Ya las aceptó. Usted y su compatriota serán reasignados y ya sabe cómo responder a…

—No atestiguaré de algo que no creo, señor.

—Vamos, vamos, señor. Veo el 2 en su mano y la imagen de nuestro líder. Usted es un ciudadano leal. Usted contribuye a la causa, usted…

—¿Su majestad quiere que diga que cometí un error cuando no lo hice?

—Pero lo hizo.

—No lo hice.

—Su Excelencia está sumamente decepcionado de usted, hijo.

—Director Akbar, no lo haré.

—¿Cómo dice?

—No le seguiré el juego. Me enorgullezco mucho de mi trabajo. No cuestioné la orden. Creía que esas personas eran peligrosas y una amenaza para la Comunidad Global. Hice lo que me mandaron y lo hice bien. Nadie puede decirme que erramos el blanco principal ni que nuestros 82 no desolaron toda la zona y a toda esa gente. Si usted tiene pruebas que demuestren concretamente que sobrevivieron, voy a decir las cosas como son. No aceptaré degradación ni repetiré como un loro la línea del partido. Si esa gente aún sigue viva, es que son superiores a nosotros. Si aún están vivos, ellos ganan. Nosotros no podemos competir con eso.

—Usted se da cuenta que no me da opción.

—¿Señor?

—No podemos tener personal que no acepte la responsabilidad por sus errores.

—No me podrá silenciar.

Akbar se rió y le interrumpieron por el intercomunicador.

—Señor, el piloto principal espera.

—Dígale que pase.

En cuanto Chang escuchó el sonido de la puerta, comenzó el británico.

—Díselo, Uri. Dile que no nos equivocamos.

—¿Qué?

Y la conversación recomenzó, Akbar que culpaba a los pilotos del fracaso, el británico que protestaba y Uri callado por el momento.

—Discúlpenme un momento, caballeros —dijo Suhail.

La puerta se abrió y se cerró.

—Kerry —dijo Uri—, escúchame. Él tiene razón. El...

—¡Él *no* tiene razón! Yo vi lo que vi y nunca...

—¡Shh! ¡Escucha! Los dos sabemos que lanzamos perfectamente. Sin embargo, yo estaba allá después que te fuiste. Escuchaste mi transmisión. Esa gente sobrevivió a las Azules y al Lance, sobrevivieron a todo eso.

—¡Imposible!

—Imposible, pero cierto.

—Un milagro.

—Es evidente.

—Entonces, Uri, tenemos que aceptarlo. Debemos hacer que la CG y el mundo lo enfrenten. Ellos son un enemigo más que formidable y, a menos que admitamos eso, nunca tendremos oportunidad para derrotarlos.

—Estoy de acuerdo. Me oíste tratando de decirlo.

—¡Ellos te sacaron del aire! Ahora quieren hacernos chivos expiatorios. Degradarnos. Hacernos admitir el fracaso.

—No a mí —dijo Uri.

—Así se habla —dijo el británico.

Ellos se intercambiaron palabras de aliento.

—Sé fuerte.

—No te rindas.

—Resistamos juntos.

Chang revisó el teléfono de Akbar.

Suhail había llamado al ala médica y preguntó por la doctora Consuela Conchita. Apenas el día antes Chang había leído en el boletín del personal que anunciaba su ascenso a Ministro de Salud Pública de la Comunidad Global.

—Connie —decía Akbar—, necesito dos dosis grandes del sedante, el rápido. Lo más pronto posible en mi sala de conferencias. Aquí tengo tipos de seguridad para el caso de que los pacientes se resistan. Y manda camillas de la morgue.

—¿La morgue?

—Los quiero cremados.

—¿Me pide dosis *letales*?

—No, no, solamente quiero que estén dormidos antes que se vayan de aquí, bajo sábanas. La cremación hará lo demás, ¿no es así?

—¿Matarlos? Por supuesto que sí. ¿Está pidiendo que ejecutemos a dos personas?

—Consuela, son órdenes de arriba.

Una pausa.

—Comprendo.

Chang hizo una mueca mientras oía la grabación de Akbar que trataba de convencer a los pilotos de que había pedido inyecciones para ayudarles a tranquilizarse. Ambos pilotos empezaron a gritar y pelear y Chang supo que los estaban sujetando para ponerle las inyecciones. Ahora ya habían desaparecido. Cualquiera que hubiera visto a alguno de ellos aterrizar en Nueva Babilonia e ir del hangar al Palacio y a la oficina de Akbar, nunca lo reconocería ni lo mencionaría. Las balas del enemigo los habían derribado y eso era así de simple.

Chang volvió a revisar los aviones. Ya les habían cambiado los números de serie y los originales estaban marcados como perdidos en combate. De algún modo, no cambió el número total de bombarderos de la CG en operación en Nueva Babilonia.

La historia que había pasado por la pantalla de Chang se transmitiría a todo el mundo esa misma noche. Sin duda, el mismo Carpatia expresaría su inmenso pesar personal por las pérdidas.

Chang comprobó los registros de Grecia descubriendo que Nelson Stefanich había enviado coordenadas de localización al equipo de "Hoowie Johnson". Sin embargo, todavía faltaba un par de horas para la caída de la noche, cuando Mac tenía planeado hacer la visita. Chang tenía tiempo para confirmar las instrucciones de Mac al personal del aeropuerto de Tolemaida para que cargara combustible al Rooster Tail, ingresando entonces en la computadora que al comandante en jefe Johnson le dieron luz verde desde los niveles más altos de la jerarquía para llevar el avión a Nueva Babilonia.

Una vez hecho eso, Chang buscó el número del celular de Stefanich y se lo pasó a Mac.

—¿Recibió todo lo demás que necesita? —preguntó Chang.

—Bueno, todavía quisiera saber la situación de la muchacha Stavros.

—Señor, aquí no hay nada, ¿todavía tiene esperanzas?

—Siempre, Chang, pues así soy yo.

—Pregúntele a Stefanich.

—Ah, sí, claro, oye Chang.

—¿Señor?

—¿Habrá alguien mejor que tú?

—Gracias, señor.

Finalmente, Chang pudo revisar sus demás grabaciones del día. Localizó la de la oficina de Carpatia y la retrocedió varios minutos antes que Nicolás, Cristal su nueva secretaria, León Fortunato, Suhail Akbar y Viv Ivins se sentaran a mirar la filmación de la cabina del bombardero que inició la acción. Suhail acababa de decirle al soberano que había dispuesto que él pudiera observar la acción directamente y Carpatia expresaba una entusiasmada expectativa. Chang pasó con rapidez varios minutos de preparación y a Nicolás dando la bienvenida a los diversos personajes que entraban al salón.

Entonces, encontró lo preciso. Akbar informaba a Carpatia que los bombarderos estaban listos para despegar desde Ammán y que le podía mostrar eso en la pantalla, "si usted desea".

—¿Si lo deseo? ¡Por favor!

—Palacio al Comando Ammán —dijo Suhail.

—Ammán, adelante, Palacio.

—Inicie cobertura visual del despegue.

—Entendido.

Varios segundos de silencio. Entonces Carpatia dice:

—Suhail, ¿estos son bombarderos? ¿Es una ilusión óptica? *Se ven inmensos.*

—Ah, lo son, eminencia. Llevan unas pocas semanas en servicio. Fíjese en la altura que tienen desde el suelo. El tren de aterrizaje es más alto que el de cualquier avión de combate que se haya construido. Tiene que ser así para dar cabida a la carga.

—¿Eso es la bomba que va debajo?

—Sí, señor.

—Vaya es enorme. ¡Se ve masivo!

—Señor, es demasiado grande para llevarla adentro. Tiene un metro y medio de diámetro y diez de largo. La cosa pesa unos siete mil kilos.

—¡No me diga!

—Ah, sí, señor. Se transporta en lo que llamamos una posición en la línea central debajo del vientre.

—¿Y qué es, Suhail? ¿Qué le estamos sirviendo hoy al enemigo?

—Los estadounidenses las solían llamar las Azules Grandes 82. Son bombas de choque. Ochenta por ciento de su peso está compuesto por un gel de poliestireno, nitrato de amonio y aluminio pulverizado.

—¿Es tan potente como grande?

—¡Excelencia! —dijo Suhail—, nada pudiera ser más potente que estas, salvo un arma nuclear. Estas bombas están diseñadas para detonar a unos pocos metros del suelo y generar miles de libras de presión por centímetro cuadrado. Matarán todo, hasta las criaturas pequeñas que viven debajo de la tierra, en una superficie cercana a las dos mil hectáreas. El hongo de una sola nube subirá más de kilómetro y medio. Y estamos tirando dos.

—Más un misil.

—Sí, señor.

—¿Fuego?

—Ah, su Alteza, esa es la mejor parte. Cada bomba de concusión crea una bola de fuego de dos kilómetros de diámetro.

Chang retrocedió al escuchar un fuerte siseo imaginándose a un Carpatia, casi sobrecogido, que inhalaba profundamente por la nariz y exhalaba por entre sus dientes apretados.

Después, cuando los pilotos dejaron caer esas bombas, Nicolás dijo:

—¡Suhail! ¿Con cuánta rapidez podemos tener esto en la televisión?

—Estoy seguro de que es solamente cosa de unos cuantos botones, Excele...

—¡Hazlo ahora! ¡Hazlo ahora!

Alguien salió del salón.

La grabación se interrumpía nada más que por estallidos esporádicos de Carpatia.

—¡Ahhh! ¡Miren! ¡Ohh! ¡Perfecto! ¡En el blanco! Las dos. La mejor venganza es el éxito.

—Absolutamente.

—Y victoria.

—Sí, señor.

—Total y completa —decía Nicolás.

Varios gruñeron.

Un suspiro estrepitoso terminó en un zumbido. Esto hizo que Chang se acordara de un león que había visto en el zoológico de Pekín. El animal se había abarrotado con varios kilos de carne cruda, rugió, bostezó y se estiró, puso su ancha mandíbula sobre sus patas y suspiró de esa manera, seguido de un sordo rugido procedente desde lo más profundo.

Miraron por varios minutos y a veces alguien felicitaba a Nicolás.

—Por fin, su Señoría.

Esa era Viv Ivins. Carpatia no respondió haciendo que Chang se preguntara si ella todavía estaba en su lista negra.

—Gracias, gracias —se limitaba a decir simplemente a todos los demás cumplidos.

Suhail rechazó de inmediato la sugerencia del primer piloto para abortar el lanzamiento del misil.

—Sí —dijo Nicolás en el trasfondo—. Muy bien, director Akbar. El dardo final.

Cuando el piloto pareció insubordinarse, Suhail contrarrestó enseguida. Luego, se guardó silencio que al final lo rompió Carpatia.

—¿Oí cosas o él se atrevió a contradecirte?

—Excelencia, casi lo hizo.

—¡Amonéstelo! —graznó León.

—No creo que lo haya dicho para que lo escuchara. Está mirando personalmente lo que nosotros vemos en pantalla. Por supuesto que eso le parece como rematar.

—Pero aún... —dijo León.

Alguien lo hizo callar.

Cuando el misil estalló y el piloto comenzó su comentario tartamudeando y sin creer, Chang oyó que echaban una silla para atrás como si alguien se hubiera parado de repente.

—¿Qué? —ese era Nicolás.

—¡Imposible! —dijo Fortunato.

—¡Corta la transmisión! —dijo Carpatia y Akbar lo repitió, en voz alta.

Se oyeron pasos que se alejaban de la mesa y Chang supuso que se acercaban al monitor. La puerta se abrió. Ruido de gente que salía; evidentemente todos menos Nicolás y Suhail.

—¿Dos de nuestras bombas incendiarias más grandes? —susurraba Carpatia—. Dijiste que una era más que suficiente.

—Debiera haberlo sido.

—Vimos las llamas, los vimos arder, ¿por cuánto tiempo?

—Suficiente.

Varios minutos de relativo silencio durante el cual Chang creía oír que Carpatia jadeaba y, cuando por fin el soberano habló, sonaba desesperado y sin aliento.

—Suhail, escúchame.

—Sí, señor.

—¿Estás escuchando?

—Sí, señor.

—Enfréntate a esos pilotos. Erraron. Fallaron. Sus ojos los engañaron. No permitas que esta victoria sea para los judaítas. No lo permitas.

—Le escucho, señor.

—Luego, comunícate personalmente con los otros nueve soberanos regionales, a nombre mío. Diles que los judaítas se levantaron en armas contra nosotros y que nos asestaron un grave golpe. Nos vengaremos. Hace poco les dije eso.

—Así fue, señor.

—Este es el momento; el presupuesto es ilimitado. Yo sancionaré, condonaré, apoyaré y recompensaré la muerte de cualquier judío en cualquier parte del mundo. Quiero que esto tenga la mayor prioridad, cueste lo que cueste. Encarcélalos. Tortúralos. Humíllalos. Avergüénzalos. Blasfema al Dios de ellos. Saquea todo lo que tengan. Nada es más importante para el soberano. ¿Entiendes?

—Entiendo.

—Ve rápido. Hazlo ahora.

—Sí, señor.

—¿Y Suhail?

—¿Señor?

—Ordena que entre el reverendo Fortunato.

En segundos León entró ruidosamente.

—Ah, Alteza, no sé qué decir. No puedo entenderlo. Qué salió...

—Mi querido y Altísimo Reverendo Fortunato, bésame la mano.

—Soberano, ¿cómo pudiera servirle? Me arrodillo ante usted.

—Quédate quieto y óyeme. ¿Aún eres mi más confiado devoto...?

—Oh, sí, Supre...

—Shh... mi Reverendo Padre del Carpatianismo.

—Sinceramente, lo soy.

—León, ¿me amas?

—Sabe que sí.

—¿Me atesoras?

—Con todo mi...

—¿Me adoras?

—Ah, mi amado...

—Párate, León, y escúchame. Mis enemigos se burlan de mí. Ellos hacen milagros. Envenenan a mi gente, les tiran llagas desde el cielo, vuelven los mares en sangre. ¡Y ahora! ¡Y ahora sobreviven a las bombas y al fuego! Sin embargo, yo también tengo poder. Tú lo sabes. León, está a tu disposición. Te he visto usarlo. Te he visto pedir que caigan rayos que maten a los se oponen a mí.

»León, quiero pelear fuego con fuego. Quiero muchos Jesús. ¿Me oyes?

—¿Señor?

—Quiero mesías.

—¿Mesías?

—Quiero salvadores en mi nombre.

—Dígame más, Excelencia.

—Búscalos... por miles. Prepáralos, levántalos, infúndeles el poder con que yo te he bendecido. Los quiero sanando enfermos, volviendo el agua en sangre y la sangre en agua. Los quiero haciendo milagros en mi nombre, atrayendo a los indecisos, sí, hasta alejando al enemigo de su Dios y acercándolo a mí.

—Lo haré, Excelencia.

—¿Lo harás?

—Lo haré si me da el poder.

—Arrodíllate ante mí, León.

—Ah, resucitado, impóngame sus manos.

—¡Te otorgo todo el poder investido en mí desde lo alto y debajo de la tierra! Te doy poder para hacer cosas grandes y poderosas y maravillosas y terribles, actos tan espléndidos y fantasmagóricos que nadie pueda verlos sin convencerse de que yo soy su dios.

—Gracias, amo —dijo León sollozando—. Gracias, excelencia.

—Ve, León —dijo Carpatia. Ve rápido y hazlo ahora.

CINCO

Dadas las circunstancias, George se sentía muy bien. ¿Cuánto tiempo había transcurrido desde que lo habían metido en el asiento trasero del jeep? Iba al otro lado del chofer, con Elena delante de él, Platón a su lado. El jefe se deslizó detrás del volante y le dijo a Platón que le vendara los ojos a George de nuevo. A George le gustaba estar sentado otra vez sobre sus manos, pues le daba razones para rebotar y caer sobre Platón. Si se sincronizaba bien, quizá hasta podía golpearlo con la cabeza.

El jefe hizo retroceder el jeep y se detuvo, con el motor en marcha.

—¿Dónde está? —preguntó, malhumorado.

—Allí, al lado del camino.

—¿Qué hace allá? —preguntó con un fuerte suspiro—. ¡Sócrates! Ven para acá.

George oyó pasos de alguien que cojeaba.

—¿Terminaste con el automóvil?

—Escondido, Aristóteles.

—Dame las llaves.

—¿Por qué? ¿Y si lo necesito?

—¡Eso lo arruinaría todo! Dame las llaves.

George oyó el tintineo cuando Aristóteles tomaba las llaves del auto.

—¡Hombre, piensa! —dijo—. De este modo, pase lo que pase, tú no tienes llaves para entregar. ¡Y quédate lejos del camino! No tienes por qué estar fuera. Limítate a esperar dentro.

Aristóteles bajó la voz como si pensara que el cegado Sebastian tampoco podría oír.

—Recuerda, mientras más te acerques al borde, más te creerán.

—Tú sabes que lo puedo hacer.

—¡Ya lo sé! ¿Todavía puedes llorar a voluntad? Llévalo hasta el límite. Tiene que parecer como que hiciste todo lo posible antes de desplomarte. Ahora, siento que estés herido, pero esto es tan importante como lo que estamos haciendo.

Cloé entendía por qué su padre admiraba tanto a Mac. Era muy práctico y sencillo, pero también meticuloso. Había distribuido las páginas del archivo Sebastian de la CG local sobre el panel de instrumentos del auto prestado. Estudiaron el material dentro del bosque al norte de Tolemaida después de ocultar en lo profundo de las malezas al otro vehículo, el jeep que hicieron partir sin las llaves. Cloé se estiró para leer desde el lado del pasajero; en el asiento trasero Hana atisbaba por encima de los hombros de Mac. Los tres vestían uniformes de campaña de la CG, tenían las caras manchadas con grasa.

—Lo pensaron muy bien cuando consiguieron a esta muchacha que se parece a la chica Stavros.

—Georgiana —dijo Hana.

—Exacto. Su verdadero nombre es Elena, la inicial del apellido es A. Mmm, la única que usa su verdadero nombre.

—Nunca lo logrará. ¡La seguridad está demasiado cerrada!

—Dímelo a mí.

—Quizá consiguió que la lleve alguien que viaja a Petra, pero ella no va.

—Vale la pena orar por eso —dijo Lea.

—Para eso estamos aquí.

—Así que Ming usó un contacto de la Cooperativa...

—Lea, ¿podemos continuar?

—Sí, claro, pero aún no lo hemos verificado. No sabemos si es legítimo y, mira, yo que creía que Ming estaba ayudando cuando leía todos estos datos y nada más.

—¿No eres tú la que dijo que Ming era una persona adulta y libre de hacer lo que quisiera? —preguntó Camilo volviéndose a Lea.

Mac se sorprendió cuando el teléfono dio cuatro timbrazos. El procedimiento de la CG estipulaba que los oficiales con mando siempre estaban disponibles para la plana mayor.

—Aquí, Nelson Stefanich —oyó por fin—, y por la única razón que contesto una llamada de un número sin identificar es porque hay una operación en marcha, así que diga qué quiere.

—Bueno, bueno, con este Nelsito, el tontito que se cava la fosa. Stefanich, ¿cómo te va hombre?

—¿Quién...?

—Lamento no haberte visto hoy. Aquí Howie Johnson.

—Sí, señor, comandante. ¿Ya nos conocemos?

—¡Qué va!, pero hoy supe cosas tan buenas de ti que me parece como si ya te conociera, ¿entiendes lo que quiero decir?

—Gracias, señor.

—Aprecio los datos que hoy le diste a mi ayudante.

—No hay problema.

—Aquí ya estamos listos para entrar en acción, Nelsi, y solamente quería darte la luz verde para que le digas a tu Aristóteles que vamos en camino. Supongo que tu teléfono es seguro.

—Por supuesto, comandante.

—Bueno, bueno. Ahora no quiero que se vayan a espantar. Deben estar esperándonos y no que empiecen a disparar en el instante en que nos oigan. También queremos protegerlos, así que no vamos a manejar hasta la puerta. Nos acercaremos caminando y, cuando estemos dentro del alcance, silbaré fuerte dos veces. Ellos deben contestar con uno y sabremos que es seguro seguir adelante.

—Comprendido. Usted silba dos veces y ellos silban una.

—Y que entiendan que yo soy el que manda en cuanto aparezca en escena.

—Ah, sí, señor. Absolutamente.

—A propósito, los nombres en código son muy ingeniosos.

—Gracias, yo...

—Escucha, seguimos olvidándonos de preguntar por el blanco original, una mujer, G. Stavros, fugada del penal de aquí. ¿Cuál es la situación de ella?

—Bueno, señor, usted ya sabe que ella fue la fuente de gran parte de lo que sabemos de la clandestinidad judaíta de aquí.

—Así que ella es mercadería valiosa.

—Sí, lo fue.

—¿Tiempo pasado?

—Afirmativo. Fallecida.

—¿Así es?

—Sí, señor. Rechazó la marca aun después de dar mucha información.

—¿Guillotina?

En realidad, no, señor.

—Comandante Stefanich, ¿usted entiende que el protocolo es la cuchilla?

—Sí, señor, en circunstancias normales.

—¿Y aquí la diferencia fue...?

—Ella, eh, bueno, ella empezó a darnos información falsa.

—¿Como qué?

—Bueno, nunca conseguimos una respuesta adecuada sobre la localización actual de los que están en la clandestinidad. Era una de los apresados en las redadas efectuadas a sus lugares originales de reunión, así que sabemos que cuando volvió, por lo menos tenía que saber una de las nuevas direcciones.

—Inteligente. ¿No se rindió, eh?

—No, señor. Es más, después de la tercera redada fallida, fue cuando...

—¿Ejecutada?

—Sí, señor.

—¿Cómo?

—Pelotón de fusilamiento.

—¿Se precisó de un pelotón para dispararle a una adolescente?

—*Pelotón* es un eufemismo que nosotros usamos, señor.

—Escucho.

—Cualquiera que tenga más de cierto rango está autorizado para atacar con severidad extrema al personal enemigo.

—¿Disparar a matar?

—Exactamente.

—Y entonces ¿quien lo hace comparte el crédito con el resto del equipo? ¿Del pelotón?

—Exacto.

—Comandante, ¿usted la mató?

—Sí, señor.

—Bueno, Nelson, eso demostró una notable fortaleza casi indescriptible.

—Gracias, señor.

—Sé que lo hizo a nombre de la Comunidad Global y por su profunda gratitud a esta, empezando justamente desde su cumbre.

—Muchas gracias.

—Comandante Stefanich, no me agradezca. El hecho es que yo deseo haber podido recompensarlo personalmente por el acto...

—Señor, apenas cumplí mi deber.

—Pagarle, como se dice, por ese servicio a la causa.

—Bueno, no sé qué decir. Eso no sería más que...

—Bueno, Nelsito, tontito, aquí vuela el tiempo. Usted informe a los filósofos griegos y su amiga que dentro de un ratito nos aparecemos para verlos, ¿me oyó?

—Lo haré. ¡Uf! ¿Señor?

—Aquí estoy —dijo Mac.

—Nosotros esperamos que usted pueda ayudar, por supuesto, pero tiene que saber que estamos muy contentos con este operativo.

—Ah, puedo entender cuánto.

—Bueno, quizá lo di por sentado, pero por su ayudante tuve la impresión de que usted pudiera expresar cierta impaciencia al personal porque el prisionero no ha dicho nada todavía. Estamos planeando honrarlos por lo que han cumplido.

—Le entiendo, comandante, pero no me preocuparía por eso. Pienso que es justo decir que también nosotros queremos responder con iniciativas a sus acciones.

———————

—Por supuesto, nosotros queremos también dar las gracias por el milagro de hoy en Petra —dijo Camilo—. Que dos pilotos expertos pudieran errar el blanco con esas inmensas bombas, estando tan cerca, bueno, bendito sea el Señor.

Los otros rieron.

—Sí —dijo Albie—, y porque de alguna manera toda esa gente ardió y eso es, bueno, más que asombroso.

—Hablando en serio —dijo Camilo—, Dios está actuando en formas indescriptibles y nunca queremos dar por sentado su poder y soberanía, su cuidado por nosotros, su protección de nuestros seres queridos.

Y con eso, varios se arrodillaron en la casa de seguridad empezando espontáneamente a orar y alabar al Señor. Enoc dirigió la oración por la seguridad de "nuestros nuevos amigos, nuestro hermano Mac y nuestras hermanas Cloé y Hana, que realizan una misión peligrosa. Protégelos, ve delante de ellos, envía ángeles guardianes y haz que ellos puedan sacar a nuestro hermano de California con toda seguridad para que todos podamos agradecerle y regocijarnos con ellos".

———

Cloé se sintió agradecida cuando Mac se dio vuelta en su asiento y les ofreció sus manos con las palmas abiertas a ella y a Hana. Ambas las tomaron y él oró. No fue largo ni elocuente. Sin embargo, fue a la manera de Mac y sonaba como si conociera a quien le hablaba. Y eso calmó un poco a Cloé. Por un tiempo.

Cloé agradeció la oportunidad de bajarse del vehículo cuando Mac se acercó al punto, que según dijo, estaba a unos ochocientos metros de su destino. El terreno era disparejo, pero no malo, y ella sabía que una caminata corta sería buena para sus nervios. Todos apagaron sus celulares y los pusieron en el bolsillo trasero izquierdo. Sintonizaron los diminutos intercomunicadores en una sola frecuencia y los pusieron en el bolsillo trasero derecho.

Cloé le quitó el seguro a su antigua Luger, que portaba en la cadera derecha, y Hana soltó la correa de cuero que aseguraba la culata de su Glock. Los tres se terciaron las Uzis cargadas en el hombro derecho de modo que el arma colgara cerca de sus costillas.

Mac le tiró a Cloé el Arma de Energía Dirigida (AED), desde el maletero del vehículo y ella se la echó al hombro izquierdo. Mac le pasó a Hana una pequeña y pesada bolsa de lona con broches adicionales para las Uzis y varios cartuchos para el rifle calibre cincuenta, que Mac luchaba por enderezar, con las patas del bípode dirigidas en sentido contrario a él. Sostenía el arma de un metro y treinta y tres centímetros de largo, con un peso de dieciocho kilos, teniendo asentada la culata en su mano derecha mientras que con la izquierda sujetaba el cañón.

—Lo bueno es que estoy en forma razonable para uno de mi edad —dijo—. Casi sesenta y todavía puedo tomarle la delantera a cualquiera de ustedes si la carrera no es muy larga.

—No si llevas esa cosa —contestó Hana y Cloé se dio cuenta del temblor de su voz. Consolaba saber que ella no era la única que estaba muerta de miedo.

—No estés tan segura de eso —dijo Mac, levantando con destreza su pie izquierdo para cerrar de un portazo el maletero. Dirigió su brújula hacia la linterna de Hana y empezó a caminar—. Síganme, damas.

Las botas de Mac crujían a ritmo uniforme y pronto Cloé comenzó a sudar y a jadear pesadamente, pero se sentía bien. Hana demostraba que era capaz de mantener el paso. Sin embargo, el ejercicio no distrajo a Cloé de pensar en el riesgo. Los engaños habían resultado bien hasta ahora. Quizá demasiado bien. Si esto iba a ser tan fácil, no tenían por qué ir tan armados.

Chang localizó a Ming en San Diego y se dio cuenta de que su vuelo no iba a salir de allí hasta que comenzara el anochecer, hora de la costa oeste. La llamó al celular.

—Hola Chang —contestó ella.

—¿Dónde estás?

—¿Esta es una prueba? ¿Crees que voy a tratar de convencerte de que estoy en la casa de seguridad de Chicago?

—Tienes que saber que ya hablé con ellos.

—Por supuesto. Y para beneficio de mis pilotos sé que no te llevó mucho tiempo encontrarme.

—Ming, pero específicamente, ¿dónde estás y qué haces?

—Estoy en una pequeña terminal para vuelos fletados al sur de San Diego —dijo suspirando—. Mis papeles y mi aspecto marchan a la perfección. Nadie pide ver mi marca porque llevo uniforme y, cuando los pilotos ven mi marca de creyente, se vuelven muy protectores.

—No les dirás quién eres, ¿verdad?

—Sí, Chang, como soy tonta. ¡No! Claro que no. ¿Por qué abrumarlos con algo que pudiera meterlos en dificultades? No se les pueden considerar responsables de lo que no saben. Esta es la cobertura perfecta. Ayudan a la Comunidad Global transportando a un empleado. En secreto saben que soy creyente, pero no tienen idea si soy mujer, o un ex de la CG, o si estoy ausente sin permiso.

—Ming, sabes que papá y mamá no están en casa.

—Me lo imaginaba.

—Entonces, ¿cómo vas a encontrarlos?

—Averiguaré por ahí, en mi carácter oficial. Quizá los arreste.

—Tú no has pensado bien esto.

—Sí, Chang, lo tengo bien pensado. Más de lo que te imaginas. Ellos tienen que ponerse en contacto contigo de alguna manera antes que yo llegue allá. Puedes decirles que voy para allá y podemos fijar un lugar de reunión.

—¿Por qué no tratamos de arreglar esto antes que te fueras?

—Porque te hubieras negado. Crees que sabes mucho. Bueno, *así es*, pero no sabes todo o sabrías que yo no podía quedarme tan tranquila en una casa de seguridad mientras mis padres andan huyendo para salvar la vida. ¿Sabemos si en verdad son creyentes o si solo los convencimos de que rechazaran la marca de la lealtad? Debo saberlo. Debo juntarlos con creyentes. Sé que no puedo salvar sus vidas, ni siquiera la mía, pero tengo que hacer algo.

Chang se conmovió. Así que ella *había* pensado bien esto, quizá no con todos los detalles; tal vez sin estrategia, ¿pero quién podía?

—En cuanto llegues allá, debes decirme dónde estás —dijo él.

—Chang, ¿me quieres, verdad?

—Por supuesto.

—Nunca nos hemos dicho eso. Nunca.

—Lo sé —dijo él—, pero sabemos que sí.

—Tú no puedes decirlo.

—Sí, puedo —contestó él—, pero con solo pensar en eso me emociona y no debo permitirlo, al menos en este momento.

—¿Tú, emocionado? Imposible.

—Ming, no digas eso. Si lo haces, no me conoces.

—Chang, lo siento, estaba bromeando.

—Bueno, hermana, la verdad es que sí te quiero —dijo Chang y enseguida se puso lloroso y se le hizo un nudo en la garganta—. Te quiero con todo mi corazón y me preocupo y oro por ti.

—Chang, gracias. Ahora no. Todo está bien. No quería molestarte. Y, de todos modos lo sé, lo sé, ¿está bien?

También te quiero y a menudo oro por ti. Tú *debes* mantenerse racional y práctico, así que no te preocupes por mí.

—¿Cómo no hacerlo?

—Porque voy con Dios. Él me protegerá. Y si decide que me llegó mi hora, de todos modos no pasará mucho tiempo antes de que te vuelva a ver.

—¡No digas eso!

—Vamos, Chang, vamos, todo está bien. Tú sabes que eso es verdad. Ya no hay más garantías salvo que sabemos dónde vamos. Te llamaré desde China. Espero tener buenas noticias de papá y mamá.

Después de llevar andando unos diez minutos, Cloé se hizo a un lado dejando que Hana quedara atrás de Mac. Hana la miró largamente a la poca luz como preguntando si se sentía bien.

—Estoy bien —dijo Cloé—. Iré detrás de ti.

Le costaba un poco mantenerse al ritmo de Mac, pero decidió que si iba detrás de Hana, se sentiría más motivada. Si Hana podía ir a la par de Mac, también ella.

Y tenía razón. Cloé no quería que pensaran que estaba a punto de desfallecer, pues en realidad no creía que fuera así. Ahora caminaba por una senda de grava y llevaba un ritmo activo respirando uniforme y profundamente. Tenía la ropa empapada de sudor, pero Mac y Hana debían estar iguales.

Al fin, Mac levantó ligeramente su mano derecha antes de volver a meterla bajo el calibre cincuenta... Disminuyó el paso y se detuvo, haciéndose a un costado del camino y dándose vuelta para mirar a las mujeres.

—¿Están bien?

Ambas asintieron.

—¿Alguna necesita un descanso?

Aunque jadeantes, ambas negaron con la cabeza.

—Ya estamos llegando —dijo él y empezaron a subir la loma.

Justo al llegar a una elevación Mac se arrodilló poniendo el calibre cincuenta en el suelo. Formó una V con sus dedos, bajo los ojos, luego señaló, por un claro, una cabañita de madera. Una débil luz brillaba por la abertura de una persiana y una ventana del frente. Tomó el arma de las manos de Cloé y lo apoyó contra un árbol.

Mac hizo gestos para que ellas le siguieran en el rodeo. A Cloé le sorprendió la amplitud del círculo, permaneciendo en las sombras y que de alguna forma caminara tan silenciosamente que apenas podía oír sus botas contra el suelo. Cuando su Uzi rozó la culata de la Luger, la raspó con un ruido sordo y ella contuvo el aliento. Mac se paró y se volvió a medias. Cloé tuvo que resistir el impulso de levantar la mano a título de confesión y disculpa. Se recobró y siguieron moviéndose sigilosamente por la parte de atrás donde los árboles tapaban la luz de las estrellas y la cabaña se veía a oscuras por completo.

Mac se acuclilló a unos doce metros detrás del lugar.

—No me gusta —susurró—. Un vehículo nada más y se parece al mío, así que es probable que sea el mismo que Sebastian se consiguió de la CG en el aeropuerto. ¿Es posible que en este lugar hayan cinco personas dentro? Es decir, sé que están escondidos, pero...

—Ya me perdiste —dijo Hana entre bocanadas de aire—. No veo *ningún* vehículo.

Mac le puso una mano en el hombro y la volvió hacia el lado de la cabaña, donde había estacionado un pequeño automóvil blanco casi totalmente tapado por el matorral. Hana asintió. Cloé no lo había visto tampoco.

—Quizá todavía no se les adaptaron los ojos a la luz —dijo Mac como si esa fuera en verdad su intención. Cloé casi ríe a carcajadas. Todos habían estado deambulando en la oscuridad.

Mac se quitó la Uzi del hombro poniéndola en el suelo. Sacó de un bolsillo de su chaleco una cosa que parecía una herramienta de uso múltiple.

—Sé que esto les va a parecer de película de vaqueros, pero cúbranme.

Antes de que Cloé pudiera preguntar dónde iba, él se movió rápidamente al auto y se puso a trabajar en la cerradura del maletero. Cada vez que hacía un ruido lo bastante fuerte como para que lo escucharan las mujeres, se quedaba como muerto, permaneciendo inmóvil por unos segundos. Al final, se oyó el golpe sordo del cerrojo que cedió y el salto de la tapa del portaequipajes. Mac le había puesto una mano encima para que no se abriera del todo.

Deslizó su mano en el maletero lo más que pudo, pero al final tuvo que dejar que la tapa se levantara un poco más. Eso activó la luz del maletero, así que volvió a bajar la tapa. Puso la herramienta sobre el parachoques trasero, metió más la mano, sujetando la tapa con la izquierda y tanteando con la derecha. Cuando encontró lo que buscaba, sacó rápidamente su mano, agarró la herramienta, volvió a meter la mano dejando el baúl abierto lo suficiente para tener espacio de maniobra y cuando se prendió la luz, golpeó el foco con la herramienta, quebrándolo y apagando la luz.

Ahora dejó que la tapa se abriera del todo, silenciosamente, y palpó dentro. A Cloé le parecía, desde donde estaba, como si hubiera metido dentro del maletero la mitad superior de su cuerpo.

De repente, se detuvo y retrocedió, cerrando en silencio la tapa y apresurándose a regresar.

—Tal como pensé —dijo—. Fíjense.

—Una de calibre doce —dijo Hana—. Aprendí a usar una cuando era niña.

—A estos comandos les encantan sus armas —comentó Mac—. Dejan un AED y una calibre cincuenta en el avión, traen la de cañón doble al trabajo. Y brillante como se supone que sea este equipo que apresa rehenes, ni siquiera revisan el automóvil.

—¿Entramos? —preguntó Hana.

—Sí, pero todavía sigo sin que esto me guste. La mitad de ellos se marcharon cuando se enteraron que veníamos, ¿o qué?

Era claro que no esperaba respuesta. Mac le entregó la escopeta a Hana.

—Hace mucho ruido cuando cargas el gatillo, así que hazlo cuando yo silbe.

Él tomó la Uzi y ellas lo siguieron de regreso hacia el frente y a la zona más oscura que encontraron como a siete metros a la izquierda de la puerta. Mac le hizo señas de asentimiento a Hana y susurró:

—A las tres.

Contó con sus dedos y silbó agudamente dos veces mientras Hana, con toda pericia y mucho ruido, amartillaba la escopeta.

Desde el interior de la cabaña llegaron movimientos presurosos, pasos pesados, uno más fuerte que el otro, como de uno que cojeaba. La puerta crujió abriéndose un par de centímetros y alguien silbó o intentó silbar, pero fue aire más que nada. Entonces hizo el segundo intento.

—¡Está bien! —gritó Mac tan fuerte que Cloé saltó—. Tú sabes quién es, así que sale para que te veamos y déjanos entrar.

La puerta se abrió golpeando al hombre o a su arma cuando do este trataba de quitarse del camino.

—Por aquí —dijo con un marcado acento.

Mac marchó directamente a la puerta y Cloé se fijó que tenía un dedo en el gatillo de la Uzi.

—Comandante en jefe Howie Johnson que llega con las oficiales Irene y Jinnah. Abran paso, Pacificador.

El hombre cojeó de regreso a la pared, claramente apoyándose en una pierna, apenas mirándolos y asintiendo para saludar.

—Así que, ¿quién eres tú? —dijo Mac—. ¿Hércules? ¿Constantinopla? ¿O quién?

—Sócrates, señor.

—Bueno, así es. Perfecto, ¿dónde están los demás, en particular mi prisionero?

—Aquí no, señor.

Mac se vio como si fuera a explotar. Echó la cabeza para atrás hasta que su barbilla apuntó al cielo raso.

—Aquí no, señor —imitó y dirigió sus ojos a Sócrates—. ¿Eso es todo lo que recibo? ¿Dónde están?

—Me dijeron que le dijera que leyera la letra menuda.

A Cloé le costó un segundo entender eso y a Mac también, a juzgar por su aspecto.

Mac se movió más allá de Sócrates, con dramatismo, haciendo que este retrocediera otra vez. Dio zancadas hacia la puerta del frente y la abrió con una patada tan fuerte que la ventana tembló y el eco volvió desde los árboles. Mac se volvió al hombre:

—¿La letra menuda de qué? ¿Crees que traje el expediente Sebastian a pasear por los matorrales?

—Yo solamente le digo lo que ellos…

—¿Por qué no te limitas a decirme qué dice letra menuda?

—Ellos me asignaron este deber porque los atraso. El prisionero me atacó y me lesionó con una patada en...

—¡Hombre, te pregunté por la letra menuda! ¿Qué, me equivoqué? ¿Cuál es el mensaje?

—Que ellos tienen el derecho de trasladar al preso en cualquier momento sin informar a la CG hasta...

—Pacificador, ¿dónde están? ¿Adónde fueron?

—Ellos no tienen que informar a sus superiores hasta que hayan llegado a su dest...

—¿Sabes dónde están?

—Ellos creyeron que habían escuchado algo mucho antes de que fuera usted, así que...

—Sócrates, tú entiendes lo que digo, yo sé que sí. ¿Sabes... dónde... están?

—Creo que no me lo dijeron porque...

—¿Quieres hacerme creer que te dejaron a solas aquí para saludarme y no decirme dónde van a estar?

—Puesto que si no lo sé, no puedo decírselo a la persona equivocada.

—Espero que estés mintiendo.

—¿Señor?

—Espero que estés mintiendo porque entonces puedes cambiar de idea y decírmelo antes de morirte.

—¡Comandante, yo no sé!

—Oficial Jinnah, muéstrele a Sócrates lo que una de calibre doce le hace a la puerta.

Cloé se preguntó si Mac hablaba en serio. Al parecer, Hana lo creyó. Con una mano levantó la escopeta hacia la puerta y disparó en cuanto tuvo el cañón paralelo al suelo. Fue como si hubiera detonado una bomba. Cloé se quedó sorda, pero no tuvo problemas con los ojos. Un tremendo agujero apareció en la puerta y esta salió volando de sus bisagras y cayó a varios metros de la cabaña.

—Sócrates, la próxima es para tu cara.

—¡Pero, señor! —gritó—. Yo...

—Entonces, activa tu intercomunicador y dile a tu gente que quiero saber dónde está mi prisionero, ¡y quiero saberlo ahora!

—Pero ellos...

—Jinnah, mátalo.

Hana levantó la escopeta tan rápida y rectamente como antes y Sócrates se tiró al suelo de inmediato bañado en lágrimas.

—¡Espere! ¡Espere!

Sacó un intercomunicador de su bolsillo, dejando caer su arma en el proceso.

—¡Sócrates a Platón, contesta, contesta. ¿Hola? ¿Platón? ¡Sé que puedes oírme! ¡Por favor! ¡Te necesito!

Mac meneó la cabeza como si no tuviera otra opción.

—¿Jinnah?

—¡No! ¡Por favor! ¡Esperen! ¡Elena! ¿Elena, estás ahí? ¡Por favor, contesta ahora, no estoy para bromas! ¡Contéstenme! ¡Aristóteles! ¡Aristóteles, me van a matar! Era de esperar que no los llamara, ¡pero no me importa! ¡Por favor, por favor, respondan o me matan!

Nada. Sus hombros se doblaron y él inclinó su cabeza, llorando.

Mac se arrodilló y puso una mano en el brazo de Sócrates.

—No están lejos, ¿cierto?

Sócrates asintió sollozando.

—Están por los alrededores, ¿no es así?

Él asintió.

—Mejor es que me mate porque voy a morir de todos modos.

—¿Qué dices?

—Ellos me dijeron que no me comunicara con ellos pasara lo que pasara. No hables, pase lo que pase.

—Sin embargo, esto no significa que no me lo dijeras a mí, ¿cierto? Seguro que no. Dieron a entender que si estaban bien seguros. Si la gente equivocada aparecía. Ellos no le tienen miedo a la CG, ¿no es así?

—No sé —dijo el hombre encogiéndose de hombros—, quizá no entiendo, pero soy hombre muerto.

—Entonces, ¿qué importa si me lo dices?

Pareció que Sócrates se puso a pensarlo. Retrocedió a la pared y se enjugó los ojos. Guardó el intercomunicador en el bolsillo. Cuando fue a tomar su arma, Mac le dijo:

—Deja eso donde está.

Parecía que Sócrates trataba de recobrar la respiración.

—¿Están lo bastante cerca como para oír el disparo? —preguntó Mac.

—No. Es posible.

—¿Cuán cerca?

—Quinientos metros al este. Hay un cobertizo que sirve como garaje.

Mac se sentó en una vieja silla acolchada.

—Entonces te oyeron llamarlos.

Sócrates asintió.

—Y te dejaron para que mueras.

SEIS

La celebración, los cantos y las danzas en Petra siguieron hasta que oscureció bien. Miles de personas desfilaban por la nueva poza para sumergirse y beber directamente del amplio manantial que brotaba desde el centro. El maná tapizaba el suelo y Raimundo estaba casi mareado con su sabor refrescante.

—Comer directamente de la mesa de Dios —le decía a Abdula—, era algo que nunca esperé disfrutar en esta vida.

—Capitán, ¿cómo puede ser esto? —preguntaba Abdula abrumado de gozo—. ¿Cómo podemos atrevernos a ser tan bendecidos?

Raimundo se quedó sin palabra, pero sabía lo que su amigo quería decir.

Una joven, que quizá no llegaba a veinte años, se les acercó.

—¿Raimundo Steele? —preguntó con timidez.

—Sí, hermana —dijo Raimundo poniéndose de pie.

—Si me lo permite, tengo dos cosas —respondió ella hablando muy lentamente y levantando dos dedos—. ¿Me entiende?

—Sí, ¿de qué se trata?

—¿Es cierto que usted solamente habla inglés?

—Para mi vergüenza, así es. Bueno, un poquito de español. No lo suficiente para conversar.

—No se sienta mal, señor. Yo hablo únicamente hebreo.

—Bueno, jovencita, su inglés es excelente.

—Usted no entiende.

—Le entiendo perfectamente. Usted habla muy bien el inglés.

—Usted no entiende —dijo y se rió.

—Joven y usted es muy ocurrente —se inclinó Abdula para intervenir con una sonrisa—. Habla árabe y, no obstante, asevera que solamente sabe hebreo y, Raimundo, ¿cómo es que usted sabe árabe?

La chica echó para atrás su cabeza riéndose.

—Todos hablamos nuestros idiomas y nos entendemos a la perfección.

—¿Qué? —dijo Raimundo—. ¡Espera un momento!

—Señor, yo solamente hablo hebreo.

—Y árabe —corrigió Abdula.

—De ninguna manera, me prohibieron aprender árabe.

—Yo tengo que sentarme —dijo Abdula.

—Dijiste que se trataba de dos cosas —comentó Raimundo.

—Sí —respondió ella, volviendo a levantar dos dedos—. Dos.

Raimundo le tomó los dedos.

—No es necesario —dijo Raimundo tomándole los dedos—. Le entiendo.

Ella se rió.

—La segunda —y ahora hablaba más rápido—, es que los doctores Rosenzweig y Ben Judá le solicitan una audiencia.

—¿Conmigo? ¡Yo debiera solicitar audiencia con ellos! Tengo la seguridad de que están sumamente ocupados.

—Señor, me pidieron que viniera a buscarlo.

Raimundo la siguió pasando por montones de roca que trituraron las bombas. Jaime y Zión estaban en una cueva, a la luz de una tea adosada a la pared, junto con varios ancianos más. Zión presentó a Raimundo diciendo:

—Este es de quien les he estado hablando.

Los hombres asintieron y sonrieron.

—Raimundo, alabado sea el Señor —dijo Zión.

—Por siempre —contestó Raimundo—. Sin embargo, perdónenme si estoy preocupado.

Zión asintió de nuevo.

—También espero noticias de nuestros compatriotas en Grecia, y con todo ahora, el Señor me calma con su paz y seguridad.

—Quizá esté tratando de comunicarme lo mismo a mí, hermano —dijo Raimundo—, pero entre ellos está mi hija lo que quizá afecte mi fe.

Zión volvió a asentir sonriendo.

—Posiblemente. Sin embargo, después de lo que sobreviviste hoy aquí, ¿no es justo decir que tiene que ser culpa tuya cualquier ruptura de la comunicación entre tú y el Señor?

—Bueno, *eso* no es necesario decirlo.

—Ah, a propósito, yo estoy hablando en hebreo y tú...

—Lo sé, hermano, ya pasé por todo eso con la jovencita.

Los demás se rieron y uno dijo:

—Mi hija.

—Encantadora.

—¡Gracias!

—Jaime y yo hemos estado conversando con estos hermanos sobre unos planes —dijo Zión—. Oramos por los miembros del Comando Tribulación de todo el mundo y ansiamos ver que Dios los libere. Sin embargo, cada uno necesita rendir cuentas y, así como Jaime y yo te rendimos cuentas a ti, nosotros...

—¡Ah, Zión, no! ¡Seguramente que hemos superado eso! Tú has sido el líder espiritual del Comando Tribulación desde hace tiempo, y de la iglesia mundial de Cristo casi por el mismo tiempo.

—Raimundo, no, ahora escúchame.

—Señor, le ruego me disculpe, pero usted siempre me halagó tratándome como el líder titular del Comando, pero, por favor...

—Raimundo, estos hombres son un buen comienzo para nosotros aquí. Son el núcleo de un grupo de ancianos que espero se levanten finalmente para ayudar a Jaime a tomar las decisiones diarias. Aunque, como es natural, son nuevos en la fe.

—Como *yo*, Zión. Seguro que no sugieres...

—Raimundo, discúlpame, pero olvidas que ninguno de nosotros somos tremendamente maduros en la fe. En cuanto a años se refiere. No voy a insultar tu inteligencia sugiriendo que procuraré tu consejo en materia de las Escrituras aunque no puedo negar que he aprendido de ti. Sin embargo, Dios te colocó en el lugar estratégico para mí en un momento muy negro de mi vida. Si no te importa, me gustaría explicarte algunas ideas relativas al futuro inmediato y que nos des tu opinión.

—Si insistes pero, por lo menos, concédeme que no fui yo el que estuvo de pie en medio de un millón de personas y vio cómo Dios los salvaba milagrosamente de los fuegos del infierno.

Zión lo miró y le guiñó un ojo, luego se volvió a los otros que se reían a carcajadas.

Jaime señalaba a Raimundo y decía:

—¿No fuiste tú? Entonces me falló la vista —dijo y se volvió a Ben Judá—. ¡Zión! ¿No vi a este hombre de pie en medio de nosotros y él no pudo ver lo que hizo Dios?

—Bueno, está bien —dijo Raimundo—. Entendido. Aun así, *yo* no fui la razón del ataque enemigo, Zión. Los fueron

Jaime y tú. Y yo no predicaba ni oraba ni estaba parado ahí, lleno de fe, cuando caían las bombas. En verdad, mi fe es más firme de lo que fue en el fuego.

Zión se puso serio y se pasó una mano por la barba estudiando a Raimundo.

—Tú serías un israelita de pies a cabeza —dijo.

—Zeke prefirió el aspecto egipcio, pero como sea —dijo Raimundo encogiéndose de hombros.

—No, quiero decir que discutes como mis compatriotas. Pudiéramos debatir toda la noche. Y, aunque estés equivocado, ¡sigues discutiendo!

Eso hizo que los demás se rieran más.

—Está bien, Zión. No sé por qué quieres asumir la responsabilidad de rendir cuentas a uno que te resulta tan fácil poner en ridículo...

—Todo de buena fe, mi querido hermano. Tú lo sabes.

—Por supuesto. Sin embargo, de todos modos, escucho.

Mac sacó el teléfono de su bolsillo y lo activó.

—¿Qué hacen tus camaradas, Sócrates? ¿Investigándonos?

Sócrates se encogió de hombros.

—Vamos, que no me vas a herir los sentimientos. Tratan de cerciorarse que somos legítimos, que no vamos a ridiculizarlos ni avergonzarlos, ¿eh?

Mac marcó el número de Chang.

—No hay celulares aquí, señor —dijo Sócrates—. No se comunicará con nadie.

—Bueno, no me comunicaría si tuviera tecnología de mala calidad, ¿no es así? Sin embargo, ¿qué pasa si tengo un teléfono alimentado por el sol y se comunica vía satélite?

Entonces, no me preocuparía si ustedes tienen celulares en los matorrales de aquí, ¿verdad?

—Sin embargo, no podrá comunicarse con el comandante a menos que...

—Aquí Chang, Mac ¿están bien?

—Muy bien, Comandante Supremo. Solamente compruebo si mi teléfono funciona hasta Nueva Babilonia.

—Alto y claro, Mac. Cuéntame. ¿Qué pasa? ¿Tienen problemas? ¿Qué puedo hacer?

—Estupendo, señor, ¿cómo está el tiempo por allá?

—Tengo mi pantalla abierta a los GPS y los estoy detectando a usted y, ah, Irene y Jinnah precisamente donde tienen que estar —dijo Chang.

—Un momento, jefe, un segundo.

Mac fingió tapar el teléfono con su pecho, pero lo sostuvo lo suficiente separado de modo que Chang pudiera escuchar.

—Sócrates, ¿qué dijiste? ¿Que no podía usar mi celular en los matorrales?

—Sí, bueno, es evidente que puede, con eso del satélite y todo lo demás. Aun así, no puede hablar con alguien a menos que tenga esa misma cosa, eso es lo que yo decía.

—¿Con quién desearía hablar desde aquí con mi teléfono de lujo que no tenga uno?

—Bueno, uno como yo no tiene eso —dijo Sócrates palideciendo.

—¿Quién más?

—Mis compañeros tampoco. Tenemos los comunes.

—Pensaste que yo iba a llamar a uno de tus camaradas, ¿no es así?

—Bueno, no.

—Por supuesto que no. A menos que su jefe me diera el número, ¿cierto?

—Cierto.

—Incluso así, no podría llamarlos desde aquí, ¿me equivoco?

—No, Eso es todo lo que yo decía.

—Tú dijiste algo más, ¿no es así Sócrates?

—No, solamente hablaba.

—Pensaste que iba a llamar al comandante Stefanich, ¿verdad?

—No, yo...

—¿No?

—Sí.

—Sin embargo, no creíste que pudiera comunicarme con él.

Sócrates asintió miserablemente.

—¿Cómo sabías eso?

—Me lo imaginaba.

—¿No me puedo comunicar con él en Tolemaida, en el medio de todos los celulares?

—Es probable que pueda.

—Sin embargo, él no está allá, ¿no es cierto?

—¿Cómo pudiera saber eso?

—Porque él está aquí, en los matorrales, ¿verdad?

Silencio.

—¡Sócrates! ¿No es así?

Él se encogió de hombros.

—De modo que, ¿cómo les dijo él, a ti y a tu equipo que yo venía? ¿No los podía llamar, eh?

—Soy muy tonto.

—Sócrates, te reconozco eso. No te portas a la altura del nombre, ¿no te parece?

Mac volvió al teléfono.

—Jefe, lamento haberlo hecho esperar.

—Mac, me adelanté a ustedes. Puedo enviar una señal a ese teléfono de Stefanich que hará reventar los timbres y los silbatos aunque yo no pueda hablarle. Él leerá un mensaje que dirá que el Delegado Comandante Konrad, que se reporta directo al Director Akbar, en Seguridad e Inteligencia, quiere hablar con él inmediatamente.

—Jefe, eso parece bueno. Le llamaré después. Aquí las cosas andan bien.

—Cuando llame, usaré el modulador de voz que me hará sonar como un viejo alemán y le diré que el mismo Akbar lo considera personalmente responsable de dar acceso a Howie al tal Sebastian.

—Perfecto.

—Y si no llama, pondré eso en la pantalla de su celular justo a tiempo para ayudarles en eso. Mac, los tengo cubiertos.

—¡La pura verdad, Comandante! —dijo Mac y cerró el teléfono—. Amigo, pásame ese intercomunicador.

—Va a hacer que me maten.

—¿Quién, yo? ¡Qué va! De todos modos eres hombre muerto. Tú mismo lo dijiste.

—¿Me va a matar? ¿O dejará que ella lo haga?

—Le dejaré eso a tus socios... —le dijo Mac negando con la cabeza—. Mira el lado bueno. Si ellos son tan eficientes como tú, en la mañana estarás desayunando como siempre.

Sócrates lo contempló fijamente.

—Sócrates. Tú desayunas ¿verdad?

El hombre asintió.

—Disculpa —dijo Mac pretendiendo apretar el botón del intercomunicador—. Ahora escuchen esto. Platón, Aristóteles, Elena. No quiero hablar con ninguno de ustedes. Quiero a Nelsito Stefanich. Bueno, Nelsito, sé que estás cerca y admiro tu ingenio, sigues el libro y todo lo demás. Ni siquiera me ofende que me investigues. Te propongo un trato. Cuando te confirmen que los míos y yo somos quienes decimos ser, quiero que me traigas personalmente a Sebastian. Sabes donde estoy. Y saca al equipo de filósofos de abajo de esa roca para que pueda verlos. Si haces eso, Nelsito, te prometo que no te quito el mando. Ah, ¿Nelson? Eso es una orden y tienes treinta minutos.

Mac se dio vuelta y le lanzó una mirada a Cloé y Hana.

—Sócrates, ahora te puedes ir.

—¿Qué dice?

—Me oíste. Vete. Fuera de aquí.

Sócrates se puso de pie trabajosamente, luego se agachó para recoger su arma.

—Esa se queda —dijo Mac.

—Entonces, ¿mi radio? —dijo, estirando la mano.

—Eh, eh, también me quedo con eso.

—¿Dónde voy?

—Eso es cosa tuya —dijo Mac encogiéndose de hombros.

Sócrates se sentó en el borde de una endeble mesa y se frotó la rodilla.

—Soy un hombre que no tiene a donde ir.

—Quieres estar aquí cuando...

—No —dijo el hombre parándose rápidamente y tambaleante—. No, pero el pueblo está muy lejos. Y sin protección ni radio...

—Amigo, no puedo ayudarte. Eres parte de una operación que no cumplió órdenes. Tienes suerte de que te suelte, considerando las opciones. Si quieres estar aquí cuando el resto de tu equipo...

—¡Oh, no! —exclamó Sócrates cojeando hasta la puerta.

Mac le hizo señas a Cloé para que lo vigilara. El individuo pasó con cuidado entre las astillas y los escombros de la puerta y salió.

—Síguelo —dijo Mac—, hasta que te asegures de que va hacia la ciudad. Hana, revisa el perímetro. Yo despejaré este lugar y nos encontraremos al frente, donde están las armas.

Raimundo se sentía incómodo sentado en una cueva, entusiasmado por haber vivido personalmente un milagro al estilo del Antiguo Testamento, preocupado por Cloé y considerando hasta la posibilidad de que el mismo Zión Ben Judá le pidiera su opinión.

Sabía que se reuniría con su hija de todos modos, ¿pero era malo desear que ella no sufriera una muerte violenta y dolorosa?

—Tú y Abdula tienen que decidir qué harán —decía Zión—. Por supuesto, que puedes quedarte, pero no sé cuán práctico es suponer que desde aquí logres dirigir el Comando Tribulación. Nuestros expertos en computación me dicen que, de alguna manera, David Hassid y Chang Wong ya pusieron aquí la base de un poderoso centro tecnológico y que las bombas no afectaron en absoluto las computadoras ni los programas.

—¿Hablas en serio? —dijo Raimundo—. Con solo las ondas electromagnéticas del misil hubiera bastado para freírlo todo.

—Todo está bien. Alabado sea el Señor. De modo que pudieras seguir la pista de todos desde aquí, pero eso es cosa tuya.

—Ah, yo me voy —dijo Raimundo. Todavía no puedo decir cuándo, pero me preocupa tu regreso a Chicago, Zión.

—Precisamente eso es lo que hemos estado conversando, Raimundo. No sabemos si es prudente que cualquiera de los que estamos aquí intente regresar. ¿A ti y a Abdula no los investigarían tanto como a mí? Sin otro milagro, ¿cómo pudiéramos volver a la casa de seguridad sin delatar su localización?

La idea de encontrar otra casa de seguridad, de mudarse, agobiaba a Raimundo.

—Nos ocuparemos de eso, Zión. ¿Cuáles son tus planes? Desde aquí, tú pudieras transmitir tus enseñanzas diarias.

—Ese es mi deseo y el de los ancianos aquí presentes —interrumpió Jaime—. Y me atrevo a decir que del resto de la gente.

—No sé —replicó Zión—. Yo haré lo que me diga el Señor, pero creo que aquí Jaime es el hombre de Dios.

—Mi obra terminó, Zión —dijo Jaime—. Dios lo hizo a pesar de mis débiles esfuerzos y aquí estamos. Te paso el bastón de mando, mi ex alumno.

—Sigo siendo su alumno, doctor —dijo Zión.

—Caballeros —intervino Raimundo—, la admiración mutua es inspiradora, pero eso no nos lleva a ninguna parte. Este lugar necesita liderazgo, organización, meditación. Zión, si te quedas, estarás protegido de las responsabilidades que interfieran con tu enseñanza, aquí y a tu público de la Internet en todo el mundo.

Los ancianos asintieron.

—Quizá entre nosotros —dijo Jaime—, descubramos gente joven con estos dones. Yo estoy dispuesto a administrar, coordinar un poco, pero no soy joven. Esta es una ciudad, un país en sí mismo. Necesitamos gobierno. Dios provee agua, alimentos y ropas que no se gastan, pero creo que él espera que nos administremos. Debemos organizarnos y edificar, admito que solo a corto plazo, pero de todos modos...

—Quizá —dijo Raimundo—, esa misma obra sea la manera de Dios para que ocupes tu tiempo aquí. Vivir juntos, llevarse bien, marchar en armonía es un trabajo a tiempo completo. Imaginen el aburrimiento de un millón de personas instaladas a esperar la Manifestación Gloriosa.

Zión se emocionó al oír eso.

—Ah, por eso creo que necesitamos motivar a la gente para que ayude al resto del mundo desde aquí. No estamos cegados a las profecías, a las maquinaciones del maligno. Tratar de volar esto es nada más que el comienzo. Tal vez piense que nos va a matar de hambre cortando nuestras líneas de abastecimiento. No sabrá, o no creerá, que Dios nos alimenta. Sin embargo, nosotros sabemos que estamos seguros. Eso sí, debemos resguardarnos contra sus tretas para seducir a los indecisos alejándolos de este sitio, para tenerlos allá afuera, donde son vulnerables no tan solo desde el punto de vista emocional y sicológico, sino físicamente también. Anhelo mucho mantenerlos aquí y persuadirlos.

—No entiendo cómo alguien pudiera mantenerse indeciso después de hoy —dijo Raimundo.

—Supera la comprensión humana —acotó Zión—, pero Dios lo predijo. Mi sueño para los fieles que están aquí es que sean útiles a la causa de ayudar a nuestros hermanos y hermanas de todo el mundo. Pedro nos advierte que practiquemos el dominio propio y que velemos porque nuestro enemigo anda rondando como león rugiente, buscando a quien devorar. "Resístanlo, manteniéndose firmes en la fe, sabiendo que sus hermanos en todo el mundo están soportando la misma clase de sufrimientos".

—El maligno se enfurecerá cada vez más, se volverá más decidido, más feroz y muchos morirán en sus manos. ¿Qué tarea mejor y más noble pudiera realizar el millón de fuertes que están aquí que ayudar a la Cooperativa de Bienes de tu hija y a equipar a los santos para desbaratar al Anticristo?

—Vislumbro a miles de expertos en la tecnología que crean una red de recursos para los creyentes, informándoles sobre los lugares seguros, poniéndolos en contacto mutuo. Sabemos que perderemos a muchos hermanos y hermanas y, no obstante, debemos ofrecer lo que podamos para mantener al evangelio en marcha, incluso ahora.

—No puedo discutir eso —dijo Raimundo sentándose de nuevo—. Y no es una mala idea, Zión, que este lugar sea tu nueva base de operaciones. Como es natural, te echaremos de menos, pero no tiene sentido que nos arriesguemos a perderte para la causa cuando todo lo que necesitas está aquí.

—He estado pensando —dijo Jaime—, y, Raimundo, tienes permiso para corregirme pues estoy fuera de mi elemento en este asunto, pero me pregunto si ya pasaron los días de una casa de seguridad para el Comando Tribulación. Sabemos que Nueva Babilonia anda husmeando por todos lados y que no es más que cosa de tiempo antes que descubran Chicago. Sí, quizá necesitamos una ubicación central para coordinar la Cooperativa pero, si estuviera en tu lugar me preocuparía por mis pequeños, mudándolos de aquí para allá. Te dejo los detalles a ti y a tus compatriotas. Aunque, te pregunto, ¿no es cierto que a cualquiera que se le pida permanecer en la casa de seguridad pronto le da la fiebre de la casita?

—Aquel joven, Zeke, que nos equipó con tanta maestría para aventurarnos fuera, pudiera considerar que es una molestia las mudadas por todas partes. Y eso de llevar la contabilidad y tener las computadoras es difícil. Sin embargo, quizá la casa de seguridad del futuro esté en mil partes, no solamente en una. Tal vez ha llegado el momento para que te acomodes en los escondites de los creyentes alrededor del mundo.

Raimundo temía que Jaime tuviera la razón y que eso se le notara.

—No digo que sea fácil —continuó Jaime—, pero te insto a que tomes la iniciativa. Toma esa dura decisión. Dispersa la casa de seguridad y a tu gente antes que los encuentren, pues entonces los perderías a todos al mismo tiempo. Seguramente sabes que te has quedado en un sitio mucho más tiempo del razonable.

—Ay, Jaime, lo sé —dijo Raimundo—. En realidad, no hemos estado mucho tiempo en la Torre Fuerte. Demasiado, sin duda, pero no tanto como estuvimos en nuestra ubicación anterior.

—Tenemos que dejarte esto a ti —dijo Zión poniéndose de pie y estirándose—. Dios te guiará. Yo trataba de obtener tu consejo y ahora nosotros tratamos de aconsejarte.

—Lo agradezco.

—Pero, por favor, Raimundo, aconséjame. Déjame decirte lo que creo que Dios me está indicando y considera si tiene sentido para ti. Sé que esto herirá la sensibilidad de muchos oyentes y, sin embargo, no me atrevo a desecharlo con despreocupación. Mira, debido a lo sucedido desde el arrebatamiento de la iglesia, creo que hay amplias pruebas de un aspecto de la naturaleza y el carácter de Dios. Está claro que esta es época de juicio, hasta de ira. Estamos en la mitad de los últimos siete juicios de Dios, de los veintiuno en total, y hasta soportamos uno que él mismo trata en las Escrituras como la ira del Cordero.

»Para un predicador sería fácil iluminar y persuadir la verdad de la impaciencia de Dios, de su juicio derramado sobre sus enemigos, su exigencia de justicia por la sangre de los profetas. Sin embargo, he llegado a la conclusión de que todo esto ya es evidente. Sí, esta es la última oportunidad. Sí, todo se ha desplegado en los siete últimos años y ya vamos bien en la segunda mitad de este período. Dios va a hacer lo que ha determinado, pero siento el anhelo de proteger su reputación.

»Ah, sé que no me necesita, que no le hace falta mi ayuda. Estoy humillado hasta lo más profundo de mi alma al ver que me concedió *un* papel en el ministerio a las naciones. Sin embargo, un mensaje profundo y aparentemente contradictorio me oprime el corazón. Creo que es de Dios, pero es tan paradójico, tan dicotómico, que no me animo a seguir adelante sin el consejo y la sabiduría de mi familia espiritual.

Zión se frotó las sienes y empezó a pasearse.

—Caballeros —dijo—, caminen conmigo.

—La multitud presionará si sale de aquí —dijo uno.

—Estoy seguro de que verán que estamos ocupados —dijo Zión—. No debemos dar un espectáculo. Rodéenme y alejémonos de las masas.

La gente seguía celebrando en torno al arroyo mientras otros llenaban recipientes y juntaban maná. Raimundo se unió a los ancianos y Jaime, caminando como al descuido, se encaminó hacia una quebrada y bajó una ladera rocosa.

Cuando estuvieron alejados de los demás, Zión habló mientras andaba.

—No olvido que se me ha conferido un privilegio inmenso. Aquí tengo una congregación de un millón de almas. Tengo la oportunidad de enseñar a los bebés de la fe, ofrecerles la leche de la Palabra. También disfruto compartir el pan y cortar la carne de las cosas más profundas para los más maduros. Y me siento bendecido por predicar el evangelio, por evangelizar, pues aún aquí hay indecisos. No los ganaremos a todos, verdad que deja atónito, sobre todo a la luz de un hecho como el que vivimos apenas unas horas atrás. Sin embargo, el asunto aquí es que Dios me renueva cada día y me permite, espera de mí, que ejerza todos los dones que ha dado a un maestro pastor.

Cuando Zión se detuvo, los demás se pararon. Zión se sentó en una roca y ellos se reunieron a su alrededor.

—Quizá les parezca raro a todos porque he dicho muchas, pero muchas veces, que este es el peor período de siete años de la historia de la humanidad. Aun así, considero de muchas formas que es un beneficio casi ilimitado estar vivo precisamente ahora. La tecnología me ha permitido tener una congregación, si se pueden creer las cifras, de más de mil millones vía Internet. Algún día en el cielo le pediré a Dios que me permita concebir esa cifra con mi cerebro finito. Por ahora es demasiado para asimilar. No me la imagino, no puedo decirles cuántos estadios de cien mil asientos se necesitarían para albergarlos a todos. Bueno, como es natural, sé que diez mil de esos estadios equivalen a mil millones, ¿pero eso les sirve para formarse el cuadro mental? A mí tampoco.

»Ahora bien, les diré la carga que tengo cuando pienso en mis responsabilidades con esa congregación. Creo que ha llegado el momento de dejar de hablar del juicio de Dios. No hay manera de negarlo. No hay forma de aparentar que su ira no se está derramando. No obstante, he llegado a la conclusión de que todo el mensaje de Dios es un himno a su misericordia en el transcurso del tiempo.

»La mayoría de ustedes sabe que esto viene de un hombre que vio asesinar a su amada esposa e hijos. ¿Digo que la santidad de Dios importa menos que su amor? ¿Cómo podría cuando las Escrituras dicen que él es amor, pero que es santo, santo, santo?

»Solo estoy diciendo que dejaré que la justicia, el juicio y la ira de Dios hablen por sí solos y yo me pasaré el resto del tiempo que me quede aquí abogando por su misericordia.

A Raimundo le pareció que Zión se dio el tiempo de mirar directo a los ojos de cada uno que lo escuchaba. Hubiera podido continuar, defender su nueva opinión y a sí mismo. Sin embargo, simplemente terminó diciendo:

—Tienen hasta mañana al mediodía para corregirme si creen que soy un hermano caprichoso. De lo contrario, mi enseñanza comienza y ustedes ya conocen el tema.

***

Camilo comprendía a Albie. El diminuto individuo del Oriente Medio estaba conmovido hasta lo más profundo, incapaz de quedarse quieto.

—No puedo vivir así, Camilo, voy a pasarme esta tarde con Zeke revisando sus archivos. ¿Has visto el inventario que tiene?

—Por supuesto.

—Ahí tiene que haber una identidad para mí. Es probable que no me sirva de nuevo eso de la CG, pero haré cualquier cosa. Todo lo que sea menos seguir sentado aquí. ¿Crees que pudieras hacerme lucir alto y rubio?

Camilo tuvo que sonreír. Uno de dos no era malo.

—Tal vez te acompañe. Zeke es un maestro y esto de permanecer quieto me va a matar.

—Sin embargo, tú escribes, puedes tomar todo lo que manda Chang y lanzarlo a la Red. Camilo, yo quiero a tu hijo, pero me va a volver loco esto de cuidar al niño, leer, mirar por la ventana y esperar que todos se aparezcan.

—Lo sé.

—¿Has pasado mucho tiempo con Mac? —preguntó Albie.

—Claro que sí.

—Tremendo tipo. Mente sana, pero no pensamos lo mismo. Puedo imaginarme toda clase de cosas que hace ahora mismo en Grecia que pudieran... bueno, lo lamento. Sigo olvidándome de que Cloé está precisamente allá, con él.

—¿Qué? ¿Crees que Mac no cuidará a Cloé? Es probable que ella ande cuidando a Mac.

—Lo que digo es que soy yo el que debiera estar allá.

———

—¿Delegado Comandante Konrad?

—Exactamente —dijo Chang con su voz modulada electrónicamente—, y mejor que ese sea Nelson Stefanich.

—Así es, señor, y...

—Comandante, quiero saber qué cosa está pasando allá.

—Sí, señor, nosotros...

—Ya mandé a mi comandante en jefe desde Nueva Babilonia para que hablara directamente con su prisionero.

—Y así será, señor. Yo...

—No me gusta que lo anden trayendo de aquí para allá cuando a usted se le avisó con suficiente anticipación para que hiciera los arreglos necesarios.

—Lo sé. Nosotros...

—Esperaré un informe completo transmitido a mi oficina mañana al mediodía.

—Sin duda alguna que lo haré, señor, porque *está* claro.

—¿Johnson está con Sebastian ahora?

—Realmente, todavía no...

—¿Incluso mientras hablamos? Pues si no es así, quiero saber por qué no.

—Señor, hubo cierta confusión en nuestro equipo local. Pensaron que habían oído...

—Mañana consideraré esos detalles, comandante, pero mientras tanto voy a dar por sentado que usted organizó esa reunión.

—Sí, señor.

—Y no haga que Johnson sea el que tenga que ir a usted.

—¿Señor?

—Ha ido más lejos de lo que esperaba de él. Dondequiera que se encuentre, ese lugar está seguro, así que ordene que su gente lleve ese prisionero hasta donde está él.

—Sí, señor, Delegado Comandante, ¿puedo informar una buena noticia?

—No hay buenas noticias hasta que yo sepa que Johnson tuvo acceso a Sebastian.

—Solo quería que supiera que localizamos la oficina central de la clandestinidad en Tolemaida y planeamos allanarla a medianoche.

SIETE

No le resultó difícil a Cloé mantenerse a la par del cojo Sócrates. Lo vigiló desde el interior de la choza hasta que desapareció, cojeando, en dirección al camino. Entonces salió de puntillas, se dirigió en ángulo recto a la arboleda, se apuró al pasar por la calibre cincuenta y el AED, que su presa había pasado a unos doce metros a la izquierda.

Cloé sujetaba firme la culata de la Uzi, tensando la correa para mantenerla lejos de su cuerpo para evitar que golpeara la Luger. Se puso de lado y fue bajando a pasos cortos la ladera, cruzando con todo cuidado el camino empedrado. Se detuvo al otro lado donde oyó movimientos bajo los matorrales, alguien que iba hacia la izquierda, al este, apurándose sin preocuparse por pisotear ramitas y arrastrar los pies por el espeso suelo. Cloé se agazapó y controló su respiración, calibrando la dirección y la distancia para no seguirlo desde muy cerca y así delatarse.

No había necesidad de meterse en la espesura. Podía mantenerse al acecho con toda facilidad si se quedaba junto al camino yendo por la tierra blanda y silenciosa. El único peligro era pasar a su presa y que la viera. Tenía que ser Sócrates. Cuando él volvió a quedar al nivel de la cabaña, aunque estaba por debajo del campo visual desde la puerta, se detuvo evidentemente a escuchar. Al no oír nada, debió haber cobrado valor, pues ahora salió al descubierto, quizá a unos quince metros delante de Cloé y prefiriendo también seguir por la superficie más silenciosa al lado del camino.

Cloé se quedó inmóvil por si decidía regresar. No podía imaginar que la viera en esa oscuridad. Sin embargo, ¿quién sabía qué clase de visión podía tener aquel hombre desarmado que cojeaba? Algunas personas podían ver o captar formas en la oscuridad. Mac había demostrado eso. Y quizá este personaje conocía la zona y se fijaría en una silueta entre los árboles que hubiera constituido un blanco claro bajo la luz de las estrellas.

Cloé esperó hasta que él dio la vuelta en un recodo, luego se apresuró hasta donde volvió a escuchar los trabajosos pasos. Hizo esfuerzos para ver, o al menos para imaginarse, que él probaba la rodilla tratando de caminar más derecho, más normal, sin lograrlo.

A veces, escuchaba un gemido o un gruñido. Él sentía dolor y, por cierto, iba rumbo a la ciudad por el camino largo.

No, Sócrates la iba a dirigir a George Sebastian. Cloé lo supo así de fácil. ¿Debía intentar una silenciosa transmisión para que Mac supiera que el cojo se dirigía al lado contrario? ¿Cuánto entendería Mac si eso duraba treinta segundos? Mac y Hana podían alcanzarla rápidamente y vencerlo al instante.

Sin embargo, Mac estaba revisando de nuevo la choza y Hana estaba afuera, a solas, asegurándose de que no había emboscadas en desarrollo. Cloé nunca se perdonaría si una transmisión innecesaria le proporcionaba a alguno un blanco acústico. Si Sócrates la llevaba directamente a ese cobertizo o lo que fuera, ella no corría peligro a menos que la vieran. Si los tres estaban ahí, aunque Stefanich también estuviera, aún tendría tiempo suficiente para llamar a los demás.

Mac se arrodilló en la fría humedad de la estrecha bodega. El único foco de luz, sin pantalla, colgaba del techo revelando formas irregulares en el piso de tierra. Con su linterna, trató de determinar si habían maltratado a George. Era imposible saber si esas manchas entre las huellas de las pisadas, y otras formas indescifrables, eran coágulos de sangre. *Este sería el sitio donde yo aterrorizaría a un rehén*, resolvió Mac.

Alumbró cada rincón, apagó la luz del subterráneo e iba subiendo cuando su teléfono chirrió. Ansioso por salir al encuentro, pero dudando hablar por teléfono al aire libre, se detuvo en la escalera y activó el celular. ¿Era su imaginación o había escuchado una voz desde atrás? Supuso que Hana había hecho la revisión de su perímetro y estaría esperando, con Cloé, al lado del árbol del frente.

Mac no se animaba a hablar así que se limitó a escuchar.

—¿Mac?

Era Chang, pero Mac no quería contestar. Apretó un botón del teclado.

—¿Mac? ¿Eres tú?

Apretó el botón por más tiempo.

—Bueno, no puedes hablar, pero tampoco yo hasta que verifique que eres tú. Una señal si lo que sigue es cierto, dos si es falso: El primer libro y el tercer libro del Nuevo Testamento tienen la misma cantidad de letras en sus títulos.

Ahora Mac estaba seguro de que escuchó una voz desde el fondo. Hombre. Lo que Chang decía era cierto, ¿pero era uno para verdadero y dos para falso o al revés? Dudó escuchando mientras avanzaba a rastras hacia el piso alto.

—Mac sabría eso —dijo Chang—. Uno si es verdadero, dos...

Mac presionó el uno rápidamente.

—Eso puede haber sido pura suerte —dijo Chang y Mac cerró los ojos. ¡*Vamos*!

—Usted tiene un contacto colocado en lugar muy estratégico. Marque la cantidad de letras del *apellido de soltera* de su hermana.

¿*Qué?* Chang sería muy astuto en una fiesta. Está bien, Chang es el contacto. Su hermana es Ming Toy. Tres. ¡Un momento! Apellido de soltera. Es el mismo de Chang. Wong. Cuatro. Mac marcó rápidamente ahora atisbando hacia la parte de atrás de la choza en penumbras. No podía ver nada.

—Está bien, Mac. Ahora escucha. Hablé con Stefanich haciéndome pasar por Konrad. Él hará que sus muchachos traigan a Sebastian a donde estás, así que quédate allí, pero sin perder tiempo. Dijo que descubrieron el cuartel central clandestino y que lo allanarán a la medianoche. No tengo ningún número de la gente de la Cooperativa de allí, ¿y tú? Uno para sí, dos para no.

Mac apretó dos veces.

—Ni siquiera sé que tengan teléfonos. ¿Puede enviar a alguien que los ayude? Uno si...

Mac apretó una vez.

—¿Está en peligro inmediato?

Mac apretó dos veces.

—Bueno, así que estás en una parte donde no puedes hablar. GPS muestra que sigues en el mismo lugar en que te hablé la última vez. ¿Alguien contigo ahí?

Dos señales.

—¿Afuera?

Uno.

—¿Los ves?

Dos veces.

—Bien, los oyes. ¿Tiene personal afuera?

Una señal.

—¿Las dos?

Uno.

—Dejaré que sigas. ¿Quieres que siga oyendo?

Dos.

—Llámame cuando estés a salvo. Quiero saber si estamos haciendo algo por la Cooperativa de allá.

Mac guardó su teléfono y se arrastró para afuera. Media docena de Pacificadores armados rodeaban el automóvil.

—Yo digo que lo llevemos. Hemos caminado durante horas.

—No hay llaves.

—Entonces lo hacemos arrancar en directa.

—¡Vamos! Se supone que solamente son quinientos metros más.

Los Pacificadores se dirigieron hacia el este. Mac dio un rodeo hacia el frente. *Así que Stefanich mandó respaldo. Me pregunto si esos son todos.*

Al lado del árbol no estaba Cloé ni Hana. Mac hizo ruido entre dientes por si acaso estaban cerca. Nada. Se arrodilló en la oscuridad. El calibre cincuenta estaba en su lugar. El AED había desaparecido.

———

A George le pareció como si Aristóteles hubiera virado a la izquierda, hacia el camino, manejando hacia el este por unos veinte minutos antes de detenerse a un costado y esperar. Logró mantener la cuenta del paso del tiempo, pero ahora tenía que luchar para no dormirse. Si hubiera tenido que adivinar, George hubiera dicho que estuvieron parados, sin moverse, más de una hora. Sin embargo, tampoco le hubiera sorprendido que realmente hubiera sido el doble.

Al final, Aristóteles preguntó:

—¿Qué les parece?

—Nos pudiéramos haber ido hace mucho rato —contestó Elena—. El lugar se desocupa temprano y, de todos modos, ya no queda mucha gente allá.

—¿Platón?

—¡Sí, vamos! Tenemos que regresar aquí dentro de poco.

A George le pareció que salieron oportunamente del matorral y del camino de grava a uno principal y que se dirigían al sur. Luego se fueron hacia el este, y tuvo la sensación, por el ambiente y el ruido, que estaban en una zona poblada, quizá una ciudad.

—Quítalo de la vista —dijo Aristóteles unos pocos minutos después.

Platón se acercó y tomando a George por el hombro derecho lo tiró hacia donde yacía ahora su cabeza en el regazo del hombracho.

Pronto, Aristóteles disminuyó la velocidad y pareció que se estacionaba.

—¡No, no! —dijo Platón—. ¡Da la vuelta por atrás!

Una vez que al fin se detuvieron y estacionaron, Elena dijo:

—Veré si estamos seguros.

George sintió un calambre en la parte baja de su espalda, pero no pudo hacer nada. Ella regresó y subió de nuevo al jeep, cerrando la puerta.

—En unos veinte minutos —dijo.

—¿Lo conseguiste? —preguntó Aristóteles—. Déjame verlo.

—¿Y dónde va?

—Como unos treinta centímetros por debajo de la puerta derecha.

—Nunca antes lo noté.

—¿Puedo sentarlo? —preguntó Platón.

—Mejor espera.

Cloé se detuvo a unos quince metros de Sócrates suponiendo que estaban a unos quinientos metros de la choza. Él estaba doblado, con las manos en sus muslos y jadeante. En los últimos cien metros había disminuido su velocidad y, quizá, estaba intentando organizar un acercamiento a sus camaradas que le ganara la simpatía de ellos en lugar de su hostilidad.

Lo vigilaba cuidadosamente cuando se detuvo, helada, al oír ruido de pasos en la grava. Varios. Sin apuro. Sin sigilo. Solamente que venían. Retrocedió bajo los matorrales que había a unos tres metros del camino y se arrodilló; las rodilleras de sus pantalones de camuflaje se empaparon y enfriaron completa e inmediatamente. Luchó contra la tentación de retener el aliento temiendo respirar cuando pasaran cerca de ella los que venían a la zaga, fueran quienes fueran. Cloé sabía que no podían ser Mac y Hana. Estos eran demasiados.

Ahora, Sócrates se encontraba fuera de su campo visual y detestaba no saber si había partido de nuevo. Si se había ido, encontraría a su equipo sin que ella supiera dónde. Y aquí llegaba media docena de Pacificadores, con las armas en la mano. No tenían prisa y dos de ellos fumaban. Cloé trató de entender todo eso. Parecía que sabían a dónde iban. ¿El mismo lugar? Podía seguirlos y, quizá con mayor facilidad, debido al ruido que hacían.

Ya la habían pasado por poco más de tres metros y ella decidió esperar treinta segundos más antes de aventurarse a salir. Su intercomunicador chirrió dos veces muy fuerte por la estática, sobresaltándola. Los Pacificadores siguieron caminando y hablando, pero ella cayó presa del pánico. Aunque no habían oído el ruido, si alguien comenzaba a hablar, lo iban a escuchar.

Metió la mano en el bolsillo para apagar la radio, pero al tentar en busca del botón, lo giró aumentando el volumen. Desesperada por apagar el aparato, se tambaleó, perdió el equilibrio y cayó sentada. "Johnson o Irene, por favor, contesten".

¡Demasiado fuerte!

Cloé se puso de pie de un salto, sacó la radio, apretó dos veces el botón de la transmisión, lo apagó y se preparó con la Uzi. Los Pacificadores se habían detenido y ahora venían sigilosamente hacia ella.

Mac sacó su radio y susurró:

—Jinnah, aquí Johnson, ¿dónde estás?

—A unos ochenta metros al nordeste del lugar de la cita.

—¿Bien?

—Afirmativo. Tropas de la CG en el matorral, señor.

—¿Irene contigo?

—Negativo.

—¿El AED?

—Afirmativo.

—Voy para allá. ¿Cuántos?

—Creo que unos veinticuatro, señor.

—¿Repite?

—Veinticuatro como mínimo.

—Entendido. Cerciórate de estar a salvo, cese de transmisión radial y vuelve al lugar de la cita en cuanto te sea posible.

—¡Cambio!

Demasiado para engañar, Stefanich. O no se lo creyó o es realmente un estúpido.

—Johnson a Irene... Johnson a Irene... Johnson a Irene, ¿me oyes?

Mac miró la hora, dio una patada en el suelo, apretó los labios y esperó a Hana.

———

Cloé se quedó en las zarzas, con el dedo en el gatillo, las piernas abiertas pisando el terreno blando. Los pacificadores se detuvieron en el camino, de frente a la posición de ella, tan cerca que podía oír su respiración. Los seis prepararon sus armas al mismo tiempo. Apenas podía verlos y supuso que ellos no la podían ver. Retuvo el aliento y no se movió.

—¡CG! —gritó uno—. ¿Quién va?

Cloé albergaba la esperanza de que los seis decidieran que, en realidad, no habían oído nada.

—¡Muéstrese o vamos a barrer la zona!

—¡Amigo! —gritó ella—. Aquí CG también. Camarada en comisión. Cálmense.

—¿Armada?

—Pacificador, la sostengo sobre mi cabeza. Lo supero en rango diez a uno así que no haga nada precipitado.

La luz de una linterna grande hizo que entrecerrara los ojos. Sosteniendo la Uzi sobre su cabeza, dijo:

—¡Apague esa cosa! Aquí todos tenemos el mismo cometido.

La luz se apagó.

—Señora, pase el arma y nosotros decidiremos qué pasa.

—No, primero lo decidimos. Ahora, me la coloco bajo el brazo para mostrar mis credenciales. Así que bajen sus armas. Hasta ahora se han portado conforme al reglamento. Por lo tanto, no puedo culparlos.

—Gracias. Voy a prender la luz para alumbrar sus documentos, señora.

—Un momento. Tengo una linterna más pequeña. La estoy sacando del bolsillo.

El corazón de Cloé latía con fuerza contra su pecho mientras tenía el arma bajo el brazo y apuntaba su pequeña linterna iluminando sus documentos.

—Oficial superior, muchachos —dijo el líder—. Saluden.

—No es necesario —dijo Cloé—. Bien hecho. Un poco torpes en la marcha, pero al menos están en tiempo.

—Señora, ¿qué hacía en el matorral?

—Cumpliendo órdenes. Ahora esperen aquí a mi oficial comandante y al otro oficial e iremos juntos.

—Esa Uzi no es oficial, ¿cierto?

—Algo que esperar.

—¿De veras?

—A mi nivel lo es.

—Vaya.

—¿Seguimos razonablemente según lo programado? —preguntó ella.

—Adelantados unos veinte minutos, señora.

—Descansen, caballeros.

Cloé sacó su radio y la encendió.

—Oficial Irene a comandante en jefe Johnson.

—¡Johnson! ¡Ay, hombre!

—¡Comandante en Jefe!

—Por favor, un poco de urbanidad —dijo Cloé volviéndose a los Pacificadores.

—Johnson, adelante.

—Señor, me encontré con seis Pacificadores que se nos unirán en este cometido. Lo esperamos aproximadamente a unos cuatrocientos ochenta metros de su posición.

—¿Seis?

—Correcto.

—¿Todo controlado, Irene?

—Afirmativo.

—Por lo que sé, quizá estemos rodeados —dijo Mac a Hana—. ¿Estás segura de que no te vieron?

—Positivo.

—¿Qué pasa?

Llamó a Chang y lo puso al día.

—¿Qué crees que esté haciendo Stefanich?

—Mac, estoy metido en su computadora principal y allí no hay nada. Pudiera ser algo tan malo como que te sigan o que aún trata de cubrirse.

—Sin embargo, ¿para qué necesitaría a toda esta gente en estos matorrales? ¿Se preparan aquí para el allanamiento de la medianoche?

—El lugar parece muy lejos.

—Claro que sí. A menos que estén equivocados sobre la ubicación del cuartel central clandestino. No estamos lejos de donde el pastor escondió a Raimundo. ¿Te parece que al fin descubrieron eso?

—Mac, están casi a cincuenta kilómetros de ahí. Yo me quedaré alerta, pero no sé qué decirte.

—Bueno, vamos —dijo Aristóteles.

Platón empujó a George enderezándolo. Alguien abrió la puerta y, al parecer, Platón y Aristóteles tomaron cada uno un brazo de George guiándolo mientras Elena iba abriendo las puertas. Lo hicieron caminar unos cinco metros, subir tres escalones de concreto y entrar a un lugar. Luego, dar unos veinte pasos por un corredor que parecía angosto, a juzgar por los ecos. Finalmente lo llevaron hasta una sala grande.

Aristóteles soltó a George y se alejó unos pasos.

—¡Ah! No lo alcanzo. ¿Platón?

—Dame eso.

George oyó ruidos como de algo metálico insertado en metal, luego un par de fuertes clics. Platón gruñó.

—¿Cuál es el secreto de esto? —preguntó.

—Déjame pasar al otro lado —dijo Aristóteles y Elena lo reemplazó al lado de George.

Si al menos no estuviera esposado, pensó George. En ese momento hubiera tenido la oportunidad. Le hubiera dado un cabezazo fuerte a la muchacha, se hubiera quitado la venda de los ojos y se hubiera echado a correr a toda velocidad por el corredor para salir y esperar lo mejor. Sin embargo, no podía con sus manos atadas a la espalda. Cualquier vacilación y ella le dispararía, de esto estaba seguro.

Platón y Aristóteles gruñeron y el último dijo:

—Elena, empújalo. Vamos, Platón y yo tenemos que regresar.

Elena guió a George hacia delante, poniéndolo de costado y tratando de hacerlo pasar por una abertura que sin duda sostenían por ambos lados los dos hombres. No cabía.

—Dame otro par de centímetros —dijo ella y ellos gruñeron más fuerte. Ella empujó a George para hacerlo pasar.

—Aguanta ahora —dijo Aristóteles—, no quiero que lo hallen esposado y con los ojos vendados.

Unas manos lo tocaron y soltaron las esposas.

—Tírame la venda —dijo Elena.

George se la quitó y vio que estaba dentro de un ascensor a oscuras. Elena le apuntaba con un arma. *Bien por ellos*, pensó George, puesto que Platón y Aristóteles estaban totalmente ocupados en mantener abiertas las puertas. Elena tomó la venda, se la metió en un bolsillo y, mientras las puertas se cerraban, sacó una botella de agua de otro bolsillo y se la lanzó diciendo:

—Salud.

George dejó que la botella rebotara en el suelo y trató de meter sus dedos entre las puertas. En el momento que había logrado meterlos un poco oyó que la llave se deslizaba de nuevo en su agujero y que echaban un cerrojo. Oyó agua que se derramaba y tanteó a su alrededor, en la oscuridad, buscando la botella. La enderezó y decidió guardar lo que quedara por el mayor tiempo posible.

Con los brazos abiertos, George pudo tocar las paredes de cada lado y, al girar un cuarto, se dio cuenta de que el ascensor era cuadrado. No le sorprendió que los botones de un panel no funcionaran, pero por el orden en que estaban supo que se encontraba en un edificio de cuatro pisos. El techo estaba a menos de treinta y tres centímetros por encima de su cabeza.

George tanteó buscando paneles sueltos, tornillos faltantes, cualquier cosa. Todo estaba bien asegurado. Un fino panel de plástico tenía que ser la tapa de la luz. Lo sacó y palpó un pequeño tubo fluorescente doble y redondo. Al lado de eso había un panel de malla. Empujó fuerte a un lado hasta que cedió, luego lo rasgó. Ahora podía palpar las aspas del ventilador, polvorientas, grasosas.

Su cuerpo ya se estaba calentando y su respiración era poca. ¿Estaban locos? Un ascensor que funcionaba mal podía ser una celda perfecta, ¿pero querían que se asfixiara? George se quitó el suéter, las botas y las medias sentándose en el suelo, con su espalda contra la puerta. Encontró una bota y, por encima del hombro, empezó a golpear la puerta.

—Cállate o pondré fin a tu desgracia —gritó Elena.

Así que la habían dejado sola para que le hiciera la guardia. Él quería decirle que si no querían mostrar un rehén muerto a los altos mandos, mejor era que, por lo menos, hicieran funcionar el ventilador. Sin embargo, estaba decidido a no hablar. Ni una palabra. Así que siguió golpeando.

Chang experimentaba una mala sensación. Desde que lo habían dejado para que fuera el único espía infiltrado en el Palacio CG, nunca se había sentido tan indefenso. ¿Sería posible que Stefanich estuviera actuando? Parecía que lo habían intimidado, haciendo que ansiara agradarlos. Aun si hubiera verificado a Mac, Chang tenía todo en su lugar para que Howie Johnson pareciera legítimo. Estaba seguro de que a Stefanich le avergonzaba que fueran a descubrir que había dudado de Johnson, este personaje de alto rango, y ahora debía estar tratando de encubrir que alguna vez hubiera dudado de él.

Chang se desesperaba por averiguar la vulnerabilidad de Mac, Cloé y Hana. ¿Se estarían dirigiendo a una emboscada? El tiempo conspiraba en su contra, pero podía ser un error decirle a Mac que no continuara con el operativo. Quizá ellos pudieran hacer partir en directa el vehículo que estaba en el cobertizo y regresar al aeropuerto, pero Chang sabía que Mac no abandonaría a Sebastian. ¿Y si este ya había muerto? Si a Mac lo habían descubierto, no era razonable que la CG lo mantuviera vivo.

Chang se dio una palmada en la frente. *¡Piensa! Si estuvieran en la pista de Mac, ¿por qué será? Si puedes hallar la relación, quizá pudieras figurarte qué pueden hacer.*

Chang lanzó una búsqueda total pidiendo al artefacto superpotente de David Hassid que buscara un equivalente de cualquier personaje de alto rango de palacio con la CG de Tolemaida. Hasta ingresó un interruptor de códigos por si la persona de contacto temía que alguien de palacio los estuviera monitoreando. Chang se puso de rodillas mientras la computadora chirriaba trabajando, pasando por miles de archivos en cientos de localizaciones.

"Dios mío, nunca te he pedido que te impongas a un equipo. Aun así, tú sabes que un siervo tuyo diseñó esto y yo también quiero servirte. Ayúdame a pensar. Acelera el proceso. Por favor, permíteme proteger a esos hermanos y hermanas. Por lo que pasó hoy en Petra sé que no hay nada que no puedas hacer. Nosotros hemos perdido mucho a manos del enemigo y sé que perderemos más antes de tu victoria final. Sin embargo, no permitas que los creyentes griegos sufran más. No esta noche. Protege a la Cooperativa y ayúdame a sacar a Mac, Cloé, Hana y George de allá".

A Mac le gustaban las misiones claras, los cometidos en blanco y negro. Este era infiltrar, luego atacar las puertas, liberar al hombre e irse por el camino. Ahora bien, ahí estaba la complicación de los creyentes clandestinos. No se iría de Grecia sin su hombre y, ahora, no podía irse sin defender a esos fieles.

El plan original no comprendía que a él y su gente los superaran en cantidad. Había cuatro captores del rehén. Mac, las dos miembros de su equipo y George sumaban cuatro, de los buenos. Podía vivir con esas posibilidades. Sin embargo, no tenía sentido llevar a Hana hasta donde estaba Cloé con seis de la CG, sabiendo que al menos había otros veinticuatro de ellos en la zona.

—Alto —le dijo a Hana—. ¿Sabes cómo hacer partir en directa un vehículo?

—¿Lo admito o no?

—Solamente ve al grano. No tenemos el tiempo a favor.

—Sí.

—Hazlo.

Mientras ella trotaba hasta el carro de Sebastian, Mac llamó por radió a Cloé:

—Johnson a Irene.

—Irene, adelante.

—Demora imprevista aquí. Necesito su ayuda.

—Positivo. ¿Llevo ayuda?

—Negativo. Deje que prosigan. Nosotros los alcanzaremos.

———

—Caballeros, ya oyeron al jefe —dijo Cloé—. Los veremos en el lugar.

—Nos gustaría mucho ayudar al Comandante en Jefe, señora.

—No, gracias.

—¿Podemos conocerlo después?

—Me ocuparé de que así sea —y mientras decía eso, Cloé se sintió abrumada por una profunda impresión y tuvo que expresarse—. ¿Me pueden hacer un favor?

—Lo que sea, señora.

—La presencia del comandante en jefe Johnson esta noche es una sorpresa para el comandante Stefanich. Lo van a premiar por algunas de sus recientes acciones. De modo que...

—¿No le decimos que viene?

—Precisamente.

—Muy bien, señora. ¿Y sabe algo? Desconocíamos que el comandante Stefanich iba a estar aquí. El hecho es que no sabemos qué hacemos aquí.

Cloé palideció. ¿Qué pasaba si Stefanich no estaba ahí?

—Niños, eso es parte de la sorpresa.

———

Chang sabía que Dios lo había protegido, probablemente más de lo que él se daba cuenta. Aun así, Chang no tenía motivos para pensar que Dios le debía algo ni que tuviera la obligación de actuar en este caso solo porque él se lo pedía. Sin ninguna esperanza de que sus peticiones hubieran servido para algo, Chang volvió fatigadamente a su silla delante de la computadora.

La pantalla estaba activa con destellos rojos. El aparato de búsqueda había encontrado archivos codificados a los niveles más elevados y estaba igualando, comparando, traduciendo lenguajes computacionales, poniendo por escrito el lenguaje hablado. Una cajita en el ángulo superior derecho ya mostraba seis pares entre un elemento del operativo de la CG de Tolemaida con altos mandos de palacio. De la cúspide.

Chang temía que la tarea múltiple demorara la búsqueda, pero tenía que correr ese riesgo. Mac y las dos mujeres estaban en peligro, superados en cantidad y sin idea de lo que enfrentaban.

Verificó los primeros tres pares hallando que eran informes estadísticos administrativos y rutinarios de Tolemaida al comando de la CG. No obstante, el cuarto era diferente. Era un intercambio con la seguridad más elevada, una serie de cartas electrónicas entre TB y OT, además de llamadas telefónicas, también entre esos dos, que se estaban transcribiendo.

Chang tecleó: "¿Pareja lógica?"

La respuesta fue inmediata. "Satisface amplios criterios simples: comienza distando una letra de personal clave de la CG en Grecia y la CG de Palacio".

Chang entrecerró los ojos. Eso era lo que había pedido: cualquier conexión basada en secuencias y códigos estandarizados de búsqueda. TB estaba a una letra de SA. OT distaba una letra de NS. Chang saltó de su silla y se quedó de pie encorvado sobre el teclado. Ingresó: "Muestre intercambio", mientras los archivos aparecían como cascada en la pantalla, llamó a Mac.

Mac oyó que el vehículo había arrancado y pasos de alguien que trotaba hacia él desde el norte y el este.

—¿Damas? —preguntó.

—Sí.

—Sí claro.

Su teléfono zumbó.

—Espera. Hola, Chang.

—¡Mac! Hablaré una sola vez y volveré a llamar con más detalles en cuanto me sea posible. ¿Listo?

—Adelante.

—Akbar y Stefanich se han comunicado personalmente varias veces en este día.

Clic.

—Se estropeó todo —dijo Mac—. Escuchen bien. No tenemos tiempo para preguntas. Hana, tú manejas. Cloé, tú vas de pasajera. Lleven el AED, cada una con su Uzi y un arma auxiliar, los teléfonos activados, las radios encendidas. Váyanse ahora para la Cooperativa. Trasládenlos de ahí, incluyendo todo lo que no quieran que se descubra en el allanamiento de la medianoche. Luego diríjanse al aeropuerto y esperen por Sebastian y por mí fuera de la vista de la gente, preparadas para salir disparados hacia su avión. Si no aparecemos, quiere decir que estamos muertos y que ustedes deben andar por su cuenta.

Mac se agachó apoyando bien el calibre cincuenta contra su pecho.

—Te llegó la hora de trabajar, grandote.

Hana y Cloé corrieron alrededor del cobertizo hacia el auto en marcha.

OCHO

"Gracias, Señor", dijo Chang, aún de pie con sus dedos danzando sobre el teclado. Había tardado segundos en abrir las transcripciones de cuatro conversaciones telefónicas en una línea tan segura que, una vez, el mismo Carpatia había dicho que ni siquiera él tenía acceso. *Sin embargo, David Hassid entró, Nico. Se dio acceso.* Chang también tenía copias de correos electrónicos que no se veían en la computadora central de palacio, tampoco en la de Tolemaida, y que se suponía tuvieran garantizada la desaparición de todo registro una vez que se leyeran. Es probable que el disco maestro de Hassid tuviera las únicas copias en existencia, incluyendo las de los corresponsales.

Aunque sentía curiosidad, Chang sabía que no importaba cómo uno del nivel de Stefanich tenía acceso personal al director de Seguridad e Inteligencia. La manera en que se comunicaban indicaba que tenían cierta historia en común, pero si la caja del ángulo no hubiera comenzado a titilar de nuevo, Chang no habría desperdiciado tiempo en averiguaciones hasta que hubiera pasado la crisis presente. Rápidamente hizo clic en la caja para encontrar: "Par primario al ciento por ciento, decodificación innecesaria".

Abrió el manifiesto y leyó con velocidad. "Correlación directa de Lista A con Lista B: Suhail Akbar y Nelson Stefanich matriculados en la Escuela Militar de Madrid, mandatos superpuestos".

Por los años señalados, Chang calculó que estuvieron allí juntos cuando eran adolescentes, hacía más de veinticinco años. *Eso haría que se le devolviera una llamada telefónica.* Ahora Chang volaba, sus ojos recorrían la copia en busca de cómo la treta se desintegraba.

Stefanich había preguntado si Howie Johnson era "hombre justo".

Akbar contestó que el nombre no le era nada conocido.

Stefanich le dijo

—Comandante en Jefe bajo Konrad.

—Lo averiguaré.

Akbar lo encontró e informó:

—Récord estelar, pero nuestras sendas nunca se han cruzado. Cosa rara para uno de ese nivel, pero sucede.

—No quiero molestar —respondió Stefanich—, ¿pero Konrad lo avala? Quiero estar bien seguro antes de llevarlo al prisionero.

—¿Cuál prisionero? ¿Quién es Konrad?

—George Sebastian, el judaíta.

—¿Todavía nada de él?

—Lo romperemos o lo mataremos.

—Rómpanlo. Sé que tú puedes.

—¿Tú no eres el superior inmediato de Konrad?

—No. ¿Tengo que averiguarlo también?

—Mejor que sí. Se supone que sea tu comandante delegado, tu hombre del alto mando, tiene una oficina en tu mismo piso.

—Manda la documentación.

Más tarde Akbar le dijo a Stefanich:

—Te están engañando. Johnson y Konrad están en el sistema, todo coincide salvo que no existen.

—Entonces, ¿tengo permiso para invertir el dardo?

—Con mis mejores deseos. Agárralos, muertos o vivos, y yo te traslado a palacio.

A medida que progresaron las llamadas telefónicas y la correspondencia electrónica, descubrieron que la identidad de las mujeres también era falsa.

—La de Montreal estuvo en mi oficina.

Por la tarde temprano, Akbar acordó:

—Si Sebastian vale todo este despliegue, tienen que estar muy relacionados con los de la clandestinidad. Anuncia un allanamiento y ve si revelan la localización.

Chang llamó a Mac.

—El allanamiento es una trampa. Si advierten a los creyentes, los van a delatar.

—Llama a Cloé o a Hana. Yo estoy ocupado.

—Mac, su localización también es una trampa.

—Muy bien, Chang, escúchame. Salvaste nuestra vida, pero haz lo que sea para encontrar a Sebastian. Yo lo liberaré o moriré en el intento.

———

Cloé contestó el teléfono. Era Chang.

—El allanamiento era una trampa, así que llevarías a la CG al movimiento clandestino. Anula la operación.

—Hana tenía razón.

—¿Qué?

—Hana tenía razón, Chang. Sospechaba que nos estaban siguiendo. Yo no noté nada y pensaba que era una paranoica.

—¡Te lo dije!

—Deshazte de ellos o guíalos sin rumbo —dijo Chang—. Por lo que sé, la CG no tiene idea de la ubicación de la Cooperativa ni que ahí sea el lugar de reunión. Tengo que cortar. Mac está llamando.

—Adelante, Mac.

—Pregunta. Si esto es una trampa, ¿por qué no regresaron los Pacificadores con Cloé y, entonces, me apresaron?

—No entiendo.

Mac le contó el encuentro de Cloé con aquellos seis.

—Me sorprendes. Todavía estoy leyendo lo que hablaron Akbar y Stefanich. Posiblemente no lo sepan todos.

—Es posible que sea así.

—Eso te da ventajas.

—Confirma si puedes.

—Sí.

Mac se había alejado bastante hacia el este para ver el cobertizo si es que había uno. No vio nada. Ni siquiera los CG que habían visto Hana y Cloé. Eso significaba que al menos el lugar de reunión de las tropas de infantería estaba un poco más lejos. Si Chang tenía razón, Sebastian estaría a muchos kilómetros de allí.

Brillante mente militar, Mac. Te quedaste solo en la selva, muy superado en número.

Mac consideró sus opciones y sus pocas ventajas. No era fácil verlo. Sabía lo suficiente para que no lo atrajeran donde se suponía que estuviera Sebastian. Tenía el calibre cincuenta. Le faltaba un largo trecho hasta el auto o a estaba a medio camino, pero este ya tenía que estar vigilado. Debía estar rodeado, de modo que si era lo bastante estúpido para intentar llegar allí, lo apresarían con mucha facilidad. "Señor", dijo quedamente, "te agradezco que me mantuvieras motivado para conservarme en buen estado físico y te voy a pedir más energía que la que tengo. Todo lo que intento hacer es sacar vivos de aquí a tu hombre y a mis dos colegas. Ahora te doy las gracias por eso como si ya lo hubieras hecho porque voy a estar muy ocupado aquí por un buen rato. Y si has optado por no hacerlo, me imagino que sabes lo que es mejor y, entonces, te veré muy pronto".

Mac empezó a regresar al cobertizo y se detuvo a unos ochenta metros. Se quitó su gran chaleco, conservó solamente tres cargadores del calibre cincuenta y dos de la Uzi, luego pasó dos veces la correa de la Uzi por su cuerpo para que el arma quedara bien asegurada.

En realidad, no podía correr si llevaba el calibre cincuenta, pero corrió lo mejor que pudo, quedándose en la parte más alta de la loma y siguiendo por la tierra, a menudo, distante unos ciento ochenta metros por encima del camino. Al principio, el aire le enfrió los brazos, el cuello y la cara, pero pronto el calor de su cuerpo lo hizo sudar. Sabía que esto era apenas el comienzo.

A Mac le dolían los músculos y se le agarrotaban, pero no se quejaba ni se detenía. Ni siquiera disminuía la velocidad. Seguía moviéndose, cada vez más al oeste, tratando de calcular la distancia donde había dejado el auto. Luego de cruzar un terreno escarpado con piedras sueltas que casi lo hacen caer varias veces, decidió finalmente buscar el vehículo con la vista.

Mac se tiró de bruces sobre la abrupta ladera, de frente al camino. Instaló el bípode con los brazos temblando por el esfuerzo y la fatiga, sacó la mira telescópica, soltó la conexión para poder mirar con ella en lugar de intentar mover el pesado rifle y escrutó el camino.

Parecía que sus ojos nunca se iban a adaptar a la oscuridad. El camino de grava era una faja de un tono gris levemente más claro que la negrura de los matorrales, pero sabía qué estaba buscando. Al extremo derecho de su campo visual, tan lejos que se dio cuenta que tendría que trasladar el arma hasta casi treinta y tres metros, divisó algo que reflejaba un rayo de luz de las estrellas. Solamente el automóvil blanco daría ese reflejo.

Mac aspiró a bocanadas otro minuto del aire fresco, luego se obligó a incorporarse y tirarse donde pudiera alinear el calibre cincuenta con el vehículo. Tenía muchísima paciencia. Mientras ajustaba la vista y hacía varios cálculos aproximados, juró que vio movimiento al lado norte del camino. Si tenía razón, allá abajo había gente de la CG al acecho esperándolo y también al otro lado del camino con toda seguridad.

Se acordó, por experiencia, de romper un trozo de su camiseta y taponarse con eso los oídos. Puso cerca del arma una ronda más de municiones, luego se cavó dos puntos de apoyo. Era una tremenda ventaja poder apuntar cerro abajo porque cuando el rifle reculara, lo iba a tirar para arriba y hacia atrás solamente un poco. Tenía que acordarse de mantener dobladas las rodillas.

El plan de Mac era disparar dos rondas al automóvil tan seguido como pudiera, sabiendo que tendría que forzarse a hacerlo porque nadie que hubiera disparado esa arma una vez, y en esos estaba él, quería volver a usarla, mucho menos enseguida.

Se estiró bien y se afirmó, sacando el dedo del gatillo hasta que se colocó la culata sobre el hombro. La maniobró hasta que la puso en un punto blando, no sobre hueso, consciente de que aquella cosa le haría un desastre a todo su cuerpo.

Mac repasó la lista de comprobación. Estable. Tranquilo. Firme en el hombro. El dedo sereno sobre el gatillo. Los oídos protegidos. Los pies afincados. Los codos ligeramente doblados. Las rodillas flexionadas y listas para ceder. La apenas visible cruz de la mira directa sobre el techo del automóvil, un poquito a la izquierda para compensar el viento. La distancia algo menos de ciento ochenta metros. No importa lo que esta cosa me haga, recargo y disparo de nuevo sin preocuparme de la precisión de la puntería en esta segunda ronda.

Mac se sintió más seguro cuando, a través de los lentes de la mira vio claramente que había movimiento, mientras iba haciendo en silencio el conteo regresivo a partir de tres. A menos que alguien tuviera la espectacular mala suerte de ponerse en su línea de fuego, no impactaría a nadie, no por la primera ronda, claro. Esperaba que la CG estuviera a mitad de camino, de regreso ya al cobertizo para la segunda andanada, si es que llegaba a dispararla a los pocos segundos.

Mac se detuvo cuando llegó a contar uno. Tuvo una idea mejor. Apuntar a matar un poco más a la izquierda con la esperanza de impactar el tanque de combustible. Aunque errara, estos tipos tenían que pensar que se enfrentaban a un tanque o, al menos, una bazuca. No obstante, si tenía suerte, pensarían que se enfrentaban a la eternidad.

Volvió a apuntar, cambiando apenas un pelo el blanco. Lista de comprobación. *¡Tres. Dos, uno, cero, ay madre mía!*

Mac creía estar preparado, pero fue como si no tuviera nada metido en los oídos. El sonido fue tan estruendoso que pareció desplomarse sobre él. Los matorrales reventaron y, sí, la erupción de la gasolina del tanque y la repercusión de ese auto sobre la grava causaron tanto ruido que lo habrían escuchado si la gente hubiera estado ahí o no. La pesadilla del volumen del sonido permaneció encima de él por más tiempo que lo que duró la bola anaranjada ante sus ojos.

La violencia del disparo lo tiró para atrás sobre su costado izquierdo. Mientras Mac luchaba por recuperar el sentido, rodó colocándose sobre su abdomen y se deslizó de nuevo a la misma postura de antes. Con dedos temblorosos metió las municiones adicionales en la cámara del rifle, asegurándose de que aquella cosa estuviera apuntando lejos de él, hizo un esfuerzo y cargó el gatillo de nuevo, yendo contra todos sus instintos.

Debiera haber repasado de nuevo la lista de comprobación. Un pie se le quedó sin afirmar. No estaba ajustado ni firme. La culata había estado al menos un centímetro lejos de su hombro. El culatazo lo tiró para atrás a la velocidad de la luz haciendo un surco encima de su hombro que le iba a durar semanas, de eso estaba muy seguro.

El ruido lo amortiguó solamente el daño que el primer disparo les hizo a sus tímpanos. Sus oídos zumbaron y retiñeron, mientras él, ensordecido, levantaba la cabeza para ver cómo caían los árboles, dos a este lado del camino, uno al otro. Su mira había estado a tres metros a la izquierda del ahora achatado e incendiado vehículo, cosa que iluminaba bien el destrozo de la máquina y de la fauna, todo ocasionado por dos simples tirones de una palanca metálica.

Mac solo quería haber escuchado lo que tuvieron que ser gritos aterrorizados de los jóvenes Pacificadores corriendo a toda velocidad. Con torpeza, se puso en cuatro pies como un potrillo recién parido, luchando para no rodar colina abajo.

Cuando al fin se puso de pie, con los brazos abiertos para equilibrarse e impedir que giraran los matorrales, se puso a esperar. Y esperar. Cuando por fin su mecanismo de equilibrio hizo los ajustes necesarios, Mac contuvo el aliento, meneó la cabeza, estiró cada extremidad, hasta aquella con el hombro lesionado, y empezó a trotar.

Su intención era trotar la distancia que le había llevado más de media hora de manejo. Iba a hallar su camino de regreso al lugar en que él, Cloé y Hana emprendieron su velada en aquella tarde que ahora parecía tan lejana. Allí tenía que estar el jeep oculto, lo haría arrancar en directa y se dirigiría hacia el lugar que con toda sinceridad esperaba que fuera la última parada del día. Seguro que cuando llegara allí ya Chang lo habría llamado para informarle dónde podía encontrar a George Sebastian.

Y, después de todo esto, que Dios se apiadara, o no, del que se atreviera a interponerse entre ellos y la libertad.

NUEVE

C loé no conocía las especificaciones del arma de energía dirigida que yacía en el asiento trasero, pero había oído del efecto que causaba en el blanco. Y sentía curiosidad. Lo levantó con todo cuidado hasta ponerla en su regazo, haciendo que Hana mirara por turnos el camino y el AED.

—Cloé no apuntes esa cosa hacia mí.

—¡Ni siquiera está prendida!

—Eso es lo mismo que decir que un arma no está cargada. La gente muere muy a menudo con armas que juran no están cargadas.

—Parece muy simple. Tú sabes cómo se usan, ¿no es así?

—Sí —contestó Hana—. Ahora, Cloé, por favor.

—Parece como que se enciende, se deja que se caliente, o lo que sea, y se dispara. No es mortal.

—Sí, lo sé. Aunque ciento treinta grados en tejido blando te hará desear estar muerta.

—Apuesto que puedo lograr que esos tipos dejen de seguirnos.

—Ni siquiera lo pienses. Te equivocas, empiezan a disparar y así no vamos a ayudar a nadie.

—De todos modos no estamos ayudando a nadie —dijo Cloé—. Estamos aquí instaladas con Uzis, armas auxiliares, una escopeta y un AED, y dejamos a Mac allá arriba totalmente solo con todos aquellos de la CG.

—¿Y por cuánto tiempo van a dejar que los guiemos por toda la ciudad antes que se den cuenta que estamos jugando con ellos?

—Tenemos que quitárnoslos de encima antes de dirigirnos al aeropuerto, Hana, pues nunca nos dejarán entrar allá.

—¿*Quitárnoslos* de encima? Cloé, quizá sus filas estén diezmadas, pero tienen más personal, más vehículos, radios. No vamos a quitárnoslos de encima.

—Estoy llamando a Chang.

—¿Para qué?

—Quiero saber cuánta gente sabe en el lugar que estamos.

—¿Por qué?

—Espera.

Era más fácil correr sin el molesto calibre cincuenta, pero Mac no había corrido tanto desde... ¿desde cuándo? Desde nunca. Ninguna carrera a campo traviesa en los tiempos de la escuela secundaria era tan larga. Esto duraba más que una carrera maratónica. Con el lento pero seguro golpeteo de sus pasos, repetía mentalmente: "Dios, soy tuyo. Dios soy tuyo".

Si iba a llegar al jeep, sería solamente porque Dios así lo quería. Esto superaba por completo las capacidades humanas de Mac.

Chang leía desesperadamente todo detalle de la comunicación entre Akbar y Stefanich, esperando encontrar algo, cualquier cosa, para ayudar a Mac. Su teléfono seguro sonó y la pantalla le dijo quién era.

—¿Están bien, Cloé? —preguntó.

—Por ahora —contestó ella—. ¿Hay manera de saber cuánta gente nos está siguiendo?

—Puedo intentar averiguarlo. ¿Qué estás pensando?

—Si son muchos, estamos muertas. Los haremos dar vueltas por la ciudad y pudiéramos tratar de dejarlos atrás o dispararles, pero ya sabes cuáles son las probabilidades. Si no es más que un vehículo, esperando comunicar a los demás dónde está el cuartel central del movimiento clandestino, pues se me ocurre algo.

—A ver, ¿cuál es esa idea? Dime antes de que empiece otra vez a intentar el acceso a la computadora central de Tolemaida.

—¿Por qué? Si no te gusta mi idea, ¿no revisas? ¿Es eso?

—No es eso, Cloé. Mac corre peligro más inminente y aún no tenemos idea dónde está Sebastian, así que tengo que asignar prioridades.

—Lo lamento. Te lo diré rápido. Si están esperando que nosotras los dirijamos a los de la clandestinidad, pues los llevaremos a un lugar. Solamente que no será el auténtico. Serán otros desafortunados ciudadanos que allanarán muy pronto.

—Me gusta.

—Qué alivio.

—No, en realidad me gusta. Y creo que para ellos ustedes son de poca monta. No se trata de que las hayan dejado a un lado. Será casi imposible salir esta noche de ese aeropuerto pero quizá se imaginen que de todas formas no tienen a dónde ir y pueden arrestarlas cuando traten de escapar. Quieren a los residentes.

—Y nosotras los dirigiremos a ellos, pero no realmente.

—Te llamo en cuanto pueda.

_____

—¡Deja de golpear o te mato! —aulló Elena.

George no oyó a nadie más. Siguió golpeando. ¿Cómo iba a alcanzar la cerradura? ¿Cómo iba a abrir? ¿Cómo abriría las puertas?

Ella soltó unas palabrotas y George oyó movimiento. Arrastraba algo cerca del ascensor. Oyó la llave en la cerradura y luego cómo giraba. Después escuchó un ruido como si ella se hubiera bajado de la silla o lo que hubiera usado para subirse. Ahora trataba de abrir las puertas. Ni siquiera Platón pudo hacerlo solo. George siguió sentado ahí, golpeando.

—¡Estoy tratando de entrar donde estás! —dijo ella—. Cuando lo logre, te vas a lamentar.

¡Pum!

¡Pum!

¡Pum!

—¡Voy a disparar a través de la puerta!

¡Pum!

¡Pum!

¡Pum!

—Mejor que dejes de golpear... ¡No estoy bromeando!

Sabía que ella luchaba con las puertas. No había forma en que pudiera abrirlas. Si tan solo pudiera hacer que se olvidara que estaban sin pestillo. Dejó de golpear.

—¡Así está mejor!

Oyó que se subía de nuevo y que metía la llave en la cerradura.

¡Pum!

¡Pum!

¡Pum!

—¡No! ¡Ya tú lo sabes! ¡Estoy cerrando y puedes pasarte golpeando toda la noche!

Ella lo cerró con llave.

George se puso de pie y buscó la otra bota y se puso una en cada mano. Ahora se inclinaba hacia delante con las manos encima de la cabeza y las botas presionando las puertas. Se arrastró lentamente al suelo y se dejó caer. George se aseguró que su rodilla golpeara primero, fuerte. Luego la cadera, después el costado, a continuación las botas, por último las manos. Se quedó tirado quieto.

—¿Terminaste de jugar ahí?... ¿Eh? ¿Estás ahí?... ¡Vas a lograr que te dispare!... ¿Estás bien?... ¡Oye!

Volvió a soltar palabrotas y la escuchó hablar por teléfono.

—Estaba golpeando allá dentro. Amenacé con dispararle y dejó de golpear, pero ahora me parece que se desmayó... porque sonó como eso... como que se hubiera desmayado. Tú sabes que ahí no hay aire. No hay ventilación. ¿Dónde? Voy a mirar.

Ella golpeó dos veces las puertas.

—Aguanta. Te conseguiré algo de aire.

Chang encontró la cinta de las transmisiones radiales entre los Pacificadores de la CG de Tolemaida, pero era de tan mala calidad que el programa de conversión no la pudo traducir a palabras legibles. Cargó eso en su computadora y trató de oír con los auriculares.

—Cloé —informó—. Esto que te diré son suposiciones, de modo que lo que hagas con esto es cosa tuya. Creo que solo es un auto el que las sigue y no uno oficial de la CG. Designaron a dos Monitores de la Moral para que las vigilen. Por supuesto que están armados, pero todo lo que se espera que ellos hagan es informar a quien les avisó a ustedes sobre el allanamiento.

—Eso es lo que supones.

—Cloé, tengo que ser sincero. Tengo toda la seguridad de que eso fue lo que escuché.

—¿Qué tan seguro estás?

—Cincuenta y cinco por ciento.

Ella se echó a reír.

—¿Eso es cómico?

—No, sino que tenía la esperanza de un mínimo de sesenta. Si pudiera lograr que subieras a sesenta, hoy me compraré ese auto.

—¿Decías?

—Nada. ¿Pudiera ser sesenta-cuarenta?

—Máximo.

—Vamos a hacerlo.

Elena seguía hablando por teléfono, pero George tenía que apretar mucho su oreja contra la puerta del ascensor para oír y, a menos que ella gritara, apenas podía escuchar.

—¿En la pared al lado del ascensor? —parecía que decía eso—. Sí. Una puerta gris. Entendido. Hay docenas aquí, hombre... bueno, como caldera, aire, calentador de agua, sí, parecen cosas de la planta baja... ¿Cómo saber? Se ven casi veinte iguales a eso. Bueno, veintiuno y más... bueno, quizá esto sea del primer piso... Sistema de alarma, luces de emergencia, luces exteriores, luces del foso de la escalera, ascensor... ¿Uno diferente para el respiradero, el ventilador o la luz? No parece... Sí, todos en uno... pero tengo que hallarlo. Se va asfixiar ahí... ¡No! Abrir estas puertas apenas un centímetro y tengo que vigilarlo cada segundo.

»¿Qué pasa si lo echo a andar y mantengo las puertas cerradas?... ¿Cada piso? Entonces las cierro en cada piso. Entonces, no tiene dónde ir, ¿cierto?... te llamaré.

George oyó que ella se iba del vestíbulo y subía unos peldaños. Mantuvo la oreja pegada a la puerta y pudo sentir y oír que cerraba las puertas externas del ascensor en los tres pisos de arriba. Así que iba a activar el interruptor de circuitos del ascensor para que funcionara el ventilador y él pudiera recibir algo de ventilación. Eso no servía, de alguna manera tenía que lograr que abriera las puertas.

Iba a estar pendiente del ventilador y de las pruebas de que estaba consciente. George palpó arriba y sintió el ventilador y las luces, apretando firme alrededor de los lados. Los paneles estaban muy bien atornillados, pero la caja estaba enganchada a los cables que estaban encima del ascensor, así que esos tenían que ser los paneles más débiles del cielo raso. Se puso los guantes y presionó con más fuerza. Hasta con los guantes puestos, el metal estaba demasiado áspero y filoso en algunas partes. Elena tenía que estar llegando abajo.

George se puso rápidamente las medias y las botas, se dobló hasta el suelo y se paró sobre las manos, caminando quedamente sobre los lados del ascensor hasta que las suelas de las botas tocaron el cielo raso. Palpó alrededor hasta asegurarse de que estaba empujando contra la luz y el ventilador, entonces enderezó las piernas y empujó con toda fuerza desde el suelo.

Los tubos fluorescentes se reventaron y cayeron, las aspas del ventilador se doblaron y torcieron empezando a ceder. Sus bíceps temblaban y le dolía el pecho, pero continuó empujando como si de eso dependiera su vida. Sintió que los paneles se rompían y la caja se soltó de los cables. El cielo raso tenía que estar roto.

George trató de no jadear ni hacer ruido mientras bajaba lentamente los pies y yacía sin aliento en el suelo, barriendo con cuidado los escombros hacia un rincón. Oyó que Elena pasaba apurada hacia la caja de interruptores de circuito y movía el interruptor en ambas direcciones. Se prendieron las luces de los botones de los pisos y oyó un zumbido en el cielo raso donde debieran haber estado la luz y el ventilador.

Tratando de regular su respiración George se dio vuelta, se amarró las botas y, silencioso como un gato, se colocó en posición.

—¿Entra algo de aire ahí? —preguntó Elena. Golpeó la puerta—. ¡Hola! ¿Mejor?

George se acuclilló retrocediendo hasta que sus pies tocaron la pared del fondo del ascensor. Encogió las rodillas hasta que su trasero quedó apoyado sobre las pantorrillas. Entonces se inclinó hacia delante y puso las palmas de las manos sobre el suelo, volvió su rostro a la derecha y apoyó la mejilla y oreja izquierdas contra el suelo. Se esforzó por respirar profunda y lentamente, preparándose para contener el aliento y parecer muerto.

Dos golpes más en la puerta.

—¡Vamos! Ese ventilador debe estar funcionando, ¿No? ¡Golpea una vez si recibes aire!

George se quedó como estaba, acurrucado contra la pared, viéndose como si se hubiera desmayado cayendo sobre su cara.

—¡Bueno! Voy a abrir estas puertas, pero si intentas algo eres hombre muerto.

Ahora ella estaba arriba de la silla. Metal entrando a metal. El clic. George se sintió tentado a apretar el botón para abrir la puerta, pero sabía que ella estaría ahí, apuntándole con el arma. Pestañeó varias veces para humedecer los ojos a fin de seguir tirado ahí, con los ojos abiertos, sin pestañear, capaz de ver lo suficiente periféricamente para saber cuándo actuar.

—¡Estoy abriendo las puertas, así que no te muevas! ¡Prefiero que el alto mando te encuentre muerto a balazos antes que por accidente!

Escuchó que ella apretaba el botón, sintió que el ascensor vibraba con el mecanismo y las puertas empezaron a separarse. Quería beberse el aire frío y fresco, pero no se animó. A la débil luz de los carteles de *Salida* y de una luz que había al fondo del pasillo, la pudo ver en su visión periférica, perfilada delante de él, con los pies abiertos, sosteniendo el arma de alto poder de fuego con ambas manos. Comenzó a decir palabrotas. Dio un paso más. Sacó la mano izquierda del arma y fue a tocar la arteria carótida de él. George sabía que en cuanto sus dedos tocaran la piel, sabría que estaba vivo. Ese roce tenía que ser su señal para abalanzarse.

—Haré lo que digas, Cloé —replicó Hana—, pero tengo una prioridad mayor a que salgamos vivas de aquí.

—¿Mac?

—Por supuesto.

—Yo también. Y George.

—No me puedo imaginar que aún siga vivo, Cloé, ¿qué ganan con mantenerlo vivo?

—No pienses así.

—¡Vamos! Ya no somos niñas de pecho. La verdad no cambiaría con dejar de pensar en eso.

—Solo espero que se crean que aún pueden sacarle algo.

—Bueno, yo lo conocí poco Cloé, pero te diré algo. Parecía el tipo de persona que hace lo que tenga que hacer y nadie lo obligará a que haga otra cosa. Apuesto que no les ha dicho esta boca es mía.

—Párate ahí.

—¿Estás segura de que esto va a servir?

—¿Segura? ¿Tengo que estar segura?

—Solo que no seamos tan evidentes.

—Por eso, Hana, te paras ahí y no frente a la puerta. Cuando me dirija a la tienda, te bajas del auto y te quedas ahí parada, como si estuvieras metiendo las narices.

—¿Metiendo las narices?

—Bueno, CG o Monitores de la Moral husmeando por aquí.

—¿Metiendo las narices?

—No sabía que eso era tan oculto. Me olvidé que te criaste en una reserva india.

—Bueno, yo buscaré a los de la CG o a los MM. ¿Qué hago si no aparecen?

—No vendrán. Solamente quieren allanar a los que nosotras avisemos.

—O al menos hay cincuenta y cinco por ciento de posibilidades de eso.

—Sesenta.

—Así que hay cuarenta por ciento de posibilidades que nos arresten o peor.

—Tú andas con una Uzi. He visto lo que puedes hacer con una escopeta y solamente me imagino lo que pudieras hacer con un AED.

—Cloé, únicamente te digo que si alguien viene, me meto de un salto en el automóvil, toco la bocina y voy a buscarte.

—Bueno, debiera esperarlo así.

_____

A la primera sensación de piel sobre piel, George Sebastian recurrió a todos sus años de entrenamiento, fútbol y levantamiento de pesas. Al empujar el suelo con las palmas y afirmar los talones en el fondo del ascensor, los macizos cuádriceps y tendones de sus muslos lo levantaron tirándolo hacia Elena, que había asesinado a su último creyente.

Los ciento ocho kilos de George se estrellaron contra ella tan rápidos y fuertes que, cuando rodeó su cintura con sus brazos, sintió que su coronilla empujaba el estómago de ella contra su columna vertebral. La mujer reaccionó vomitando por encima de él hacia el ascensor, antes que su cara rebotara de la espalda de Sebastian y sus botas golpearan las rodillas de él.

George salió lanzado a un metro y veinte centímetros de altura hasta a unos tres metros del vestíbulo con el cuerpo de ella doblado en dos. Cuando cayó al suelo, con su pecho apretó las piernas de ella, quien con su torso hizo un efecto de latigazo y que al volver hacia atrás la nuca quedó aplastada contra el suelo de mármol. De un salto, George se puso de pie y le arrebató el arma de la mano a la mujer. Guardó el teléfono y la radio de ella en sus bolsillos, para luego tomarla por el cinturón y tirar su cuerpo sin vida dentro del ascensor. Cerró las puertas con llave y dejó la llave sobre la silla que ella había usado para alcanzar la cerradura.

George puso una alfombrita cerca de la puerta de entrada tapando la sangre del sitio en que ella murió y usó los guantes para limpiar la estela de sangre que iba hasta el ascensor. Estaba a punto de salir por la puerta trasera para ver si podía hallar un vehículo que pudiera poner en marcha, cuando oyó llaves en la puerta del frente y levantó la vista para ver a un anciano sonriendo y que le hacía señas.

El hombre vestía un disparejo uniforme de guardia y llevaba dos escobillones. Al entrar, dijo algo en griego.

—¿Inglés? —dijo George, seguro de que estaba sonrojado y que lucía como rehén escapado que acaba de matar a su carcelera.

—Mí preguntar si ascensor todavía no trabajar.

—Sí.

—¿Trabajo?

—No.

—No trabajar.

—Correcto.

—Bueno. ¿Cómo estar usted?

—Muy bien. Adiós, señor.

—Adiós, adiós a usted.

Cloé instaló la Uzi tomándola con su mano derecha y con la izquierda abrió la puerta. En cuanto Hana detuvo el auto en las sombras de un callejón a tres cuadras del blanco de Cloé, esta se bajó y se alejó rápidamente.

Con la tentación de mirar hacia atrás o de echar un vistazo de derecha a izquierda buscando a los Pacificadores de la CG, Cloé mantuvo fija la vista en la tienda donde ese mismo día, más temprano, había mirado en la televisión el bombardeo de Petra. El lugar estaba a oscuras, pero en la trastienda había al menos dos apartamentos con las luces encendidas.

Ella golpeó ruidosamente en la puerta de vidrio. Los residentes tenían que estar acostumbrados a pasar por alto esa clase de golpes suponiendo que un borracho andaba dando tropezones a esas horas de la noche. Así, pues, ella siguió hasta que oyó que alguien gritaba:

—¡Cerrado!

Golpeó y golpeó más hasta que, por fin, se prendió una luz, una puerta hizo ruido y salió un hombre enojado, vestido con una bata de baño y zapatillas.

—¿Qué significa esto? ¿Quién es usted?

—¡CG! —susurró ella, melodramáticamente—. Abra. Solo un momento, por favor.

El hombre vino, con el ceño fruncido, pero no abrió la puerta.

—¿Qué quiere?

—Tengo un mensaje urgente para usted, señor, pero no quiero dárselo gritando.

Meneó la cabeza y quitó el seguro a la puerta, pero la abrió apenas un par de centímetros.

—¿Qué es tan urgente?

—Señor, quería darle el dato de una barrida que habrá esta noche en este vecindario, probablemente más tarde.

—¿Un qué? ¿Una barrida?

—Un allanamiento.

—¿Buscando qué? —dijo el hombre apuntando a su frente y a su marca del 216.

—Precisamente eso —contestó ella—. Usted es un ciudadano leal así que queríamos avisarle con anticipación para que no se alarme.

—¡Bueno, pues usted me alarmó!

—Le pido disculpas. Buenas noches.

El hombre dio un portazo y cerró con llave la puerta sin decir palabra, y Cloé regresó apresuradamente al auto.

—Vaya, eso salió bien —dijo—. ¿Le diste a alguien?

—¿Qué? —preguntó Hana mientras se alejaban.

—Con el arma de rayos.

—¿Así es cómo disimulas tu miedo? ¿Estás bromeando?

—Debe ser. Estoy por completo entumecida.

—No vi a nadie, Cloé. No sé que significa esto. O son muy pero muy buenos o nosotras somos paranoicas.

—Es probable que las dos cosas. Pudiéramos quedarnos por aquí y ver si la CG viene a buscar a los de la clandestinidad.

—Espero que no hables en serio.

—Por supuesto que no, pero tienes que reconocer que sería divertido. Sobre todo cuando pregunten a ese viejo si le avisaron del allanamiento.

—Ahora, ordenanza, ¿para dónde vamos?

—Hana, me siento como si fuéramos patos de feria. No podemos llamar a Mac si no sabemos que está en un lugar en el que pueda hablar. Chang nos dirá lo que consiga cuando pueda. Opino que busquemos una parte donde podamos esperar sin que nos vean y aguardemos a Mac y George.

—Sueñas.

A Raimundo le habían asignado una carpa en Petra y se fue a instalar para pasar la noche. No podía imaginarse que dormiría después de todo lo que había vivido. Mientras contemplaba las estrellas oyó el timbre de su teléfono, rodó hacia un lado y lo sacó de su bolsa. No reconoció el número que llamaba.

Raimundo fingió un acento del Medio Oriente que debía ser terrible, de eso estaba seguro.

—Aquí Atef Naguib —dijo.

—¿Ray?

—Por favor, ¿quién habla?

—Yo me aprendí de memoria dos números —respondió el que llamaba—. El tuyo y el de Chang. Sin embargo, este no es un teléfono seguro y no quiero delatarlo.

—¿Sebastián? —preguntó Raimundo incorporándose—. ¿Te encontraron?

—¿Quiénes son *ellos*? Me acabo de escapar. ¿Hay alguna casa de seguridad por estos alrededores? ¿Algún lugar de emergencia hasta que me las ingenie para salir?

De repente, Raimundo se puso de pie, y efusivo dio la información del contingente del Comando Tribulación en Grecia y la manera en que Sebastian podía ponerse en contacto con la Cooperativa local.

—Hablaré con Chang y le pediré que se lo comunique a los demás.

DIEZ

Mac yacía sobre el césped húmedo de rocío cerca del jeep, abrumado de gratitud aunque consciente de que aún él y su equipo no estaban fuera de peligro. Su cuerpo recalentado se arqueó y respiró el aire nocturno, y le dio gracias a Dios una vez tras otra por haberle dado la fuerza suficiente para correr tanto.

Apenas había sido capaz de responder cuando Chang le dijo que todo marchó bien, pero que pronto quedó en evidencia que Cloé y Hana eran, de los cuatro fugitivos en Grecia, las que ahora corrían el peligro más inmediato.

Las siguieron, ya fuera que usaran un vehículo de la CG, que estuvieran en Tolemaida, y no se atrevían a tratar de comunicarse con la Cooperativa, ni siquiera a pie. Tenían armamento pesado, pero también eran inexpertas. George Sebastian había pasado de la mayor precariedad a la mayor seguridad transitoria, en el caso que hubiera hallado a la Cooperativa.

Mac se incorporó con mucho dolor y se apoyó contra el vehículo. Había ansiado y temido este operativo. Había querido sacar a George, pero las posibilidades eran muy malas. Al comienzo se había emocionado con la facilidad aparente con que engañaron a los locales. Luego, todo se había descubierto y convertido más o menos en desesperanza. Ahora, con poco mérito para Mac, todo el esfuerzo se simplificó otra vez. Aunque era una tarea polifacética, ahora Mac solo tenía que realizar una: reunirse con los otros tres y salir del apuro.

Chang estaba inconsolable por no haber descubierto la relación de Akbar y Stefanich antes que comenzara el operativo. Mac trató de decirle que todo el alto mando de la Comunidad Global era tan nuevo y disperso que nadie podía haber anticipado que esos dos se hubieran conocido. Chang se había redimido, a sus propios ojos, rompiendo la seguridad y entrando a los códigos evidentemente indescifrables. Él y Mac sabían ahora más de Stefanich y de los planes de los captores del rehén que ellos mismos. Mac sabía que Sebastian se había fugado y eso bastaba. De los otros, Stefanich, Aristóteles, Platón, Sócrates y Elena, la única que sabía de la fuga, ya estaba muerta.

Chang descubrió por medio de su examen, rápido pero completo, de las conversaciones de Akbar y Stefanich, que estos eran los que concibieron el plan de llevar a Mac, Cloé y Hana a los matorrales. Ahí harían que fueran donde los superarían las fuerzas de la CG, la mayoría de los cuales no tenía idea de lo que estaba pasando. Aun si se dieran vuelta los dados, y Mac con su gente hubieran sabido antes de los Pacificadores, pocos habrían sabido lo suficiente para delatar la doble celada.

La CG esperaba que la gente de Mac los llevara a la clandestinidad judaíta y, luego, los arrestarían ellos mismos cuando llegara el momento. Johnson, Sebastian, Jinnah e Irene se juntarían en el cuartel central de la CG local, luego los llevarían a Nueva Babilonia como medallas en el pecho de Stefanich, el integrante más nuevo del personal de Akbar en palacio.

—Stefanich se ha vuelto loco buscándote —le dijo Chang a Mac—. Por un momento se preocuparon cuando no pudieron comunicarse con Elena, pero ahora ya hablaron con ella y les dijo que todo está bien en el cuartel central.

—Chang, ¿qué concluyes de eso?

—No me preocupa. Sebastian confirmó la muerte de Elena y él tiene el teléfono de ella. ¿Quién sabe cómo los engañó? No creo que haya algo que no pueda hacer. Me preocupan Cloé y Hana. Los Monitores de la Moral les perdieron la pista después que los dirigieron a los que creían que era la Cooperativa. No sabrán que era una farsa hasta que lo allanen. Sin embargo, Stefanich tenía tanta gente suya en los matorrales para cooperar en traerlos a ustedes tres de regreso que se quedó con poco personal en Tolemaida. Ahora todo eso cambió. Todos están en camino de vuelta.

El problema para Mac, de lo cual se dio cuenta cuando logró poner en marcha el jeep, era que podía llamar a Cloé y Hana, pero no podía hablar con la Cooperativa ni con Sebastian a no ser que lo hiciera personalmente. Tenía una idea de cómo podrían escapar todos, pero las mujeres tenían que permanecer a salvo mientras tanto.

———————

—¿Qué raro es eso? —dijo Cloé—. Es probable que estuviéramos cerca de George cuando él escapó del cuartel central de la CG por la puerta trasera. Hubiéramos podido llevarlo a la Cooperativa.

—Y arruinar todo para todos.

—Bueno, sí, pero solo es un decir. Tenemos que deshacernos de este vehículo y llegar donde Mac logre encontrarnos.

—Cuanto antes, mejor —dijo Hana—. Hace rato que no noto que alguien nos siga. Vamos a hacerlo ahora.

—Por lo menos lleguemos a las afueras.

—Es arriesgado.

—No tan arriesgado como estacionar en la ciudad y caminar por sus calles.

Mac detestaba pensar que tendría que caminar, aunque fuera unas pocas cuadras, pero no podía arriesgarse a estacionar en ninguna parte cerca de la Cooperativa. Dejó el jeep como a kilómetro y medio al norte del lugar y se puso a caminar. La cosa radicaba en entrar sin que le dispararan, pues había varios en la Cooperativa que estaban prevenidos de la CG.

Pensó en entrar al bar de arriba, pero sabía que Sócrates tenía que haber dado una descripción suya y que todo el pueblo lo estaría buscando. Aún estaba vestido con uniforme de camuflaje y armado con la Uzi, ese no era el típico residente de Tolemaida que había salido a tomarse el último trago de la noche.

Mac prefirió guiarse por lo que Cloé y Hana le habían dicho sobre el lugar y se quedó en las sombras, dando un largo rodeo, deslizándose por la puerta trasera y entrando al bañito. El bar estaba lleno y había mucho ruido y eso le daba ventaja. Cerró con llave la puerta, tratando de no respirar profundo, y se quitó la grasa de la cara. Mac no se veía mucho más limpio en el espejo sucio y le impactó ver las ojeras alrededor de sus ojos. *¡Qué noche!*, pensó. *Y apenas hemos empezado.*

Mac estudió las tuberías que pasaban directamente a través del suelo, quizá a unos pocos metros de George y quién sabe de cuántos creyentes locales apiñados en la trastienda de la lavandería. Se sentó en el suelo y empleó un cargador de la Uzi para enviar un mensaje en código Morse en la tubería. "Busco amigo de S.D."

Repitió dos veces más el mensaje.

Al final, llegaron los golpecitos de respuesta. Mac no tenía nada en qué escribir, así que tuvo que acordarse de cada letra: "Necesita seguridad".

Mac contestó: "Sublime gracia".

La respuesta fue: "Más".

Mac golpeteó: "Vamos a casa".

De vuelta: "¿Ángel preferido?"

Eso era fácil y solamente un compatriota lo sabría: "Miguel".

"Bienvenido. Apúrate".

Mac apagó la luz antes de abrir la puerta, no vio ojos curiosos y bajó la escalera a toda prisa. Oyó un "psst" desde la trastienda y pasó a través de la cortina encontrándose con los cañones de dos Uzis en esa penumbra.

Un joven de pelo oscuro parecía listo para disparar.

—Déjeme mirar sus manos.

Mac las levantó, su Uzi, provista en ese mismo sitio, colgando del brazo.

—¿Este es él? —preguntó el joven.

—Puede ser —respondió George.

—Si no es —dijo Mac—, ¿cómo sé que tú eres Costas?

Entonces se dio cuenta del porqué George vacilaba y se quitó los anteojos.

—¡Hombre, yo trabajaba para Carpatia! Mis pecas tenían que desaparecer y cambiar el color del pelo.

—Ese es él —dijo George, adelantándose para abrazar a Mac.

Varias personas más, en su mayoría hombres, de todas la edades y todos armados, salieron de abajo de montones de ropa. Allí había solamente tres mujeres, una de edad mediana, otra anciana y una que no llegaba a los veinte años de edad. La primera se presentó como la madre de Costas, la señora P. La más anciana dijo:

—Mi esposo es el primo de K.

Un hombre delgado y nervudo que parecía estar cerca de los ochenta dijo:

—Ese soy yo.

—Esta respondió el teléfono de Elena hace un rato —dijo George señalando a la adolescente—. A pesar de una comunicación muy mala y de mucha estática, aseguró a sus socios que yo aún estaba encerrado con toda seguridad.

—Encantada de conocerlo —dijo la muchacha, añadiendo el ruido de la estática mientras hablaba, lo que hizo que los demás sonrieran.

—Excelente trabajo —dijo Mac—. Ahora, hermanos y hermanas, no tenemos tiempo. Hay una cacería masiva por mí y no pasará mucho antes que sepan que Elena está muerta y su prisionero, fugado. Tengo dos compatriotas a pie. Primo de K., ¿usted también es un Kronos?

—Sí, señor.

—¿Usted es el que prestó su camión a la causa?

Él asintió con solemnidad.

—¿Y ese camión está disponible?

—A dos cuadras de acá.

—Quiero comprarlo —dijo Mac sacando un grueso fajo de nicks de un bolsillo debajo de la rodilla.

—No, no, no es necesario.

—En realidad, lo compro porque la CG lo conocerá muy bien cuando finalice la noche y usted no podrá dejar que lo vean de nuevo conduciendo eso.

—No necesito el dinero.

—¿Y la Cooperativa, los creyentes clandestinos?

—Sí —dijo la señora Pappas, y dio un paso adelante para tomarlo.

—Hábleme del camión, ¿tracción en las cuatro ruedas?

—Sí, pero no es nuevo ni veloz. Transmisión manual, cinco velocidades, muy pesado y potente.

—En cuanto me comunique con los dos integrantes del equipo, George y yo tomaremos el camión e iremos a recogerlas. La CG espera que nos dirijamos al aeropuerto de

Tolemaida, pero eso es una carrera suicida. Tenemos un avión en una pista abandonada, a unos ciento treinta kilómetros al oeste de aquí. Si podemos enfilar en esa dirección sin llamar la atención, ahí es donde mañana encontrará el camión. Si nos siguen, finja que nunca vio ese camión.

—Yo quiero ir —dijo Costas.

—Lo lamento, pero no a menos que te vayas con nosotros a los Estados Unidos, pues no hay forma que nos ayudes y que también escapes.

—Pero yo...

—Aceptaremos todas las balas que puedan darnos. Diría que si nos vamos ahora, nuestras posibilidades son solamente de cincuenta a cincuenta. ¿De acuerdo, George?

—No, señor. Pienso que es optimista. No obstante, sí estoy de acuerdo en que es nuestra única opción y que tenemos que irnos ahora.

La señora P. alzó una mano.

—No hay nada malo en que unos trabajen mientras otros oran. Que alguien ponga cargadores adicionales en una bolsa mientras yo oro.

"Dios nuestro, te agradecemos por nuestros hermanos y hermanas en Cristo y te pedimos que pongas alrededor de ellos un aro de fuego protector. Dales tu presencia, te lo rogamos en el nombre de Jesús. Amén".

George tomó la bolsa y recibió las llaves e instrucciones para llegar al camión, mientras Mac se acuclillaba en un rincón con su intercomunicador tratando de poner al día a Cloé y Hana.

———

Cloé estaba hablando con Chang cuando oyó que Hana recibía un mensaje de Mac por radio y le daba la ubicación de ellas, junto al camino y tras los matorrales al norte de la ciudad.

—Esto es urgente —decía Chang—. No tengo tiempo de llamar a todo el mundo uno por uno, así que oye bien. Todos los Pacificadores y Monitores de la Moral de Tolemaida están en máxima alerta. Abandonaron los matorrales y están comenzando a barrer por completo a la ciudad. Hablamos de cientos de soldados y todos los vehículos que funcionan.

»Hallaron el cadáver de Elena, saben que fueron las víctimas de una impostora que contestó el teléfono y están investigando ese teléfono con GPS. Si lo tiene George, sabrán dónde está él y si lo desecha, tendrá que ser lejos de la Cooperativa.

»El aeropuerto hierve de CG y aunque el Rooster Tail está en la pista como si estuviera listo para despegar, le vaciaron todo el combustible. Si no logran regresar al avión de Mac, lo mejor que puedo ofrecerles es intentar conseguir al piloto amigo de Abdula para que llegue mañana a Larnaca, Chipre.

—Gracias, Chang —dijo Cloé—. Hana me dice que Mac y George vienen para acá. Olvídate de Larnaca. Nunca llegaríamos allá. Parece que están lanzando la red a todo nuestro alrededor. Diles a todos que los amamos y que hacemos lo mejor para lograr volver a casa.

Mac iba manejando hacia el camino del norte con George de pasajero cuando recibió la llamada de Cloé tocante al teléfono de Elena.

—Fácil —dijo, parándose en el medio del camino—. George, mete el teléfono de Elena debajo de la rueda delantera.

El camión aplastó el teléfono.

Al llegar al camino del norte, Mac vio un mar de centelleantes luces azules a la distancia.

—Somos hombres muertos —dijo.

—No andan buscando este camión —intervino George—. No hagas nada sospechoso.

—¿Cómo recoger a dos mujeres armadas?

—Sigue manejando. Las mujeres verán a los de la CG y sabrán que vamos a regresar.

—¿Cuándo tendremos el tiempo para hacer eso?

—Mac, ¿qué vas a hacer?

—Están bloqueando el camino. Mete las armas y las balas debajo de los asientos y ponte una gorra. A ti te pueden identificar mejor que a mí. No puedes esconder el tamaño, pero puedes tapar el cabello rubio.

Cloé y Hana estaban de bruces mirando la larga hilera de automóviles de la CG con sus luces centelleando.

—Ahí está el camión —dijo Hana.

—La mayoría de la CG está manejando al lado de ellos. Supongo que no necesitan a todos esos para bloquear el camino.

Dos automóviles de la CG se detuvieron, uno a cada lado del camino, y un Pacificador levantó una mano a fin de parar al camión e hizo señas al resto de los vehículos del escuadrón.

—Hana, si puedes oírme, dame un clic.

—¿Ese era George? —preguntó Cloé mirándola.

Hana asintió e hizo el clic con el intercomunicador.

—Muy bien, tengo la radio de Mac aquí en el asiento, y estoy mirando fijamente hacia delante y fingiendo que no hablo, así que pudiera ser que no me oigas bien. Escucha con cuidado. Si tienes el AED contigo y puedes activarlo, dame un clic.

Hana activó el arma y dio otro clic.

—Estos tipos nos van a revisar. Dejaré abierta la radio, si pareciera que nos van a revisar mejor, incapacítalos a los dos, ¿entendido?

Clic.

—Aquí llegan. Quédate a la espera. Si uno viene por mi lado del camión, por favor, apunta con mucho cuidado.

Clic.

———————————

Chang estaba exhausto y deseaba irse a dormir como la mayoría de la gente de palacio, excepto Suhail Akbar y el prácticamente infatigable Carpatia, quien ya no necesitaba dormir. Sin embargo, Chang no podría dormir hasta que Mac, Cloé, Hana y George estuvieran a salvo en el aire. Se quedó pegado a la computadora, disponible para ayudar. Mientras tanto, entró a escuchar la oficina de Carpatia.

—En realidad, debo estar encima de este asunto de Grecia —decía Akbar—. Volveré tan pronto como pueda.

—¿No es algo que puedas hacer desde aquí, Suhail? Las noches son muy largas y hay mucho que aprender de las regiones de luz diurna.

—Soberano, perdóneme, pero hemos tenido una ruptura grave de la seguridad. Tengo una conexión telefónica segura con Tolemaida y una de correo electrónico también. La situación está a punto de resolverse y me apresuraré a regresar.

—¿Y veremos cómo se va desarrollando el esfuerzo moral en las regiones seis y cero?

—Por supuesto.

—Debiera haber transmisiones en audio y en vídeo donde yo pudiera ver los últimos reductos que aceptan la marca de la lealtad, adorando mi imagen tres veces al día o sufriendo las consecuencias. Están sufriendo, ¿verdad?

—Estoy seguro que sí, Excelencia. No sé cómo usted, o yo, hubiéramos podido ser más claros en eso.

—¿Y los judíos? Hay muchos judíos en ambas regiones que tal vez estén disfrutando de la luz del sol ahora, pero quién no sabe que esta es su última oportunidad para verlo. ¿Tengo razón?

—Alteza, usted siempre tiene razón. Sin embargo, poca es la gente que disfruta verdaderamente algo debido al estado de los mares. No sé cómo va a sobrevivir el planeta una tragedia de esas proporciones.

—¡Suhail, esa es la obra de los judaítas! Ellos les dicen a los judíos que son los elegidos de Dios. Bueno, ahora son mis elegidos. Y lo que decidí hacer con ellos tendrá un sabor amargo en sus bocas. Suhail, quiero verlo. Quiero saber que mis edictos se ejecutan.

—Mi señor, me ocuparé de eso. Para cuando yo vuelva alguien enlazará la pantalla con las estaciones que monitorean en esas regiones de modo que lo puedan poner al día.

—Suhail, esa falla de la seguridad, ¿es aquí, dentro de palacio?

—Señor, eso es todo lo que hemos podido concluir. Si tal información desorientadora y totalmente falsa puede implantarse en nuestra base principal de datos desde una ubicación remota, somos mucho más vulnerables de lo que imaginamos. Por malo que sea, tenemos la seguridad de que viene desde dentro y no debiera tomar mucho tiempo detectarla.

—Suhail, tú recuerdas lo que he pedido como tratamiento para los judíos, así que ni mencionar a los judaítas. Eso sería una retribución extremadamente leve para uno que, bajo mi techo, me engaña de tal manera.

—Entiendo, señor.

—El perpetrador debe morir ante los ojos de todo el mundo.

—Por supuesto.

—Suhail, ¿no hemos registrado toda nuestra lista de personal?

—Sí.

—¿Y hay empleados de la Comunidad Global, aquí o en cualquier parte del mundo, que aún tengan que aceptar la marca?

—Excelencia, menos de una milésima de uno por ciento. Es probable que menos de diez y todas las personas fieles con razones válidas, y cada una, por lo que sabemos, con planes para rectificar inmediatamente la situación.

—Sin embargo, ¿no debieran ser nuestros principales sospechosos?

—Señor, los tenemos vigilados muy de cerca y en palacio o en Nueva Babilonia no hay un solo empleado sin la marca.

Después que Suhail pudo por fin disculparse para atender de nuevo la situación de Tolemaida, Chang siguió oyendo la conversación de la oficina de Carpatia. Nicolás mascullaba muy quedo, así que Chang no pudo entender qué decía. A veces, escuchaba golpes como si Carpatia aporreara una mesa o un escritorio. Al final, oyó un repiqueteo como si Carpatia hubiera pateado un recipiente de basura y el contenido se hubiera desparramado.

Después de unos momentos Chang oyó un golpe débil y a Carpatia que decía:

—Entre.

—Señor, Majestad, discúlpeme, pero voy a enlazar su monitor con los Estados Unidos Norteamericanos y los Sudamericanos.

Carpatia pasó por alto al hombre hasta que este fue a salir de nuevo y le dijo:

—Arregla este desorden.

———————

Mac decidió tomar la iniciativa con los Pacificadores de la CG a cargo del bloqueo del camino sin esperar que le pidieran los documentos. George estaba repantigado en el asiento del pasajero.

—Vaya, ¿qué nos está pasando aquí esta noche, jefe? En la calle nunca he visto tantos de estos, de sus muchachos, desde que empecé a trabajar en el mantenimiento de caminos. Todos estos tipos nos dificultan el trabajo en las zonas de construcción, pero ustedes tienen que cumplir con su deber. Si no es mucho preguntar, ¿qué andan buscando? ¿Algo en que pudiera fijarme?

—Señor, asunto confidencial. Cacería humana de alto nivel. Día largo para ustedes, ¿eh?

—¡Dígamelo a mí! Nosotros casi nunca salimos tan tarde. Tuvimos que volver del aeropuerto por el camino largo. ¿Eso es parte de este asunto? Ese lugar está custodiado a muerte. Ahí también tuvimos que pasar por el camino bloqueado. Nos dieron pase libre aunque no tenemos los documentos encima porque tuvimos que trabajar hasta muy tarde, ya sabe, asfalto y todo eso. Ahora vamos de regreso a las cabinas de la obra.

—Eso no es disculpa para no tener los papeles. Se supone que todos anden siempre con sus papeles.

—Lo sabemos y los dos nos sentimos muy mal por eso, pero los tendremos cuando vayamos de vuelta a la casa.

—¿Los dejaron pasar por el aeropuerto?

—Sí, tipos tremendos, quiero decir, nosotros no somos Pacificadores, pero todos estamos trabajando para la gente, ¿cierto?

—Eso no se ajusta al reglamento.

—Tú sabes, pensé eso mismo y realmente agradecí que él no fuera uno de estos individuos duros que tratan mal al trabajador.

—Bueno, no quiero echarle a perder la vida, señor, así que podemos hacer esto muy fácil. ¿Qué tal si ustedes dos me muestran sus marcas de lealtad y siguen adelante?

Cloé pensó que Mac casi logra salir del apuro con su cháchara. No obstante, si él no fuera una amenaza, no hubiera sido problema mostrar la marca.

—No vaciles, Hana —dijo Cloé.

—Quisiera que el otro tipo se bajara de su automóvil.

Desde el intercomunicador:

—¿Usted quiere ver nuestras marcas?

—Sí, señor, mano o frente.

—La mía está en la frente, aquí, debajo de la gorra. La de mi colega está, eh, ¿socio, dónde tienes la tuya?

—En la mano —dijo Sebastian.

—A ver, veamos —dijo el Pacificador.

—A propósito, ¿dónde está la tuya? —dijo Mac—. ¿También tienes la imagen del soberano?

—¡Qué va! Solo el número. De esa manera soy más del tipo militar.

Cloé lanzó una ojeada a Hana y, luego, volvió a mirar el camión donde Mac se zafaba poco a poco el cinturón de seguridad, se quitaba la gorra y se inclinaba hacia delante.

—No veo nada.

—¿Qué? ¡Mira!

Del intercomunicador, George entonó una queda cantinela:

—Ahora sería el momento perfecto.

El Pacificador giró en círculo, se estrelló contra la cabina del camión y cayó al suelo, gritando. Mientras empezaba a pararse lentamente, Mac dijo:

—Oye, amigo, ¿qué fue lo que pasó?

—No sé, yo... este, hormigas feroces o algo así —respondió mientras se paraba y se frotaba con fuerza la espalda. Le hizo gestos al oficial del otro vehículo CG que se bajó rápidamente.

—¿Cuál es el problema?

—Dolor de espalda, como si me hubiera topado con un tubo caliente o algo así. Creo que me está saliendo una ampolla.

Se volvió a inclinar a Mac, luego se tomó la parte trasera de su pierna aullando, se cayó al suelo convulsionando. El otro oficial sacó su arma.

—¿Qué están haciendo ustedes?

—¡Nosotros no hacemos nada! —dijo Mac—. ¿Qué problema tiene?

La luz interior del camión se encendió y George salió encaminándose al frente del camión con sus manos levantadas. Ahora debía tener el intercomunicador en el bolsillo porque Cloé aún lo podía oír por la radio de Hana.

—¿Puedo ayudar en algo? —preguntó.

—Quédate precisamente donde estás —dijo el segundo Pacificador, justo antes de desplomarse en el camino, tirando su arma y tratando de taparse la cara.

Mac saltó para ayudar a George.

—Arranca las radios de sus vehículos —dijo—. Yo quitaré las otras que tienen en los uniformes.

En esos momentos los oficiales deliraban, con los ojos vidriosos, y gimoteaban:

—Damas —transmitió George—, vengan a ayudarnos con estos automóviles.

Mac desarmó a los oficiales y tiró sus armas en la parte trasera del camión. Tomó las radios de ellos y las puso en el asiento delantero.

—En cuanto hayas desconectado las radios de esos vehículos —le dijo a George—, abre los maleteros.

Cloé y Hana llegaron corriendo.

—Cloé —dijo Mac—, ustedes dos van a escoltar. En cuanto meta a este tipo en el maletero de su automóvil, pondré el camión detrás de ti. Hana, tú sigue detrás en cuanto metamos al otro en su maletero.

Los CG temblaban y gemían.

—Muchachos, ahora se callan —dijo Mac—. Les va a doler un poco, pero no van a morir a menos que nos obliguen a dispararles. Vamos a dar un paseo.

Con los hombres de la CG ocultos en sus respectivos maleteros, Mac giró con cuidado el camión y le dijo a George que les diera a las mujeres más balas de la bolsa que les entregaron en la Cooperativa. Una de las radios de la CG crepitó cuando el camión y los carros de la escuadra de la CG se dirigían al oeste:

—Control policial norte, adelante, por favor.

—Control policial norte —dijo Mac, mientras apretaba a medias el botón de transmisión.

—¿Repite?

—Aquí control policial norte —dijo teniendo cuidado que lo oyeran, pero no perfectamente.

—¿Estado?

—Ocupados.

—Prosiga.

George se metió de un salto en el camión y mientras Cloé se alejaba y Mac la seguía, George dijo:

—Mira eso. Sabía que había algo en esa anciana que realmente me gustó.

Entre las balas, la señora P. había hecho que la gente de la Cooperativa pusiera pan, queso y frutas.

—Cloé y Hana tienen la mayor parte de esto —dijo George—. Y yo voy a comer la mayor parte de lo que queda a menos que tú comas ahora.

Mac comió. Y en la noche, la inverosímil caravana giró al oeste rumbo a su casa. El misterio era cuánto tiempo iba a durar la estratagema. Por ahora, Mac disfrutaba la comida y la esperanza de que habían superado las posibilidades.

ONCE

El informe de Mac permitió a Chang respirar con más alivio por primera vez en horas. Volvió a verificar la oficina de Carpatia, donde Akbar estaba informando al gran jefe.

—Tuvimos un contratiempo, pero no hay manera en que este grupo...

—¿Un contratiempo?

—Sin entrar en detalles, señor, el rehén mató a uno de los nuestros, una mujer, y escapó. Suponemos que se fugó con los tres que...

—¿Mató a uno de sus carceleros?

—Sí, Alteza. Suponemos...

—Mi hombre. ¿Por qué no puede estar a nuestro lado?

—Señor, suponemos que se volvió a comunicar con los tres que vinieron a buscarlo y esperamos que sean bastante tontos para tratar de volver al aeropuerto. Lo hemos bloqueado a prueba de huidas.

—Sí, está bien... —Carpatia se oía como distraído, como si el resto de la historia no fuera tan interesante—. Suhail, ¿cómo estuvo hoy el control de los daños?

—Señor, es demasiado pronto para saberlo.

—Vamos, vamos, te considero como uno que no trata sencillamente de apaciguarme. Ellos oyeron el informe del piloto y que yo le decía que estaba equivocado, que las bombas no habían dado en sus blancos. Bueno, ¿qué dice la gente?

—Excelencia, con toda sinceridad, no sé. Me he pasado todo el día entre su oficina y la mía, tratando de resolver las cosas en este asunto de Grecia.

—Suhail, te diré algo: ¡El disco del avión muestra claramente los impactos directos y a esos traidores ardiendo! Cualquiera sea la magia que permite que esa gente sobreviva, sencillamente no se puede divulgar fuera de esa zona.

—Le pido perdón, pero no hace mucho perdimos tropas de infantería fuera de...

—¡Suhail, ya sé eso! ¿Crees que no lo sé?

—Me disculpo, Soberano.

—Quiero que busquemos el lugar seguro que rodea a la zona, donde no vimos que la tierra se tragaba nuestro armamento de guerra y desde el cual podemos detener todo el tráfico que entra y sale. Van a necesitar abastecimiento y debemos procurar que no lo reciban.

—Diezmaron mucho a nuestras fuerzas armadas, señor...

—¿Me dices que no tenemos pilotos ni aviones capaces de impedir el abastecimiento de Petra?

—No, señor, estoy seguro de que podemos hacer eso. Ah, respecto a otra cosa, señor, nuestros expertos en textos antiguos dicen que la próxima maldición será que los lagos y ríos del mundo caerán en el mismo estado que los mares.

—¿Todas las fuentes de *agua dulce* se volverán sangre?

—Sí, señor.

—¡Imposible! ¡*Todos* morirían! Hasta nuestros enemigos.

—Algunos creen que los judaítas recibirán protección como hace poco tuvieron contra nuestras fuerzas.

—¿De dónde van a sacar agua?

—Del mismo lugar del que obtienen protección. Quizá sea prudente negociar con su dirigente para que se levanten las maldiciones.

—¡Nunca!

—No quiero contradecirle, señor, pero no podemos sobre-vivir mucho con esta devastación. Y si los ríos y lagos tam-bién se vuelven...

—Suhail, tú no sabes todo. También yo tengo poderes sobrenaturales.

—Los he visto, señor.

—Verás más. El reverendo Fortunato está preparado para igualar la magia de los judaítas, golpe por golpe, y ha nom-brado delegados capaces de hacerlo en todo el mundo.

—Bueno, es...

—Ahora muéstrame lo que quiero ver, Suhail.

———————

—Control policial del norte, aquí central.

—Control policial —contestó Mac—. Adelante, central.

—¿Disposición de camión sospechoso?

—¿Repite?

—Una de nuestras escuadras informó que, después que pasaron, la primera parada de ustedes fue un camión.

—Afirmativo. Limpio.

—¿Iba de oeste a este?

—Afirmativo.

—Detectamos un teléfono celular al lado oeste de la ciu-dad y luego al este antes de perder la pista.

Mac miró a George:

—¿Qué quieren oír?

—No sabes nada de eso.

—En eso no puedo cooperar —transmitió Mac.

—¿Camión prosiguió al este?

—Entendido eso.

—Ustedes informaron de mucho tránsito.

—Entendido.

—¿Mucho?

—Afirmativo.

—La escuadra dijo que cuando pasaron no vieron más que el camión.

—Ahora es mucho.

—Control policial, ¿cuál es su posición?

Mac volvió a mirar a George.

—Nos siguen la pista.

George sacó las armas de abajo del asiento y el intercomunicador de Raimundo de su bolsillo.

—Jinnah, Irene, estén al tanto. Tendremos compañía muy pronto.

Mac hizo clics unas cuantas veces con el botón de la radio de la CG.

—Repita —decía.

—Su posición, control policial, ¿cuál es su posición?

Chang se heló. Por poco se queda dormido escuchando el duelo verbal de Carpatia y Akbar mientras miraban informes de los Estados Unidos Norteamericanos y los Sudamericanos. No había seguido el desarrollo del proyecto Tolemaida.

La CG local detectó el celular de Elena en el lado oeste de la ciudad, el cual permaneció en un mismo sitio por más de una hora. El comandante Nelson Stefanich y los sobrevivientes del equipo de filósofos dirigían personalmente el allanamiento de un bar en esa zona.

Llamó a Mac.

—Chang, habla rápido. Aquí podemos estar metidos en agua profunda.

—¿Cuán lejos del oeste de la ciudad están ustedes?

—No estoy seguro. He tenido andando a toda velocidad a esta cosa, pero no creo que vaya más rápido de ochenta. ¿Nos están persiguiendo?

—¿Están demasiado lejos de la Cooperativa para ayudarlos?

—Depende. ¿Qué pasa?

—En estos momentos la CG está allanando el bar. Sabes que lo siguiente es la Cooperativa.

—¿Alguna posibilidad de que escaparon?

—No me lo imagino. No pude advertirles.

—Supongo que estamos a menos de media hora de nuestro avión. Volveremos si crees que podemos ayudar.

—Espera, aquí está entrando un informe. Se encontró judaítas de la clandestinidad en el subterráneo del bar. Se pelea a balazos. Hay dieciséis de la CG muertos y otra docena de heridos. El edificio atacado con granadas e incendiado. Se destruyeron varios edificios adyacentes. No hay sobrevivientes del enemigo.

Mientras Mac ponía al día a George, la CG seguía intentando comunicarse con Mac por la radio, preguntando por un código.

—Hemos desbloqueado ambos extremos del camino del norte debido al allanamiento, así que terminen allí —decían—. De todos modos necesitamos que nos dé su código de que todo está claro.

George se veía devastado y trató de quitarle a Mac la radio de la CG.

—Les daré un código de camino despejado.

—Tranquilo, amigo.

—¡Mac, fue *mi* culpa! ¿Qué pensaba cuando me quedé con ese teléfono?

—Desearía que pudiéramos volver —dijo Mac—. Me gustaría haberme llevado por delante a unos cuantos de esos. Sin embargo, nuestros hermanos y hermanas están en el cielo y parece que presentaron todo un combate.

—¿Así es la cosa? —preguntó George—. ¿Se supone que nos sintamos bien porque logré que mataran un montón de personas y que ahora estén en el cielo?

—Ahora se necesita el código de camino despejado —decía la radio.

—Debiera decirles que es el Salmo 94:1 —dijo Mac.

—Sé lo que me gustaría decirles. Diles a las mujeres que se detengan y conseguiremos que esos CG nos den el código.

—Es probable que eso revele dónde estamos.

—No con el AED delante de sus narices. Mac, déjame sacarles esa información, Mac. Por favor, tengo que hacerlo.

—Cloé, échenlo a un lado —dijo Mac.

—¿Ahora?

—Ahora.

—¿Estamos bien?

—Por el momento.

El teléfono de Mac chirrió. Chang.

—Stefanich y Platón y un montón de la CG andan buscando el camión y a las dos escuadras de la CG. Van al oeste.

—Hagamos rápido esto —dijo Mac, bajándose de un salto mientras Cloé salía y Hana se paraba atrás.

—Cloé, abre ese maletero —dijo George—, y Hana, dame el AED.

Cloé abrió el maletero y Mac iluminó con una linterna al debilitado Pacificador. George lo sacó del maletero con una sola mano y el hombre quedó tirado en el suelo llorando.

—Ampollas —sollozaba—. Con cuidado, por favor, o me matan.

—Eso te gustaría, ¿no? —dijo George, blandiendo el AED—. ¿Ves esto?

El hombre abrió los ojos y asintió con la cabeza.

—Esto es lo que cocina tu carne y hay mucho más de ese jugo en este.

—Por favor, no.

George activó el arma que zumbó cobrando vida.

—¡Por favor!

Le apuntó al tobillo del hombre y este se puso rígido, gimiendo:

—Dama tu código de camino despejado.

—¿Qué?

—Me oíste. Dame el código o...

—¡Está en la guantera! ¡En mi libro!

Cloé fue a revisar y volvió con una pequeña carpeta de cuero negro.

—Está repleta de toda clase de notas —dijo.

George la tomó y se la tiró al hombre.

—Tenemos que seguir adelante —dijo Mac—. De todos modos ahora nunca van a creerse lo del camino despejado de nosotros. Vienen para acá.

—Esos tipos son peso pesado —dijo George—. Quizá podamos demorar a los otros dejándolos aquí en el camino.

El hombre hojeaba con brusquedad las hojas sosteniendo la carpeta con ansias a la luz de los focos delanteros del camión.

—¡Es uno, uno, seis, cuatro, ocho! —dijo.

George lo arrastró al camino, mientras Mac traía al compañero desde el otro automóvil. Los hombres yacían en el suelo, retorciéndose.

—Mátennos —rogaba el segundo.

—Ustedes no saben lo que piden —dijo George—. Por malo que sea esto, debieran preferirlo, créanme.

—Deja uno de los automóviles aquí —dijo Mac—. Bloquea el camino con ese y el camión. No le llevará mucho tiempo a la CG dar la vuelta, pero cualquier demora tiene que servir .

Cloé maniobró un automóvil poniéndolo nariz con nariz con el camión, atravesados en la carretera; luego arrancaron las tapas del distribuidor de ambos vehículos y se llevaron las llaves.

—Última llamada para código de camino despejado —decía la radio.

Mac lo dio gritando fuerte en el micrófono. Luego, dijo:

—Cloé, tú manejas. Y lo haces a toda velocidad. Yo iré con la escopeta. No espero que nos alcancen ahora, pero todos debemos estar armados y listos.

George puso el AED en el maletero y subió atrás, con Hana. El auto modelo compacto era demasiado pequeño para los cuatro y pareció gruñir con el peso, pero Cloé pronto logró que el cacharro siguiera adelante a ciento doce por hora.

—Así que, Mac, ¿qué dice el Salmo 94:1? —preguntó George.

Mac se dio vuelta en el asiento lo más que pudo, diciendo:

—"Señor, Dios de las venganzas; Dios de las venganzas, ¡manifiéstate!"

La radio de la CG cobró vida de nuevo.

—Necesitamos una posición de inmediato. Personal en el camino del norte informa que no hay tránsito, ni señales de ustedes.

—Dame eso —dijo George, sacando el equipo de la mano de Mac. Apretó el botón—: Sí, nos hallarán en el Salmo 94:1.

Chang se preparó un té, echando un extraño cocimiento que tenía café instantáneo con la más elevada concentración de cafeína que pudo hallar. Se iba a desplomar cuando terminara esa ordalía, pero ahora no podía correr el riesgo de dormirse. Estaba claro que la CG griega tenía una pista de su gente y que no pasaría mucho tiempo sin que se dieran plena cuenta de que Mac debía tener un avión en la pista abandonada, a menos de veinte minutos más, camino arriba. Por cierto que no iba a huir a Albania. ¿Cuánto tiempo le llevaría a Mac y su gente abordar la máquina y cuán lejos llegarían antes de tener que cargar combustible de nuevo?

Mientras tanto, por lo que Chang podía oír, al menos Carpatia estaba entretenido, si es que no totalmente distraído, con las noticias que llegaban de sus regiones donde todavía era de día. El soberano de la Región 0, los Estados Unidos Sudamericanos, anunciaba un acontecimiento al cual, según decía, asistía "la primera dama", su esposa, en persona.

—¿Y dónde estás tú mientras ella hace tu trabajo? —preguntó Carpatia.

—Oh, mi venerado resucitado, usted puede tener toda la seguridad de que estoy haciendo la obra mayor. Le hemos tomado la palabra literalmente tocante al esfuerzo para desarraigar a los infieles de esta zona, y yo trabajo muy íntimamente con nuestros Pacificadores y Monitores de la Moral, así como también con otros grupos de civiles clandestinos. Esperamos que haya más docenas de personas que se enfrentarán a la guillotina o aceptarán su marca dentro de las próximas veinticuatro horas.

—¿Docenas? Amigo querido, de sus compatriotas de todo el mundo oímos que hallan a cientos, hasta miles, que sufrirán por su deslealtad. Algunos ya intensifican los esfuerzos, aun en nuestra parte del mundo, en la oscuridad de la noche.

—Me entristece decir, señor —dijo el sudamericano suspirando—, que dependemos tanto de los mares que nuestras fuerzas se redujeron de una manera espectacular.

—Sin embargo, no cabe duda de que también sus disidentes, ¿no es cierto?

—En efecto, pero por favor, le llevaré en directo a Uruguay, donde mi esposa asiste a la ceremonia pública que culmina en la vigencia de la lealtad.

Chang cambió rápidamente a Mac y su gente, nada nuevo, luego entró al vídeo transmitido desde los Estados Unidos Sudamericanos. La primera dama recibía aplausos entusiasmados. Tenía su brazo alrededor de un hombre de mediana edad y de aspecto tímido.

—Este caballero recibe, por fin, su marca de lealtad a nuestro soberano resucitado.

Más vítores.

—Díganos, Andrés, ¿qué lo demoró tanto?

—Tenía miedo —contestó el hombre, sonriendo.

—¿Miedo de qué?

—La aguja.

Muchos se rieron y vitorearon.

—Sin embargo, ¿lo hará hoy?

—Sí —dijo.

—¿Ya no le tiene miedo a la aguja?

—Sí, aún le tengo miedo. Aun así, más miedo me da la guillotina.

La multitud dio vivas y siguieron aplaudiendo cuando Andrés, muy tieso, se sentaba para que le pusieran la marca. Le enjugaron la frente, alguien le tomó la mano, se aplicó la máquina y el hombre se vio auténticamente aliviado y feliz.

—Ahora puede volver a lo que estaba haciendo cuando lo descubrieron sin la marca —dijo la primera dama.

La cámara siguió a Andrés mientras corría de vuelta a la imagen de Carpatia y se dejaba caer de rodillas ante ella. La primera dama dijo a la muchedumbre.

—Andrés evitó la detección por tanto tiempo porque obedecía el decreto de adorar la imagen y nadie lo sospechaba.

Carpatia no pareció impresionado.

—Él me adora y, sin embargo, le teme a un pequeño pinchazo, ¡puf!

—Aun así, Soberano, se sentirá sumamente complacido —dijo el dirigente sudamericano—. Siguiendo las pistas de varios ciudadanos leales descubrimos una madriguera de la oposición. Mataron seis cuando resistieron el arresto, pero se trajeron trece a este centro de culto y ejecución.

—¿Cuántos aceptarán ahora la marca? —preguntó Carpatia—. ¿Cuántos ya adaptaron sus actitudes por la sola presencia del ejecutor de la aplicación de la lealtad?

—Bueno, ¡puf!, realmente ninguno hasta ahora, señor.

Chang oyó un fuerte puñetazo.

—¡Tercos! —exclamó Carpatia—. ¡Tan tercos! ¿Por qué esta gente es tan resuelta, tan estúpida, tan miope?

—Alteza, hoy pagarán.

—¿En este preciso momento aun mientras estamos conversando? —preguntó. Y la voz de Carpatia demostraba su excitación.

—Sí, ahora mismo.

—¿Qué es esa música?

—Los condenados canturrean y cantan, señor mío. Eso no es cosa rara.

—¡Hazlos callar!

—Un momento. Discúlpeme, señor.

El sudamericano gritó a uno que estaba en el fondo:

—¡Oye, Jorge! Comunícales a los oficiales en el campo que el soberano supremo no permite los cantos. ¡Sí, ahora! Su alteza, la música terminará.

—¿Esos escogieron definitivamente la guillotina?

—Sí, señor. Están formando fila.

—¿Qué esperamos?

—Solamente ejecutar su deseo de parar la música, señor.

—¡Sigan, adelante! La cuchilla los silenciará.

Chang se encogió cuando vio a un guardia, armado con un enorme rifle y con la bayoneta calada, que empujaba a la primera persona de la fila, una mujer que parecía tener casi treinta años. Estaba cantando, con su rostro vuelto hacia el cielo. El guardia le gritó fuerte, pero ella no se inmutó. La empujó con fuerza y ella tropezó, pero siguió cantando con los ojos hacia el cielo.

La golpeó en las costillas con la culata del rifle y ella se cayó, con una rodilla sobre el suelo, pero se levantó y siguió cantando. Ahora el guardia se colocó al lado de la mujer, afirmó sus pies y le atravesó el brazo y el costado con la bayoneta. Ella gritó cuando él sacó la bayoneta y con la otra mano se apretó la herida. Ahora su canto se oía como sollozos mientras la gente que estaba detrás de ella se iba arrodillando.

—¿Qué canta esa? —exigió Carpatia.

El sonido era afinado y Chang se quedó sin respiración al escuchar el canto trabajoso y lastimero de la mujer. Ya no podía sostener derecha su cabeza, pero seguía de pie, tambaleándose, evidentemente mareada, esforzándose por cantar: "¿Alguna vez vi tanto amor y pesar o espinas que formaran tan rica corona?"

Al guardia se le unieron otros que golpeaban con la culata de sus rifles las cabezas de los que se inclinaban reverentes.

—Dile a los guardias que dejen de hacer espectáculo —rabió Carpatia—. Están haciéndole el juego a esa gentuza.

Deja que la multitud vea que sus cabezas nos siguen perteneciendo, hagan lo que hagan.

Preparaban la guillotina mientras la mujer seguía cantando la letra del himno, aunque ya hacía rato que desentonaba. Cuando los guardias la agarraron, uno a cada lado, y la forzaron a colocarse en la guillotina, ella gritó:

—¡Exige mi alma, mi vida, mi todo!

La cuchilla cayó y el público estalló en aplausos.

—¡Ah! —suspiró Carpatia—. ¿No podemos ver desde el otro lado?

—¿El otro lado señor? —repitió el soberano sudamericano.

—¡De la cuchilla! ¡De la cuchilla! ¡Coloca una cámara ahí! El cuerpo no cae, se derrumba nada más. ¡Quiero ver cuando cae la cabeza!

Los que seguían en la fila se acercaban a la máquina asesina con sus manos en alto. Los guardias los tomaban por los codos les bajaban los brazos, pero los condenados los seguían alzando. Los guardias les cortaban las manos con las bayonetas, pero la gente se movía instintivamente y la mayoría evitaba que los cortaran.

Los guardias se ponían detrás de ellos y les pinchaban el trasero con las puntas de sus bayonetas. Ahora la cámara se movió por detrás de un hombre que, con una mano, agarraba una palanca de seguridad y, con la otra, tomaba el pelo de la víctima colocando la cabeza en la guillotina. Bajó la barra sujetadora hasta el cuello, soltó la palanca, haciendo un gesto a una mujer madura y recia. Ella tiró fuerte del cordón que soltaba la cuchilla.

La cuchilla chirrió en las guías por las que bajaba descendiendo como un rayo y la cabeza cayó, perdiéndose de vista, mientras la sangre brotaba a borbotones del cuello.

—¡Eso está mucho mejor! —suspiró Carpatia.

———

—Estamos sanos y salvos, ¿no es así? —preguntó Hana.

Mac se dio vuelta para mirarla.

—El avión tiene suficiente combustible para llevarnos a Roma. Allá hay una pequeña pista al sur, manejada por gente de la Cooperativa que junta combustible. No me voy a sentir sano y salvo hasta que despeguemos de allá.

—Esta gente, quiero decir —interrumpió Hana—. Nunca llegarán al aeropuerto antes que nosotros, ¿verdad?

—No en los automóviles.

—¿Qué estás diciendo? —intervino George.

—No tardarán mucho tiempo en figurarse dónde vamos. No pensarán que, manejando este auto, tratamos de llegar a la frontera primero que ellos.

—¿Tu avión está escondido?

—Claro que del tránsito de autos. ¿Pero no el del aire? No.

—¿Cuánto tiempo les llevaría volar para acá?

—¿Desde Kozani en un avión de combate? Se nos adelantarían.

—¿Pudieran destruir tu avión?

—Solamente si llegan primero.

—¿Cuánto personal pudieran traer?

—No mucho si usan un avión pequeño y veloz.

—Esto ha sido demasiado trabajo para ver que ahora fracasa —dijo George al parecer enojado—. Pongamos las cartas sobre la mesa, Mac. ¿Tienes la esperanza de llegar allá, subir al avión y despegar?

—Ese es el único plan que tengo —dijo Mac.

—Tenemos que considerar la posibilidad de que nos tomen la delantera —dijo George—, y decidir qué hacer si eso sucede.

—¿Quieres que supongamos lo peor?

—¡Por supuesto! Tenemos que hacerlo. ¿Piensas que me escapé de esos tontos esperando que me dejaran salir? Háblame de esa pista aérea.

—Va de este a oeste. Tengo el avión en el extremo este de la pista, enfilado al oeste.

—Si logran llegar en avión allá antes que despeguemos, todo lo que tienen que hacer es interponerse en nuestro camino.

—Vamos a interponernos nosotros primero en su camino —dijo Mac—. Los dejaré en el avión; tú calientas los motores mientras yo sigo manejando por la pista y me paro directamente en nuestro camino. Tendrían que ser muy astutos y flexibles para evitar chocar conmigo en el momento que aterricen. Cuando despeguemos, lo hacemos con el ángulo suficiente para no chocar con el automóvil ni con ellos y nos vamos.

—¿Y cuándo subes tú al avión? —preguntó George negando con la cabeza—. Dejas mucho al azar.

—Se lo dejo a Dios, George. No sé qué más hacer.

El teléfono de Mac zumbó.

—Adelante, Chang.

—Van en un jet y están a diez minutos de aterrizar. Stefanich, los tres filósofos y un piloto. El avión no parece tener equipo de ataque, pero ellos están fuertemente armados.

—Estamos más cerca que ellos —contestó Mac—. Solamente tenemos que llegar primero, eso es todo.

Le preguntó a Cloé si podía acelerar más al pequeño automóvil, pero ya gemía a la velocidad que llevaba, yendo por un camino malo.

—Cuando lleguemos allá, sal del camino y entra por el extremo este.

Mac estaba dando a Sebastian instrucciones sobre el avión cuando creyó haber oído el ruido de las turbinas de un jet a la distancia. Él y George bajaron los vidrios de las ventanillas para oír.

—¡Cloé, esta es nuestra oportunidad! ¡Con calma!

Ella salió del camino, se metió en una zanja y salió al otro lado. El auto se balanceó y avanzó dando tumbos haciendo que la cabeza de Mac golpeara el techo.

—¡Usa las luces! No tengo idea qué hay allá fuera.

—¿Podré pasar entre esos árboles? —preguntó ella.

—Se supone que sí. Solamente llévanos para allá.

Cloé golpeó un trozo de roca que lanzó al aire al automóvil. El neumático trasero de la izquierda se reventó cuando el auto cayó.

—¡Tremendo! —exclamó Cloé.

—Al menos es atrás —dijo George—. ¡Sigue adelante!

Teniendo los focos encendidos, Cloé solo pudo ver el terreno rocoso y disparejo que iba hasta una arboleda espesa. No se imaginaba que hubiera una forma de atravesarla, pero ya no había vuelta atrás. El lado trasero de la izquierda se iba arrastrando por el neumático desinflado como si alguno hubiera lanzado un ancla. No ayudaba mucho que Sebastian, el más pesado de ellos, fuera sentado precisamente ahí.

Viendo el jet que se acercaba, Cloé deseó poder apagar las luces y seguir adelante. Todo se había reducido a cuestión de oportunidad y determinación. Esa gente eran los que mataron a sus compañeros y que ahora acabarían con esta pequeña banda de sobrevivientes del Comando Tribulación sin siquiera pensarlo.

Cloé quería acción, había deseado estar en el frente. Y aunque hiciera lo que fuera para volver junto a Camilo y Keni, ya había dejado atrás toda alternativa que no fuera la temeridad. La cautela, la diplomacia, las artimañas, todo eso había terminado ahora. Tenía que llegar al avión y ellos tenían que despegar o ninguno volvería a ver otra salida de sol.

Escogió el paso en medio de los árboles, levantando su pie del acelerador solamente en contadas ocasiones. El pequeño automóvil tenía tracción delantera, lo que era una bendición en una situación tan mala. Abriéndose camino, estrellaba el auto contra un árbol, primero a un lado, luego al otro, pero siguió adelante.

Ahora podía ver el avión de Mac, pero se interponía una cerca de alambrado triple. Bajar la velocidad, aunque fuera lo mínimo, podía lograr que el auto se enredara en los alambres. Lanzó una mirada a Mac, que se afirmó poniendo una mano en el techo. Apenas hizo un gesto de asentimiento al alambrado como si ella no tuviera alternativa. Cloé siguió con el acelerador a fondo y el vehículo agarró el alambre más bajo, haciendo que los dos de arriba pasaran deslizándose por el capó, arrancando del suelo un poste de madera y abriéndose paso hacia el borde de la pista, a doce metros del avión.

Ladeándose en la otra cabecera de la pista venía el jet de la CG, con sus luces de aterrizaje que iluminaban toda la pista, hasta el automóvil.

DOCE

Por primera vez desde que manejaba la información para el Comando Tribulación en la base de palacio, Chang se preguntó si lo habían descubierto. La pantalla de su computadora se vio de súbito enmarcada por un borde rojo, lo que significaba que alguno estaba probando desde afuera su sistema de seguridad.

De inmediato, se pasó a un economizador de pantalla que daba la fecha, la hora y la temperatura, apagó todas las luces de su departamento, se desvistió y saltó a la cama, preparado para parecer que había estado durmiendo, por si Figueroa o uno de sus sicarios venía a llamar. En verdad, no había forma de saber qué significaba la advertencia, pues David Hassid le había dicho que había construido esa seguridad justamente para prevenir al operador de que había algún intruso.

Quizá alguno estaba revisando para saber si todas las computadoras estaban encendidas. ¿Quién sabía si el artefacto de búsqueda era capaz de acceder con gran esfuerzo y hallar quién era el espía oculto?

Lo último no parecía posible si es que se podía confiar en David. Equipó con tanta complicación el sistema, que parecía que no alcanzaría a pasar todo el tiempo que quedaba hasta la Manifestación Gloriosa antes que alguno fuera capaz de decodificarla. La mente de Chang empezó a darle vueltas. Quizá Akbar había mandado a Figueroa que revisara cada computadora que estuviera funcionando, que eliminara la principal que manejaba todo el palacio, que aislara las computadoras portátiles y las personales, y que hiciera una veloz búsqueda puerta a puerta para ver en qué cosas andaba la gente.

La computadora de Chang no indicaba registros de lo que había hecho en las horas pasadas desde que regresó del trabajo. Por esa razón esperaba que alguno viniera a revisar.

Mientras esperaba, acostado en la oscuridad, con el corazón a todo galope, Chang sentía enojo por haber tenido que suspender el monitoreo de Grecia. Pensó que era irónico que, con toda la tecnología que Dios había permitido que adaptaran para la causa de Cristo en todo el mundo, ahora se quedara de repente sin nada que hacer para ayudar, salvo el antiguo remedio, orar. Deseaba poder controlar una vez más los micrófonos espías de las oficinas de Carpatia y Akbar para ver si la grabación computarizada los mostraba dando órdenes. No pasaría mucho tiempo antes que alguno del alto mando se impacientara con todo el pirateo electrónico activo que tenían.

Chang se levantó de la cama y se arrodilló en el frío suelo para orar por Mac, Cloé, Hana y George. "Señor, no veo cómo puedan huir ahora sin tu ayuda directa. No sé si les llegó la hora de que se vayan contigo y nunca he dado por sentado que nuestros pensamientos son los tuyos. Todo pasa en tu tiempo y para tu agrado, pero te ruego por ellos y la gente que los ama. Sé que en cualquier cosa que hagas quedará demostrada tu grandeza y te pido que yo pueda saber pronto cuál fue tu voluntad. También, por favor, acompaña a Ming mientras anda buscando a nuestros padres y quizá ellos logren comunicarse conmigo de alguna forma".

Chang sintió la urgencia de informar a Raimundo lo que estaba pasando. Miró la hora. Era bien pasada la medianoche, ¿pero la gente de Petra estaría durmiendo después de todo lo que había ocurrido allí en ese día? Nada indicaba que el teléfono de Raimundo no siguiera siendo seguro, así que marcó.

———

—¡Fuera! ¡Fuera! —aullaba Mac mientras se abrían las puertas—. Cloé, deja que me siente ahí. Tengo que interponerme en el camino de ese jet.

—Lo pondré en marcha, pero no quisiera despegar sin ti —dijo Sebastian a Mac.

—George, escucha. Haz lo que tengas que hacer. No te preocupes por mí que puedo distraerlos por el tiempo suficiente para que te eleves. Si eso es lo necesario, te veré en la Puerta del Oriente.

—¡No digas esas cosas!

—No te me pongas sentimental ahora. ¡Váyanse a casa!

Mac esperó un instante para que George retrocediera alejándose del automóvil y, cuando este no lo hizo, Mac se limitó a acelerar a fondo precipitándose por la pista, alineado con el jet que estaba a punto de tocar pista.

———

Raimundo no estaba dormido pero, por fin, se había acomodado y estaba respirando con más tranquilidad, contemplando las estrellas a través de una abertura de la tienda. Su teléfono indicó que Chang llamaba.

—Dame buenas noticias.

—Me gustaría —contestó Chang—, pero creo que el Señor quería que te informara para que pudieras orar.

Raimundo no se sentía con tantos deseos de hablar como parecía, pero cuando oyó el relato, dijo:

—Dios protegió a un millón de personas que estaban en un horno de fuego ardiendo; puede sacar a cuatro de Grecia.

Se puso las sandalias y fue apresurado donde se suponía que Zión y Jaime estuvieran acostados. Si los hallaba durmiendo, no los despertaría. No se sorprendió al encontrarlos despiertos, apretujados en torno a una computadora, junto con algunos de los ancianos. En el teclado estaba Noemí, la joven que lo había ido a buscar antes.

—Zión, una noticia —dijo Raimundo.

El doctor Ben Judá se volvió, asombrado.

—Pensé que estabas durmiendo como debiéramos. Mañana es un gran día.

Raimundo lo puso al día.

—Por supuesto, ahora mismo oraremos, pero vuelve a Chang y dile que la alarma en la computadora era falsa. Noemí ha estado disfrutando los cientos de páginas con instrucciones que David puso en este sistema, incluyendo una que nos permite revisar las computadoras de palacio. Eso es lo que ha estado haciendo y esa advertencia la envió a la computadora de Chang.

Zión volvió apurado junto a los ancianos y les pidió que oraran por la seguridad del contingente del Comando Tribulación en Grecia. Ver que dieciocho personas se arrodillaban inmediatamente para orar por su gente fue algo que consoló a Raimundo, quien no podía esperar para llamar de nuevo a Chang.

Cuando George Sebastian dio el primer paso subiendo al avión, oyó que los motores gemían y luego rugían al cobrar vida. No se había dado cuenta si una de las mujeres sabía pilotear. Tanto mejor. Se agachó para subir la portezuela detrás de él, pero cuando se volvió hacia la cabina notó que Cloé y Hana estaban afirmando sus cinturones de seguridad en los dos asientos traseros. Ellas se veían tan sorprendidas como él.

George preparó la Uzi y apretó su espalda contra la mampara que separaba la cabina de pasajeros de la del piloto. Poco a poco giró a la postura precisa para atisbar al frente a fin de ver quién estaba ahí. El piloto sorpresa, vestido con túnica estilo beduino de color arena y marrón, accionaba los mandos del avión desde el asiento del copiloto. Sin darse vuelta, este hombre levantó una mano y le hizo gestos a George para que se sentara en el asiento del piloto.

George se echó para atrás y enfrentó a las mujeres:

—¿Quién es este?

—Pensábamos que eras tú —dijo Cloé.

—Tenemos que sacarlo de aquí o no tendremos sitio para Mac. Cúbranme.

Cloé se quitó el cinturón de seguridad y se arrodilló detrás de George con la Uzi lista. Hana levantó su arma y se paró sobre el brazo de su asiento para poder mirar a la cabina por encima de la cabeza de George.

Sebastian saltó al ver el asiento del copiloto. Vacío.

—Está muy bien —dijo George, exhalando ruidosamente y subiéndose por el respaldo del asiento para tomar los mandos del avión. Se puso los auriculares—. ¿Por qué Dios no deja que, sencillamente, estos se encarguen del vuelo?

—También puedo hacer eso —dijo una voz.

George saltó y vio el reflejo del hombre en el parabrisas, pero cuando miró a su derecha vio que el asiento del copiloto seguía vacío.

—¡Déjate de esas cosas! —dijo George con el pulso acelerado.

—Lo siento.

—Supongo que eres Miguel.

—Entendido.

George vio que Mac y el traqueteante auto de la CG seguían por la pista, con gran esfuerzo, enfrentados al jet que iba aterrizando. Quería preguntar a Miguel si no sería de más ayuda yendo con Mac.

—Enciende las luces de aterrizaje —oyó.

—¿Para despegue?

—Entendido.

Sebastian no iba a discutir. Encendió las luces que simplemente resplandecieron en la ventana trasera del vehículo de Mac.

—¿Debo empezar a deslizarme por la pista, alejándome de Mac, como él dijo?

—Quédate aquí, a la espera.

—¿No?

—Quieto.

Por un instante, Mac creyó que el jet de la CG no lo había divisado. Frenó a fondo y se quedó alineado entre las dos naves. Cuando el jet se detuvo por fin, como a diecisiete metros al frente, se dio cuenta que podía soslayarlo con toda facilidad. ¿Por qué Sebastian no se movía? Con el ángulo adecuado, podía dejar atrás a Mac y a los CG y elevarse en cosa de pocos segundos.

Como Mac no quería dar a la CG una oportunidad para bloquear a George, apretó el acelerador acercándose a tres metros del jet. Se dio cuenta de que uno de esos podía abrir la puerta y apuntarle sin obstáculos, pero no podrían hacer mucho a su avión si les saboteaba este aparato. Sin querer darles tiempo para pensar, se precipitó adelante y alojó el frente del automóvil bajo la nariz del jet, empezando a golpear el tren de aterrizaje. Levantó el avión unos pocos centímetros del suelo, pero no sabía si había hecho daño.

Mac bajó su ventanilla sacando el cuerpo todo lo que pudo, disparando la Uzi a las ruedas del jet. Le sorprendió la resistencia de las ruedas y oyó que las balas rebotaban, golpeando el fuselaje y el automóvil. Inclinándose más y experimentando con diversos ángulos logró reventar una de las ruedas, ¿pero dónde estaba George? ¿Por qué no avanzaban? ¿Tenía el avión algún problema? Sebastian estaba instalado en el otro extremo de la pista con las luces encendidas.

Mac esperaba que la CG apareciera atacando en cualquier instante, con sus armas fulgurando. ¿No veían que él era el único ocupante del auto? ¿De qué tenían miedo? Era un blanco inmóvil, alojado debajo de su avión.

Mac trató de abrir la puerta, pero la halló trabada sin remedio, así que decidió salir por la otra puerta que también estaba estropeada y no se movía, pero le pareció percibir que cedía un poquito más. Se acostó en el asiento delantero y empujó con las manos la puerta del lado del chofer mientras que apretaba sus pies contra la puerta del lado del pasajero. Por fin se rompió abriéndose y salió a gatas.

Se agazapó debajo del jet, con la Uzi apuntando a la puerta. Si se atrevían, los iría baleando a medida que salieran. Quizá esperaban que saliera corriendo hacia su avión o que Sebastian viniera a buscarlo. Sin embargo, abrirle la puerta sería algo que demoraría a George y, entonces, todos estarían en peligro.

Mientras esperaba, atrapado en un desconcertante atolladero, Mac no sabía qué hacer. ¿Debía tratar de disparar a través del fuselaje del avión y matarlos a todos? Si estaba blindado, cosa muy probable, iba a desperdiciar balas. ¿Por qué no venían a prenderlo? ¿Por qué George seguía esperando?

El jet de la CG permaneció inmóvil. ¿Ahora qué? Nada. Nada de movimiento adentro ni afuera.

Frustrado, Mac echó mano a su intercomunicador, susurrando desesperado:

—Cloé o Hana, adelante por favor.

—Aquí Cloé.

—¿Qué pasa?

—No sé. George está en los mandos.

—¿Qué hace?

—¿Quieres hablar con él? Aquí está.

—Mac, aquí estamos un poco ocupados. ¿Qué pasa?

—¡Puedes ver lo que pasa! ¿Qué estás haciendo?

—Esperando el despeje.

—¡Tienes el despeje! ¡Vete! ¡Vete ahora! ¡Da vuelta a la derecha! ¡Estos tipos están parados y yo les reventé una rueda! Apagaron los motores.

—Socio, te estamos esperando.

—No seas tonto. Correría poniéndome directamente en su línea de fuego. Vete al otro extremo de la pista y allá me reúno con ustedes. Aunque si me persiguen, limítate a seguir adelante.

—Sí, ya lo sé, y nos vemos en el cielo.

—Exactamente... Ahora, ¡deja de comportarte como un tonto y vete!

—No me estoy portando como un tonto, Mac. Obedezco órdenes.

—Se supone que me obedezcas a *mí*, así que haz lo que te digo.

—Lo siento. Te sustituyeron.

—¿Qué?

—Se supone que dejes el arma y vengas caminando para acá.

—¿Hay gente de la CG en ese avión?

—Negativo. Ven desarmado y estarás a salvo.

—¿Te volviste loco?

—Dios ordena que vengas.

—Ah, espera —dijo Mac moviendo la cabeza.

—Ven ahora.

Mac suspiró, lanzando desesperadas miradas a la puerta del jet y a su propio avión. Apretó el botón de transmisión.

"Señor, si esto es de ti, ordéname que vaya hacia allá".

—Ven.

La voz no era la de George.

—¿Desarmado?

—Ven.

Mac esperó un instante, luego soltó la Uzi y la tiró al suelo. Apagó el intercomunicador metiéndolo en su bolsillo. Caminó alejándose del automóvil y permaneció abiertamente bajo la cabina del piloto. Se sentía expuesto, vulnerable, indefenso. Si la puerta de ese jet se abría ahora, era hombre muerto.

No oyó nada encima de él, no vio nada a su lado. Mac salió de abajo del jet y se dirigió directamente al frente. Seguía imaginándose que oía movimiento detrás de él: los motores rugiendo a la vida, pasos de la cabina a la puerta, esta que se abre, las armas disparando.

Oró con urgencia mientras caminaba: "¡Señor, sálvame!"

De inmediato, sintió como si las manos de Dios estuvieran sobre él y apenas sentía que sus pies tocaban el suelo. "Oh, tú, hombre de poca fe, ¿por qué dudas?"

La voz era clara como el cristal, pero el intercomunicador estaba apagado y George tenía los motores rugiendo. Mac se puso a trotar, luego a correr. Cada paso le sonaba como un balazo. Hana bajaba la portezuela cuando él llegó hasta ahí y se subió de un salto.

—¿Pilotas o vas de pasajero? —preguntó George, quitándose el cinturón de seguridad como si se alistara para ocupar el asiento del copiloto.

—Aquí está bien —contestó Mac—. No creo que ahora sea capaz de conducir ni una bicicleta.

Chang se sintió aliviado cuando habló con Raimundo y ansioso por conocer a Noemí, aunque fuera en línea. Estuvo tentado a reprenderla por asustarlo, así que decidió esperar hasta el día siguiente para tratar de entablar la comunicación. Mientras tanto, verificó con Mac y su equipo, temiendo lo peor a pesar de todas las oraciones que se hicieron.

Mac contestó, parecía agotado.

—Tengo que conocer a este Miguel un día —dijo Chang luego de oír el relato—. Ustedes siempre tienen todo lo divertido.

—Francamente, yo pudiera tener un poquito menos de todo lo divertido —dijo Mac—. Y mejor que sepas que Sebastian, aquí presente, ya no le dice Miguel. Le dice *Entendido*.

—¿Entendido?

—Dice que le dijo que suponía que era Miguel y el hombre le contestó: "Entendido".

—¿Así que Stefanich y esos fulanos están ahí, muy instalados en la pista con un avión dañado?

—Sí, y van a necesitar algunas reparaciones antes de poder despegar otra vez.

—¿Por qué no te dispararon?

—Pensé que tú podías averiguarlo. ¿Qué pasaba en esa cabina del piloto cuando salí de abajo a deambular desarmado?

—Te lo contaré.

En media hora el resto del Comando Tribulación había oído la buena noticia de Grecia y Chang había facilitado las cosas para que George aterrizara al sur de Roma a fin de recargar combustible. El regreso a la casa de seguridad era por su cuenta, sin pasar por Kankakee, Illinois, y sin despertar más sospechas. Eso tendría que ser la parte más fácil de su epopeya.

Cuando al fin Chang fue capaz de espiar de nuevo el sistema de la CG de Tolemaida y encontrar las transmisiones entre el avión y la torre Kozani, solamente pudo menear la cabeza. El piloto informó que había visto detenido al otro avión al final de la pista y a un automóvil que se acercaba. Sin embargo, al mismo tiempo Chang se imaginó que Miguel le dio instrucciones a George que encendiera las luces de aterrizaje, el piloto informó que hubo una luz tan cegadora que "perdimos contacto visual con el avión y el auto".

Pocos minutos después el piloto informó que algo desconocido lo había atacado. A su jet le daban empujones y levantaban el frente del avión, pero nadie a bordo podía quitarse las manos de los ojos debido a la intensa luz. Oyeron disparos y temieron por sus vidas, escucharon que se reventaba una de las ruedas y apagaron los motores. En resumen, se quedaron sentados, asustados, incapaces de mirar hacia fuera por la cabina durante varios minutos hasta que oyeron que el otro avión pasaba rugiendo por el lado de ellos y despegaba.

Chang oyó cuando al fin se atrevieron a salir, con las radios encendidas al hombro, las armas listas para disparar, solo para descubrir su propio avión dañado, el neumático desinflado, el auto golpeado de la escuadra y una Uzi tirada en la pista. Solo ahora los iban a rescatar una flota de la CG en sus vehículos, los que informaban que, en el camino, otros habían recogido a los oficiales heridos que estaban tirados junto al camino. Los estaban atendiendo porque tenían graves quemaduras que, según ellos mismos decían, las produjeron un arma de rayos.

Todavía faltaba un par de horas antes que Ming saliera de San Diego para el Lejano Oriente. Chang ya había terminado su trabajo nocturno. Se dejó caer en la cama, exhausto. *Qué cosa más rara*, pensó, *sentirse tan central e indispensable para luego descubrir que todo el éxito de la operación estaba fuera de sus manos*. En efecto, estuvo fuera de comisión cuando Dios hizo sus milagros.

Había víctimas que llorar, mártires que elogiar y mucho trabajo por delante. Chang no sabía cuánto tiempo más podría evadir la detección. Estaba dispuesto a aguantar ahí y trabajar en la oficina durante el día, haciendo su verdadero trabajo después de esas horas, por todo el tiempo que Dios quisiera protegerlo.

Raimundo se movió con las primeras luces del alba, asombrado de haber podido dormir después de todo. Petra ya estaba en movimiento, las familias andaban recogiendo el maná matutino y llenaban todos los recipientes que pudieran hallar con el suministro de agua pura del manantial de Dios.

Había miles trabajando en las cuevas, otros miles levantando tiendas. En la boca de todo estaban los relatos del milagro del día anterior y la promesa de enseñanza directa del doctor Zión Ben Judá más tarde.

Los ancianos y los organizadores comunicaron que venían en camino materiales de construcción y que la gente debía orar por la seguridad de los pilotos y choferes de camiones que iban a empezar la entrega de materiales. Se buscaban voluntarios peritos en diversos trabajos manuales. Raimundo sabía que el espíritu presente no duraría para siempre. Era inevitable que el recuerdo del milagro desapareciera aunque no podía imaginárselo. Después de un tiempo, la gente, a pesar de la fe común, encontraría difícil vivir codo a codo. Sin embargo, ahora él disfrutaba esto.

En algún momento, Raimundo tendría que regresar al Comando Tribulación, pero la gente de Carpatia tendría en la mira a cualquiera que entrara o saliera de Petra. Quizá si se lograba entrar los abastecimientos, eso fuera un indicio de que era prudente intentar la salida.

Noemí y su equipo de especialistas de la computación informaron que ya habían transmitido la revista cibernética *La Verdad*, de Camilo Williams, con el recuento de historias de todo el mundo. Todo el episodio ocurrido en Grecia el día anterior se transmitió en detalles, así como también la verdad de los sucesos en Petra.

Un equipo de expertos israelitas en computación dijo que tenían la tecnología para proyectar *La Verdad* en una pantalla gigante si alguien podía armarla. Y entre las diversas provisiones que ya tenían en el campamento, había suficiente lona blanca para hacer una pantalla de varios pisos de altura. Miles se juntaban para leer los relatos.

A Raimundo le encantaba la idea de que no eran únicamente los creyentes, lo así llamados judaítas, quienes leían *La Verdad*. Había muchos indecisos y hasta unos que ya habían aceptado la marca del anticristo, que arriesgaban sus vidas cargando la revista de Camilo desde el sitio del Comando Tribulación. La clandestinidad mundial de los creyentes y de la Cooperativa traducía, imprimía y repartía esos materiales. Carpatia no podía salirse con la suya.

Era triste, como Raimundo sabía, que ahí en Petra había cientos, si es que no miles, de gente no consagrada. Zión ya había prometido dirigirse también a ellos, yendo hasta el punto de decir que muchos *aún seguirían* engañados y, cuando llegara el momento, atraídos por mentirosos y charlatanes. Costaba mucho entender o creer eso. ¿Cómo era posible que uno sobreviviera lo que pasó Raimundo y seguir cuestionando al único Dios verdadero del universo? Eso se le escapaba por completo.

Tarde en la mañana, casi a las veinticuatro horas del bombardeo, la gente se empezó a reunir. Se había dicho que el doctor Ben Judá empezaría su enseñanza sobre la misericordia de Dios. Sin embargo, también entre la multitud circulaban historias procedentes de todo el mundo que indicaban que la persecución se había intensificado contra los creyentes y, sobre todo, contra los judíos.

Chang había entrado a las comunicaciones de las oficinas de Akbar, Fortunato y Carpatia, poniendo en automático el equipo que despachaba los informes de los subsoberanos de todo el mundo a la computadora de Camilo Williams. Al levantarse el sol en varios países, no solamente se transmitía a Nueva Babilonia el derramamiento de sangre y el caos de la noche anterior y los incansables allanamientos diurnos, sino también desde Chang a Camilo y de Camilo al mundo por medio de *La Verdad*.

A medida que la multitud se reunía para escuchar al doctor Ben Judá, se quedaban clavados ante la pantalla gigante, que se puso en un muro lejos del sol para que se viera mejor. Camilo transmitía los efectos visuales que Chang le mandó desde los Estados Unidos Sudamericanos, y la masa silbaba y abucheaba al hombre tímido que aceptó la marca de la lealtad. Vitoreaban, lloraban, cantaban y alababan a Dios por el testimonio de los valientes mártires que enfrentaban la guillotina con tanta paz y valor.

El remanente de Petra pareció enfurecerse en masa cuando vieron los informes de Grecia tocante a un allanamiento nocturno que destruyó lo que quedaba del pequeño contingente de creyentes clandestinos. Camilo había agregado el audio a ese reportaje en vídeo, recordando a sus lectores, radioescuchas y espectadores que les había tocado a los creyentes griegos estar entre los primeros en dar la vida en vez de aceptar la marca de la bestia.

Ahora parecía que en cada continente se había revitalizado, financiado, equipado y motivado a los Monitores de la Moral y los Pacificadores para que apremiaran mucho más. De cada rincón del planeta llegaban los informes del final de la paciencia de la Comunidad Global tocante a los que disentían o hasta de los indecisos. Ahora era aceptar o rechazar la marca enfrentando las consecuencias de inmediato. Hasta se castigaba a muchos que ya habían aceptado la marca de Carpatia por no postrarse para adorar su imagen tres veces al día.

León Fortunato aparecía vestido con todo su lujoso atuendo y lo presentaban con cada título y linaje que hubiera tenido alguna vez, para que advirtiera que "esos de antepasados judíos, tan tercos como los judaítas que insisten en adorar a un dios que no es nuestro padre y resucitado señor, Nicolás Carpatia, descubrirán que van a recibir su justa recompensa. Sí, la muerte es demasiado buena para ellos. Ah, sin duda van a morir, pero por el momento se decreta que ningún judío recibirá la misericordia de un rápido final en la guillotina. Por gráfica y bochornosa que sea, es prácticamente indolora. No, estos sufrirán día y noche en sus madrigueras de iniquidad y, cuando llegue la hora en que mueran por causas naturales, producidas por su propio rechazo del carpatianismo, estarán rogando, suplicando, por una muerte tan oportuna como la del ejecutor de la aplicación de la lealtad".

A Raimundo, los de Petra le parecieron que estaban en estado de choque por el trabajo que se tomaba Nueva Babilonia para vengarse de sus enemigos y humillar a los judíos. Sin embargo, su mayor ira y desprecio fue para el informe de la Red Noticiosa CG sobre lo ocurrido el día anterior, precisamente ahí, en la ciudad de piedra rojiza.

Un presentador de la Red aludió que el ataque a Petra, dos bombas incendiarias y un misil con base en tierra, erraron sus blancos y que el enemigo acampado allí contraatacó con rapidez, haciendo que los dos aviones bombarderos se estrellaran matando a los pilotos. Con el informe comenzaron las risas, y se volvieron a blandir los puños, a silbar y abuchear cuando Carpatia salió a lamentar las muertes de los pilotos martirizados.

"Aunque no se puede negar que fue error de piloto, aun así tengo la plena seguridad de que la Comunidad Global se une a mí para presentar su más profunda condolencia a las familias sobrevivientes. Decidimos no arriesgar más personal para intentar la destrucción de este bastión del enemigo, pero los vamos a matar de hambre cortándole las líneas de abastecimientos. Dentro de unos días, este será el mayor campo de concentración de judíos que haya habido en la historia y su tonta terquedad se habrá apoderado de ellos mismos.

"Conciudadanos del nuevo orden mundial, compatriotas de la Comunidad Global, tenemos que agradecer a esta gente y a sus dirigentes por la tragedia que destruye nuestros mares y océanos. Mis más cercanos asesores me insisten repetidamente que negocie con estos terroristas internacionales, con estos proveedores de magia negra que usan sus maléficos encantamientos para causar una devastación de tales proporciones.

"Estoy seguro de que ustedes están de acuerdo conmigo en que no hay futuro en esa clase de acción diplomática. No tengo nada que ofrecer a cambio de los millones de vidas humanas que se perdieron, para ni mencionar la belleza y la riqueza de la vida animal y vegetal.

"Ustedes pueden tener toda la seguridad de que mis altos mandos trabajan para remediar esta tragedia, pero eso no comprenderá arreglos, concesiones ni ningún reconocimiento de que esa gente tenía el derecho de endilgarle al mundo un acto tan incalificable como ese".

A mediados de esa transmisión de noticias, de Chang por medio de Camilo, apareció la reproducción de la conversación de Suhail Akbar y los dos pilotos del ataque aéreo con bombas a Petra. Aunque la Red trató de seguir hablando para taparlo y decir que eso era falso, una mentira, todos los que oían pudieron escuchar a los pilotos que se defendían ante Akbar y la orden que este último dio para ejecutar a los pilotos.

Raimundo no podía entender cómo Carpatia podía aún tener a alguien que lo apoyara en el mundo y, no obstante, era claro que las Escrituras predecían que los tendría. La gente de Petra se empezó a inquietar y a rezongar tocante a las mentiras y la verdad a las que acababan de exponerlos. Sin embargo, se rumoró que Miqueas estaba a punto de salir a escena, el mismo que los sacó de Israel y los llevó a este lugar seguro, para presentar al doctor Ben Judá.

Espontáneamente toda la multitud guardó silencio.

TRECE

Jaime Rosenzweig tenía ambas manos extendidas hacia delante dirigiéndose a la asamblea con voz muy alta que podía escucharse por todas partes.

"Es un placer y un gozo para mí volver a presentarles a mi ex alumno, amigo personal, ahora mi mentor, y el rabino, pastor y maestro de ustedes, ¡el doctor Zión Ben Judá!"

La única razón que tuvo Raimundo para no aplaudir y vitorear era saber que Zión detestaba la adulación personal. No obstante, albergaba la esperanza de que el rabino apreciara que esta gente solamente trataba de expresar su amor por él.

Cuando el doctor Ben Judá pudo acallar por fin a la multitud, dijo: "Gracias por el cálido recibimiento que me brindan, pero les pido que cuando me presenten en el futuro, me hagan el honor de agradecer, en silencio, a Dios por su misericordia y su amor. Sobre todo, les hablaré precisamente de eso y su adoración se dirigirá en forma apropiada, sea que oren, levanten sus manos o se limiten a señalar al cielo reconociéndolo a él.

"En el capítulo catorce del Evangelio de Juan vemos que nuestro Señor, Jesús el Mesías, hace una promesa que podemos presentar al banco de la eternidad. Nos dice: 'No se angustien. Confíen en Dios, y confíen también en mí. En el hogar de mi Padre hay muchas viviendas; si no fuera así, ya se lo habría dicho a ustedes. Voy a prepararles un lugar. Y si me voy y se lo preparo, vendré para llevármelos conmigo. Así ustedes estarán donde yo esté'.

"Fíjense en la urgencia. Esa fue la garantía que nos dio Jesús de que un día volvería aunque en ese momento él dejaba a sus discípulos. El mundo no vio a Jesús el Cristo por última vez y, como muchos saben, aún no ha llegado el momento de que esto ocurra.

"Ahora, piensen conmigo en los cinco acontecimientos principales que son pilares de la historia. Del Edén al momento actual Dios nos ha dado en la Biblia una historia exacta del mundo, gran parte de ella se escribió con antelación. En verdad, esta es la única historia exacta que se haya escrito jamás.

"El primer acontecimiento principal fue la creación del mundo por acto directo de Dios.

"Luego, el diluvio universal. Este diluvio tuvo un efecto catastrófico en el mundo y aún hoy confunde la mente de los científicos que encuentran huesos de peces a alturas tan elevadas como cinco mil metros.

"El tercer acontecimiento principal de la historia fue la primera venida de Jesús el Mesías. Ese acontecimiento hizo posible nuestra salvación del pecado. Jesús vivió la vida perfecta y murió como el sacrificio por nuestro pecado. Murió por los pecados del mundo, por todos los que iban a invocarlo.

"Sin embargo, como todos sabemos, ahí no termina la historia porque ninguno de los que estamos aquí lo invocó para que perdonara nuestros pecados, sino después de lo ocurrido en el cuarto suceso fundamental de la historia: cuando él volvió.

"La mayoría hemos rectificado esa situación desde aquel entonces, lo cual es bueno. Los dos Testamentos de la Biblia, el Antiguo y el Nuevo, señalan su venida por última vez: este es el quinto acontecimiento principal de la historia del mundo. Esta Manifestación Gloriosa señalará el comienzo del reino milenial, la utopía verdadera.

"Imaginen el paraíso en la Tierra con el Mesías al mando. Muchos creen que durante su reinado de mil años, que comenzará dentro de menos de tres años y medio a partir de ahora, la población aumentará mucho más que toda la cantidad de personas que ha vivido y muerto hasta el momento. ¿Cómo será? Puesto que ese mundo nuestro será uno sin guerras. Imaginen un planeta cuyo gobierno no tenga la responsabilidad por matar los casi doscientos millones que ha matado a la fecha.

"Servir a Dios nunca ha sido la opción de la humanidad. No obstante, cuando regrese, el Mesías establecerá su reino y la gente vivirá en paz. Viviremos en justicia. Tendremos mucho. Cuesta describir lo increíble que será esa época. Todos tendrán lo suficiente.

"Dios quiere esta clase de mundo y lo desea para nosotros por una razón: Él es bueno. Joel 2:13 dice que él es bondadoso y compasivo, lento para la ira y está lleno de amor, cambia de parecer y no castiga. Jonás, ciento veinticinco años después del nacimiento de Joel, describe a Dios con las mismas palabras. Moisés, mil quinientos años antes que vivieran esos hombres, dijo que el Señor es misericordioso y bondadoso, paciente y abundante en bondad y verdad.

"Así ven los profetas a Dios, ¿de dónde saca usted su manera de ver a Dios? ¿Qué mejor cuadro suyo pudiéramos tener nosotros después de lo que pasamos ayer? Cuando se arrodille para orar, recuerde ese acontecimiento y lo que dijeron los profetas. Sí, tenemos un Dios majestuoso, el único soberano supremo y omnipotente. No obstante, si hay algo que la Biblia enseña de Dios es que está de nuestro lado. No está en contra de nosotros. Quiere bendecir nuestra vida y la llave de la puerta de la bendición es entregarle nuestra vida a él y pedirle que haga con ella lo que quiera. ¿Cómo no amar al Dios que describen los profetas? ¿Cómo no amar al Dios que Jesús el Mesías dice que es nuestro Padre que está en los cielos?

"Qué maravilloso es que podamos acudir a la presencia del mismo Dios como hijos, ante el Creador de todo y llamarle Padre.

"Nos hallamos soportando el peor período de la historia humana. Ya se han derramado sobre la tierra dieciséis de los juicios profetizados de Dios, cada uno peor que el anterior, faltando aún cinco más. El anticristo se ha revelado, así como el falso profeta. Por eso el Mesías calificó este período como la Tribulación y la segunda mitad, en la que ahora estamos, como la Gran Tribulación.

"¿Cómo puedo decir que este Dios vengador que juzga sea amante y misericordioso? Recuerden que en este período él trabaja en las personas para lograr que hagan una decisión. ¿Por qué? El milenio está a punto de llegar. Cuando Jesús haga su manifestación gloriosa final, vendrá en poder y con gran gloria. Establecerá su reino exclusivamente para los que hicieron la correcta decisión. ¿Qué decisión? Invocar el nombre del Señor.

"¿Suena excluyente? Entiendan esto: la Biblia dice claramente que la voluntad de Dios es que todas las personas se salven. En 2 Pedro 3:9 dice: 'El Señor no tarda en cumplir su promesa, según entienden algunos la tardanza. Más bien, él tiene paciencia con ustedes, porque no quiere que nadie perezca sino que todos se arrepientan'.

"Dios prometió, en Joel 2, que iba a hacer 'prodigios en el cielo y en la tierra: sangre, fuego y columnas de humo. El sol se convertirá en tinieblas y la luna en sangre antes que llegue el día del Señor, día grande y terrible. Y todo el que invoque el nombre del Señor escapará con vida, porque en el monte Sión y en Jerusalén habrá escapatoria, como lo ha dicho el Señor. Y entre los sobrevivientes estarán los llamados del Señor'.

"Amados, ¡ustedes son ese remanente! ¿Entienden lo que dice Dios? Él sigue llamando personas a la fe en Cristo. Levantó ciento cuarenta y cuatro mil evangelistas de las doce tribus para que les rueguen a hombres y mujeres de todo el mundo a que se decidan por Cristo. ¿Quién sino un Dios paciente, misericordioso, lleno de gracia, pudiera haber planeado por anticipado que durante este tiempo de caos mandaría a tantos con poder para que prediquen su mensaje?

"¿Se acuerdan de los dos testigos sobrenaturales que predicaban la Palabra de Dios en Jerusalén y en la televisión mundial? A los tres años y medio los asesinaron a la vista de todo el mundo. Y después que sus cadáveres permanecieron tirados en la calle durante tres días, Dios los llamó al cielo. ¿Por qué? Porque él quería manifestar su poder y gloria como Dios amante y misericordioso para que hombres y mujeres pudieran ver y hacer una decisión correcta por él.

"Aquí tenemos al sobrenatural Dios del cielo cumpliendo sus promesas de las épocas pasadas, preservando a los hijos de Israel mientras que el anticristo trata de perseguirlos.

"¿A quién van a servir? ¿Obedecerán al príncipe de este mundo o invocarán el nombre del Señor?

"Dios ha hecho todas esas cosas grandes y poderosas porque quiere salvar a la humanidad. Muchos seguirán rebelándose, incluso aquí, después de todo lo que han visto y vivido. Que no sea usted, amigo mío. Nuestro Dios es misericordioso. Nuestro Dios está lleno de gracia. Tiene paciencia y quiere que todos se salven.

"Si está de acuerdo en que Dios usa esta época que vivimos ahora para preparar personas para el reino milenial y la eternidad, ¿qué va a hacer con su vida? Entréguesela al Mesías. Adore a Jesús el Cristo. Recíbalo como el único Cordero de Dios que quita el pecado del mundo. Recíbalo en su vida y luego viva en obediencia a él. El Señor lo ama. Y un Dios que llega a esos extremos para salvar hasta el último que lo invoque, es uno en el que se puede confiar. ¿Confiará usted en un Dios como ese? ¿Puede amar a un Dios como ese?

"El Mesías nació en carne humana. Vino de nuevo. Y viene una vez más. Quiero que esté preparado. Nos dejaron atrás en el arrebatamiento. Estemos listos para la Manifestación Gloriosa. El Espíritu Santo de Dios se está moviendo sobre todo el mundo. Jesús está edificando a su iglesia durante este período, el más tenebroso de la historia, porque es bondadoso, amante, paciente y misericordioso".

Todos los que estaban alrededor de Raimundo habían inclinado la cabeza y muchos empezaron a orar. Oraban por amigos y seres queridos que estaban en Petra y en otras partes del mundo. Tenían que haber escuchado, como Raimundo, la emoción de la voz de Zión cuando rogaba una y otra vez que decidieran seguir a Cristo.

"Queda poco tiempo", clamaba Zión, "y la salvación es una decisión personal. Confiese a Dios que usted es pecador. Reconozca que no se puede salvar a sí mismo. Arrójese a la misericordia de Dios y reciba el regalo de su Hijo que murió en la cruz por el pecado de usted. Recíbalo y agradézcale por el regalo de su salvación".

———

—Problema, grave problema —decía Aurelio Figueroa, tamborileando con sus dedos mientras se arrellanaba en su asiento. Chang estaba sentado al otro lado del escritorio, orando en silencio—. No se trata solamente de las falsas entradas en la base de datos de palacio, el personal falso y los cheques y los saldos que han permitido que los enemigos de la CG engañen a los dirigentes locales. Es evidente que ahora tenemos micrófonos ocultos en las oficinas a niveles tan altos como la del director de Seguridad e Inteligencia. ¿Sabes que hoy, más temprano, mientras el soberano trataba de expresar sus condolencias apropiadamente por nuestros pilotos muertos, alguien superpuso a la transmisión directa una falsa conversación que se supone mantuvo el director Akbar con esos pilotos?

—Apuesto que usted está contento que fuera falso.

—Wong, no entiendo.

—Si fuera real hubiera sido una catástrofe. Señor, todos lo escuchamos. La represión que Akbar les dio a los pilotos, el desacuerdo entre ellos y que él los mandó a ejecutar.

—¿Dónde pudiera uno haber conseguido esa clase de grabación? —preguntó el alto y huesudo mejicano mientras contemplaba a Chang.

—¿Me lo pregunta a mí?

—No veo a nadie más en la sala.

—Lo siento, debiera haber preguntado: "¿*Por qué* me lo pregunta?"

Esta era la hora cero. Si Figueroa lo acusaba, Chang tendría que irse de Nueva Babilonia en cuestión de horas para evitar la ejecución.

—Se lo pregunto a todos, como es natural. No te lo tomes como cosa personal. Tú no creerías lo que se puso en la base de datos principal.

—Dígame.

—Esto no se lo he dicho a todos, pero el mismo Akbar empezó a sospechar que algo raro pasa en Chicago —dijo

Figueroa poniéndose de pie—. Tú sabes que a esa ciudad la atacaron más de una vez durante la guerra. A la ciudad la evacuaron y declararon en cuarentena y prácticamente la hemos pasado por alto por meses. Incluso por años.

Chang asintió.

—No hicimos vuelos de reconocimiento ni tomamos fotos, no verificamos los sensores térmicos, nada.

—¿Por qué?

—Porque alguien plantó en la computadora que a ese lugar lo bombardearon con armas nucleares y estaría radioactivo durante años. Akbar no lo recordaba de esa manera. Pensaba que la ciudad estaba destruida casi por completo, pero no por armas nucleares. Cada vez que hacía que alguien revisara la zona, se iban directamente a la base de datos, revisaban los niveles actuales y decían: "Sí, está radioactiva en su totalidad. No fue hasta que hace poco alguien revisó los archivos para comprobar si las lecturas estaban en lo cierto. Por supuesto que no. El lugar está limpio.

—¡Asombroso!

—Asombroso es lo adecuado. Sabes tan bien como yo que hay una sola razón por la que alguien plantaría esa información: para tener la ciudad a disposición de ellos. Al fin pudimos evitar las lecturas falsas y tratamos de conseguir una pista de lo que está pasando allá. Por supuesto, obtuvimos muy poco porque todos los demás recibían los mismos datos que nosotros. Sin embargo, ha habido actividad. Uso de agua y electricidad. Aviones, helicópteros que van y vienen. Aviones a reacción desde una pista del lago. Eso sería el lago Michigan.

—¡No me digas!

—Sí. Hay pruebas de tránsito de vehículos y peatones. Es muy poco, por supuesto, pero pudiera haber hasta unas treinta y seis personas en la ciudad.

—Apenas lo suficiente como para preocuparse —comentó Chang.

—Ah, todo lo contrario —replicó Figueroa—. Esa gente deseará no haber nacido nunca.

Chang se moría por preguntar, pero hacía esfuerzos desesperados por parecer indiferente. Esperó.

—Uno pensaría que solo nos limitaremos a mandar un equipo de Pacificadores para que hagan una barrida allá y los arresten, ¿no crees?

—Seguro que algo así —dijo Chang encogiéndose de hombros.

—Akbar tiene una mejor idea. Dice que si desean que parezca radioactivo, lo mejor es que hagamos un bombardeo nuclear.

—No habla en serio.

—Por completo.

—¿Desperdiciar tecnología como esa en un momento como este?

—Eso es brillante, Chang.

—Es una solución, tengo que reconocerlo. Sin embargo, ¿pensó en el agua dulce que atraviesa por esa zona?

—Estamos sacando agua del lago Michigan al norte de Wisconsin. No tenemos que preocuparnos por el río Chicago.

—La gente que vive río abajo sí se preocupa.

—Bueno, de todos modos, se dice que al gran jefe le encanta la idea.

—En verdad.

—¿Bromeas? Carpatiano... ¡uf!, al soberano le encanta las cosas de este tipo.

—¿Tenemos una bomba atómica que podamos desperdiciar?

—¡Vamos, Wong! Quienquiera que esa gente sea, no andan en nada bueno. Si fueran ciudadanos leales, ¿no dirían:

"Eh, no sabíamos que este lugar estaba prohibido y nos instalamos aquí por error y, saben qué, estamos bien"?

Chang se encogió de hombros, queriendo saber cuánto tiempo tenía para advertir al Comando Tribulación, pero no se atrevía a preguntar.

—Supongo.

—¿Supones? Como es natural, no hay registros de que allá haya un solo sitio de aplicación de la marca de la lealtad. Y nadie que esté en nuestros archivos viviría allá sin darnos la información.

—Tiene razón.

—Por supuesto que tengo la razón. Oye, Chang, no tienes buen semblante.

Con disimulo, Chang había estado conteniendo el aliento y no parpadeaba. Su cara se había enrojecido y sus ojos estaban llorosos.

—Solo cansado —dijo, exhalando finalmente—. Y creo que me está cayendo algo.

—¿Te sientes bien?

Chang tosió, luego fingió que no podía parar de toser. Levantó una mano como disculpándose y dijo que estaba bien.

—No dormí bien anoche —agregó—. Me pondré bien. Me acostaré temprano esta noche.

—¿Necesitas dormir una siesta?

—¡Qué va! Tengo demasiado que hacer.

—Estamos bien. Tómate un descanso.

—No puedo.

—¿Por que no?

—Quiero hacer mi parte, hacer lo que puedo, todo eso —respondió y rompió a toser de nuevo.

—Solamente termina temprano. Te quedan todavía días en caso de enfermedad, ¿no es así?

—Ya sabe, usé algunos durante aquello de la plaga.

—¿Forúnculos? Sí, ¿acaso no lo hicimos todos? Tómate libre el resto del día y si mañana no te apareces aquí, yo lo entenderé.

—En verdad, ahora no, señor Figueroa, me mejoraré. ¿Ve? Ya me siento mejor.

—¿Qué te pasa, Wong? Quiero decir, apoyo a los temerarios pero...

—Nada más que me disgusta ser un enclenque.

—No eres nada de eso.

—Gracias —dijo Chang, tapándose la boca y tosiendo por más tiempo que antes.

—Pasa por Medicina y que te den algo.

—Vuelvo a mi escritorio —dijo Chang con voz ronca y haciendo gestos de despedida.

—No, de ninguna manera. Esto es una orden.

—¿Usted *me ordena* que me vaya temprano de mi trabajo?

—¡Vamos! ¿Crees que pienso en nadie más que en ti? Por favor, no quiero un departamento lleno de gente tosiendo y pienso que has contaminado bastante mi oficina. Vete ya.

—Realmente yo...

—¡Chang¡ ¡Vete!

Amanecía en Colorado y Esteban Plank, alias Pinkerton Esteban, dormía en su habitación. Se había pasado hasta la medianoche mandando advertencias a sus amigos del Comando Tribulación tocante a que algo grande se venía encima de Chicago y que si sabían qué les convenía, debían escapar y rápido. Había hablado por teléfono con Raimundo Steele, en Petra, instándole a quedarse allá sin permitir que Abdula Smith ni nadie más regresara a Chicago.

Cuando lo despertaron los persistentes golpes en su puerta, su primer pensamiento fue que en su apuro no había usado un teléfono seguro o que habían espiado su computadora. Si lo agarraban, bueno, lo agarraban. Advertir al Comando Tribulación era lo más productivo que había hecho desde que se convirtió en creyente o, al menos, desde que les ayudó a sacar a Patty Durán de su custodia para llevarla donde ella llegó a ser creyente.

Plank trató de llamar para saber quién era y qué quería, pero su dispositivo facial estaba al lado de la cama y sin eso no lo podían escuchar. Lo mejor que pudo hacer fue gruñir mientras buscaba a tientas las piezas plásticas en la oscuridad.

—Señor Esteban, no tiene que abrir la puerta.

Era Vasily Medvedev, el segundo de Esteban en el mando.

—Solo quería hacerle una advertencia común y corriente. Nueva Babilonia está tomando medidas duras con el puñado de empleados que tiene en todo el mundo que aún no han recibido la marca de la lealtad. Se espera que usted tenga la suya al mediodía, hora del centro, en el Campo Resurrección de Carpatia. Solamente haz una señal de que entendiste.

Esteban se acomodó en su silla de ruedas motorizada y rodó a la puerta, golpeando dos veces en ella.

—Gracias señor. Esto me coloca en una situación incómoda, pero me ordenaron que lo acompañara y me ocupara de esto.

Esteban se dirigió hacia la mesa de noche y se puso rápidamente el aparato.

—¡Vasily, espere un momento! —dijo y abrió la puerta invitándole a entrar con un gesto.

—Señor, lo lamento —dijo el ruso—. ¿Qué puedo hacer o decir?

—Dígales que ya la tengo.

—No existe registro de eso.

—Usted sabe que no se puede aplicar a material sintético. ¿Quiere verla? —preguntó Plank y empezó a soltar la pieza de la frente.

—¡No! Por favor, señor, lo siento mucho, pero una vez traté de mirar y eso fue más que suficiente. Perdóneme.

—Bueno, voy a ver si el administrador de la marca quiere echar una mirada —dijo Esteban.

—Vamos, señor, tendría que haber un dato archivado, ¿no es así?

—Yo debiera estar exento. ¿Se puede imaginar el dolor de que la apliquen a la membrana...?

—¡Por favor! Me dijeron que le informara y que...

—Que se ocupara de esto, sí, ya lo sé.

—¿Señor? ¿Por qué no se la aplica en la mano?

—¿Mi mano? ¿Dijo mi mano? ¿Usted se olvida que mi mano también se donó a la causa?

Esteban levantó el muñón y Vasily retrocedió.

—Soy muy estúpido —dijo—. ¿Puede olvidarse de que yo...?

—No se preocupe —respondió Esteban con un gesto de que no había problemas.

—¿Cuándo quiere salir, señor? Abren a las ocho y estamos casi a una hora de distancia.

—Sé a qué distancia estamos, Vasily.

—Por supuesto.

—Ya le avisaré.

Cuando Medvedev se fue, Esteban inclinó la cabeza llorando: "Dios mío, ¿qué debo hacer? ¿Engañarlos? ¿Ver si puedo conseguir una exención? ¿Esto es? ¿Se acabó? ¿Ya no puedo servir más a los creyentes de todo el mundo?"

Esteban se pasó la mañana comunicándose con Chang, en Nueva Babilonia, donde ya era avanzada la tarde. Trabajaron desesperadamente en organizar ideas sobre dónde pudiera irse el Comando Tribulación aún con base en Chicago. Nadie en ninguna parte podía recibirlos a todos. La Torre Fuerte hubiera sido perfecta, aunque por poco tiempo.

Chang y Esteban no habían podido averiguar cuándo comenzaría el bombardeo de Chicago, pero estaba claro que la rapidez era esencial. Solo después que terminaron de informarles a todos y de efectuar sus recomendaciones, Esteban le dijo a Chang lo que le estaba pasando.

—Ya sabía que iban a tomar medidas duras, pero no tenía idea de cuándo. Déjame poner en la base de datos que tienes puesta la marca. Puedo copiar eso en tu documentación —dijo Chang.

—Hermano, no puedo permitir que hagas eso.

—¿Por qué? Lo acabo de hacer el otro día para un piloto de la Cooperativa. Él ni siquiera lo supo hasta que estuvo hecho.

—¿Con la forma en que están vigilando en palacio ahora? ¿Y de un día para otro voy a estar bien documentado?

—No tiene que ser en Resurrección. Puedo poner que vino de cualquier parte.

Esteban hizo una pausa. Era intrigante, incluso atrayente. Sin embargo, no sonaba bien.

—Quizá si hubieras pensado antes en esto, si solo hubiera aparecido ahí, como un accidente, como hiciste con el otro individuo, pero esto sería como que escogí la marca. No puedo hacerlo.

—Entonces te vas a marchar de ahí, ¿verdad? ¿Adónde te vas a ir y cómo vas a llegar? ¿Debo mandarte a alguien, conseguirte transporte?

—Chang, no va a dar resultados. Eso te hará vulnerable y, ya sabes, tienen que estar vigilándome.

—Nadie me vigila todavía —dijo Chang—. No creo que ni siquiera sospechen.

—Tienes que mantenerlo de esa manera.

—¿Puedes irte a Petra? Hay un vuelo de la Cooperativa que sale hoy desde Montana. Yo pudiera hacer que él...

—Ya te lo diré, Chang. Te lo agradezco, pero quizá sea mi hora de demostrar mi postura.

—¿Qué dices?

—Ya lo sabes.

—Ay, Esteban, por lo menos, deja que te capturen. Hombre, te necesitamos.

—¿En el refugio? ¿Para qué serviría yo?

—Necesitamos a todos los que podamos conseguir.

———

Camilo se preguntaba si debía despertar al contingente griego, pero decidió no hacerlo aunque significaba más trabajo para todos los demás. Cloé, Mac, Hana y Sebastian habían llegado, tambaleándose, en las horas del alba.

Camilo se daba cuenta de que Keni estaba fascinado con toda la actividad. La gente se escurría por todas partes decidiendo qué cosas eran las absolutamente necesarias, empacando cajitas, pasando por alto papeles impresos, notas, cualquier cosa que, de todos modos, estaba en la computadora. A Zeke fue al que se le permitió llevar más que los demás. Había cosas que, sencillamente, no podía dejar: sus archivos, sus vestimentas, las herramientas de su oficio.

Lea se pasó la mayor parte del tiempo en un teléfono seguro hablando con gente de la Cooperativa en todo el país.

—Todos se han resignado a que tendrán que albergar a unas cuantas personas y, sinceramente, parecen sentirse honrados, pero a ninguno le entusiasma esto —le dijo a

Camilo—. Tal y como están ahora, se encuentran al límite de espacio y necesidades.

—Lea, no tenemos alternativa. Llegó la hora de contribuir. Detesto decirlo, pero mucha de esa gente nos debe todo. Hemos manejado desde aquí la Cooperativa abasteciéndolos con las cosas que los mantienen vivos.

Albie parecía sombrío. ¿Y por qué no?, se preguntó Camilo. El único lugar en que podía pensar en irse, y al que quería regresar, era a Al Basrah.

—Sin embargo, no quiero ocupar un avión cuando tantos de ustedes tienen que irse a otras partes.

—Haz lo que tengas que hacer, Albie —dijo Camilo—. Mira a ver si Lea puede conseguirte transporte con alguien que entregue mercaderías en Petra. Tú sabes que te estaremos llamando a menudo.

—Más te vale —dijo Albie.

La gente de Enoc estaba en el subterráneo del edificio, revisando los vehículos, analizando cuántos estaban en condiciones de funcionar. Cambió el privilegio de elegir los autos y los vehículos utilitarios en vez de tratar de sacar en avión a los treinta miembros de El Lugar. Lea ya los había ubicado en varios centros clandestinos a los que se podía llegar en vehículo, estando Enoc colocado en un centro de Palos Hills, Illinois.

—Ya sabes cuál es el peligro de que una caravana salga de aquí a plena luz del día —dijo Camilo.

—Seguro que sí. Sin embargo, también sabemos cuál es el peligro de estar aquí cuando ataque la CG.

———————

Esteban Plank le había dicho a Vasily que deseaba irse del complejo CG a las once de la mañana. Pasó gran parte de lo que quedaba de la mañana a puertas cerradas, orando en agonía. Finalmente llamó a Camilo. *Qué giro tan extraño*, pensaba. Buscar solaz y consuelo en un joven que una vez fuera su mejor, y más retador, empleado. Los días de gloria del *Semanario Global* se habían ido hacía mucho.

La noticia de Esteban tuvo al silencio como respuesta. Luego un Camilo muy doblegado dijo:

—Esteban, por favor, no lo hagas.

—¿Piensas que quiero hacerlo? ¡Vamos, hombre! No la tomes conmigo ahora. Solamente quería despedirme.

—Bueno, yo no quiero, ¿está bien? Me he despedido demasiadas veces en la vida. De todos modos, te necesitamos. Este no es el momento de rendirse.

—No me insultes.

—Haré lo que sea para impedírtelo, Esteban.

—Esperaba más de ti.

—Pudiera decir lo mismo —replicó Camilo.

—¿Piensas que elijo la salida fácil? No me hagas esto.

—¿Qué dices, Esteban? ¿Que esperas que te apoye, que te desee lo mejor, que diga que te veré al otro lado?

—Eso me ayudaría. Dime que confías en mi juicio.

—¿Aunque crea que te volviste loco?

—Macho —suspiró Esteban—, no tengo a nadie más a quien llamar. Si te digo que no me convencerás de que no lo haga y que por eso estoy llamando, ¿solo me dirás que estás conmigo?

—Por supuesto que estoy contigo, pero...

—Camilo, no soy un cobarde. Me has visto. Sabes que debiera haber muerto. Estuve sepultado bajo tierra casi una semana. Vivo con dolor cada hora del día, pero he desorientado, he conspirado, he podido conseguir cosas, he engañado al enemigo en todas las formas que conozco. Bueno, hay algo que no haré. No escaparé a todo correr como un niño y no negaré a Cristo.

—Sé que no lo harás.

—Bueno, eso ya es algo. ¿No te costó mucho, no?

—Esteban no me digas que esto me tiene que gustar.

—¿Orarás por mí?

—Por supuesto, pero oraré para que recuperes tu sentido común.

—Voy a llegar a las últimas consecuencias, Camilo. Y no fingiré que no tengo miedo. La CG considera que esto se les pasó por alto, que es cosa de oportunidad, algo relacionado con mis limitaciones. Sin embargo, cuando lo oficialicen, cuando hagan que me decida y tome mi posición, no quiero fallarle a Dios.

—No fallarás. Él promete gracia más allá de toda medida y la paz que sobrepasa al entendimiento.

—Macho, tengo que decirte que no siento nada de eso todavía.

"Dios", empezó Camilo, pero Esteban supo que tuvo que recobrar la compostura antes de poder seguir, "por favor, sé con tu hijo. Dale tu gracia, tu paz. Admito que no quiero que haga esto. Lo detesto. Estoy cansado de perder gente que quiero. Aunque si esto es lo que tú le ordenas que haga, dale el valor, dale las palabras, dale el poder sobre el enemigo. Te ruego que esto influya tanto en la gente que lo vea, que elijan la misma opción".

Camilo estaba tan conmovido que sus compañeros se reunieron en torno a él espontáneamente. Cuando supieron lo que estaba sucediendo, se arrodillaron y oraron por Esteban. Camilo llamó a Chang.

—Irá al centro que está en Resurrección al sur de los manantiales —dijo Camilo—. ¿Existe alguna posibilidad de que lo monitoreen visualmente?

—Sí.

—¿Pudiera transmitirse para acá?

—Yo puedo.

—No sé por qué quiero verlo, pero me sentiré como si estuviera con él.

Esteban se dio cuenta del asombro de Vasily cuando se presentó en el estacionamiento vestido con ropa informal. En efecto, menos que informal. Vestía zapatillas, pantalones de caqui y una camiseta blanca.

—Te preguntas por el protocolo —dijo Esteban cuando Vasily lo levantaba para meterlo en el automóvil.

—He aprendido a no hacerle preguntas, jefe —dijo Vasily asintiendo.

—Amigo mío, ¿estás armado?

—Por supuesto.

—Yo no.

—Lo veo.

Esteban estiró una mano a Vasily que la miró.

—Dame tu mano. Lamento que la mano no sea lo que fue —Vasily la tocó con nerviosismo—. Me llamo Esteban Plank.

—¿Cómo dice?

—Me oíste bien.

—¿Esteban Plank?

—Tal y como lo escuchaste. ¿Conoces el *Semanario Global*?

Vasily parecía que tenía problemas para concentrarse.

—¿Qué? ¿El semanario? Claro que sí. Lo recibimos de Nueva Babilonia.

—¿Te acuerdas cuando era independiente, antes de las desapariciones?

—Por supuesto.

—Yo estaba en la editorial.

—¿La...?

—Editorial. La lista del personal. Yo era el jefe... de cualquier manera era el jefe de la editorial.

Y Esteban le contó su historia a Vasily. Faltaba un cuarto de hora para llegar al destino cuando terminó.

—¿Qué se supone que haga con eso? —dijo Medveded meneando la cabeza.

—Bueno, no tienes que arrestarme. Ya me tienes bajo custodia y tú cumples órdenes. Me llevas al centro.

—¿Y usted aceptará la marca, seguirá viviendo como enemigo secreto de la Comunidad Global y yo tengo que hacer la vista gorda porque nos hemos hecho amigos?

—¿Nos hemos hecho amigos, Vasily?

—Pensé que sí, por supuesto, pero usted no confió en mí para contarme la verdad hasta ahora.

—Si somos amigos, podrías hacerme un favor.

—¿Dejar que se vaya? ¿Dejar que se escape? ¿Dónde iría?

—No. Estaba pensando que mejor fuera que tú me dispararas.

—Está bromeando.

—No. Eso se vería muy bien en tu hoja de vida. Di lo que quieras. Me descubriste. Te preocupaste de que pudiera escaparme, lo que sea.

—No podría.

—Bueno, yo tampoco. Matarme, quiero decir. No que no lo haya pensado.

—¿Qué me pide que haga, que no sea dispararle? ¿Se supone que lo vea morir?

—Tienes que verlo, ¿verdad? ¿No es ese tu cometido?

—En realidad —dijo Vasily suspirando tembloroso y asintiendo—, usted no va a llegar hasta las últimas consecuencias con esto, ¿cierto?

Esteban asintió.

—Sí. Escapar solamente postergaría lo inevitable y, tienes que admitirlo, soy sumamente reconocible.

—Eso no me parece cómico.

—Ni a mí. Vasily, lo único que lamento es que cuando llegaste a mí ya era demasiado tarde para ti. Habías aceptado la marca y con orgullo.

—Ya no siento orgullo.

—Esa es la tragedia de dónde nos hallamos.

—Lo sé.

—¿Lo sabes?

—¿Piensa que a veces no le echo una mirada al sitio de Ben Judá? Sé que mi decisión es irreversible.

—¿Deseas que no hubiera sido así?

—No sé. No soy ciego ni sordo. Puedo ver lo que ocurre. Si tuviera que decirlo ahora, diría que le tengo envidia a usted.

CATORCE

Era hora de despertar, al menos, a Cloé. Y una vez que ella se levantara, los demás se despertarían enseguida.

Chang había llamado. El Comando Tribulación tenía que tener todo empacado y preparado para irse a vivir a otra parte con muy poco aviso.

Cloé trabajaba con rapidez aunque tenía los ojos enrojecidos, teniendo a Keni abrazado a su cuello durante la mayor parte del tiempo. George y Mac juntaban grandes cantidades de comida enlatada y en cajas, luego empezaron a cargar los vehículos. Hana, que ayudaba a Lea a organizar las cosas de la Cooperativa, parecía como si pudiera dormir varias horas más.

George le dijo a Camilo que había arreglado con uno que vendría a buscarlo en Chicago, pero acordó volver a dirigirlos, posiblemente vía Long Grove, y encontrarse con ellos allá.

—Tenemos lugar para ti, Cloé y el niño en San Diego, y me encantaría ser tu piloto.

Camilo tuvo que pensar en ese ofrecimiento. Podía contemplar escenarios peores. Lea había arreglado, tentativamente, que él y su familia se mudaran con Lionel Whalum y su esposa. Camilo no conocía al hombre, pero era probable que no conociera personalmente a nadie con quienes pudieran quedarse. Whalum había estado de acuerdo con ese arreglo habiéndole dicho a Lea que tenía una casa grande en los suburbios, pero que él planeaba ausentarse con frecuencia yendo y viniendo de Petra.

—Lea —dijo Camilo—, quizá tú y Hana debieran mudarse con los Whalum y dejar que nosotros aprovechemos la oportunidad que nos ofrece George. De ese modo, tendrías un piloto y nosotros también.

—¿Por qué no te encargas tú de hacer este trabajo, Macho, si vas a hacer que todo lo que he trabajado sea una pérdida de tiempo?

—Lea, Cloé está levantada ahora ¿Por qué no te preparas para irte?

Parecía herida y se apresuró a marcharse. Camilo la interceptó:

—Escucha, dadas las circunstancias, vamos a perdonarnos los dos. Piensa en esto: Whalum transporta cosas a Petra a cada momento.

—Lo sé, Camilo. Cloé y yo hemos estado coordinando eso.

—¿Estás pensando?

—¿Estás insultando? —dijo ella.

—Tú no estás pensando.

—¿Qué?

—En irte de viaje para allá alguna vez, Lea, con él. ¿Hay alguien en Petra que quisieras ver?

Eso la detuvo brevemente.

—Ah, Macho, no hablas en serio. No niego que estoy enamorada de Zión. ¿Quién no? Sin embargo, no va a tener el tiempo para una amiga con todo lo que está sucediendo allá.

—Entonces, ¿te asusta que Long Grove esté demasiado cerca de Chicago cuando caigan las bombas? Quizá sea eso.

—No, yo...

—¿Quieres ir con George a San Diego? Allá pudieran necesitar asistencia médica. Y hay habitaciones privadas. Nadie comparte casa. Se encuentran en refugios subterráneos, como en una especie de cabañas.

—No, eso parece perfecto para ti y tu familia. Hablaré con Hana sobre Long Grove.

—¿Oí mi nombre? —dijo Hana—. Prefiero el sudoeste.

—¿Tienes un contacto? —preguntó Lea—. ¿Necesitas uno?

A los pocos minutos Hana había consentido en quedarse con Lea. Zeke y Mac eran los únicos dos que quedaban sin haber definido hacia dónde ir.

—Tengo que estar en alguna parte donde la gente pueda llegar para usar mis servicios —decía Zeke—. Algún lugar seguro, pero central.

—Estoy trabajando en eso —gritó Cloé.

—Quiero estar donde pueda ir a Petra —dijo Mac en una de sus venidas a buscar más cajas—. Quizá sacar a Raimundo.

—Raimundo debe quedarse allá —dijo Camilo—. A lo mejor se vuelve loco al poco tiempo, pero tiene todo lo que necesita para seguirnos la pista a cada uno y con seguridad.

Cuando estuvieron listos para irse en cuanto llegara la noticia, si llegaba, Albie ya había invitado a Mac a que fuera a Al Basrah con él, y Zeke estaba colocado con una unidad clandestina en el oeste de Wisconsin, en una ciudad llamada Avery, no lejos de la frontera con Minnesota. Camilo llamó a Chang.

—Vamos a hacer mucho ruido cuando salgamos de aquí desfilando —dijo—, pero me parece que no tenemos otra alternativa.

—Salgan en los próximos días y en las horas del amanecer —dijo Chang—, en pequeños grupos cada vez. Así podré saber si alguien los persigue. Es un riesgo, pero ustedes ya saben cuáles son las posibilidades si esperan.

El grupo entero, los cuarenta, contando a los treinta y uno de El Lugar, se juntaron armando un círculo grande. Enlazaron sus brazos los unos con los otros y oraron unos por otro, llorando. Todos. Hasta George y Mac. Cuando vio todas esas lágrimas, Keni se puso a llorar, cosa que hizo reír a los demás.

—Pareciera que acabáramos de llegar aquí —dijo Camilo—. Y ahora no sabemos cuándo nos vamos a ver de nuevo. Aquí tengo una lista del orden en que nos iremos, y mi familia y yo seremos los últimos en salir.

La Torre Fuerte fue segura por solamente ese tiempo y ahora los iba a lanzar de grupo en grupo hacia un mundo hostil que pertenecía al anticristo y al falso profeta, la Comunidad Global, y a millones de ojos inquisidores que exigían una señal de lealtad que ninguno de ellos tenía.

———

—Pudiera perderlo —decía Vasily—. Perderlo de vista. ¿Qué puedo decir? Usted huyó.

Esteban se encontraba sentado con él en el estacionamiento del aeropuerto Resurrección.

—¿Que me fui corriendo en mi silla y no pudiste alcanzarme? Demasiado tarde. Vamos.

No era fácil y Esteban no iba a fingir que lo era. A menudo había cavilado, cuando leía y veía una película acerca de un condenado, cómo se sentiría dar esa última larga caminata. No era lo bastante larga, lo sentía, sobre todo en silla de ruedas.

A medida que se acercaba al centro de aplicación de la marca de la lealtad en el ala norte del aeropuerto, Esteban se fijó en que la fila era más larga que la que había visto en mucho tiempo. La presión, la intensificación, como quiera que Nueva Babilonia quisiera calificarlo, estaba dando buenos resultados. Cientos se arremolinaban en torno a la estatua de Carpatia, haciendo reverencias, orando, cantando, adorando. Por el momento, la guillotina guardaba silencio. En efecto, Esteban no sabía si la habían usado alguna vez en esa parte de Colorado. Algunos sufrieron el martirio cerca de Denver. Otros en Boulder. Quizá él sería el primero en este lugar. Tal vez no había alguien capacitado para usar el ejecutor, pero ahí se erguía, brillante y amenazante y los que estaban en la fila para la marca se reían con nerviosismo y seguían lanzándole miradas.

Esteban permanecía tranquilo en la parte de la fila que serpenteaba en su camino hacia el punto de decisión. Como es natural, no se esperaba que nadie hiciera una "mala" decisión. La pelirroja robusta, como de sesenta años, que manejaba los documentos y los archivos y el teclado de la computadora, apenas levantaba los ojos cuando la gente se identificaba y optaba por el tatuaje que querían y el lugar en el que lo querían recibir. A medida que se les administraba la marca, levantaban sus puños o alborotaban y gritaban. Luego se iban derecho a la imagen donde rendían homenaje.

Esteban contó con Zión Ben Judá para su educación y fortalecimiento diario. Esta fue su única forma de iglesia. Tenía comunicación con Raimundo y con Chang; a veces con Camilo y uno de los demás. Sin embargo, estaba hambriento de tener contacto personal con otros creyentes. Eso se remediaría muy pronto.

Esteban se debatía en si usaba o no su verdadero nombre para descubrirse por fin y decir a la CG que había estado en la clandestinidad durante mucho tiempo. No obstante, su nombre lo relacionarían con facilidad con el de Camilo Williams, por su época en el *Semanario*, ¿y cuánto tiempo tardarían en llegar al enlace con Raimundo, luego Cloé, después la Cooperativa y, quién sabe, quizá hasta Chang?

No podía arriesgar a exponerse de esa manera, sobre todo debido a la gente que no sabía lo que se le venía encima. Cuando al fin llegó el turno de Esteban, la mujer se fijó en Vasily que vestía su uniforme y dijo, animadamente:

—Hemos estado esperándolos a ustedes dos. Este debe ser Pinkerton Esteban.

—El mismo que viste y calza, Ginger —contestó Esteban mirando la credencial de la mujer.

—¿Qué tal un lindo 6 y una elegante imagen del soberano supremo? —preguntó ella, mirándolo de arriba abajo, claramente perpleja por su vestimenta.

—¿Y dónde la pondría? —dijo Esteban.

—Usted elige.

—Bueno, esto no servirá —contestó él mostrando su muñón.

La sonrisa de Ginger se congeló y buscó los ojos de él. Eso no le había parecido divertido y se veía como si quisiera decirlo. Él la había colocado en una posición incómoda y era evidente que no le gustaba.

—Y entiendo que no funciona sobre el plástico.

—Eso es verdad —dijo Ginger pareciendo aliviada de poder seguir adelante.

—Entonces, no podemos ponerla aquí, ¿no? —dijo él, tocándose su falsa frente.

Clic, clic, clic. Se quitó el aparato que combinaba la nariz y la frente, dejando al descubierto sus globos oculares y las membranas del cerebro.

—Ginger, supongo que esta sería la única opción —dijo con la voz nasal que resultaba cuando no tenía tapado los huesos de la nariz.

—¡Ah, ah, ay...! Señor Esteban, yo...

—¿Quién quiere ponerla aquí? —preguntó Esteban—. ¿Quién se ofrece de voluntario para esa tarea? Y, cuando la quiera mostrar, ¿sencillamente me quito la cara?

—Estoy segura de que se podrá. Es totalmente higiénico y no debiera causar problemas —dijo ella dándose vuelta.

—Ginger, también puedo quitarme el aparato de la boca si quiere el efecto completo.

—No, por favor.

—Bueno, de todos modos yo me puse en la fila equivocada.

—¿Cómo dice?

—No acepto la marca de la lealtad.

—¿No? Bueno, en realidad no es optativo.

—Seguro que sí, Ginger. Quiero decir, la otra fila es mucho más corta. Es más, seré el único allí. Así que decididamente es una opción, ¿verdad?

—Usted está eligiendo, ¡uf!, el ejecutor de la aplicación de la leal...

—Elijo la guillotina, Ginger. Opto por la muerte en vez de fingir que Nicolás Carpatia es divino o rey de algo.

—¿Me está probando? —preguntó mirando a Vasily.

—Señora, aunque sea triste, no.

Ginger contempló a Esteban, luego tomó su intercomunicador.

—Ferdinando, necesitamos uno que maneje el ejecutor.

—¿El qué?

—¡Tú sabes! —susurró ella—. El *ejecutor*.

—¿La cuchilla? ¿Hablas en serio?

—Sí, señor.

—Voy para allá.

Un hombre alto, de incipiente calvicie, mejillas rojas, vino corriendo, y preguntó:

—¿Usted no acepta la marca?

—Así es —respondió Esteban—, pero pensé probar primero la cuchilla. Por favor, ¿podemos limitarnos a seguir con esto? ¿Tengo que volver a pasar por todo el interrogatorio?

—Esto no es cosa de juego.

—Tampoco es asunto repetitivo, ¿así que pudiera hacer justamente lo que tiene que hacer y terminar con mi trámite?

—No hay trámite. Usted firma estipulando que decidió esto por propia voluntad y nosotros, ah, usted...

—Muero.

—Sí.

—¿Puedo decir mis últimas palabras?

—Lo que quiera.

El hombre de las mejillas rojas encontró el modelo adecuado, Esteban firmó, "Pinkerton Esteban" y el hombre dijo:

—Usted es consciente de que esta es su última oportunidad de cambiar de idea.

—¿De qué Carpatia es el anticristo, el mal personificado? ¿De qué León Fortunato es el falso profeta? Sí. Lo sé. No cambio de idea.

—Inflexible, ¿no?

—Digamos que solamente lo he pensado con detenimiento.

—Claro.

Esteban miró a Vasily, que había palidecido y se tapaba la boca con una mano. Los demás en la fila murmuraban y apuntaban y, ahora, todos los ojos estaban fijos en el hombre herido de extraño aspecto, que vestía camiseta.

Ferdinando se deslizó entre un par de sillas yendo a estudiar la guillotina.

—Dicen que una sola persona la puede manejar —comentó y miró hacia arriba—. Señor Esteban, por aquí.

Esteban rodó en su silla a una fila a un metro y treinta centímetros del aparato. Su estómago empezó a contraerse y su aliento salía en cortas bocanadas. "Dios, quédate conmigo", dijo en silencio. "Dame la gracia. Dame el valor".

La gracia llegó. No estaba muy seguro del valor. Deseaba estar en una instalación con gente más experta. Ferdinando levantó la cuchilla a toda su altura, pero mientras trabajaba con las partes del extremo del eje, donde se pone la cabeza, se veía dudoso y seguía mirando hacia arriba y echando para atrás sus dedos.

—Creo que si esa palanca de seguridad está puesta, usted está a salvo —dijo Esteban.

—Ah, seguro que sí. Gracias.

—Ni lo mencione. Puede quedarse endeudado conmigo.

Le costó un segundo a Ferdinando captar la indirecta que suscitó una mirada torcida. Puso la barra restrictiva en su lugar, que le costó mucho encontrar, luego buscó el cordón para soltar la cuchilla y revisó una vez más toda la escena.

———

Keni dormía. Camilo estaba encorvado ante el televisor al que había enchufado su teléfono. Chang había puesto una maravilla digital para transmitir las imágenes desde Colorado. Una cámara de televisión desde un rincón mostraba toda la zona y Cloé señaló: "Camilo, ese es él. Está precisamente allí".

El pecho de Camilo pesaba y le costaba respirar. Esteban era el único delante de la guillotina y un hombre parecía que la estaba manipulando.

———

—¿Tiene alguna clase de cesta? —preguntó Esteban.

—¿Cómo dice? —contestó Ferdinando.

—¿Un recipiente? A menos que quiera salir corriendo detrás de mi...

—¡Sí! Gracias. Un momento.

Esteban quiso decir: "Me alegra poder ser útil".

Ferdinando encontró una caja de cartón corrugado que, por alguna razón, estaba forrada con papel de aluminio. Esteban no quería ni siquiera pensar en la razón.

—Ahora —dijo el hombre, mirando hacia arriba—, si puedo lograr que usted venga aquí...

Esteban se acercó en su silla.

—Puede bajarse o...

—Yo mismo puedo ponerme ahí —dijo Esteban—, aunque parece una carencia del servicio al cliente que se espere que yo...

—Conseguiré ayuda.

—¡No! Me colocaré allí cuando haya dicho lo que tengo que decir.

—Ah, sí, lo que tiene que decir. Ahora es el momento. Adelante.

—¿Se grabará esto?

El hombre asintió.

—Bueno, entonces...

Esteban se giró a medias para enfrentar a los que hacían fila para la marca de la lealtad. No lo miraban directamente, pero él percibió un ansia en sus rostros, pues no cabía duda que se sentían privilegiados por lo que iban a ver pronto.

—No espero que ustedes me crean ni que estén de acuerdo conmigo ni que cambien sus ideas —empezó—. De todos modos, quiero que se grabe por mí propio bien. Hoy escogí la guillotina para poder estar con Dios. Soy creyente en Jesucristo, el Hijo de Dios, el creador del cielo y la tierra. Renuncio a Nicolás Carpatia, al maligno, a Satanás encarnado. Cuando acepten hoy su marca, habrán rechazado de una vez para siempre la oportunidad de la vida eterna en el cielo. Quedarán condenados al infierno y, aunque desearan cambiar de idea, no podrán.

»Hubiera deseado dedicar más parte de mi vida a aquel que dio su vida por mí y en sus manos me encomiendo para la gloria de Dios».

Esteban volvió a girar, se lanzó fuera de la silla a la guillotina.

—Ferdinando, por favor, hágalo rápido.

Camilo no podía despegar los ojos de la pantalla. Cloé se sentó a su lado, con la cara entre las manos. La imagen desapareció, pero Camilo se quedó sentado ahí casi una hora. Al final, sonó su teléfono. Era Chang que también parecía conmovido.

"Una nota confidencial se agregó al informe del personal del centro de lealtad", informó. "En ella le dice a Suhail Akbar: 'Sin duda, sabrán que el centro de comando de la Comunidad Global en Colorado no solo necesitará un sustituto del difunto Pinkerton Esteban, sino también para su segundo en el mando, Vasily Medvedev. Encontramos a este último en su automóvil de la CG. Medvedev murió de un disparo que se hizo a la cabeza'".

Por supuesto, la Red de Noticias de la Comunidad Global no informó ninguna de las muertes.

Cuando Ming Toy aterrizó en Shangai después de volar toda la noche, estaba más que agotada. Muchas veces antes había hecho ese vuelo al parecer interminable, pero en esta ocasión no pudo dormir porque se dedicó a estudiar al piloto. Se trataba de un conocido, si es que no amigo de George Sebastian. Y aunque no conocía personalmente a George, ahora tenían muchos amigos en común. Su piloto, un surcoreano de nombre Ree Woo, era un estadounidense naturalizado en la época del arrebatamiento y estuvo en la misma base que Sebastian.

—Todos conocían a George —decía Woo—. Era el hombre más grande que la mayoría de nosotros hubiera visto jamás, para no decir que era el más grande de la base. No había nada que George no pudiera hacer.

Woo había sido un instructor de vuelo especializado en aparatos pequeños, veloces y maniobrables con alta capacidad de combustible y, por eso, un gran alcance en vuelos de larga distancia.

—No era el típico coreano-estadounidense, señor Chow, porque me comportaba más como estadounidense que asiático aunque me fui a Estados Unidos cuando ya era adolescente. No tenía religión. Hubiera sido un muy buen chino. Apuesto que te criaron en el ateísmo.

—Así fue —dijo Ming—, pero Corea, sobre todo la del Sur, es mitad cristiana, mitad budista, ¿verdad?

—¡Sí!, aunque yo no era ninguno de esos. En verdad, tampoco era un ateo. Precisamente no pertenecía a nada. No pensaba en la religión. Me imaginaba que quizá había un Dios; no sabía ni me importaba, siempre y cuando *fuera* uno que me dejara tranquilo. Me adoraba yo, ¿entiendes lo que digo?

—Por supuesto, ¿acaso no fuimos todos así?

—Todos mis amigos, todos nos adorábamos a nosotros mismos. Queríamos diversión, mujeres, automóviles, cosas, dinero, ¿tú también?

—Quiero oír el resto de tu historia, Ree —contestó Ming—, pero es hora de que yo use mi verdadera voz y te diga la verdad.

Él se inclinó hacia ella entrecerrando los ojos en la oscuridad ante el cambio de su tono.

—No —dijo ella—. Nunca quise mujeres. Quería hombres.

—¡No me digas! —retrocedió él sonriendo.

—No es lo que imaginas —dijo ella—. Soy mujer. Es más, una mujer adulta. Estuve casada y enviudé.

—¡Ahora sí que me estás tomando el pelo!

—Te estoy diciendo la verdad.

Más o menos durante la siguiente hora, ella le contó su propia historia.

—¿Creerías si te digo que he sabido de tu hermano? —dijo Woo.

—¡No!

—¡Es verdad! Nadie menciona su nombre, pero muchos de nuestro grupo clandestino de San Diego sabemos que está allá, dentro de palacio.

Woo terminó entonces su propio relato de lo asustado que se puso cuando ocurrieron las desapariciones.

—No sabía que existiera esa clase de miedo. Antes, nada me molestaba. Era un temerario. Por eso no quería volar grandes jets comerciales, ni helicópteros o avionetas. Quería pilotear los más rápidos, los más peligrosos. Tuve muchos encuentros cercanos con la muerte, pero solamente me entusiasmaban y nunca me volvieron cauteloso ni cuidadoso. Se me hacía larga la espera para volver a vivir al borde del peligro otra vez.

»Sin embargo, cuando desapareció tanta gente, me asusté tanto que no podía dormir. Me acostaba dejando la luz encendida. ¡No te rías! Lo hacía. Sabía que había ocurrido algo terrible y sobrenatural. Era como si solamente un acontecimiento tan inmenso me hubiera frenado y hecho pensar en algo. ¿Por qué se esfumaron esas personas? ¿Dónde fueron? ¿Sería yo el siguiente?

»Pregunté a todos los que conocía y aun muchas personas que eran como yo y que nunca habían estado en una iglesia, empezaron a decir que era algo que hizo Dios. Si eso era cierto, tenía que saberlo. Empecé a preguntar a más gente, a leer, a buscar libros en la oficina del capellán. Hasta encontré una Biblia, pero no la pude entender. Entonces alguien me dio una escrita en lenguaje sencillo. Ni siquiera sabía con seguridad si Dios existía, pero oraba por si acaso. Esta Biblia se calificaba de Palabra de Dios así que dije: "Dios, si estás allá afuera, en alguna parte, ayúdame a entender esto y a encontrarte".

»Ming, ese es tu verdadero nombre, ¿verdad? ¿No más sorpresas?

—Ninguna otra —asintió ella.

—Ming, leía esa Biblia como un hombre muy hambriento pudiera comer pan. ¡Me la devoraba! Leía sin cesar. La leía una y otra vez, y si hallaba libros y capítulos que fueran demasiado complicados, los dejaba y buscaba los que pudiera entender. Cuando encontré los Evangelios y las cartas de Pablo, leía y leía hasta que me caía del cansancio.

»En la parte de atrás de la Biblia hice una lista de versículos que indicaban cómo una persona puede llegar a ser cristiana, seguidora de Cristo y recibir el perdón de sus pecados. Decía que uno podía saber si era salvo de sus pecados y que se iría al cielo cuando muriera o lo arrebataran para estar con Cristo. ¡Tenía el corazón desgarrado! ¡Era demasiado tarde para mí! Creía con todo mi corazón que de esto se trataban las desapariciones y lloraba, lloraba, lamentando por habérmelo perdido.

»Sin embargo, seguía los versículos que había en la lista de la guía a la salvación y rogaba a Dios y le suplicaba que me perdonara. Le dije que creía que él murió por mí y que me recibiera. Me sentía muy limpio, libre, renovado, era como si no me hubiera perdido nada en absoluto. Quiero decir, hubiera deseado ser un creyente a tiempo para el arrebatamiento, pero no dudo que, de todos modos, soy salvo y que un día estaré en el cielo.

Horas después, a Ming le parecía que ella y Ree eran amigos de toda la vida. Por más agotada que estaba, prefería oírlo hablar y mirarlo cómo le respondía antes que ponerse a dormir. Al levantarse el sol sobre el Mar Amarillo, Ming sintió náuseas al ver la vasta extensión de sangre que se extendía hasta las bahías. Mientras más bajo volaban, más veía la devastación, la fauna silvestre podrida. Cuando aterrizaron en el aeropuerto, les dieron máscaras que poco o nada servía para filtrar el hedor.

Ree estaba entregando mercancías a la Cooperativa de Shangai, pero estuvo de acuerdo en llevarla a Nanquín, unos trescientos sesenta kilómetros al oeste. Chang les había hablado a sus padres de una iglesia clandestina de esa ciudad y, aunque era una ciudad grande, Ming rogó a Dios que la dirigiera a ellos.

Ree la acompañó mientras ella buscaba, con sumo cuidado, a creyentes secretos. No era fácil. Se instalaban en restaurantes pequeños y ella se echaba para atrás su gorra cada cierto tiempo para que un creyente viera su marca. No fue sino cuando Ree hizo eso en un pequeño mercado que se le acercó una mujer de edad e hizo lo mismo. Los tres se reunieron en un callejón e intercambiaron testimonios rápidamente. Ming entendía el dialecto que hablaba la anciana y se lo traducía a Ree.

La señora dijo que la iglesia clandestina casi no existía ahora en Nanquín y que se había vuelto a ubicar en Zhengzhou, casi a quinientos kilómetros más al noroeste. Al final, Ming se durmió en el último tramo de la jornada, pero a pesar de estar casi inconsciente, se preocupaba de que Ree se quedara dormido estando en los mandos del avión. En la época en que regían reglas de aviación más estrictas, nunca se le hubiera permitido seguir volando con tan poco descanso.

La CG parecía estar arrasando con todo en Zhengzhou, arreando a los que no estaban marcados a los centros de aplicación de la marca de la lealtad, arrestando judíos para llevarlos a los campos de concentración y gritando por los altavoces cada vez que llegaba el momento de una nueva sesión de culto a la imagen de Carpatia. Hasta los miles que ostentaban su marca parecían aburridos de los requerimientos constantes y del trato que se les daba a los indecisos.

Ming y Ree encontraron un hotel barato donde no se hacía preguntas y alquilaron unos diminutos cuartos individuales, no mucho más grandes que los camastros, donde pagaron demasiado para dormir muy poco. Sin embargo, el descanso les quitó el nerviosismo y, cuando se volvieron a encontrar, se fueron en busca de los creyentes clandestinos.

Ming logró comunicarse finalmente con un grupito de seguidores de Cristo que se ocultaban en el subterráneo de una escuela abandonada. Ree tenía que regresar al aeropuerto y, en su momento debía volver a San Diego, y separarse de él, aunque acababan de conocerse, hizo sentir a Ming como si le amputaran algo. Él prometió regresar y asegurarse de que se agregara la pequeña congregación de Zhengzhou a la lista de la Cooperativa, aunque tenían muy poco con qué hacer trueque.

Ming pudo comunicarse con Chang en Nueva Babilonia y supo de la dispersión paulatina del Comando Tribulación de Chicago, y la pronta ubicación de la familia Williams en San Diego.

—Debes conocerlos, Ree —dijo—, y ser más que un conocido de Sebastian. Mi sueño es hallar a mis padres y algún día llevarlos para allá conmigo.

Pasó más de una semana antes que Ming hallara a alguien que había oído de unos Wong, a pesar de la popularidad de ese apellido en esa zona. Era un fatigado anciano, de ojos llorosos, que le habló con pena, diciendo:

—Nosotros conocemos a Wong. Pareja de edad más que mediana. Él era muy leal al soberano, pero nunca aceptó la marca.

—¡Ese es él! —exclamó Ming.

—Joven, lo siento mucho, lo descubrieron.

—¡No!

—Murió con honor.

—¡Por favor, no!

Era creyente. Su madre sufre, pero está bien. Está con un pequeño grupo a unos ochenta kilómetros al oeste, en las montañas.

—¿Y ella también es creyente? —preguntó Ming entre lágrimas.

—Ah, sí. Sí. La llevaré a ella en el momento adecuado.

QUINCE

Chang nunca se sintió tan aislado, tan solo, como en los próximos cinco meses. Se afligía por su padre, pero se regocijaba que estuviera en el cielo. Oraba por su madre y su hermana, instando a Ming que se quedara allá sin intentar sacar a la anciana. Sabía que era una época terrible para estar en China, pero escapar era aun más peligroso.

Chang estaba intrigado con Ree Woo y ayudó a Cloé a arreglar vuelos y contactos de la Cooperativa para él. Sin embargo, casi siempre, Chang trató de mantenerse al margen, sobre todo en lo referente a las computadoras. Suhail Akbar se había hecho el propósito de descubrir al espía del palacio. Una vez tras otra se interrogaban a los empleados, pero Chang estaba seguro de que él no había suscitado más sospechas que los demás. Anhelaba el día en que pudiera ser libre para mantenerse en contacto con el Comando Tribulación como antes.

Es probable que se hubiera acabado la época en que les allanaba el camino con credenciales falsas. Y tenía que pedirle a Camilo que tuviera mucho cuidado con lo que le informaba desde palacio para *La Verdad*. Una cosa era que Camilo escribiera lo que sabía, pero otra muy distinta era demostrarlo con datos y vídeos que solamente podían proceder de los aparatos de espionaje colocados en la misma Nueva Babilonia.

Chang estaba emocionado de que las mudanzas del Comando Tribulación hechas al amparo de la oscuridad nocturna hubieran resultado tan fáciles. Hasta ahora no habían perdido a nadie más desde Esteban Plank, quien nunca fue oficialmente miembro del Comando, pero que lo lamentaban como si lo hubiera sido.

Lea y Hana trataban de mantenerse cerca de su nueva casa en Long Grove. Sus cartas ocasionales sobre Lionel Whalum y su esposa les probaron que eran el tipo de matrimonio que el Comando Tribulación y la Cooperativa necesitaban.

Albie y Mac volaban incansablemente por todo el mundo en una avión que parecía que Arbie había conseguido en un nuevo mercado negro. Chang se preocupaba de que ya no tuvieran credenciales falsas bastante buenas, pero al menos Mac parecía sentirse invencible después del triunfo en Grecia.

Zeke, por lo que sabía Chang, tenía éxito en un ambiente campestre que la CG parecía haber olvidado. Muchos creyentes secretos viajaban kilómetros para que el joven les hiciera una transformación con su toque maestro.

La información de Enoc y su gente de El Lugar era menos que alentador. El grupo se había dividido y distribuido en individuos y familias a varias casas clandestinas. La mayoría de ellos aún seguían activos comerciando a través de la Cooperativa, pero muchos ya perdían la esperanza de volver a tener la clase de camaradería que disfrutaban en Chicago.

A esa ciudad la volvieron a destruir, esta vez en forma real: una bomba nuclear cayó tres días después que Camilo, Cloé y Keni se encontraron con Sebastian, yéndose por avión a San Diego. La Red informaba de mil víctimas, todos judaítas, pero los espectadores se daban cuenta de que confirmar las muertes o las cifras hubiera puesto en peligro a la misma gente que proclamaba el recuento.

Lo más emocionante para Chang era mantenerse en contacto con Camilo, Cloé y Keni que ahora vivían literalmente en la clandestinidad por habitar un bastión subterráneo cerca de San Diego. Sebastian y su familia habían suavizado esa transición y la iglesia secreta de aquel lugar parecía ser una de las más fuertes que conociera Chang. Ahí Keni era un niño más entre varios nacidos después del arrebatamiento.

Con la tecnología militar aún intacta en su mayor parte, Camilo fue capaz de volver a crear el ambiente que disfrutó en Chicago y transmitía su revista cibernética cada cierto tiempo. Tuvo el cuidado de permanecer cerca de su casa, pero envidiaba a Raimundo que había conseguido irse a vivir a Petra.

Ahora la verdadera acción se desenvolvía allá.

A los cuatro años de la tribulación;
Seis meses en la gran tribulación

Aunque la atmósfera seguía siendo festiva y los mensajes diarios de Zión y Jaime inspiraban, Raimundo no hubiera dicho que Petra estaba del todo aislada del mundo real. El millón de personas recibía cada día recordatorios del caos que provocaba Carpatia en todo el planeta. De todas partes llegaban los informes de milagros realizados por miles de deidades que parecían amorosas, bondadosas, inspiradoras y dinámicas. Era fácil verlas directamente en la Internet cuando volvían a colocar extremidades amputadas, resucitaban muertos, sacaban sangre del mar y la convertían en agua tan pura y clara que muchos se acercaban a beberla sin sufrir daño alguno.

"¡Falso!", predicaba a diario Ben Judá. "Charlatanes. Impostores. Engañadores. ¡Sí, es poder real, pero no es el poder de

Dios! Es el poder el enemigo, del malo. ¡No se dejen engañar!"
Sin embargo, era evidente que muchos sucumbieron.

En cada continente maltrataban a los judíos, los perseguían, torturaban y mataban. Los hacían desfilar a través de la pantalla de la Red de Noticias de la Comunidad Global y les inventaban cargos. Eran traidores, decían los comentaristas, enemigos del resucitado soberano, usurpadores en potencia del trono del dios vivo.

En el curso de los meses cambió el método de Nueva Babilonia con los que no tenían la marca de la lealtad, pasando de aquella que aún daba la oportunidad final de aplicársela de inmediato, a la intolerancia total. Ya no había más excusas para haber descuidado el deber. Lo más bárbaro para Raimundo era la ley vigente que ahora permitía al ciudadano leal portador de la marca legítima matar a primera vista a cualquier residente que no tuviera la marca. El acto era lo opuesto al crimen. Se alababa y recompensaba y todo lo que se requería era entregar a una oficina local de la CG el cadáver de una víctima que no tuviera la marca en la frente o en la mano.

Sin embargo, pobre del ciudadano que se equivocara. El asesinato de un carpatiano leal se castigaba con la muerte y no se sabía que hubiera juicio. Si uno no podía tener una coartada contra la acusación de asesinato de un leal marcado, uno era hombre muerto en veinticuatro horas.

Raimundo extrañaba terriblemente a su familia y a los otros miembros del Comando Tribulación, pero lo que era bueno para uno, también lo era para todos. Los habían reubicado y se quedaron quietos por un tiempo. Sabía que no debía, o no podía, ser así para siempre. Quería con todo su corazón ir a San Diego, tanto que hasta podía disfrutarlo.

La atracción principal de su día, además de oír la enseñanza y mantenerse en comunicación con el disperso Comando, era el mensaje evangelizador que daban todos los días uno de los dos predicadores. Si le hubieran preguntado si iba a disfrutar la dieta diaria de predicaciones que presentaban el plan de salvación y les daban a los incrédulos la oportunidad de recibir a Cristo, quizá predijera que eso era muy difícil.

Sin embargo, siempre, día tras día, Zión insistía en que Jaime o él mismo entregaran precisamente ese mensaje, luego de la enseñanza habitual para la mayoría que ya era creyente. Y cada día Raimundo se conmovía por oírlo.

No era solamente porque alguien se salvara todos los días y, casi siempre era más de uno, sino también porque los provocadores y los indecisos solían angustiarse batallando, peleando contra Dios. Raimundo se maravillaba al observar la guerra espiritual cuando hombres y mujeres egoístas y pecadores no podían eludir el mensaje y, aun así, no se rendían, ni siquiera por su propio beneficio.

Cada noche Jaime pedía a los nuevos creyentes que se identificaran y hablaran de sus maneras antiguas de vivir y la fe que acababan de encontrar. Esas reuniones siempre culminaban con cánticos, oraciones y celebración.

Una noche, aún muy conmovido por la reunión en que se reconocía a los nuevos creyentes, Raimundo disfrutaba una lección de Noemí, la joven perita en computación. Ella enseñaba a quien quisiera aprender cómo entrar a las diversas bases de datos y así recibir noticias de todo el planeta.

Raimundo era uno de los varios reunidos para aprender lo que pudieran, pero lo llamó de la sesión nada más y nada menos que el mismísimo Jaime, que quería presentar a un amigo nuevo.

Raimundo siguió a Jaime por un par de cuadras y, durante todo el camino, la gente trataba de tocar a 'Miqueas' bendiciéndole, agradeciéndole, diciéndole que oraban por él y que apreciaban su liderazgo. "Gracias, gracias, gracias", decía Jaime estrechando manos y hombros a medida que avanzaba.

"Alabado sea Dios. Bendito sea Dios. Bendiciones para usted".

Al final, llegaron a un claro donde conversaban varios jóvenes de razas y culturas diferentes. Aparentaban tener alrededor de treinta años.

—¿Señora Rice? —dijo quedamente Jaime.

Cuando la joven de color, de baja estatura, se disculpó, los demás la miraron con interés mientras se reunía con Jaime y Raimundo.

—La conozco, ¿no es así? —dijo Raimundo inclinándose para estrechar su mano—. No me diga. Usted es amiga de... no, usted estaba en la televisión.

—Bernarda Rice —respondió ella con un claro acento británico y una sonrisa esplendorosa—. Informando desde Petra, pero no más para la RNCG.

Raimundo no sabía qué decir. Así pues que estaba en comisión, ¿o no? ¿O qué? Le sonrió y lanzó una mirada a Jaime que dijo:

—Dejaré que ella te cuente.

Los tres se sentaron en unas rocas.

—Me encontraba en el Monte del Templo, por la RNCG, aquel día en que Miqueas, bueno, el doctor Rosenzweig, salió a la palestra. No lo reconocí. Ninguno de nosotros lo reconoció. No sé qué hubiera pensado de haber sabido quién era. Por supuesto que se sabía muy bien que había sido aquel que asesinó a Carpatia.

»Sin embargo, ni siquiera pensaba en eso cuando me llamaron al escenario. Una mujer, cabo de los Pacificadores de la CG, de nombre Riehl, perdóneme, pero recuerdo todo y hablo de esta manera para organizar mis pensamientos, me sacó de un reportaje sobre las familias que visitaban el Monte del Templo aquel día. Para serle sincera, no me agradó en absoluto cuando ella insistió en que Rashid, ese era mi camarógrafo, y yo termináramos el reportaje de inmediato y fuéramos con ella. Le exigí que me dijera qué estaba pasando.

»Mientras me llevaba a rastras a través de la plaza, dijo que Rashid y yo íbamos a recibir un raro privilegio. Un Monitor de la Moral de alto rango estaba a punto de ejecutar una orden del soberano. Cuando llegamos allá, el joven, de elevada estatura, vestido al estilo de los MM, ya sabe, con ropa informal, estaba de pie con el que al parecer era un ancianito frágil. Perdóneme, doctor Rosenzweig, pero eso es lo que recuerdo.

»Bueno, a veces, los que no son periodistas tienen ideas diferentes de lo emocionante que resulta un reportaje en particular. Ni siquiera sabía si ellos querían que esto fuera en directo o si teníamos que grabarlo. Este caballero de los MM solamente quería seguir con el reportaje así que pregunté al control central, los que se encargan de la transmisión, qué debía hacer. Querían saber quién era el MM y, antes de darme cuenta, él mismo insistía en que rodáramos.

»Dijo que era Loren Hut, el nuevo *jefe* de los MM y que Carpatia le ordenó que ejecutara a este individuo Miqueas por rechazar la marca y por resistir el arresto. De inmediato, hice un rápido recuento de la situación, Rashid enfocó al par de individuos y salimos en directo por la RNCG.

»Usted se acordará que en esos días todos empezaban con los furúnculos y Hut los tenía. Se retorcía, se rascaba y hacía que me dieran ganas de hacer lo mismo con solo mirarlo. Capitán Steele, ¿usted logró ver eso?

—No, pero escuché hablar de eso por...

—Entonces sabe lo que pasó. Hut le disparó a Miqueas varias veces desde muy corta distancia y, excepto por el ruido ensordecedor, las balas no hicieron impacto. La multitud se reía y acusó a Hut de usar cartuchos sin balas. Por decir eso, le disparó a un hombre directo al corazón, demostrando así que usabas balas auténticas. La multitud se tiró al suelo para cubrirse y yo caí al suelo, muerta de miedo. Entonces, se presentó Carpatia en persona. Cuando logré recobrar la compostura, me alejé a gatas hacia las líneas de aplicación de la marca de la lealtad por si había alguno observando.

»Sin embargo, de ahí me fui directamente al hotel. Me sentía muy contenta porque aún no había aceptado la marca. Este hombre era un enemigo de Carpatia y tenía una clase de protección sobrenatural que yo quería. Mis jefes pensaron que me había enfermado con los furúnculos como todos, pero ya no había nada que me impidiera seguir a Miqueas. Estaba al acecho desde mi habitación del hotel, supe de la reunión en Masada, me disfracé, fui para allá y vine para acá como parte del rescate aéreo. Solo hace poco que finalmente oré por salvación.

—Alabado sea Dios —dijo Raimundo—. ¿Puedo preguntarte qué te hizo tardar tanto? Estabas aquí cuando cayeron las bombas. Dios te protegió aunque...

—Ardí.

—¡Sí! En verdad, siento curiosidad. ¿Qué cosa pudo haberte demorado después de aquello? Con toda seguridad que no seguías dudando de Dios.

—No, eso es cierto. No sé cómo explicarlo, capitán Steele. Todo lo que puedo decir es que el enemigo tiene una fortaleza en la mente de uno hasta que no se le rinde a Dios. Era pragmática, orgullosa, toda una periodista. Quería controlar mi propio destino. Me tenían que demostrar las cosas.

—¿Pero qué más prueba...?

—Ya sé. Aún estoy intrigada. Supongo que lo más parecido a una explicación de esa locura es el pasaje que ambos doctores, Rosenzweig y Ben Judá suelen citar. ¿Doctor, cómo dice? ¿Algo de no luchar contra carne?

Jaime asintió.

—"Porque no tenemos lucha contra sangre y carne, sino contra principados, contra potestades, contra los gobernadores de las tinieblas de este siglo, contra huestes espirituales de maldad en la regiones celestes".

—¡Sí, eso es! Y por eso tenemos que andar con la armadura de Dios puesta, ¿no es así?

—"Para que cuando llegue el día malo puedan resistir hasta el fin con firmeza". Amén.

—Le agradezco mucho haber escuchado su testimonio, señora Rice —dijo Raimundo—. Usted sabe que mi yerno estaba...

—Allá, sí. El doctor Rosenzweig me lo dijo. Por eso pensó que le iba a gustar saberlo.

Raimundo miró a Jaime y de nuevo a Bernarda.

—Por favor, dígame que Camilo todavía no sabe de esto.

—No por mí —contestó Jaime.

Ella negó con la cabeza.

—Entonces, si me disculpan...

Raimundo se apresuró a pasar por donde estaba Noemí terminando su clase de computación, después fue a la zona de las carpas donde preferían dormir muchos jóvenes y, por último, a un pequeño campamento de casas modulares prefabricadas. Eran pequeñas, pero bien construidas, casi todas donadas por Lionel Whalum, el nuevo miembro de la Cooperativa, que armaron un equipo de voluntarios que parecieron dar una nueva apariencia al paisaje de Petra casi de la noche a la mañana.

Raimundo, esperando y planeando que su estancia en la ciudad de rocas solo sería temporal, escogió una de las unidades más pequeñas, pero eficiente para él, cerca de donde residía Abdula. A Smitty le gustaban las fogatas y eligió una carpa, no mucho más pequeña que la casa de Raimundo, en la orilla de una de las aldeas de carpas.

Antes de entrar a su unidad, apenas suficiente para su cama y un espacio para la computadora portátil y el equipo transmisor, Raimundo atisbó para ver si Abdula estaba despierto todavía. El jordano, cuya silueta se perfilaba contra la humareda de una fogata, agitó la mano y le hizo señas de que se acercara a él.

—¡Dentro de una hora voy para allá, amigo mío! —gritó Raimundo.

Se sentó delante de la computadora con dos jarras de vidrio a su alcance, una con agua y la otra con maná. No se necesitaba preservativos ni almacenamiento para el maná. Se descomponía de la noche a la mañana, pero siempre había abastecimiento fresco cada mañana, así que se consideraba una falta de fe guardarlo y estaba prohibido.

Raimundo entró su código, tecleó las coordenadas que le permitían comunicarse con seguridad con San Diego, con unas diez horas antes de diferencia, y escribió: "Alabado sea Dios por David Hassid y Chang Wong".

Esperó. La computadora de Camilo y Cloé les indicaría que estaba tratando de comunicarse y, cuando uno de ellos entrara su código, las unidades podrían hablar entre sí. No solo eso, sino que también tenían vídeos con sensores instalados en los extremos de las pantallas, que almacenaban e interpretaban las imágenes digitales transmitiéndolas entre una y otra dirección de modo que ambas partes podían verse mutuamente en sus pantallas a menos que el emisor anulara esa capacidad.

Un minuto después apareció Cloé con Keni, ya de veinte meses, moviéndose en su regazo. Tuvo que impedir que el niño tocara el teclado. Verlos hizo que a Raimundo se le hiciera más difícil esperar para irse a San Diego.

—Hola, papá —dijo Cloé—. Cariño, dile hola al abuelo.

—¡*Belo*! —dijo Keni mirando con fijeza la pantalla.

Raimundo trató de colocarse a la mejor luz y transmisión posibles y saludó con señas. Keni sonrió abriendo y cerrando su mano ante la pantalla.

—¡Te echo de menos, Keni!

—¡*Meno*! ¡Grande! —dijo Keni estirando sus manos por encima de la cabeza y arqueando la espalda, lo cual obligó a Cloé a sujetarlo con más firmeza para impedir que se bajara de su falda.

—¿Eres un niño grande? —preguntó Raimundo.

Sin embargo, Keni ya había perdido interés y luchó hasta que Cloé lo dejó bajarse.

—Tienes que venir a verlo —dijo Cloé.

—Quizá pronto —replicó Raimundo—. Los extraño muchísimo a todos.

Ellos se pusieron recíprocamente al día. Camilo estaba en alguna parte con Sebastian y Ree Woo, así que Raimundo le contó a Cloé el testimonio de Bernarda Rice.

—Camilo se emocionará —dijo ella—. Ya sabes que Ree vuelve a la China. Ming aún no despierta sospechas. Va y viene como quiere, pero no cabe duda de que quiere irse de allí trayendo a su madre consigo. Quizá sea ahora.

—¿Irían a San Diego?

—Sí. Me parece que le gusta Ree.

—No me sorprende. Lo conocí en uno de sus viajes aquí.

—¡Nadie me lo dijo!

—Sí, habla de ella, parece preocupado por ella. Pensé que te había contado.

—¡No! Por supuesto, la mayor parte del día me la paso enfrascada en las cosas de la Cooperativa. Papá, las cosas se están poniendo cada vez más difíciles. ¿Zión ha dicho algo del fin de la plaga o estas cosas son permanentes?

—Las anteriores no lo fueron. Sin embargo, esta es la que más ha durado. Zión piensa que ya es inminente el Juicio de las Copas sobre lagos y ríos. Casi seguro que ese no es permanente.

—¿No? ¿Cómo lo sabe?

—Dice que hay un juicio posterior, uno de esos que conduce en la batalla del Armagedón y de la Manifestación Gloriosa, que contempla que se seque el río Éufrates. Y dice que no cabe duda de que se van a secar sus aguas.

—Eso es un alivio, pero qué va a pasar si pronto los ríos y los lagos se convierten en sangre y no se cambian en agua sino casi hasta el Armagedón. ¿No debieran limpiarse los mares antes que les toque el turno a los ríos y lagos o eso siquiera tiene sentido?

—Nadie lo sabe, Cloé. ¿Qué pasa si los mares se convierten de nuevo en agua salada? ¿Cuánto tiempo llevará reabastecerlos?

—¿Qué haremos con todo lo que ahora está muerto? La limpieza llevaría cientos de años. Al menos podríamos tratar el agua salada y hacerla potable porque si los lagos y los ríos se cambian también, y si los mares aún están afectados, no sé cómo algunos o algo pudieran seguir con vida.

—Zión dice que Dios expulsará a muchos que tienen la marca de la bestia para que no sigan la evangelización para el bando malo. Supongo que quiere emparejar un poco las desigualdades para la última batalla.

—Como si Dios necesitara hacer eso, papá.

—¿Cómo te mantienes, cariño?

—Agotada, eso es todo. Aun así, queremos a los Sebastian y al cuerpo de creyentes que hay aquí. Si tienes que pasar este tiempo, este es el mejor lugar para estar.

———

Era muy pasada la medianoche en Zhengzhou y Ming estaba nostálgica de su hogar. No tenía certeza de dónde estaba pues ya no tenía casa. Quería estar con Ree Woo aunque nunca se habían tomado ni la mano. Él fue a verla, más de una vez, como lo prometió y se hicieron muy amigos, hermano y hermana en Cristo.

De todos modos, Ming no sabía si tenía sentido pensar en él en términos románticos, pues faltaban nada más que tres años para la Manifestación Gloriosa. Además, Ree tenía un trabajo absurdamente peligroso, ¿y quién quería correr el riesgo de enviudar dos veces en pocos años? Por otro lado, ¿cómo sería si ambos sobrevivían? Ella tendría que estudiar lo que había dicho el doctor Ben Judá sobre las parejas casadas que entraban al reino del milenio.

Aunque Ming estaba con su madre, aún no se sentía como en casa. Cierto, entendía el idioma, hasta algunos de los dialectos más confusos porque se había criado en la China. Sin embargo, los creyentes vivían constantemente atemorizados, dormían en habitaciones comunitarias con poca privacidad y nunca sabían quién podía venir a golpear en la puerta en medio de la noche.

Su madre parecía notablemente en paz a pesar de la reciente pérdida de su esposo, aunque le dijo a Ming que deseaba haber muerto con él. A pesar de que la señora Wong era creyente nueva, se afanaba por naturaleza y se había vuelto fatalista en las últimas semanas. Ming trataba de convencerla para que se fuera de la China a vivir en San Diego, pero su madre no quería saber nada de eso. Este era su hogar, tal como era, y California parecía de otro planeta. Se preocupaba tanto por Chang como por Ming, pues ambos actuaban como empleados de la Comunidad Global.

Ming estaba siempre alerta, pues aún se hacía pasar como Chang Chow y vivía básicamente como hombre cuando salía del refugio subterráneo. Su hermano le ofreció ingresar en la computadora que era un empleo a tiempo completo, con derecho a remuneración y beneficios. Ming lo rechazó por el bien de él, sabiendo cuán intensa debía ser la investigación en Nueva Babilonia. Un poco de dinero le hubiera permitido completar el engaño y vivir en su propio lugarcito, pero no valía la pena si exponía más a Chang en el palacio. Así que vivía de lo que podía del escaso fondo común de recursos de los creyentes.

Ming trataba de mantenerse distante de los demás Pacificadores, aunque algunos querían ser compinches y la invitaban a diversos lugares. Ella siempre encontraba excusas. Lo más difícil para Ming era que uno de rango superior le asignara deberes al azar. Siempre fue una oficial de alto mando en la Correccional Belga para la Rehabilitación Femenina (IBRF), una cárcel de mujeres mejor conocida como el Tapón por la CG. Sin embargo ahora, con su uniforme masculino de Pacificador, Ming no era más que un soldado raso, uno que la mayoría mangoneaba.

Al menos, esto le daba cierto acceso a información y podía advertir a los creyentes sobre redadas y allanamientos sorpresivos.

Un día a las dos de la madrugada, la CG del lugar planificó una redada no para seguidores de Cristo, sino para un pequeño grupo musulmán que vivía en unos túneles al nordeste de la ciudad, por donde antes pasaba el tren subterráneo. Ming se sorprendió cuando supo de este grupo, pues no tenía idea de que hubiera resistencia contra el carpatianismo fuera de los así llamados judaítas y de los judíos en su mayoría ortodoxos. En una reunión para arengar a las tropas de la CG, a fin de que desarraigaran a los disidentes, Ming supo que esos "fanáticos" aún leían el Corán, usaban sus turbantes, tapaban casi por completo a su población femenina y practicaban los cinco pilares del islamismo.

Nunca había visto a nadie que hiciera reverencias en dirección a La Meca cinco veces al día, pero los Servicios de

Inteligencia determinaron que este grupo aún obedecía en privado ese mandato. También aportaban limosnas: compartían recursos en forma comunitaria, cosa que era necesaria de todos modos debido al presente clima político. No se sabía si estos fieles, que prevalecían más en la China occidental, aún ayunaban durante el ramadán. Parecía que, de una u otra forma, todos ayunaban desde que los mares se convirtieron en sangre. Desde que la Comunidad Global y el carpatianismo asolaron la ciudad sagrada de los musulmanes, tampoco había manera de ir a La Meca aunque fuera una vez en la vida.

El pilar de su fe que tanto enfurecía al soberano y, por ende a los Pacificadores y los Monitores de la Moral de la Comunidad Global, era el primer y más importante precepto de la religión islámica. La confesión de fe de ellos proclamaba un dios monoteísta y la elevada posición del fundador de la religión: "No hay sino un solo Dios, Alá, y Mahoma es su profeta".

Como es natural, eso era una bofetada en la cara del carpatianismo, que también era monoteísta. Tampoco los fieles musulmanes adoraban ídolos, así que no solo carecían de estatuas para practicar su fe, sino que también odiaban rendir homenaje a la imagen de Carpatia.

"Esa será la opción que tendrán que escoger dentro de una media hora más", les dijo a las tropas de la CG el jefe local, un hombre grueso llamado Tung. "Atacaremos violentamente su pequeño enclave, bien armados y preparados para disparar a la gente sin marca a primera vista. Aunque nuestro deseo y nuestra esperanza radican en que no se resistan. De buena fuente de elevado nivel del palacio de la Comunidad Global, sé que cierta persona del más alto mando quiere que se use a esta gente como ejemplos vivos.

"Los haremos marchar al centro de aplicación de la marca de la lealtad que dista una seis cuadras de su escondite y se pasarán allí la noche decidiendo que harán en la mañana. A medida que se levante el sol sobre la bella imagen de jade de tamaño natural del soberano supremo, Carpatia, estos infieles doblarán la rodilla ante él, preparados para aceptar su marca de lealtad o los ejecutarán a plena vista del público. Ni se imaginan que los ejecutarán, independientemente de cuál sea su decisión. La RNCG planea transmitir esto en directo".

Todos los CG que rodeaban a Ming prorrumpieron en aplausos y vítores. Entonces formaron fila para que les dieran armas; la suya resultó ser una lanza granadas que no usaría de ningún modo. Si eso significaba el final de su vida, pues que así fuera.

Raimundo encontró a Abdula Smith calentándose en su fogata. Smitty, quien se había puesto mucho más expresivo y emotivo en los últimos meses, se paró con rapidez y le dio un abrazo a Raimundo.

—Amigo mío, es como si ya estuviera en el cielo —dijo—. Echo de menos a los vuelos, pero me encanta esta enseñanza. ¡Y la comida! ¿Quién se hubiera imaginado que la misma comida, tres veces al día, sería algo que iba a esperar?

Raimundo no sabía cómo Abdula se podía sentar tan bien y cómodo con las piernas cruzadas. Lo hacía como si fuera normal y sencillo, aunque Raimundo se quejaba y gemía al sentarse, y le daba calambres cuando se sentaba. Siempre tenía que estirarse apoyándose en una sola mano poniendo las piernas hacia un lado. Esto divertía muchísimo a Abdula.

—Ustedes los occidentales se ufanan mucho de hacer ejercicio y aun eso no los hace flexibles.

—Creo que te sientas sobre una alfombra mágica —dijo Raimundo.

Abdula se rió.

—Desearía que Mac estuviera aquí. Me inspira a pensar de terrenales... ¿terrenales qué? ¿Regresos? ¿Así les dice?

—Es probable. Uno nunca sabe con Mac. ¿Lo viste hoy?

—Por supuesto. Él y Albie siempre me buscan cuando llegan acá, bromean conmigo de que engordo con el maná y quieren saber cuándo me incorporaré a su pequeño grupo de pilotos. Espero que ese día llegue pronto. Por ahora, los ancianos piensan que es demasiado peligroso, pero a mí me parece que tú también estás ansioso por irte.

—Más de lo que te imaginas —contestó Raimundo—. Aunque estoy contento de someterme a la autoridad de aquí, sigo pensándolo.

—¡Yo también! Dios protege de manera clara y sobrenatural a los que vuelan para aquí y desde este lugar a pesar de todos los esfuerzos del enemigo. Uno pensaría que eso le daría a la CG una idea para que dejaran de desperdiciar balas y misiles. ¿Le han pegado algo o a alguien?

—Todavía no —dijo Raimundo negando con la cabeza—. Y lo que se dice. ¿Has oído las historias?

Abdula echó hacia atrás su cabeza y contempló las estrellas.

—Capitán, las he oído. Quiero participar en una. Quiero que el Señor vuelva a protegerme del daño y de la muerte mandando a uno de sus visitantes especiales. ¿Aquel vuelo para acá, cuando la CG estaba disparando y las balas atravesaban nuestro avión? Eso fue como vivir en los tiempos de la Biblia. Me sentía como Daniel en el foso de los leones. Podía ver los misiles que venían y sabía que nosotros estábamos en el camino, pero pasaban derecho.

»Capitán, ¿qué pensará la CG cuando ven que esto pasa a la luz del sol casi todos los días?

DIECISÉIS

Ming marchaba por la calles junto con los de la CG locales hacia el extremo nordeste de Zhengzhou. En la calle había pocos ciudadanos, pero se sabía que los musulmanes tenían uno de sus períodos de adoración y lectura a esta hora de la madrugada.

El líder, Tung, mandó que se desplegara el grupo armado de unos treinta Pacificadores y los mandó a las cuatro entradas del viejo subterráneo que marcaban los límites de la zona que ocupaban los musulmanes. Era evidente que a este grupo nunca lo habían molestado después de la medianoche porque estaba resguardado apenas por un solo hombre en cada entrada, al pie de la escalera. A los guardias los dominaron con rapidez y en silencio, y ninguno pudo mostrar la marca de la lealtad a la CG. Un par de la CG los sacaron a la superficie y los llevaron caminando al centro de aplicación de la marca. Los restantes Pacificadores se movieron adelante en silencio hacia la reunión de unas cuarenta y ocho personas, de ambos sexos. Los musulmanes se dieron cuenta de inmediato que habían quebrantado su seguridad y que no era posible resistir.

Así que, sencillamente, se quedaron donde estaban, escuchando a un orador, uno de ellos. Tung tenía prevista esa posibilidad y había dado órdenes a su gente que se limitaran a esperar y oír, juntando así pruebas de la traición y deslealtad al carpatianismo.

El orador evaluó con rapidez la situación y empezó a terminar sus comentarios. Sin embargo, a menudo miraba directamente a sus captores, siendo devoto y desafiante hasta el fin, cuando dijo: "Entonces", dijo, "nosotros vemos a dios más que creador de todas las cosas, sino también omnisciente, completamente justo, amante y perdonador y omnipotente. Creemos que reveló el Corán a nuestro profeta para que pudiera guiarnos a la justicia y a la libertad. Somos su creación más elevada, pero somos débiles y egoístas y tentados por el diablo fácilmente para que olvidemos nuestro propósito en la vida".

Hizo una pausa para mirar una vez más a los CG. "Sabemos que la palabra *islamismo* significa sumisión, someterse. Y los que nos sometemos a dios, nos arrepentimos de nuestros pecados, ganamos el paraíso al final. Los que no lo hagan, sufrirán en el infierno".

Después, los musulmanes inclinaron la cabeza hacia La Meca y empezaron a orar... todos menos tres. Esos estaban sentados, juntos, en la parte de atrás de la asamblea, y cuando Tung dio un paso adelante para detener la ceremonia, uno de los tres se paró y le hizo señas llevándose un dedo a los labios. "Espera", susurró, pero con tal fuerza de carácter y... Ming no supo cómo definirlo: convicción, quizá, pero detuvo a Tung. Su gente miraba de él al hombre de pie.

Los musulmanes levantaron sus ojos de las oraciones y se volvieron a sentar. Los tres hombres pasaron con cuidado entre la multitud abriéndose paso hacia el frente, donde había estado el orador. "Esta reunión no ha terminado aún", dijo uno de ellos.

Ming se quedó perpleja. Ninguno de los tres iba armado. Aunque vestían una ropa parecida a la de los musulmanes, no era la misma. Calzaban sandalias y vestían túnicas, pero sin turbantes. Sus barbas y el pelo eran relativamente cortos. No parecían asiáticos ni orientales. Es más, Ming se dio cuenta de que no hubiera podido adivinar sus nacionalidades por la apariencia ni por el acento del orador. Habló lo suficientemente alto para que le oyeran, pero, repito, con una cierta cualidad que todos encontraban cautivadora.

"Me llamo Cristóbal. Mis colaboradores son Nahúm y Caleb. Los visitamos en nombre del único Dios verdadero, el Dios de Abraham, Isaac y Jacob, el Santo de Israel y el Padre de nuestro Señor y Salvador, Jesús el Mesías. No vinimos a discutir de religión, sino a predicar a Cristo, y a Cristo crucificado, muerto, sepultado y resucitado a los tres días, y que ahora se sienta a la diestra de Dios el Padre".

De repente, Cristóbal habló con una voz tan potente que muchos se taparon los oídos, aunque Ming creía que aún podían escuchar cada sílaba. "¡Teman a Dios y denle gloria, porque ha llegado la hora de su juicio! ¡Adoren al que hizo el cielo, la tierra, el mar y los manantiales!"

Al parecer, Cristóbal permitió que esas palabras se arraigaran en cada uno y, entonces, con un tono más quedo dijo: "Cristo murió por nuestros pecados según las Escrituras; lo sepultaron y resucitó al tercer día, según las Escrituras. Ahora bien, si se predica que Cristo ha sido levantado de entre los muertos, ¿cómo dicen algunos de ustedes que no hay resurrección?

"Si no hay resurrección, entonces ni siquiera Cristo ha resucitado. Y si Cristo no ha resucitado, nuestra predicación no sirve para nada, como tampoco la fe de ustedes. Nosotros testificamos que Dios resucitó a Cristo. Si Cristo no resucitó, los hombres y las mujeres siguen muertos en sus pecados".

Ming examinó los rostros de los musulmanes que, según esperaba, se levantarían en protesta. Sin embargo, no objetaron, quizá porque los captores estaban allí o porque se daban cuenta de que el mensaje también desafiaba al carpatianismo. Parecían hipnotizados aunque solamente fuera por la audacia de un extraño que desechaba sus creencias y predicaba la suya propia.

Cristóbal retrocedió y Nahúm se adelantó. "Babilonia caerá", dijo. "No cabe duda que caerá esa gran ciudad porque hizo que todas las naciones bebieran el excitante vino de su adulterio. Su sistema no solo ha sido de falsa esperanza religiosa, sino también económica y gubernamental.

"El Señor es un Dios celoso y vengador. El Señor se venga de sus adversarios; es implacable con sus enemigos.

"El Señor es lento para la ira, imponente en su fuerza. Camina en el huracán y en la tormenta. Las nubes son el polvo de sus pies".

Los CG parecían estremecidos y Ming observaba a Tung, cuyos labios temblaban. Empuñó el arma con fuerza, pero no se movió.

Nahúm continuó: "Dios increpa al mar y lo convierte en sangre. Hace que todos los ríos se evaporen. Ante él tiemblan las montañas y se desmoronan las colinas. Ante él se agita la tierra, el mundo y cuanto en él habita.

"¿Quién podrá enfrentarse a su indignación? ¿Quién resistirá el ardor de su ira? Su furor se derrama como fuego; ante él se resquebrajan las rocas.

"Bueno es el Señor; es refugio en el día de la angustia. Es protector de los que en él confían. Pero destruirá con una inundación arrasadora; ¡aun en las tinieblas perseguirá a sus enemigos!"

Todos en el subterráneo estaban sentados o de pie, pero inmóviles, con los brazos cerca del costado. Era como si se plegaran sobre sí mismos, temerosos por la declaración de Nahúm. Cuando este retrocedió, Caleb ocupó el lugar, pero en vez de dirigirse a todos, se dio vuelta y miró fija y directamente a Tung.

"Si alguno adora a la bestia y a su imagen, y se dejan poner su marca en la frente o en la mano, beberá también el vino del furor de Dios, que en la copa de su ira está puro. Cualquiera que reciba la marca será atormentado con fuego y azufre, en presencia de los santos ángeles y del Cordero, quien es Cristo, el Mesías.

"El humo de ese tormento sube por los siglos de los siglos. No habrá descanso ni de día ni de noche para el que adore a la bestia y su imagen, ni para quien se deje poner la marca de su nombre".

Al principio, nadie se movió. Luego se levantó uno de la CG, después otro, y más tarde un tercero, salieron corriendo del subterráneo, subiendo los escalones de dos en dos por la escalera hacia la calle. Tung les gritaba, luego los llamaba por sus nombres, los amenazaba. Sin embargo, luego dos o tres más les siguieron.

Los musulmanes no se habían movido. Finalmente, algunos se pararon, pero el de la CG que observaba lo que hacía Tung, no sabía qué hacer. Levantó su arma apuntando a los tres forasteros, pero parecía incapaz de hablar. Por último, recobró la voz diciendo: "¡Al centro!"

Los CG empezaron a rodear a los musulmanes que, salvo una media docena, se dejaron conducir afuera y subir la escalera. Tung asintió a dos de sus hombres haciéndoles señas que se juntaran con él para hacer la redada de los últimos seis. No obstante, al aproximarse, Cristóbal se inclinó sencillamente al CG diciendo: "Todavía no les ha llegado su hora".

Ming se demoró y maniobró para quedarse hasta el final, siguiendo al grupo principal. Era claro que Cristóbal, Nahúm y Caleb conversaban y oraban con los seis rezagados. Cristóbal le dijo a Tung: "Estos irán cuando sea su hora". Y, para estupefacción de Ming, el jefe de la CG hizo señas a los últimos dos guardias y se fueron.

Ming se conmovió tanto que se dio cuenta que no se había fijado si los tres forasteros tenían la marca del creyente en la frente. Debían tenerla, ¿no es así? Ella quería saber, pero no esperaba volver a verlos.

Mientras llevaban al petrificado grupo de musulmanes por las calles hacia el centro de aplicación de la marca de la lealtad, Ming se retrasó un poco alejándose así lo suficiente para poder ver varias cuadras más allá de ellos, a pesar de su baja estatura.

Había enormes reflectores que iluminaban el centro, pero nadie de la zona supo del allanamiento y había pocos espectadores ahí; solamente los CG que apresaron antes a los cuatro guardias musulmanes. A pesar de eso, si sus ojos no la engañaban, Ming creyó ver tres forasteros más, con sus túnicas, sin turbantes y de pelo y barba cortos. ¡Se parecían mucho a los del otro trío!

Sin embargo, al acercarse los de la CG con los musulmanes, todos empezaron a apuntar y hablar entre ellos. ¡Eran los mismos que se hallaban parados al frente de la fila, pasando por alto a los escandalosos empleados de la CG que les decían que se hicieran a un lado!

Mientras conducían a los musulmanes a la fila, Ming miró mejor a los tres. ¡No tenían la marca del creyente en sus frentes! No supo cómo entender eso. ¿Eran rebeldes clandestinos, charlatanes o qué?

Tung se abalanzó a ellos, blandiendo su rifle.

—¿Dónde están los otros? Los iremos cazando y ustedes van a asumir la responsabilidad...

—Vendrán cuando sea su hora —repitió Cristóbal y, de alguna manera, eso acalló a Tung.

A los musulmanes se les instruyó cómo pasar por el procedimiento. Cuando Tung preguntó cuántos recibirían la marca de la lealtad a Carpatia, aproximadamente la mitad levantó la mano. Los otros gimieron y discutieron con esos.

—¡Es lo mismo! —exclamó Tung riendo—. ¿No se dan cuenta? Esperaron mucho. Los descubrieron esta mañana, meses después del plazo final para recibir la marca. Morirán al amanecer, junto con los demás.

—Si hubiera otra opción, ¿cuántos *eligen* la guillotina? —preguntó volviéndose a los demás.

Los restantes musulmanes levantaron sus manos, aunque Ming se fijó que ninguno tenía la marca del creyente. Cristóbal les habló:

—Resistan la tentación de elegir la guillotina sin elegir a Cristo el Mesías. Morirán en vano.

—¡Moriremos por Alá! —gritó uno y los demás levantaron sus puños desafiantes.

—Morirán de todos modos —dijo Tung.

Su atención se desvió a la calle y todos se dieron vuelta para ver a los últimos seis musulmanes que caminaban con decisión hacia el centro. Ming supo que Tung no había esperado volver a verlos. Al llegar, se vio que evaluaban la disposición del lugar, luego fueron directamente a la zona que iba a las guillotinas.

—Me alegra que estén tan decididos —dijo Tung, pero estamos cerrados hasta el amanecer. Entonces serán estrellas de la televisión y también un público disfrutará en directo del espectáculo.

Cristóbal, Nahúm y Caleb se plantaron ante los indecisos, cada uno dirigiéndose a un pequeño grupo, rogando, explicando, instándolos a recibir a Cristo antes que fuera demasiado tarde. Finalmente Tung se hartó y aulló:

—¡Basta ya! ¡Ustedes terminaron aquí! Esta gente se decidió hace mucho tiempo y se les propinará el castigo en la mañana. Ahora, ¡váyanse!

Los tres lo pasaron por alto, pero Tung no se dejaría despreciar.

—En cinco segundos abriré fuego sobre ustedes y mandaré a mi gente que haga lo mismo.

Ming cayó presa del pánico. ¡No les iba a disparar a esos hombres de Dios! ¿Podría fingir, ocultarse, pasar inadvertida de alguna manera?

Tung esperó unos momentos y levantó el arma. Estaba a dos metros de la cabeza de Cristóbal cuando soltó el seguro y apretó el gatillo gritando:

—¡Pacificadores, abran fuego!

Ming se colocó en posición e hizo como que preparaba su lanza granadas. Sin duda, Tung no esperaría que ella dejara caer un explosivo en medio de todo el mundo: musulmanes, CG y los demás. Sin embargo, se dio cuenta enseguida de que ella era la única que se movía. Todos los demás parecían paralizados. La cara de Tung estaba fija en la mueca del hombre que estaba a punto de volarle la cabeza a otro.

Ming trató de no moverse, pero perdió el equilibrio y tropezó con el pie del hombre que estaba a su lado, teniendo que sujetarse del que estaba al otro lado. Temió que ahora la hubieran descubierto, pues era la única que no estaba bajo el hechizo de los hombres santos.

Entonces Cristóbal le habló directamente:

—No temas, amada hermana.

¡Así que ella se había delatado! ¡Ahora todos sabrían que no era ni siquiera un hombre!

—Dios está contigo —dijo Cristóbal—. Ninguno de estos puede oírnos ni recordarán lo que pasó aquí, salvo que fue inútil que atacaran a los voceros del Señor. Alégrate. Ten buen ánimo. Tu Padre celestial te mira con agrado y no verás muerte antes que vuelva su Hijo.

Ming sintió como si un calor la traspasara de pies a cabeza. Un calor corrió a través de ella que la vivificó, y le dio fuerza y ánimo. Sintió curiosidad. Si Cristóbal sabía qué pensaba Dios, ¿le podría decir algo más? Ming no podía abrir la boca, pero tenía muchas preguntas. Cristóbal contestó hasta las que no formuló.

—Tampoco tu madre verá muerte antes de la Manifestación Gloriosa del Rey de reyes. Aun así, se separarán pronto. Tú volverás a tus amigos, aunque no todos permanecerán en esta tierra hasta el fin.

Ming quiso preguntar quiénes, pero aún no lograba hablar. Sus piernas, tibias y flácidas, las sentía pesadas e inmóviles. Todo lo que podía hacer era contemplar a Cristóbal. Se sentía como si estuviera sonriendo. Es más, como si todo su cuerpo sonriera.

Cristóbal se paró, y Nahúm y Caleb se le unieron. Mientras ella miraba, ellos parecían que crecían más hasta que se alzaron imponentes sobre el lugar. Cristóbal le extendió su mano abierta, pero ella no se pudo mover para tomarla y, de todos modos, temía que esa mano envolviera todo su cuerpo.

—Y ahora —dijo—, el Dios que da la paz y que levantó de entre los muertos al gran Pastor de las ovejas, a nuestro Señor Jesús, por la sangre del pacto eterno, los capacite en todo lo bueno para hacer su voluntad. Y que, por medio de Jesucristo, Dios cumpla en nosotros lo que le agrada. A él sea la gloria por los siglos de los siglos. Amén.

Los tres se fueron y de repente era de mañana. El sol brillaba y calentaba. Tung y su gente actuaban como si supieran que estaban en el aire, con una seria apariencia en sus rostros. Paseaban en torno a la multitud de espectadores y de los musulmanes.

Todas las víctimas de la redada estaban en fila para la cuchilla, y para sorpresa y gran gozo de Ming, al menos veinticinco de ellos no solamente ostentaban la marca del creyente, sino también una mirada de seguridad y profunda paz que decía que tendrían la gracia para aceptar las consecuencias de sus decisiones.

Ya hacía casi seis meses que Chang comenzó a percibir que la presión en el complejo palaciego se aligeraba, aunque fuera un poco. Cada día ensayaba algo nuevo, tecleando aquí y allá cuando revisaba el disco de memoria que David Hassid insertó profundamente dentro del sistema. Todo estaba ahí, todo lo que había pasado en el lugar desde que Chang empezó a pasar inadvertido. No había oído nada en directo, pero podía revisar su calendario de acontecimientos específicos y volver allá para oír qué había pasado tras puertas cerradas en esos días.

Su hermana logró escapar de China y su madre había insistido que Ming regresara a los Estados Unidos Norteamericanos "con su joven. Yo estaré bien aquí". Ming le contó a Chang que no le había dicho a su madre nada de la promesa de Cristóbal sobre que ninguna de las dos moriría antes de la Manifestación Gloriosa, pero que le había comunicado que su "mamá parece seguir adelante como si, de todos modos, esa fuera su intención: llegar hasta el fin".

Con gran entusiasmo, Ming le contó a Chang sobre lo maravilloso que fue subir a bordo del avión de Ree, volar todo el día, pasar por controles fáciles y terminar en San Diego, para finalmente poder quitarse su masculino uniforme de Pacificador, dejar que le creciera el pelo... volver a ser mujer.

—¿Para Ree? —preguntó Chang por un teléfono seguro.

—¡Para mí! —contestó ella—. Bueno, un poquito para él.

—¿Cómo anda eso?

—Eso no te interesa.

—Claro que sí.

—Digamos que somos una pareja —dijo ella—, pero es demasiado difícil concentrarse en eso, pues se va a cada momento. La gente de acá me hace bromas, hasta el capitán Steele, pero Ree y yo aún no estamos en pleno romance.

—¿No te ha besado?

—No dije eso.

—Eso suena romántico.

—Fue un beso de despedida antes de su último viaje y un beso de saludo cuando volvió. Fue en presencia de más gente, así que no, no fue romántico.

Chang tenía curiosidad de saber cómo estaba Raimundo, después que se mudó de nuevo.

—Le ha costado mucho, Chang. Por supuesto que está contento de volver con sus familiares, ¡y debieras verlo con ese nieto! Sin embargo, se siente aislado de gran parte del Comando Tribulación aunque Sebastian tiene aquí un técnico experto que le da, en realidad nos da a todos, lo que necesitemos para seguir como antes. Vivir literalmente debajo de la tierra puede deprimir y sé que echa de menos muchas de las ventajas que tuvo en Petra.

Según el criterio de Chang, el que más se había beneficiado con Petra era Abdula Smith que estaba volando otra vez, haciendo viajes regulares de ida y vuelta, muchos de ellos con sus viejos amigos Mac y Albie. Aun así, había optado, y todos estaban de acuerdo, en que continuara viviendo en Petra. Se había convertido en un perito en la computadora y, a menudo, regocijaba a los demás del Comando con el relato de sus últimas escapadas, muchas de las cuales sucedían precisamente en Petra. Había presentado un largo relato a Raimundo con copias para los demás. Escribía en inglés para beneficio de todos, y todavía estaba aprendiendo. Este decía:

Ayer después del mediodía tuvimos un rato muy especial aquí pues el doctor Ben Judá nos instruyó sobre la vida en el Espíritu. Ese es el Espíritu Santo, del cual ya sabía algo por sus enseñanzas anteriores, pero no lo suficiente.

Capitán Steele, usted se acordará de que justo antes de irse, habían ocurrido ciertos problemas por aquí. Nada importante, pero la gente estaba empezando a ponerse irritable y a quejarse a los dirigentes de esto y aquello. Bueno, ¿sabe quién arregló todo eso haciendo que la gente se lleve mejor? No, no fue el doctor Ben Judá, sino Jaime. Sí, es cierto. Se ha vuelto un líder muy sabio y muy *amarado* por todos los de acá. Mi revisor de ortografía hace que *amarado* pestañee como loco, pero eso es lo que es, con toda certeza.

En fin, hoy, el doctor Ben Judá habló de Jaime al cual muchos siguen llamando Miqueas. Su pasaje bíblico fue Efesios 5:18-21, que habla de ser llenos con el Espíritu, de tener una canción en el corazón (eso me gustó mucho), de tener una actitud de agradecimiento y de someterse los unos a los otros. Dijo que esas eran características de Jaime y, por la reacción de la gente, yo diría que todos están muy de acuerdo.

También se refirió a Gálatas 5:22-23 que da la lista de los nueve frutos del Espíritu. Sé que sabe esto, capitán Steele, pero como mis mensajes para usted también quedan en mi diario personal, déjeme hacer la lista aquí: amor, alegría, paz, paciencia, amabilidad, bondad, fidelidad, humildad y dominio propio. No sé usted, pero muchas de esas características no eran de mi naturaleza, de mi cultura, ni trasfondo pero, repito, se han integrado en la personalidad de Jaime haciéndolo un gran líder.

Fue una enseñanza muy buena, capitán Steele. Tomé muchas notas. El doctor Ben Judá les dijo a todos que si pudiéramos aprender a caminar en el Espíritu, nos costaría mucho menos llevarnos bien por dos años y medio más. Nos dijo que, además de las nueve características y del corazón alegre, sumiso y agradecido, sabremos que tenemos el Espíritu cuando tengamos el poder de hablar de Cristo a otra gente. Él tomó eso de Hechos 1:8 cuando Jesús les dijo a sus discípulos que tendrían poder después de que el Espíritu Santo descendiera sobre ellos y que le serían testigos hasta en los confines de la tierra.

Créalo o no, incluso aquí tenemos que ser testigos. Aún quedan entre nosotros unos que no han aceptado a Cristo. Ahora el problema es que se corren rumores de hacedores de milagros en el Néguev, que no está muy lejos de acá. Muchos han dicho que supieron esto por amigos que tienen afuera. Algunos hasta dicen que lo leyeron en *La Verdad*, del señor Williams. Bueno, sé que así puede ser, pues estaba ahí, pero dijo muy claro que esta gente son falsos e impostores. Aunque pudieran hacer algunos trucos de magia, Carpatia los puso y no se les puede creer.

Sin embargo, ¿usted lo creerá? ¡Aquí hay grupos que planean salir para oír a esa gente! Capitán Steele, debo tener el Espíritu porque yo mismo, y usted sabe bien lo tímido que soy, ando predicando contra esto, rogando a la gente que no vaya.

¿Ha escuchado los rumores de que el jefe del carpatianismo, el que sabemos que es el falso profeta, está desafiando al doctor Ben Judá para que se presente a un debate televisado? ¡No puedo entender su necedad! ¿No recuerda que el mensaje televisado del doctor Ben Judá sobre Jesús el Mesías fue lo que en un principio le atrajo la atención del mundo? ¿Por qué creerá que el doctor Ben Judá tiene hoy tantos seguidores?

Como es natural, nadie en su sano juicio permitiría que León Fortunato entre a Petra y tampoco ninguno de nosotros le aconsejaríamos al doctor Ben Judá que se aventure a salir para ir a un sitio aprobado por la Comunidad Global. De modo que si esto pasa, es probable que Zión salga en cámara desde aquí y León quién sabe de dónde. Francamente, espero que la CG sea lo bastante tonta para realizar esto y que tengan el valor de transmitirlo en directo sin censura.

Sigo conmovido por ser capaz de servir a Dios bajo su protección divina. Y aunque casi siempre pasa cada vez que vuelo, nunca me canso de ver que la CG amenaza y advierte y hasta trata de hacernos explotar en el cielo y desperdicia sus misiles y sus balas, errándonos cuando somos blancos de corta distancia. Muchos de ellos deben estar entre los que cambiarían sus ideas de Dios y de Nicolás Carpatia si no fuera que ya es demasiado tarde.

Raimundo siempre quería saber de Smitty. Había en él una frescura e inocencia que no tenía nada que ver con su edad. A decir verdad, tenía poco más de treinta años, pero Raimundo lo quería como a un hijo.

Estaba cerrando su computadora cuando Cloé vino a golpear su puerta. Venía sola.

—¿Tienes un minuto?

—Para ti, ¿bromeas? ¿Dónde están tus hombres?

—Haciendo lo que más le gusta a Keni.

—Luchando en el suelo —dijo Raimundo.

—Exactamente. Te lo digo, papá, desde poco antes de su cumpleaños, nos empezamos a dar cuenta de que se trata de los terribles dos.

—No es tan malo, ¿verdad? Como es natural, alborotará un poco porque tiene que jugar siempre aquí adentro.

—Sobreviviremos. Jugar un poco rudo con su papá le ayuda a calmarse un poco. Es todo un niño, eso te lo aseguro. Sin embargo, esta visita es de negocios.

—¿De veras?

—Necesito pedirte un favor. ¿Me debes algo?

—Finjamos que te debo todo. Dame una tarea. Cooperativa, supongo.

—Ah, sí, dentro de tres meses pudiera ocurrir uno de nuestros mayores intercambios, pero tiene que hacerse por aire y necesitamos una tripulación más grande que la habitual. Me gustaría que tú fueras el jefe del ala occidental. Mac manejará las cosas desde la oriental.

—¿Así de grande, eh? Escucho.

—Me he estado demorando algún tiempo con esto, comerciando un poco por aquí y por allá, pero ambas partes tienen demasiadas existencias. No necesitan lo que tienen, así que están listos para comerciar entre ellos. ¿Sabes que el agua se ha vuelto tan valiosa como el trigo?

—Seguro.

—Nuestros amigos argentinos están dispuestos a demostrarlo. Tenemos un contingente dirigido por un tal Luis Arturo, en Gobernador Gregores, Río Chico. Han cosechado miles de toneladas de trigo. Claro que les preocupa estar con el tiempo prestado dado el tamaño de la operación. Y están preocupados por el agua. Río Chico se contamina a cada momento y sospechan que eso lo hace la CG a propósito.

—Tienen trigo y necesitan agua. ¿Quién tiene agua?

—El lugar más improbable. Bueno, no tan improbable como el medio del desierto, pero no es un sitio en que uno pensara a menudo para buscar agua embotellada. Es probable que sea la iglesia clandestina más grande fuera de Estados Unidos. El grupo de Bihari en la presa Rihand.

—No te referirás a...

—Sí.

—¿India?

—Ese es el lugar. Tienen tanta agua como los argentinos trigo, y están dispuestos a intercambiar directamente.

—Cariño, necesitas mucho más que una tripulación grande.

—Dímelo. Necesitamos aviones grandes. Albie tiene algo dispuesto en Turquía, de todos los lugares imaginables, y los está readaptando para mantener los envases con agua.

—Independientemente de eso, debieran servir bien para el trigo.

—La cuestión, papá, es que no podemos esperar. Tenemos que hacer esto en forma casi simultánea. El trigo tiene que mandarse a la India mientras el agua se dirige a su destino. Albie y Mac recogerán a Abdula y llevan a Bihari con ellos. Me gustaría que escogieras tres pilotos más de los Estados...

—Bueno, Camilo y George...

—Si no te importa, esta vez no incluyas a Camilo. No me mires así. No es más que un presentimiento.

—¿De que esta es una misión condenada? ¡Gracias por enviarme!

—De ninguna manera. Solamente pienso que Keni lo necesita ahora y, francamente, puede que esté siendo egoísta, prejuiciosa o lo que sea, no creo que él tenga tiempo para quitárselo a *La Verdad*.

Raimundo se echó para atrás y miró el cielo raso.

—De aquí, George y Ree, si puedes arreglarte sin ellos.

—Tenemos tiempo para revisar sus horarios.

—Y para un avión tan grande, primero consideraría a Whalum. Si tiene uno, debe traerlo para acá a fin de recogernos y servir como nuestro cuarto aparato.

—Lo apoyo —dijo Cloé—. Eso me quitará de encima a Lea.

—¿Todavía quiere ir a Petra?

—Sí, lo que no es malo salvo que no hemos podido arreglarlo aún y creo que ella se lo está tomando personalmente.

—¿Qué impacto, eh?

—Bueno, los dos sabemos en qué anda ella, y casi quisiera tener el permiso de Zión antes de mandarla para allá para que lo empiece acechar, eso es exageración, a ser su sombra.

Cuando llegó la hora de aquel proyecto, Lionel Whalum estaba en ruta a San Diego, sin Lea, que no estaba muy contenta.

DIECISIETE

S i tus magos pueden hacer todos estos trucos, León, ¿por qué no pueden volver todo un mar en agua salada?

Chang estaba escuchando con los auriculares.

—Excelencia, eso es mucho pedir. Usted debe admitir que han hecho maravillas por la Comunidad Global.

—No han hecho tanto bien como los judaítas lo malo, ¡y ese es el único tanteador que cuenta!

—Su Adoración, no es que quiera contrariar, pero es consciente que los discípulos carpatianos de todo el mundo han resucitado muertos, ¿no es así?

—León, *yo mismo* me levanté de los muertos. Estos truquitos de sacar cuerpos putrefactos de las tumbas solamente para asombrar a la gente y emocionar a los parientes, no compiten realmente con los judaítas, ¿no es cierto?

—¿Convertir bastones de madera en serpientes? Impresionante. ¿Volver en sangre el agua y luego en agua de nuevo y después el agua en vino? Pensé que usted disfrutaría especialmente este último.

—¡Hombre, quiero conversos! ¡Quiero mentes transformadas! ¿Cuándo es tu debate televisado con Ben Judá?

—La próxima semana.

—¿Y estás preparado?

—Más que nunca, Alteza.

—León, este hombre es astuto.

—¿Más que usted, oh resucitado?

—Bueno, por supuesto que eso no. Sin embargo, tienes que ganar la pelea. ¡Tienes que vencer ese día! Y, mientras estás en eso, asegúrate de sugerir a las cobardes ovejas de Petra que se ha programado una tarde de milagros, casi en el patio de ellos, un poco más tarde ese mismo día.

—Señor, suponía que podíamos probar la zona primero.

—¿Probar la zona? ¿Probar *la zona*?

—Perdóneme, Excelencia, pero donde me orientó que un discípulo se ocupara del espectáculo es tan cerca del lugar en que perdimos tropas de infantería y armas y del área en que no hemos triunfado cada vez que intentamos interrumpir las misiones aéreas de ellos, para ni decir el sitio, ay, mi dios, en el que tiramos dos bombas y un...

—Bueno, bueno, León, *ya sé* lo que ha pasado allí, ¿quién no? Haz la prueba si debes hacerlo así, pero lo quiero en forma conveniente para esa gente. Quiero que salgan desfilando de ese bastión y se vayan juntando para *nuestro* acontecimiento. Y cuando vean lo que mi criatura puede hacer, empezaremos a ver mudanzas a granel de un campo al otro. Ya sabes a quién quiero para ese espectáculo, ¿verdad?

—¿El mejor? Quiero decir, uno de sus...

—No menos. ¡Nuestro objetivo debe ser convertir Petra en una ciudad fantasma!

—Ah, señor, yo...

—¿Cuándo te volviste tan pesimista, León? Te decimos el Altísimo Reverendo Padre del Carpatianismo y yo me he ofrecido como dios vivo, resucitado de los muertos, con poderes de lo alto. Tu trabajo es simplemente el de ventas, León. Recuérdale a la gente lo que su soberano tiene que ofrecerles y ya verás cómo forman fila. Ah, y tenemos Y tenemos una oferta especial, ya lo sabes.

—¿Una oferta especial, señor?

—¡Sí! ¡Tenemos en vigor una oferta especial! Solamente por esta semana se permitirá a todos los de Petra aceptar la marca de la lealtad sin el castigo por terminarse el plazo final, ahora ya hace mucho tiempo. Piensa en la influencia que quizá ejerzan en otros como ellos.

—El factor miedo ha dado buenos resultados, Soberano.

—Bueno, *es* una especie de final de la campaña del señor Simpatía, eso habría que admitirlo. Sin embargo, se acabó el tiempo de preocuparse por mi imagen. Por ahora si la gente no sabe quién soy yo y de qué soy capaz, es demasiado tarde para ellos. Aun así, ayudaría mucho algún golpe asestado al otro lado, alguna victoria sobre la maldición de los mares de sangre. Y quiero que tú lo hagas bien en contra de Ben Judá. Eres instruido y devoto, y pides adorar a un dios vivo, que respira, que está aquí y no está callado. No se necesita fe para creer en la deidad de uno que se puede ver por televisión todos los días. Yo debiera ser la opción lógica, conveniente y fácil.

—Por supuesto, Majestad, y yo lo retrataré de esa manera.

Lionel Whalum resultó ser un hombre de color, fornido, de un poquito menos de un metro con ochenta centímetros y como de ciento cincuenta kilos. Usaba anteojos y tenía el pelo canoso; era un avezado piloto de aviones de casi cualquier tamaño. Trajo un transporte a la pista clandestina de San Diego y ahora ya estaba de nuevo volando con George y Ree en los asientos traseros y Raimundo en el del copiloto.

—Cloé me ha hablado mucho de usted —decía Raimundo—, pero todo ha sido de negocios. Pienso que conozco los fundamentos de eso, ¿pero cómo se convirtió en creyente?

—Me gusta mucho cuando la gente pregunta —dijo Whalum—. Una gran razón para que me dejaran atrás tenía que ver con mi estilo de vida. Sé que no hay nada malo en tener éxito y hacer dinero, pero en mi caso, hablando solamente de mí, eso me ensordeció y cegó de alguna forma. Era de miras estrechas. No me entienda mal. Era un tipo simpático. Mi esposa era una señora agradable. Todavía lo es. Nos movíamos en nuestros círculos, teníamos cosas lindas, una casa hermosa. La vida era buena.

»Hasta éramos gente de iglesia. Crecí yendo a la iglesia, pero me avergonzaba un poco de eso, para ser franco. Pensaba que mi mamá y mis tías eran bastante emotivas y aparatosas. Y cuando llegó el momento en que debiera haber creído todas las cosas de la iglesia, tenía la edad suficiente para no desear que la gente supiera que siquiera había ido a la iglesia. Cuando Felicia y yo nos casamos, no íbamos muy a menudo a la iglesia, en Chicago. Y cuando lo hacíamos, era a una de mejor clase, si entiende lo que digo. Muy digna, con buenas maneras, nada expresiva. Si mi gente hubiese visitado esa iglesia, hubieran dicho que estaba muerta y que Jesús ni siquiera entraría ahí. Yo hubiera dicho que era sofisticada y digna.

»Esa es la clase de iglesia que Felicia y yo hallamos en las zonas residenciales de las afueras. Correspondía a nuestro estilo de vida con todo detalle. Podíamos vestirnos de la manera que lo hacíamos para ir a trabajar o a reuniones sociales. Veíamos gente que conocíamos y que nos importaba. Y que, en definitiva, nunca nos gritaban ni nos insultaban desde el púlpito. Nadie nos llamaba pecadores ni insinuaba que pudiéramos tener que arreglar algo en nuestra vida.

»Por otro lado, nuestros hijos, dos niñas y un muchacho de por medio, iban en la otra dirección. Se fueron a la universidad y terminaron, *cada uno* en la clase de iglesia en que yo me crié. Nos escribían. Nos rogaban que aceptáramos la salvación. Preguntaban por qué no le habíamos dado a conocer esto cuando eran niños. Tengo que reconocer que eso me dejaba boquiabierto.

»Sin embargo, ¿eso me conmovió, me hizo cambiar de idea? De ninguna manera. Entonces, uno de nuestros vecinos nos invitó a un estudio bíblico. Si no hubiera sido por quién era el que nos invitó, nunca hubiera ido. Se trataba de un hombre excelente. Este era uno que tenía y había desarrollado en grande una empresa de bienes raíces. Hizo que este asunto pareciera tan casual como un juego de golf. Nada de presiones. Nada de apremios. Solamente leían la Biblia y hablaban de ella, y cambiaban de lugar de reunión turnándose en seis casas diferentes. Por cierto, nosotros dijimos que podía poner nuestra casa en la lista y nunca faltamos.

»Eso me divertía un poco; después de un tiempo empezaron a agregar oraciones a la reunión. A nadie lo llamaban para orar ni tenía que hacerlo, así que Felicia y yo no orábamos. Con todo, la gente empezó a hablar de peticiones de oración, a pedir oración por sus familias y ellos mismos, sus dolencias, hasta por sus negocios. A veces, yo mencionaba un par de peticiones de oración, pero nunca oré.

»Una vez, el que nos invitó por primera vez, nos preguntó si podía conversar con nosotros después de la reunión. Cuando estuvimos solamente los cuatro, su esposa nunca dijo nada, nos acorraló, por así decirlo. Quería saber dónde estábamos, hablando espiritualmente. Pensé que quería decir a cuál iglesia íbamos, así que le dije. Me respondió que eso no era lo que quería decir. Nos explicó cómo llegar a ser un cristiano nacido de nuevo. Ya lo había oído. Lo sabía. Solo que para mí se pasaba un poco, eso era todo. Le dije que apreciaba su interés y le pregunté si oraría por nosotros. Conforme a mi experiencia eso siempre les llegaba. Sin embargo, pensó que yo quise decir que orara ahí mismo y así lo hizo.

»No era insistente. Solo un poco exigente. Lo perdoné. Así era como me sentía. Pensaba que era bueno sentir con tanta fuerza tocante a algo y experimentarlo tan profundamente que pareciera que uno tiene que decirlo a los amigos y vecinos. Eso era para mí, y punto. Ninguna gran cosa.

»Dos días después desaparecieron millones de personas en todo el mundo. Incluyendo, ¿está preparado?, a cada persona de ese estudio bíblico excepto nosotros. Y nuestros tres hijos también desaparecieron.

»¿Salvados? Recibimos la salvación en cosa de diez minutos.

Abdula estaba tan entusiasmado con el operativo que haría con sus viejos amigos que había hecho las maletas y estaba listo hacía varios días. No sabía ni le importaba mucho cuándo podía pilotear. Era suficiente estar con Mac y Albie. Que la Cooperativa Internacional de Bienes pudiera ejecutar ese tremendo intercambio de mercancías era para él una prueba más de la soberanía de Dios en vista de la cada vez mayor persecución de los creyentes en todo el planeta.

Cuando supo que Raimundo y los otros tres de San Diego estaban volando ya, apenas podía contenerse. Se dirigirían directamente a la Argentina para cargar el trigo, lo que significaba que Mac y Albie estarían muy pronto en camino a recoger a Abdula. Por menos los espiaban y los seguían, así que el plan era que trajeran algunas mercaderías a Petra y pasaran ahí la noche sin salir para la India, sino hasta el día siguiente. De ese modo, si todo marchaba conforme al plan, ellos tres más el cuarto de la India, Bihari, volarían a la Argentina al mismo tiempo que los estadounidenses iban desde la Argentina a la India.

Abdula se sentía con tremenda energía mientras deambulaba por Petra, cantando más fuerte con la congregación, tratando de prestar atención y escuchar a Zión y Jaime que enseñaban las Escrituras. Este era el día en que el centro tecnológico de computación y televisión de la ciudad emitiría una señal de Zión al cuartel central de la Comunidad Global en el palacio de Nueva Babilonia, y una pantalla gigante en Petra recibiría la transmisión de León Fortunato. Para empezar, Abdula creía que León no tenía la menor idea de que se iba a enfrentar contra un hombre tan erudito como Zión, considerando sobre todo que era un hombre de honor y verdad.

Temprano por la tarde Abdula escaló las alturas y, desde una de las mayores elevaciones, atisbó hacia la pista que se había construido para vuelos que llegaban y salían de Petra. Cuando llegaran Mac y Albie, Abdula iría piloteando un helicóptero a la cabecera de pista y los traería a la ciudad.

Mientras iba bajando, buscando algo en qué ocuparse hasta el gran debate, se sorprendió al ver otra reunión de miles de personas a las que Jaime y Zión trataban de tranquilizar. ¿Habían venido muy temprano para la transmisión o algo andaba mal? Al acercarse pudo ver que varios centenares de ellos no tenían la marca del creyente en la frente. Luchaban por colocarse al frente para ver el debate porque en cuanto terminara, como vociferaba uno, se irían de Petra por unas pocas horas a escuchar a otro orador.

—Estará muy cerca de aquí y muchos creen que es el Cristo. Jesús vuelve a la tierra a hacer milagros y explicar el futuro.

—¡Por favor! —clamó Jaime—. ¡No deben hacer eso! ¿No saben que los están engañando? Ustedes se enteran de eso únicamente por el maligno rey de este mundo y su falso profeta. Quédense aquí a salvo. ¡Pongan su confianza en el Señor!

—¿Quién eres tú sino el segundo al mando? —exigió uno—. Si el líder no nos pide que nos quedemos, ¿por qué debiéramos quedarnos?

—Yo sí les ruego —empezó Zión, pero le interrumpió Jaime.

—¿Por qué perturbarían la mente de este hombre de Dios en el preciso día en que le ungieron y llamaron para contrarrestar al falso profeta? El maligno los está usando para crear confusión en el campamento.

Consternado, Abdula se dio cuenta de que algunos disidentes se irguieron delante de Zión y se juntaron para enfrentárseles a él y a Jaime, diciendo:

—Ustedes toman demasiados cargos. ¿Por qué se ponen por encima de la congregación?

Zión se cubrió lentamente la cara con las manos, se dejó caer de rodillas, y se lanzó de bruces al suelo. Luego levantó la cabeza diciendo:

—El Señor sabe quiénes le pertenecen y quiénes son santos. ¿Por qué razón ustedes y todos los aquí reunidos hablan contra el Señor? ¿Y por qué murmuran contra Jaime?

—Por favor —dijo Zión llamando a dos de los reunidos—, recobren el sentido y resistan conmigo esta poca visión.

—No resistiremos contigo —dijeron ellos—. ¿Es poca cosa que nos hayas sacado de nuestra madre patria, de nuestros hogares en que teníamos abundancia y nos hayas traído a este lugar rocoso donde todo lo que tenemos para comer es pan y agua, y que te instales como príncipe sobre nosotros?

Abdula nunca había visto a Zión tan perturbado. Clamó a Dios: "Señor, perdónalos porque no saben lo que hacen. No me pongo encima de ellos ni les pido nada, salvo respeto por ti".

—Dios nos dice a Jaime y a mí que nos separemos de ustedes para salvarnos de su ira —dijo Zión.

Muchos se postraron de bruces clamando:

—Oh, Dios, Dios de toda carne, ¿debemos morir debido a los pecados de unos pocos? ¿Te desquitarías con todos nosotros?

—A menos que estén de acuerdo con estos, bueno sería para ustedes apartarse de la presencia de estos hombres malos, no sea que los consuman con todos sus pecados —les dijo Zión a todos los reunidos—. A partir de este momento, que se sepa que el Señor me ha mandado a hacer todas estas obras. No las hago por mi propio interés. Si estos hombres hacen lo que tienen en mente y Dios les manda una plaga de muerte, todos entenderán que provocaron al Señor.

En cuanto terminó de hablar, se abrió la tierra debajo de cientos de los rebeldes y se los tragó. Cayeron al abismo, gritando y gimiendo mientras la tierra se cerraba y perecieron desapareciendo de la congregación.

Miles de los que les rodeaban huyeron al oír los lastimeros gritos de abajo de la tierra.

—¡Corran! —decían—. ¡Corran o la tierra también nos tragará!

Sin embargo, Abdula oyó que muchos rezongaban diciendo:

—Zión y Miqueas mataron a esa gente. Seguiremos con nuestro plan de irnos de este lugar a oír al hombre que quizá sea Cristo.

Abdula se fue a consolar a Zión y Jaime, pero al acercarse a ellos oyó que decían:

—Señor, oramos por una expiación para los que quedan. Protégelos de tu ira para que nosotros logremos llegar a ellos con tu verdad.

A estas alturas Chang era atrevido. No solo intervenía en la RNCG para monitorear el gran debate entre Zión y León, sino que también estaba listo para pasar por alto el control de

Nueva Babilonia. Estaba tan cansado de oír la publicidad de los enviados especiales de León y de sus "Ferias de Milagros" que, cuando se dio cuenta que Zión estaba hablando a los reunidos en Petra, justo antes de que empezara el debate, lo captó lanzándolo al aire anticipadamente.

Zión decía a los cientos de personas más cerca de él que debían arrepentirse de su plan de irse de Petra al desierto para oír al charlatán que proclamaba ser Cristo. En cuanto Chang tuvo a Zión en el aire, se pasó a la oficina de Carpatia para el esperado ataque de furor.

Zión decía: "Les pido a todos que oren durante la transmisión rogando que el Señor me dé su sabiduría y sus palabras. Y en cuanto a ustedes, los que planean aventurarse de este lugar seguro, permítanme rogarles una vez más que no lo hagan, que no se expongan al maligno. Dejen que la Comunidad Global, su anticristo y su falso profeta hagan proclamas ridículas sobre los falsos hacedores de milagros. No caigan en esa trampa".

Carpatia aulló: "¿Qué estamos haciendo? ¡*Queremos* que esa gente venga, oiga y se convenza! ¡Sáquenlo del aire!"

Zión decía: "El mismo Mesías advirtió a sus discípulos sobre esto. Les dijo: 'Surgirá un gran número de falsos profetas que engañarán a muchos. Habrá tanta maldad que el amor de muchos se enfriará, pero el que se mantenga firme hasta el fin será salvo. Y este evangelio del reino se predicará en todo el mundo como testimonio a todas las naciones.

"'Entonces, si alguien les dice a ustedes: "¡Miren, aquí está el Cristo!" o "¡Allí está!", no lo crean. Porque surgirán falsos Cristos y falsos profetas que harán grandes señales y milagros para engañar, de ser posible, aun a los elegidos. Por eso, si les dicen: "¡Miren que está en el desierto!", no salgan; o: "¡Miren que está en la casa!", no lo crean'".

Abdula se quedó en medio de alrededor de un millón de personas de Petra, emocionado de ver que Zión ya estaba en el aire y que estaba hablando contra los miles de falsos Cristos que brotaban por todas partes. Los que clamaban por el poder del mismo Carpatia y del líder del carpatianismo, el reverendo Fortunato. Enseñaban herejías y, no obstante, eran multitudes las que se dejaban captar.

Resonando en los muros rocosos llegó una voz femenina desde el control de la RNCG en Nueva Babilonia.

—Doctor Ben Judá, por favor espere mientras nos trasladamos a nuestros estudios donde el Muy Altísimo Reverendo Padre Fortunato espera enfrentarse con usted en respetuoso debate.

—Gracias, señora —contestó Zión—, pero más que esperar mientras ustedes mueven los controles y hacen lo necesario para que esto funcione, permitan que empiece diciendo que no reconozco al señor Fortunato como muy altísimo nada en absoluto y mucho menos reverendo, ni padre.

Fortunato apareció en la pantalla ya dividida, vestido con uno de sus elaborados atuendos, con manto y sombrero y vestido de terciopelo y adornado con ribetes. Estaba tras un púlpito decorado con grabados, pero era claro que estaba sentado. Su sonrisa parecía desoladamente genuina.

—Saludos, doctor Ben Judá, estimado opositor. Oí algo de esto y puedo decir que, como siempre, lamento que usted haya decidido empezar, lo que se pretende sea un debate cordial, atacando ferozmente mi carácter. No me rebajaré a eso y solamente deseo darle la bienvenida y mis mejores deseos.

Hizo una pausa, pero Zión no contestó. Luego de unos segundos de silencio, Zión dijo:

—¿Entonces me toca el turno? Empezaré estableciendo el caso de Jesús como Cristo el Mesías, el Hijo del Dios viviente...

—¡No! —intervino la moderadora, la mujer de la central—. Eso fue una simple bienvenida y si usted opta por pasarla por alto, empezaremos nosotros.

—Entonces, ¿puedo hacer una pregunta si decidimos ser tan formales? —preguntó Zión—. ¿Es una de las reglas básicas que la moderadora pueda editar las declaraciones de este lado del debate? Por ejemplo, ¿cómo concluir que fui descortés al pasar por alto el saludo de un enemigo?

—Señor, ¿podemos empezar? —preguntó ella—. El reverendo Fortunato tiene la palabra.

—Mi premisa es simple —comenzó León, mirando directamente a la cámara.

Abdula se desconcertó. Siempre había considerado a Fortunato como una especie de bufón. Sin embargo, el hombre en la pantalla, aunque Abdula lo conocía bien, parecía muy afectuoso, bondadoso y amoroso, y eso tenía que darle credibilidad entre los desinformados.

—Proclamo a Nicolás Carpatia, el resucitado de los muertos, como el único dios verdadero, ¡digno de adoración y salvador de la humanidad! —dijo León—. Es el que apareció en la época de la peor calamidad de la historia del mundo y ha reunido a la Comunidad Global en paz, armonía y amor. Usted dice que Jesús de Nazaret es el Hijo de Dios a la vez que Uno con Dios, lo cual es insensato y no puede demostrarse. Esto los deja, a usted y sus seguidores, adorando a un hombre que, sin duda, fue muy espiritual, muy brillante, quizá iluminado, pero que ahora está muerto. Si está vivo y es tan omnipotente como usted dice, lo desafío a que me haga morir aquí donde estoy.

"Señor, hazlo", oró Abdula. "Oh Dios, demuestra quién eres en este momento".

—Salve Carpatia —dijo León, aún sonriendo—, nuestro señor y rey resucitado.

León parecía a punto de continuar, pero Zión tomó la palabra:

—Confío que usted nos ahorre el resto del himno escrito por el ególatra y sobre él, quien asesina a los que disienten de él. Yo elevo a Jesús el Cristo, el Mesías, plenamente Dios y plenamente hombre, nacido de virgen, el Cordero perfecto que era digno de ser sacrificado por los pecados de todo el mundo. Si no es más que hombre, su muerte sacrificada fue solamente humana y los que creemos en él estaríamos perdidos.

»Sin embargo, las Escrituras demuestran que es todo lo que proclamó ser. Su nacimiento se anunció con cientos, sí, miles de años antes de que se cumpliera en cada mínimo detalle. Él mismo cumple, por lo menos, ciento nueve profecías separadas y distintas que prueban que es el Mesías.

»El cristianismo es único y genial pues el nacimiento virginal permitió que el unigénito Hijo de Dios se identificara con los seres humanos sin renunciar a su santa naturaleza divina. De manera que pudo morir por los pecados de todo el mundo. Que su Padre lo haya resucitado a los tres días demuestra que a Dios le satisfizo su sacrificio por nuestros pecados.

»No solamente eso, sino que he descubierto, en mi exhaustivo estudio de las Escrituras, que solo en los cuatro Evangelios hay más de ciento setenta profecías del mismo Jesús. Muchas ya se cumplieron al pie de la letra garantizando que las que se refieren a acontecimientos aún futuros también se cumplirán por completo. Únicamente el mismo Dios podía escribir la historia por anticipado: prueba increíble de la deidad de Jesucristo y la naturaleza sobrenatural de Dios.

—Sin embargo —contrarrestó Fortunato—, *nosotros sabemos* que nuestro rey y soberano se levantó de los muertos porque lo vimos con nuestros propios ojos. Si hay alguien en este planeta que haya visto a Jesús resucitado, que hable ahora o calle para siempre. ¿Dónde está? ¿Dónde está ese Hijo de Dios, ese hombre de milagros, ese rey, ese Salvador de la humanidad? Si su Jesús es Aquel que usted dice que es, ¿por qué se esconden en el desierto y viven a pan y agua?

»El dios de este mundo vive en un palacio y da buenos regalos a todos los que le adoran.

Zión desafió a León para que admitiera la cantidad de muertes por la guillotina, que hubo tropas de infantería y armamento de guerra que la tierra se tragó en las afueras de Petra, que dos bombas incendiarias y un misil mortal cayeron sobre Petra con plena potencia, pero que nadie salió herido ni se dañó ninguna edificación.

—¿Por qué no admite también que las fuerzas de los Pacificadores de Seguridad e Inteligencia de la Comunidad Global han gastado millones de nicks en atacar todo el tráfico que entra y sale de Petra y ni siquiera un solo avión, piloto o voluntario salió con un rasguño?

León elogió a Carpatia por la reconstrucción realizada en todo el mundo agregando:

—Los que mueren en la guillotina la eligen por sí mismos. Nicolás no quiere que nadie perezca, sino que todos sean leales y se consagren a él.

—Aun así, señor, la población ha disminuido a la mitad de lo que era, los mares están muertos por la maldición de la sangre, profetizada en la Biblia y enviada por Dios. A pesar de eso, los creyentes, al menos sus hijos, esos que sobreviven a la criminal persecución del hombre que usted quiere entronizar como dios, reciben agua y alimento del cielo, no solamente aquí, sino en muchas zonas del mundo.

León siguió tranquilo y convincente, luchando, alabando a Nicolás. En un momento, denigró a los judíos:

—Los judíos son unos desleales, de los cuales usted es uno, doctor Ben Judá.

—Usted lo dice con desprecio, señor Fortunato. Sin embargo, llevo ese título como un distintivo de honor. Me siento el más humilde de todos por ser uno de los elegidos del pueblo de Dios. Sin duda, toda la Biblia es el testimonio de su plan eterno para nosotros y este se está ejecutando para que el mundo entero lo vea incluso mientras hablamos.

—¿Pero ustedes no fueron los que mataron a Jesús? —dijo Fortunato sonriendo como si hubiera asestado el golpe con la daga asesina.

—Por el contrario —replicó Zión—. El mismo Jesús era judío, como usted bien sabe. Es más, la verdadera muerte de Cristo fue a manos de los gentiles. Compareció ante un juez gentil y los soldados gentiles lo clavaron a la cruz.

»Ah, hubo una ofensa en su contra por parte de Israel que debemos llevar la nación y su pueblo. En el Antiguo Testamento está profetizado en el libro de Zacarías, capítulo 12, versículo 10, que Dios derramará "sobre la casa real de David y los habitantes de Jerusalén [...] un espíritu de gracia y de súplica, y entonces pondrán sus ojos en mí. Harán lamentación por el que traspasaron".

»Israel debe confesar un pecado nacional específico contra el Mesías antes que recibamos la bendición. En Oseas 5:15, Dios dice: "Volveré luego a mi morada, hasta que reconozcan su culpa. Buscarán ganarse mi favor; angustiados, me buscarán con ansias".

»¿La ofensa? Rechazar que Jesús es el Mesías. Nos arrepentimos de eso rogando por su regreso. Vendrá una vez más e instalará su reinado terrenal y, no solamente yo, sino también la Palabra de Dios misma predica la condenación del maligno rey de este mundo cuando se establezca ese reino.

—Bueno —contestó León—, le agradezco esa fascinante lección de historia, pero yo me regocijo en que *mi* amo y señor esté vivo y bien, y que lo vea y hable con él todos los días. Le agradezco que haya sido un opositor digno y rápido.

—Usted me trata así y, no obstante, nunca contesta las demandas y acusaciones que le he formulado —dijo Zión.

—Y —prosiguió León—, me gustaría saludar a los muchos ciudadanos de la Comunidad Global que residen temporalmente con usted e invitarlos a que disfruten de los beneficios y privilegios del mundo exterior. Confío que muchos se reúnan con uno de nuestros profetas y maestros y hacedores de milagros cuando ministre en su zona en menos de una hora. Él...

—Las Escrituras nos dicen que muchos engañadores han salido por el mundo y ellos no confiesan que Jesucristo ha venido en cuerpo humano. Ese es un engañador y un anticristo —interrumpió Zión.

—Si me permite terminar, señor...

—Todo el que se descarría de la doctrina de Cristo, no tiene a Dios. El que permanece en la doctrina de Cristo, sí tiene al Padre y al Hijo. Si alguien los visita y no lleva esta doctrina, no lo reciban en casa ni le den la bienvenida, pues quien le da la bienvenida se hace cómplice de sus malas obras.

—De acuerdo, pues, usted ha estudiado bien todos sus aburridos versículos bíblicos. Simplemente me contentaré con darle las gracias y...

—Siempre que me tenga en la televisión internacional, señor Fortunato, me siento obligado a predicar el evangelio de Cristo y a proclamar las palabras de la Escritura. La Biblia dice que la Palabra no regresará vacía, así que quisiera citar...

Sin embargo, le cortaron la transmisión y gran parte de la gente en Petra vitoreó y aplaudió su presentación. Aun así, un remanente de una facción rebelde empezó a salir, aun después de haber oído todo lo que dijo el doctor Ben Judá.

—Volveremos —gritaron muchos cuando se enfrentaron a la mayoría que cantaba y les rogaba que no se fueran.

—Practiquen el dominio propio. Manténganse vigilantes. Su enemigo el diablo anda como león rugiente, buscando a quien devorar.

—¡Hay amnistía para nosotros! —dijo uno—. Nadie tiene que pagar por haberse terminado el plazo final para la marca de la lealtad, ¡aunque haya pasado tanto tiempo!

Abdula no pudo entender eso. Seguro que esos tenían que estar entre los que esperaron demasiado tiempo para pensar las enseñanzas de Cristo. Sus corazones tenían que estar endurecidos porque su conducta era ilógica por completo.

Se apresuró en regresar a su habitación y tomó los binoculares que le entregaron en el último embarque de la Cooperativa. Volvió a subir a un lugar alto para observar cuando ellos salieran del angosto desfiladero y la marcha de tres kilómetros hasta donde la Comunidad Global tenía armada ya una plataforma.

DIECIOCHO

Mac había aprendido a pasar por alto las advertencias de la CG cuando sobrevolaba el Néguev en el espacio aéreo restringido. Salían por la radio, enviaban aviones de reconocimiento, hasta trataban de empujarlo para expulsarlo del cielo. A menudo había amenazadores aviones de la CG que volaban bastante cerca, tanto que se veían las caras de los pilotos. Mac se acordaba que las primeras veces parecían decididos. Después, cuando sus rifles montados erraban los blancos sin explicaciones, se veían asustados. Los CG habían aprendido a retroceder para no convertirse en blancos de sus propios termomisiles que atravesaban sus blancos cuando acertaban.

Hoy pasaban por todas sus maquinaciones típicas: la advertencia por radio, el vuelo paralelo, los disparos, los misiles. Cuando Mac logró divisar a los pilotos, estos se veían aburridos o, en el mejor de los casos, resignados. Parecían tan intrigados como los pilotos de la Cooperativa respecto al porqué la CG seguía despilfarrando equipos, municiones y ojivas nucleares que eran tan costosos.

Mac miró a Albie y ambos menearon la cabeza.

—Otro día, otra liberación —dijo Albie.

—Nunca lo apreciaré como es debido —dijo Mac—. Me alegra que no dependa de vidas limpias.

—Tú vives con suficiente limpieza —dijo Albie.

—Amigo, no por virtud propia.

Mientras cruzaban rugiendo sobre el desierto en demanda de la pista de aterrizaje de Petra, Mac buscaba con los ojos el avión grande que Chang le expropió a Nueva Babilonia. Estaba en la cabecera de la pista, enorme y visible como la luz del día.

—¿Cómo se entiende eso? —preguntó Mac—. Dios debe cegar a estos tipos. Uno puede verlo desde kilómetro y medio de distancia, quizá más.

—Mira para allá —dijo Albie.

Casi directamente debajo de ellos había una zigzagueante hilera formada por varios centenares de personas que salían del desfiladero de kilómetro y medio de largo que se dirigía fuera de Petra. Iban rumbo al escenario estilo concierto que estaba instalado en medio del desierto. Al enfocarse Mac en la pista y empezar el descenso, vio al helicóptero que saltaba desde Petra hacia la cabecera de la pista de aterrizaje desde donde Abdula los trasladaría adentro.

—¿Piensas que Smitty quisiera dar una mirada más de cerca a eso de abajo? —preguntó Albie.

—¿Por qué? ¿Tú quisieras?

—Claro.

—Estoy dispuesto. ¿Estaremos protegidos hasta esa distancia?

—En el aire sí, quizá nos arriesguemos si vamos caminando.

—Vamos en el helicóptero.

—Esto es respuesta a la oración —comentó Abdula minutos más tarde—. Quiero ver qué está pasando allá.

—Es un riesgo, Smitty —dijo Mac—. Tienes una protección muy buena, pues das la impresión que eres de aquí. Ya Albie y yo no tenemos ni identidad ni marcas falsas, ni disfraces, ni seudónimos, nada de nada. Mejor que decidas si vale la pena que te vean con nosotros.

Abdula no pudo ocultar una sonrisa.

—Mira, pícaro —dijo Mac sonriendo—. Me puse en la línea de fuego, ¿no es cierto? Y por poco te lo crees.

—Mac, yo no iba a dispararte.

—Verbalmente sí. Con toda seguridad que sí.

—Supongo que decidí que es mejor que no me vean con ustedes cuando volvamos a Petra.

—Simpático. Ahora, vamos a hablar en serio...

—Creo que Dios nos protegerá. Debemos mantenernos juntos, parecer oficiales, pero sin dar evidencias de que no tenemos marcas.

—Tu turbante te tapa y nosotros tenemos gorras. ¿Crees que baste con eso? ¿Debiéramos ir armados?

—No tengo idea de cuántos de la CG habrá allí —dijo Albie—, pero me imagino que una vez que lleguemos allí, estaremos expuestos. O sea, que me parece que las armas no nos servirán de nada.

—Debiéramos quedarnos en el helicóptero —dijo Abdula frotándose la frente—. Si podemos, vamos a ver y oír desde aquí.

—¿Y si nos preguntan?

—Tú les hablas en tejano y ellos se quedarán confundidos por el tiempo suficiente para que yo despegue.

—Ay, Smitty, estás pesado hoy.

—¿Quién quisiera acercarse a un helicóptero con las aspas de la hélice funcionando?

Abdula estudió a sus amigos. Era claro que tenían tanta curiosidad como él.

—¿Debiéramos pedir permiso a alguien? —dijo Mac.

—¿A quién? —contestó Abdula—. ¿Tu mamá?

Mac asintió, admitiendo que Abdula estaba dando muestras de un sentido del humor, pero sin recompensarlo.

—Raimundo está volando en alguna parte. Esto es cosa de nosotros. ¿Qué haremos?

—Yo lo apoyo —dijo Albie.

Abdula asintió.

Mac subió al asiento trasero del helicóptero. Abdula se deslizó detrás de los mandos. Albie se sentó a su lado.

Cuando estaban en el aire, Abdula gritó para hacerse oír:

—Pudiéramos ver qué dice Chang. Lograr que ponga algo en la computadora.

Nadie contestó así que Abdula abandonó la idea. Se preguntó si se estaban comportando como tontos. En su interior sabía que así era, pero no podía detenerse.

Estaba claro que Mac entendía que este espectáculo estaba organizado exclusivamente para los rebeldes de Petra. Trató de que Abdula explicara por qué alguien desearía dejar la seguridad de esa ciudad, pero esa fue una pregunta retórica sin respuesta.

Abdula se estaba demorando, pero el helicóptero sobrepasó con rapidez al montón de personas que caminaban, así que lo bajó a unos treinta metros del escenario, levantando una nube de polvo que una leve brisa llevó directamente a la gente que estaba en la plataforma. Ellos miraron fijamente al helicóptero.

Mac vio a varios de la CG armados que miraban y hablaban entre sí. Uno se acercó, era un joven de robusto pecho que hubiera resultado macizo aun sin el chaleco blindado que fue evidente al acercarse. Abdula había apagado los motores y la hélice acababa de pararse.

—Quédate sentado aquí y míralo —dijo Mac—. Deja que él tome la iniciativa.

Chaleco Blindado estaba ahí, de pie, con su arma colgando, para nada amenazador, pero mirando con expectación a Albie que iba sentado en el segundo asiento, al lado de la puerta.

—¿Va a abrir? —dijo el joven.

—No, si no tenemos que hacerlo —dijo Albie—. El aire acondicionado todavía mantiene fría a esta cosa.

—Tienen que hacerlo —dijo el pacificador.

Albie miró para atrás a Mac que asintió. Albie abrió la puerta.

Mac se inclinó y habló con voz brusca.

—¡Hijo, no se acerque mucho a esta máquina! El motor todavía está caliente y se sabe que, a veces, escupe combustible. Y pudiera ser que tengamos que echarla andar de nuevo, solo por un poco de aire.

—¿Qué vienen a hacer aquí?

—Lo mismo que tú. Seguridad. Control. Ahora te voy a pedir que te alejes del aparato.

Eso era tener nervios, pero después de lo que Mac había pasado el año pasado, esto era para él como un paseo por el parque. Si el muchacho quería meterse en un enfrentamiento de voluntades, Mac lo iba a demorar el tiempo suficiente para que Smitty volviera a encender los motores y ellos se irían entonces. Claro que aun las armas pequeñas podían derribar un helicóptero desde corta distancia, pero quizá la idea del lanzamiento de los chorros de combustible que él le plantó en su mente, fuera algo que calmara al hombre de la CG.

El truco de Mac dio resultado. El hombre asintió y retrocedió.

—Arranca, Smitty —dijo Mac—. Tenemos que darle motivo para hacer una concesión.

El polvo sopló de nuevo. Abdula apagó con rapidez. El CG regresó. Mac tomó la ofensiva. Se inclinó, pasando a Albie, y abrió la puerta.

—No te preocupes —dijo—, esta será la última vez que hagamos eso hasta que nos vayamos. No queremos que la gente quede tapada de polvo ni impedirles oír nada, ¿está bien?

—Precisamente eso era lo que iba a decirle, señor.

Mac le saludó con el índice y la gente empezó a llegar, pareciendo ya agotada.

La muchedumbre necesitó solamente unos pocos minutos para reunirse y sucedió que un muchacho, que en otra ocasión hubiera parecido normal, y que a Mac le pareció como una versión juvenil de Fortunato, tomó el micrófono. Calzaba zapatos blancos y vestía camisa y pantalones blancos, parecía un orador motivador, todo entusiasmado y preciso. Dijo que él era todo el espectáculo: presentador, artista, todo.

—Aun así, no soy típico. No, amigos. La gente me dice que soy un tipo de Cristo. Bueno, ustedes juzgarán. Todo lo que puedo decirles es que no soy de aquí. Eso no fue un chiste. Ni siquiera soy de este mundo. Hoy no hay música, ni bailarinas, solamente estaré yo, un hacedor de prodigios. Vengo bajo la autoridad del resucitado señor Nicolás Carpatia, y él me ha dotado de poder.

»Si ustedes no creen, les pediré que miren al cielo. Sé que el sol sigue alto todavía, caliente y brillante, ¿pero están de acuerdo conmigo en que no hay nubes? Ninguna. Ni una. ¿Alguien ve alguna en cierta parte? ¿En el horizonte lejano? ¿Formándose en algún lugar del gran más allá? Pongan las manos como viseras, así es, perfecto, pero háganme el favor de quitarse las gafas de sol, los que las tengan. Ahora entrecierran los ojos y eso está bien. Algunos fruncen el entrecejo, pero en un momento más ya no lo harán.

»¿Les gustaría un linda nube? ¿Algo que bloqueara el sol por un momento? Puedo darles una. Ustedes están escépticos. No me miren a mí, se lo perderían. Piensan que eso fue un truco, ¿pero cómo califican eso?

Una sombra cayó sobre la multitud. Hasta los CG miraron boquiabiertos al cielo. Abdula se inclinó adelante. Albie se dobló también hacia delante. Mac giró el cuerpo entre ellos y levantó la vista. Una espesa nube blanca tapaba al sol. La gente decía: Oh y ah.

—¿Cómo hace eso? —preguntó Abdula.

—Ya te lo dijo —contestó Mac—. El poder de Nicolás.

—¿Demasiado rápido? —inquiría el hacedor de milagros—. ¿El súbito cambio de la temperatura los enfrió, aun aquí en el desierto? Quizá sea suficiente sombra por el momento, ¿no es así?

La nube desapareció. No se movió, ni se esfumó ni se disipó. Estaba ahí y se fue.

—¿Qué tal con la mitad de la sombra, pero aún con el suficiente sol para que pase y los mantenga tibios?

Instantáneo.

Una mujer que estaba cerca del escenario se arrodilló y empezó a adorar al hombre.

—Oh, señora, gracias, muchísimas gracias. Sin embargo, todavía no han visto nada. ¿Qué tal esta base del micrófono? De sólido acero, un largo eje de dos piezas, micrófono separado con su cordón, adosado en la punta. ¿Alguno quisiera subir y probar que es cierto lo que digo?

Un hombre mayor subió cojeando los escalones de la plataforma. Palpó el micrófono y la base y, luego, tamborileó sobre el eje superior, produciendo ruidos fuertes por el sistema de sonido.

—Ayayay, ¡miren eso! —dijo el Milagrero. Y una serpiente que salió de su mano hasta la caja del transformador sustituyó el micrófono y su base.

La gente retrocedió y algunos gritaron, pero la serpiente desapareció tan rápido como apareció, y ahí estaba el micrófono con su base, como antes.

—¿Trucos mágicos? Ustedes saben la verdad. ¿Han tenido problemas en conseguir agua últimamente? ¿O creeremos los cuentos que salen de Petra? ¿Creen que un manantial allá dentro fue un acto de Dios? Entonces, ¿en qué me convierte eso?

Apuntó al medio de la multitud y un manantial brotó del suelo, salpicando por encima de sus cabezas.

—Fría, clara y refrescante, ¿no es así? —dijo—. ¡Disfruten! ¡Adelante!

Y ellos lo hicieron.

—¿Tienen hambre? ¿Cansados de la comida en su nuevo hogar? ¿Qué tal una cesta de pan de verdad, tibio y crujiente y más que suficiente para todos?

Estiró la mano hacia atrás y la sacó con un canasto de mimbre que tenía una servilleta de lino. En ella se amontonaban cinco trozos de panes de buen tamaño, tibios y dorados.

—Empiecen a pasar esto. Así es, aquí tiene. Sí, claro, tome uno. No, ¡uno entero! Tome dos si quiere. Hay más allá de donde llegó esto.

La cesta pasó de mano en mano y todos sacaron al menos un pedazo; varios tomaron dos, y aun así, la cesta no se vaciaba.

—¿Quién soy? ¿Ustedes quién dicen que soy? Soy un discípulo del amo viviente, el soberano Carpatia. ¿Los he convencido de que es todopoderoso? Sin embargo, se le agotó su paciencia con ustedes. Quiere que les administre la marca de la lealtad, cosa que puedo hacer sin tecnología. Ustedes ya no tienen más dudas de mí, ¿cierto?

La gente negó meneando sus cabezas.

—¿Quién será el primero? Haré cuatro a la vez. Usted, usted, usted y usted. Pregunte a sus amigos qué ven.

Hasta Mac pudo ver que esa gente tenía la marca de Carpatia en sus frentes.

—¿Más? Sí, levanten las manos. Ahora escúchenme aquellos que tienen levantadas las manos en este preciso instante. No, nadie más. Bajen las manos si no las tenían arriba cuando lo dije. ¿Por qué esperaron tanto tiempo? ¿Qué los retenía? A quien sirvo quiere que los mate, así que están muertos.

Más de cien personas cayeron al suelo del desierto, haciendo que los restantes aullaran y lloraran.

—¡Silencio! ¿No creen que pueda matarlos a todos ustedes juntos? Si pude matar a esos, ¿no puedo también resucitarlos? ¡A ver, esos seis, arriba, aquí, levántense!

Los seis se pararon como si acabaran de despertar. Se veían avergonzados como si no supieran por qué habían estado tirados en el suelo.

—¿Piensan que estaban durmiendo y nada más? ¿Como en trance? Muy bien, están muertos otra vez.

Los hombres se desplomaron nuevamente.

—Ahora, si saben, comprueben sus signos vitales.

Esperó.

—Nada de aliento, nada de pulso, ¿verdad? Que esa sea una lección para los que quedan. ¿Ven aquello, allá en la distancia? Sí, ahí. ¿Esa nubecita de polvo que pareciera venir rodando en volteretas para acá? Esas son víboras de la especie más mortal. Vienen por ustedes.

Algunos se dieron vuelta y empezaron a correr, pero se congelaron en su sitio.

—No, no. Sin duda que no creen que sea posible escaparse de uno que puede crear una nube para tapar el sol. Si quieren la marca de la lealtad, levanten su mano ahora y recíbanla.

El resto del gentío levantó sus manos desesperadamente.

—Sin embargo, debieran morir muchos más, antes que lleguen aquí las víboras.

Se desplomaron alrededor de treinta y seis personas.

—¿Por qué siguen viniendo esas víboras? —gritó una mujer—. ¡Todos obedecimos! ¡Todos aceptamos la marca!

—Las víboras son sabias, eso es todo —contestó él—. Saben quiénes eran serios y leales, y quiénes actuaron solamente por miedo a perder la vida.

El manantial se volvió sangre y la gente que estaba cerca retrocedió alejándose.

—¡Necios! —exclamó el hombre—. ¡Todos son unos necios! ¿Creen que un dios como Nicolás Carpatia los quiere de súbditos? ¡No! Los quiere muertos y lejos de las garras de sus enemigos. Ahora pueden salir corriendo y me divertirá verlos correr con tanta rapidez y frenesí como les sea posible, pero les advierto algo: Ustedes no correrán más rápido que las víboras. No llegarán a Petra a tiempo para salvarse. Sus cuerpos yacerán tirados hinchándose y tostándose al sol hasta que las aves se coman su carne. Pues cuando me vaya, me llevo conmigo la sombra que les di.

La gente salió como un bólido del lugar, gritando y tambaleándose en la arena, enloquecidos, corriendo hacia Petra. Los guardias de la CG parecían pedir disculpas y miraban con fijeza cómo las víboras cambiaban de rumbo para perseguir a la gente. El manantial se secó, la nube desapareció y docenas de pedazos de pan quedaron esparcidos en la arena.

Mac miró a Albie y Smitty y todos menearon sus cabezas, temblando. De repente, el milagrero estaba parado directamente frente al helicóptero. Aunque no abrió la boca, Mac lo oyó como si el hombre estuviera dentro del helicóptero.

—Sé quiénes son ustedes. Los conozco por sus nombres. Su dios es débil y la fe de ustedes es falsa, y les queda muy poco tiempo. Sin duda, morirán.

A Mac le costó recuperar la voz.

—Vamos —graznó y Abdula echó a andar los motores. La nube de arena subió y se alejó y, mientras Smitty se elevaba, Mac miró hacia abajo, pero no vio nada más que una larga franja de arena imperturbable, manchada solamente por los muertos que se cayeron desplomados en aquel lugar. Ningún CG. Ningún hacedor de milagros. Ninguna plataforma. Ningún pan. Ningún vehículo.

¿Qué pasaba con las serpientes? Tampoco las vio, pero desparramados por casi medio kilómetros estaban los restos de las personas, inmóviles, aplastadas y grotescas sobre el suelo del desierto, con las extremidades abiertas.

Zión tenía turbado su espíritu por una profunda sensación premonitoria. Sabía que no sería capaz de pastorear hasta la Manifestación Gloriosa a cada persona que había llegado a Petra. No obstante, creía que muchos indecisos serían persuadidos cuando vieran la mano poderosa y milagrosa de Dios.

Muchos ya lo estaban; de eso no cabía duda. Eso era lo que Jaime y los ancianos decían cuando él se desesperaba, metido en las profundidades de una de las cuevas. Era como si el Señor le hubiera dicho que los rebeldes no volverían... ninguno de ellos. Aun así, no sabía si Dios los iba a matar como hizo en la rebelión de Coré en los tiempos de Moisés, o si lo haría el anticristo después que los sedujera con su gran engaño para que fueran al desierto.

Alzó los ojos cuando Noemí entró con rapidez desde el centro de tecnología y telecomunicaciones yendo directamente donde estaba su padre. Ella le lanzó una mirada a Zión mientras le susurraba algo en el oído a su padre y Zión lo supo cuando vio que los hombros del anciano se encorvaban y el triste movimiento de su cabeza.

La joven salió y su padre se acercó a Jaime. Zión se inclinó diciendo:

—Díganos a los dos. De todos modos, debo enterarme de esto en su momento.

—Pero señor —dijo el padre de Noemí—, ¿no se le puede evitar todo esto siquiera por un día luego de su triunfo sobre el falso profeta? ¿Por qué aguar la fiesta de su regocijo?

—Amigo mío, no me estoy regocijando. Fui incapaz de impedir que el falso profeta incitara a los rebeldes para que hicieran lo que querían, sin que importara lo que dije ni lo que hice. Dígamelo todo. No se guarde nada.

—Tres amigos suyos, del Comando Tribulación, fueron testigos presenciales y ahora acaban de regresar. Solicitaron un momento con usted.

—¡Por supuesto! —exclamó Zión parándose—. ¿Dónde están?

—Vienen para acá desde el helipuerto.

Cuando él y Jaime se acercaban a la entrada de la cueva, entraban Mac, Albie y Abdula. Todos se abrazaron. Los ancianos mantuvieron una distancia respetuosa mientras los cinco formaron un grupo cerrado y Mac relataba lo ocurrido.

—Ustedes no debieran haber ido —dijo con tristeza Zión.

—Si hubiéramos sabido lo que íbamos a ver, no hubiéramos ido —dijo Mac—. Aunque, ya sabe, a veces nosotros, los pilotos, somos tan curiosos como los niñitos. Esto bien pudiera habernos curado de espanto.

—Ese hombre no era humano —dijo Zión—. Con toda seguridad que era una aparición demoníaca. Apocalipsis 12 dice que a Satanás, que engaña al mundo entero, lo arrojarían a la tierra "junto con sus ángeles". Como es natural, no es de sorprenderse que a esa gente ni siquiera la reclutaran para la Comunidad Global. Juan 10:10 dice que Satanás solamente quiere "robar, matar y destruir".

—Tengo una pregunta, doctor Ben Judá —dijo Albie—. ¿Está bien que a uno no le guste eso? Quiero decir, todos estamos escandalizados por lo que sucedió, pero precisamente al pensarlo se me ocurre lo que Dios quizá estuviera haciendo, al permitir que algo así ocurriera y no lo entiendo del todo.

—No te sientas mal por eso, hermano mío, a menos que tus objeciones hagan que dudes de él. Dios tiene el dominio. Sus caminos no son nuestros caminos y él ve todo el panorama que nosotros no seremos capaces de percibir desde este lado del cielo. También yo estoy perturbado. Hubiera deseado mucho que algunos de ellos hubieran corrido de regreso a nosotros rogando que intercediéramos por ellos ante Dios, en la forma que los rebeldes hijos de Israel lo hacían en las épocas del Antiguo Testamento. Me habría encantado orar por su expiación o levantar la imagen de la serpiente de bronce para que los que recibieron la mordedura la miraran y se sanaran.

»Sin embargo, Dios tiene el aventador en su mano. Está limpiando de enemigos a la tierra y permite que los indecisos se encaren con las consecuencias de su postergación. Sabes tan bien como yo que nadie en su sano juicio escogería a otro que no fuera Dios que puede protegerlos contra las armas de destrucción masiva, pero ahí estaban esos necios, aventurándose al desierto, fuera de la protección que Dios extendió y allí yacen. Como dice el apóstol Pablo: "¡Qué profundas son las riquezas de la sabiduría y del conocimiento de Dios! ¡Qué indescifrables sus juicios e impenetrables sus caminos! '¿Quién ha conocido la mente del Señor, o quién ha sido su consejero?' [...] ¡A él sea la gloria por siempre!"

Mac se levantó mucho antes del amanecer, ansioso de marcharse. Sin embargo, mientras esperaba a Albie y Abdula, se dio cuenta del rumor que corría por Petra. Se anunciaba por medio del complicado sistema de transmisión verbal que Zión y Jaime estaban convocando a todos a una asamblea después que comieran el maná matutino.

Abdula y Albie comieron rápidamente y empacaron, juntándose con Mac y el millón de personas antes que los tres estuvieran listos para despegar.

Jaime se dirigió primero a la muchedumbre.

—Zión cree que el Señor le ha dicho que no reine más la indecisión en el campamento. Pueden confirmarlo viéndolo por ustedes mismos. ¿Hay alguno sin la marca del creyente en este lugar? ¿Alguno en determinado lugar? No los presionaremos ni los condenaremos. Esto es solamente para nuestra información.

Mac escrutó con rapidez a la gente que alcanzaba a ver, pero sobre todo observaba a Zión y Jaime, que esperaron más de diez minutos para cerciorarse bien.

Entonces Zión se adelantó, diciendo:

—El profeta Isaías predijo lo siguiente: "En aquel día ni el remanente de Israel ni los sobrevivientes del pueblo de Jacob volverán a apoyarse en quien los hirió de muerte, sino que su apoyo verdadero será el Señor, el Santo de Israel.

»"Y un remanente volverá; un remanente de Jacob volverá al Dios Poderoso. Israel, aunque tu pueblo sea como la arena del mar, solo un remanente volverá". Y del maligno gobernador de este mundo que los ha atormentado, más adelante dice Isaías: "En aquel día esa carga se te quitará de los hombros, y a causa de la gordura se romperá el yugo que llevas en el cuello". Alabado sea el Dios de Abraham, Isaac y Jacob.

»El profeta Zacarías citó a nuestro Señor Dios que hablaba de la tierra de Israel diciendo que "las dos terceras partes del país serán abatidas y perecerán; solo una tercera parte quedará con vida [...] Pero a esa parte restante la pasaré por el fuego; la refinaré como se refina la plata, la probaré como se prueba el oro. Entonces ellos me invocarán y yo les responderé. Yo diré: 'Ellos son mi pueblo', y ellos dirán: 'El Señor es nuestro Dios'.

»Queridos amigos míos, ustedes son el remanente de Israel, conforme a la clara enseñanza del capítulo 37 del libro de Ezequiel, donde nuestra estéril nación se ve en los últimos días como un valle de huesos secos, que el mismo Señor dice que "estos huesos son el pueblo de Israel. Ellos andan diciendo: 'Nuestros huesos se han secado. Ya no tenemos esperanza. ¡Estamos perdidos!'"

»Pero, entonces, amados míos, Dios le dice a Ezequiel: "Por eso, profetiza y adviérteles que así dice el Señor omnipotente: 'Pueblo mío, abriré tus tumbas y te sacaré de ellas, y te haré regresar a la tierra de Israel [...] Pondré en ti mi aliento de vida, y volverás a vivir. Y te estableceré en tu propia tierra. Entonces sabrás que yo, el Señor, lo he dicho, y lo cumpliré'".

Había pasado mucho tiempo desde que Raimundo había hecho un trabajo físico muy duro. Aun en Mizpe Ramón se construyó la pista aérea para la Operación Águila, en gran medida bajo su supervisión, pero con el trabajo de terceros que operaban los equipos pesados. También estaba a cargo de ese operativo, pero no había dudas de que cada par de manos era crucial.

Lionel Whalum aterrizó casi sin incidentes en Gobernador Gregores. El único problema era que la pista principal la destruyeron durante la guerra y la Cooperativa la reconstruyó duplicándola en paralelo a treinta metros de la original. La CG no sabía de esa reconstrucción ni del inmenso campamento de creyentes clandestinos que, desde entonces, había estado cosechando trigo y comerciando a través de la Cooperativa.

Sin embargo, cuando se descartó la destruida pista, quedó una parte hundida oscura y llana en el suelo y, desde el aire se veía como si la pista todavía estuviera allí; eso le había informado Luis Arturo, el contacto principal de Raimundo en la zona, y que había llevado semanas borrar esos rastros.

Luis había estudiado la enseñanza secundaria y la universidad en los Estados Unidos y hablaba un inglés fluido aunque con un fuerte acento. Tuvo suficiente roce con los grupos universitarios que ministraban en esos campus, de modo que cuando regresó a la Argentina y sufrió por las desapariciones, sabía con exactitud lo que había pasado. Él, con unos amigos de su infancia, corrió a su pequeña parroquia católica, donde no quedaba casi nadie. Su sacerdote preferido y maestro de catecismo también había desaparecido, pero, por la literatura que hallaron en la biblioteca, aprendieron cómo confiar personalmente en Cristo. Pronto se convirtieron en el núcleo de un nuevo cuerpo de creyentes en aquel lugar.

Luis resultó ser un hombre fervoroso que hablaba muy rápido y, aunque era claro que prefería a Ree, fue amistoso y amable con todos, siendo su prioridad esencial la carga del avión y que estos hombres partieran pronto.

—Todo lo que oímos son rumores de que la CG está contaminado el Chico y que nos andan siguiendo —dijo—. Tengo muchas razones para creer que eso es solamente lo que dicen los paranoicos, pero no podemos arriesgarnos. De todos modos, el tiempo se va acortando, así que tenemos que mudarnos.

Parecía que le agradaba tanto Ree porque, aunque el surcoreano era el miembro más joven y más pequeño de la tripulación de Raimundo, resultó ser el que estaba en mejor estado físico de todos, contando a los argentinos y a los estadounidenses por igual, excepto George Sebastian.

La fama del gran George lo precedía, y mientras trabajaba levantando solo los pesados sacos de trigo y los cargaba a bordo del avión, muchos sudamericanos trataban de que les hablara de su prisión en Grecia y de su huida.

Raimundo se fijó en que George trataba de restarle importancia.

—Dominé a una mujer que tenía la mitad de mi tamaño.

—¿Pero estaba armada, no, y había matado gente?

—Bueno, no podíamos dejar que siguiera haciendo esas cosas, ¿verdad?

Casi todo el tiempo Raimundo trabajaba hombro con hombro con Lionel, los que cargaban uno a uno los sacos de trigo. Ree también ayudaba, pero era joven y rápido y a la mañana siguiente no se sentiría como Ray y Lionel.

Luego de dos días completos de duro trabajo, el trigo quedó prácticamente trasladado y el avión estaba parcialmente cargado, gracias a los elevadores hidráulicos de grano y a seis contenedores de aluminio que podían almacenar hasta doce mil kilos cada uno. En ese momento llegó Luis corriendo: "Señor Steele, venga a la torre conmigo, rápido. Tengo binoculares".

Raimundo siguió al joven hasta una torre nueva, hecha de madera, y de dos pisos de altura, diseñada para fundirse en el paisaje. Los aviones tenían que buscarla, pero los intrusos que no supieran que estaba allí, no la hubieran visto de ninguna manera.

Raimundo tuvo que recobrar el aliento cuando llegó al tope de la escalera, pero cuando estuvo listo, Luis le entregó los binoculares apuntando a la distancia. Raimundo ajustó los lentes en pocos segundos, pero lo que vio hizo que se preguntara si ya era demasiado tarde y su trabajo había sido en vano.

DIECINUEVE

Aunque no era un vuelo largo de Petra a la India, Mac dormía profundamente cuando Albie aterrizó el avión con el cargamento en Babatpur. Con la demora en Petra, perdiendo un par de horas por los husos horarios, y el pesado avión, era medianoche cuando llegaron.

A Mac le costó un momento recuperar la orientación, pero a los pocos segundos el hombre al que solo conocían por Bihari los sacó rápidamente a él, Abdula y Albie. Serio y práctico, dijo:

—Por favor, apúrense. Nos quedan unos ciento cincuenta kilómetros al norte de la presa Rihand.

—¿Ciento cincuenta kilómetros? —preguntó Mac—. ¿Cómo vamos a traer esa agua al avión?

—¡En camiones!

—¿La CG duerme aquí o qué?

—Amigo mío, la CG disfruta del agua potable.

Bihari promedió más de ciento veinte kilómetros por hora en una pequeña furgoneta que no debía ir tan rápido en carreteras que quizá nunca antes vieron esa velocidad, sobre todo a altas horas de la noche. Hora y media después, en una envolvente nube de polvo, giró a un claro cercano a una pequeña planta procesadora y le mostró a Mac y los demás los montones altísimos de botellas con agua que parecían suficientes para llenar dos camiones grandes.

—¿Dónde está el resto? —preguntó Mac—. Nos conseguimos un avión muy, pero muy grande.

—Me preguntaba si lo iban a notar —dijo Bihari—. ¿No escucharon que toqué el claxon cuando pasaba vehículos en el camino?

—Creo que en algunas ocasiones.

—Todos los camiones, menos dos, ya van rumbo al avión. Empezamos cuando supimos que venían en vuelo. La perspectiva de trigo de verdad para comer nos ha motivado a todos. Con ustedes y las carretillas elevadoras, podemos tener cargados los dos últimos camiones al amanecer y estar en camino.

Pocos minutos después, mientras Mac retrocedía la carretilla elevadora hacia el montón de cajones, pasó junto a Albie.

—Esa gente me hace sentir como un viejo tonto y flojo —comentó—. Nuestro trabajo es cómodo si lo comparamos con el de ellos.

—Ellos no quieren preocuparse por los misiles y las balas —dijo Albie—. ¿Consiguen esto abasteciendo a la CG con un poco de agua?

Bihari interrumpió la última carga haciendo señas a Mac con las manos, por encima de la cabeza.

—¿Su gente se desalentará por un contratiempo?

—Depende —contestó Mac—. ¿Podremos despegar e irnos de aquí?

—Sí, pero creo que *nosotros* estamos condenados.

—Esa no es la mejor noticia del día. ¿Cuál es el problema?

—Pasaremos por la presa cuando regresemos al aeropuerto. Está un poco fuera del camino, pero usted debe verla.

—He visto presas antes. ¿Algún problema con la de ustedes?

—Mi gente dice que cayó la siguiente maldición del Señor.

—¡Huy! ¡Huy!

—No puedo imaginarme cómo se ve la sangre forzada a pasar por las puertas de control de una presa.

—Yo tampoco —dijo Mac—. ¿Cómo están sus existencias de agua, menos lo que nosotros nos llevamos?

—Quizá seis meses, pero la CG nos allanará con toda seguridad cuando descubran que tampoco tenemos ya manantiales.

—¿Saben dónde están?

—Tienen que tener una idea. No les llevará mucho tiempo.

—Esconder este lugar debe ser su prioridad principal.

El sol se estaba poniendo y, sin embargo, el calor todavía se sentía en las llanuras argentinas. Raimundo trataba de no mover los binoculares lo suficiente para enterarse de qué se trataba la conmoción que veía. Podía ser cualquier cosa, pero ninguna de las alternativas le parecía positiva. Sin duda, allá había gran cantidad de gente, pero no lograba saber si eran militares, CG, Monitores de la Moral, campesinos, gente de la ciudad o qué.

—¿Despegamos o mejor vemos qué pasa? —le dijo a Luis entregándole los binoculares.

—Usted sabe lo que pienso.

—¿Andamos armados? ¿Cuántos tenemos?

Luis negó con la cabeza.

—¿Qué le parece si yo proporciono el vehículo y usted da las ideas?

—Está bien —dijo Raimundo—. Sebastian y yo iremos armados, pero no a la ofensiva. Vamos a ver qué está pasando y los mantendremos a usted y su gente fuera de esto.

Mientras bajaban de la torre, Luis dijo:

—Señor amado, te ruego que no haya ocurrido todavía.

—¿Qué es eso?

—¿Huele eso, capitán Steele?

Raimundo olfateó el aire. Sangre.

Mac estaba preocupado con el viaje desde la planta procesadora. ¿También tendrían que traer en camiones el enorme cargamento de trigo para acá? ¿Tenían suficiente camiones? ¿Y dónde lo iban a almacenar?

Por un lado se preocupaba por eso y, por el otro, se alegraba de que no fuera su problema. Este convenio lo organizaron pensadores mejores que él. Así que era problema de ellos.

Cuando Bihari paró en la presa, el otro camión cargado se detuvo detrás. Al principio, nadie se bajó, pero luego se bajaron los cuatro.

Se quedaron ahí de pie observando durante un minuto. Estaban abiertas dos de las enormes compuertas del muro de la presa, que descargaban enormes cascadas de líquido, salpicando un barranco y arrasando cuando pasaba por el lado de ellos. La sangre era más espesa que el agua y sonaba diferente. Olía terrible y Mac la halló aterradora en cierto modo. Le recordaba una pesadilla que lo dejaba helado.

Un hombre estaba de pie a varios cientos de metros de distancia de la presa, corriente abajo del torrente de sangre. Parecía conocido.

—¿Quién es aquel? —preguntó Mac señalándolo.

—¿A quién te refieres? —preguntó Albie.

Mac lo giró a la dirección adecuada y apuntó.

—No veo bien a esta hora de la madrugada, Mac, ¿a quién ves?

Tim LaHaye & Jerry B. Jenkins

—¿Nadie ve a ese hombre al lado de la roca, allá abajo? Está cerca del río.

Nadie dijo nada.

—Voy a ir a ver quién es. ¡Nos está mirando directamente! ¡Nos hace señas que bajemos!

—Mac, no lo veo. Quizá sea uno de esos espejuelos de vaqueros tuyos.

—¿Uno de mis *qué*? —dijo Mac ladeando la cabeza hacia Abdula.

—Una de esas cosas que ustedes los vaqueros ven en el desierto cuando tienen sed. Parece agua, pero no es más que un cactus o algo así. Un espejuelo.

Albie echó para atrás la cabeza riéndose a carcajadas.

—¡Yo me crié a quince mil kilómetros de Texas y sé qué es eso! Es un *espejismo*, Smitty. Un espejismo.

—Bueno, esto no es un espejuelo ni un espejismo —dijo Mac—. Volveré de inmediato.

Se acercó hasta llegar a pocos metros del hombre que lo estuvo observando todo el camino.

—Si ibas a venir, ¿por qué no trajiste una botella vacía?

—¿Para qué quiero una botella de sangre? De todos modos, no creo que tenga una vacía.

—Vacía una y tráela.

Mac se dio vuelta como si ese fuera el pedido más normal y no tuviera otra alternativa.

Mientras se apresuraba a regresar, Abdula dijo:

—Bueno, ¿qué era, socio? ¿Un espejuelo?

—Muy cómico, jinete de camellos.

Mac sacó una botella de uno de los cajones, se tomó la mitad mientras regresaba, luego botó el resto.

—¡Oiga! —le gritó Bihari—, esa cosa es tan valiosa como el trigo, ya lo sabe.

Mac se fijó bien dónde ponía los pies mientras llegaba hasta la marea carmesí.

—Miguel, tú sí que andas por todos lados, ¿verdad? —dijo—. ¿Eres omnipresente o algo así?

—Sabes bien, Cleburn, que estoy de servicio, igual que tú —contestó Miguel.

—Y, por pura coincidencia en la misma parte del mundo que yo. Nunca pude agradecerte por...

Miguel levantó una mano para hacerlo callar, luego tomó la botella. Suspiró y miró al cielo. Habló con suavidad, pero con mucha pasión:

—Grandes y maravillosas son tus obras, Señor, Dios Todopoderoso. Justos y verdaderos son tus caminos, Rey de las naciones. ¿Quién no te temerá, oh Señor? ¿Quién no glorificará tu nombre? Solo tú eres santo. Todas las naciones vendrán y te adorarán, porque han salido a la luz las obras de tu justicia.

Miguel caminó con cuidado entre las rocas hasta llegar abajo, al borde del rápido e impetuoso río. La sangre que brotaba hacía tanto ruido que Mac se preocupó de no poder escuchar a Miguel si volvía a hablar. Como si supiera del miedo que tenía Mac, este se dio vuelta y le hizo señas que se acercara más. Mac vaciló. La sangre salpicaba a Miguel. Sus ropas color marrón estaban manchadas, al igual que la barba y el pelo.

—Ven —dijo.

Y Mac fue.

Miguel estaba de pie, con un pie sobre una roca y el otro a centímetros del río.

—Justo eres tú, el Santo, que eres y que eras, porque juzgas así: ellos derramaron la sangre de santos y de profetas, y tú les has dado a beber sangre, como se lo merecen —dijo Miguel.

Entonces otra voz, que Mac no supo de dónde venía, dijo:

—Así es, Señor, Dios Todopoderoso, verdaderos y justos son tus juicios.

Miguel se agachó y echó la botella en la corriente impetuosa. La sangre vertiginosa le empujó el brazo empapando su manga y llenó la botella. Y cuando la sacó del agua y se volvió a Mac, no había nada de sangre en él. Su túnica estaba seca. Su rostro estaba limpio, su brazo estaba limpio. La botella estaba llena de agua pura y limpia.

—Bebe —le dijo Miguel a Mac mientras le daba la botella.

Mac se llevó la fría botella a los labios y la empinó.

—Jesús dijo: "El que beba del agua que yo le daré, no volverá a tener sed jamás, sino que dentro de él esa agua se convertirá en un manantial del que brotará vida eterna" —afirmó Miguel mientras Mac se bebía toda el agua cerrando los ojos.

Mac abrió los ojos exhalando ruidosamente. Miguel se había ido.

—Con todo el debido respeto, señor —dijo Sebastian—, ¿se da cuenta de que nada más somos usted y yo, un par de armas, unos pocos peines de balas y que no tenemos idea de en qué nos vamos a meter?

—Tenía esperanzas de que me protegieras —dijo Raimundo—. Esta cuestión militar es muy nueva para mí.

—No vamos a atacar en verdad a esa gente, ¿eh?

—George, espero que no. Nos superan en número sin ninguna esperanza.

—Señor, eso es más o menos a lo que me refería.

—Sigamos esto y veamos qué hallamos.

—¡Uf! Un momento, ¿puede detenerse un segundo?

—¿Hablas en serio?

—Sí, señor.

Raimundo se detuvo y se estacionó.

—Usted no leyó eso en un libro de estrategia militar, ¿no es cierto?

—¿Qué es eso?

—La táctica de *veamos qué hallamos*.

—George, escucha, nada es como era antes. Improvisamos cada día. Tú eres un vivo ejemplo de eso. Aquí no tenemos alternativas. Tenemos todo un montón de hermanos y hermanas que tratan de sobrevivir, y ahora pudiera haber algo que quizá los esté amenazando. Si regresara y los armara a todos, no serían rival para la CG si decidieran avanzar. Así que veamos de qué se trata. No debiéramos ir derecho a meternos en el medio de esto antes de saber si tenemos que regresar. Usa los binoculares. Ves si hay gente de la CG armados, avisas y viramos. ¿Es suficiente?

George se quedó como si estuviera pensando.

—Considere eso —dijo—. ¿Ve allá? Por encima de su otro hombro. Hay un grupo grande de unos que se dirigen al lugar de reunión. Demos un amplio rodeo por la retaguardia y metámonos en ese grupo. No son militares ni son amenazadores.

—Tiene sentido.

—Siempre. Hay que usar los recursos que uno tenga.

—¿Quieres decir como tu mente? —comentó Raimundo.

—Bueno, no iba a decir eso.

Mac miró alrededor con el corazón a todo galope como si hubiera subido corriendo la ladera. Bajó corriendo al rápido e impetuoso río de sangre y hundió la botella en la corriente. La sangre lo salpicó por completo, pero cuando sacó la botella, era de nuevo agua pura.

Se rió y gritó y volvió corriendo donde estaban Albie, Abdula y Bihari, pero ellos no habían visto a Miguel y se cansaron rápidamente de las payasadas de Mac.

—¡No lo vieron! ¿Verdad que no?

Ellos lo miraban con seriedad desde los camiones.

—¿No me vieron derramar el agua? Pues bien, Bihari, tú sí me viste porque me dijiste que valía su peso en trigo. ¿Lo recuerdas? Bueno, entonces, ¿de dónde saqué esto?

Bihari se bajó del camión.

—¿De dónde *sacó* eso? —preguntó.

—¡De ese río que está ahí! ¿Ves algo de sangre en mí?

—¡No!

—¿Todavía piensas que están condenados? La CG va a dejarlos tranquilos cuando vean lo que pasó a su fuente de agua. Sin embargo, manda a tu gente y sus equipos para acá, como siempre. Dios cuida a los que él selló, ¿amén?

Entonces Albie y Abdula llegaron para ver.

—¡Caballeros, prueben un sorbo! Van a querer beberla toda, pero es para compartir.

Raimundo y George se hallaron en medio de una peregrinación de alguna clase. Casi todos iban a pie. Por la ropa parecían ser gente de pueblo y de ciudad, y algunos campesinos.

—¿Alguien habla inglés? —preguntaba George.

Dos veces más y, por fin, uno que parecía estar con su esposa y quizá un par de familiares más, se acercó al vehículo, diciendo:

—¿Inglés? ¡Sí!

—¿Dónde vamos? —preguntó George.

—Vamos a donde nos han invitado —dijo el hombre.

—¿Todos ustedes están invitados?

—No sé de los otros. Nosotros estamos invitados.

—¿Quién los invitó?

—Tres hombres. Vinieron a la puerta y nos dijeron que los buscáramos allá afuera y que nos contarían una buena noticia.

—Pero ustedes no son leales carpatianos —dijo George—. No veo marcas.

—Tampoco en usted, señor —dijo el hombre—. Y, sin embargo, no parece más asustado que nosotros.

—Ustedes ni siquiera parecen preocupados —dijo George.

—Los hombres nos dijeron que no tuviéramos miedo.

—¿Por qué les creyeron? ¿Qué les dio esa confianza?

—Ellos eran dignos de crédito. ¿Qué más puedo decir?

—Pregúnteles a otros por qué están aquí.

El hombre habló en español a otro grupo, luego a otro.

—Los mismos hombres nos invitó a todos.

—¿Y quiénes son?

—Nadie sabe.

—Y, no obstante, todos arriesgan sus vidas para estar aquí.

—Señor, es como si no tuviéramos alternativa.

Raimundo se paró y la multitud siguió pasando.

—George, ¿a qué se te parece?

—Lo mismo que a usted, lo que relató Ming.

—Exactamente. Y tendremos la certeza con las primeras palabras que salgan de sus bocas. Si uno... ¿Cristóbal...?

—Así es.

—Empieza con el evangelio y el siguiente predice lo que sucederá a Babilonia...

—¿Nahúm?

—Exacto. Y Caleb advierte sobre aceptar la marca, bueno, eso es todo lo que tenemos que saber.

—Sin embargo, ¿dónde está la CG, Raimundo? Estos salvaron gente en la China, pero los pacificadores los mataron de todos modos.

Ambos se volvieron en sus asientos para ver si veían al enemigo.

—Quizá Dios y estos hombres trabajan en distintas formas en diferentes lugares del mundo.

Lea Rosas trabajaba en el subterráneo de la enorme casa de Lionel Whalum en Long Grove, Illinois. Ella y Hana hacían el inventario de los artículos médicos que tenían y una lista de lo que se necesitaba en varias localizaciones de la Cooperativa. Trabajaban con documentos impresos de Cloé Williams.

—Estoy buscando un lugar que, francamente, necesite más que artículos médicos —comentó Lea.

—Te escucho. ¿Hay algo más agotador que estar mano sobre mano? No sé si quiero volver al fragor de la lucha, pero tengo que estar en alguna parte donde me necesiten.

—El problema es —dijo Lea—, que Petra no necesita medicinas *ni* enfermeras, pero al menos me gustaría hacer escala allí en la ruta a mi próxima comisión.

—Mmmm, ¿es eso en realidad? Me pregunto, ¿quién? Quiero decir, ¿por qué?

—Hana, cállate.

De repente, a Lea se le doblan las rodillas y por poco se cae.

—¿Qué fue eso? —preguntó Hana—. ¿Te sientes bien?

—Sí, no sé, de repente me sentí débil, pero pasó.

Sin embargo, en cuanto dijo eso cayó de rodillas.

—¡Lea!

—Estoy bien. Solo que... solo que yo... Oh Dios, sí. Lo haré, Señor. Por supuesto.

—¿Qué? ¿Qué pasa?

—Ora conmigo, Hana. Tenemos que orar por el señor Whalum.

—¿Voy a buscar a su esposa?

—Se supone que oremos ahora mismo. "Señor", dijo Lea, "no sé qué me estás diciendo salvo que el señor Whalum necesita oración en este preciso momento. Confiamos en ti, te amamos, creemos en ti y sabemos que eres soberano. Haz lo que tengas que hacer para mantenerlo sano y salvo a él, y a todos los que están a su lado. Raimundo, George, Ree y él debieran irse pronto, así que dales lo que necesiten, guárdalos en la forma en que necesitan protección y anda por delante de ellos a la India.

—Ahí vienen —dijo Raimundo señalando más allá del ala occidental de la muchedumbre para mostrarle la CG a George. Ellos avanzaban en vehículos todo terreno y en furgonetas, uniformados y armados. Traían altavoces.

Mientras Raimundo manejaba al otro lado de la multitud estacionando donde pudiera ver a la gente, la CG y el frente de la asamblea, un oficial de la CG anunció:

—Esta es una asamblea ilegal. Ustedes violan la ley. Aquí no hay instalaciones para administrar la marca de la lealtad y a ustedes se les venció hace muchos meses el plazo final de la fecha, son tantos que no se les permitirá rectificar esa negligencia. Presentarse en público sin la marca de la lealtad se castiga con la muerte a manos de cualquier ciudadano respetuoso de la ley, pero, si ahora se dispersan y regresan directamente a sus casas, les ofreceremos una corta ampliación del plazo permitiéndoles aceptar la marca dentro del lapso de veinticuatro horas. Hay un centro de aplicación cercano en Tamel Aike y otro en Laguna Grande, ambos a unos noventa kilómetros de aquí.

La gente no se detuvo ni miró ni se vio atormentada. La CG empezó de nuevo la letanía:

—Esta es la última adverten...

—¡Silencio!

La voz imperiosa vino desde el frente, de uno de los tres, y sin amplificadores.

—Me llamo Cristóbal y hablo bajo la autoridad de Jesucristo el Mesías e Hijo del Dios vivo. Él decidió que todos los que de este grupo reciban hoy su evangelio eterno, entrarán a su reino milenial en su Manifestación Gloriosa, precisamente dentro de dos años a partir de ahora.

La gente empezó a murmurar y los CG volvieron a sus altavoces, pero estos no funcionaron y nadie pudo oírlos.

—Mis colaboradores, Nahúm y Caleb, están aquí conmigo solamente para proclamar lo que el Señor nos encargó que proclamáramos. Y entonces, el mensaje de salvación de Dios, como se encuentra en su unigénito Hijo, lo presentará uno de los ciento cuarenta y cuatro mil testigos que levantó desde las tribus de los hijos de Israel.

»Y ahora váyanse, obreros de la iniquidad, siervos del maligno príncipe de este mundo. Nunca más se acercarán a esta gente ni a este lugar. ¡Váyanse! ¡No sea que Dios y Padre de nuestro Señor Jesucristo los ataque con la muerte en el mismo lugar en que están!

Los de la CG corrieron a sus vehículos por sus vidas. Cristóbal dijo:

—Teman a Dios y denle gloria, porque ha llegado la hora de su juicio. Adoren al que hizo el cielo, la tierra, el mar y los manantiales.

Nahúm siguió con su maldición para Babilonia y Caleb advirtió sobre las consecuencias de aceptar la marca de la bestia. Luego un evangelizador, vestido con túnica blanca, pasó al frente diciendo:

—Habrá señales en el sol, la luna y las estrellas. En la tierra, las naciones estarán angustiadas y perplejas por el bramido y la agitación del mar. Se desmayarán de terror los hombres, temerosos por lo que va a sucederle al mundo, porque los cuerpos celestes serán sacudidos. Entonces verán al Hijo del hombre venir en una nube con poder y gran gloria.

"El trigo está a punto de llegar, Bihari, y tú tienes agua en abundancia. Ahora, discúlpame, tengo que hacer una llamada telefónica". Mac marcó el número de Raimundo. "¿Ray? Hombre, ¿dónde están? ¿Cuándo vienen para acá? ¡Bueno! Escucha, ¿vieron los ríos? Perfecto, estás *en* el Chico. Deja que te cuente, esto no afecta a los creyentes. Al menos, no por acá". Le relató su encuentro con Miguel y lo que había pasado con la sangre. "¡Nos falta como una hora para despegar, así que díganles a esos hermanos y hermanas que ya va el agua! Bueno, está bien, ahora no la necesitan tanto, ¿verdad? Bihari está aquí presente y me mira como si me acabara de enloquecer. Bueno, oye, diles que un trato es un trato".

—Capitán Steele, ¿puedo decírselo? —preguntó George.
—¿Decir qué a quién?
—A Luis. Sobre la CG que tiene que dejar en paz esta zona. Y del agua.
—Te gusta compartir buena noticias, ¿cierto?
—¡Claro que sí!
—Entonces, aprovecha.
Cuando volvieron Luis trotó al automóvil.
—¿Bien?

—George quiere tener el privilegio —contestó Raimundo—. Nos vamos en diez minutos.

Lionel iba a pilotear las cuatro primeras horas, luego Ree se encargaría de los mandos, pero Raimundo aterrizaría el aparato. Ray se estaba poniendo el cinturón de seguridad en el asiento del copiloto cuando Lionel echó a andar los motores, pero al ponerse los auriculares percibió que algo andaba mal.

—¿Te sientes bien? —preguntó Raimundo.

—Hice todo el control previo al vuelo —dijo Lionel apretando los labios.

—Yo también, ¿y?

—No me parece que está bien.

—Amigo, el vuelo es largo, el avión grande, mucha carga, no despegaremos hasta que estés satisfecho, ¿oyes?

—Lo agradezco, pero no puedo precisar qué es.

—¿Quieres hacer de nuevo el control previo al vuelo, revisar cada caja de punta a cabo, nada más que para cerciorarte?

—¡Qué va! Déjeme pensar un momento.

Raimundo se volvió en su asiento.

—Ree, ¿cómo estás?

Ree le hizo señas alzando su pulgar y echó para atrás su cabeza como si estuviera listo para dormirse.

—Don Piloto, aquí viene el último miembro de tu tripulación, ¿tiene que cerrar la puerta o esperamos?

—Ay, qué cosa más loca. Un segundo. Estoy revisando la carga.

—¿Necesitas ayuda?

—Nada de eso, ya está.

—¿Hace frío allá?

—¡Seguro que sí!

Raimundo esperó que pasaran diez minutos. Ree y George estaban con los cinturones bien atados y dormitando. Ray se soltó y empezó a dirigirse hacia la bodega de carga cuando se encontró con Lionel que venía en sentido contrario.

—¿Todo bien?

—Dile a la torre que estamos listos —dijo Lionel mirándolo.

Mientras se volvían a poner los cinturones de seguridad, Lionel volvió a mirar a Raimundo.

—Bendito sea Dios, eso es todo lo que tengo que decir.

—No, eso no es todo. Cuéntame.

—Un contenedor entero estaba suelto. Con el primer bache aéreo se hubiera corrido.

—Pudiera habernos derribado.

—Por supuesto.

—Es seguro que revisaste la carga en el control previo al vuelo.

—Sí. Siempre lo hago. Nada es más importante que mantener la carga centrada y bien afirmada.

—¿Qué te hizo pensar en eso?

—No tengo idea. Revisé cada cerradura dos veces. Todas estaban hacia arriba. Nada más que sentí que tenía que volver a revisarlas.

—Bien, compañero —dijo Raimundo—, si aterrizamos en la India, esa sensación será la razón.

VEINTE

Cinco años en la tribulación

Chang se pasaba las horas monitoreando al palacio, con sus oídos siempre alertas para escuchar cada vez que oía Carpatia.

"Algo en la atmósfera de esa antigua región de Edom interfiere nuestros misiles, nuestros vuelos, nuestra artillería", dijo Nicolás una noche. "Toda la zona se ha transformado en un Triángulo de las Bermudas. Asegura la paz, pero no gastes un nick más en arsenal que no logra más de lo que podemos conseguir por vía diplomática".

Chang sabía que la diplomacia de la Comunidad Global era una soberana tontería. El procedimiento operativo estándar ya no incluía nada que siquiera se pareciera a las relaciones públicas del soberano. Alguien estaba intentando proteger al soberano de eso, pero desde todo el planeta llegaban las pruebas de que hasta los millones de ciudadanos que llevaban la marca de la lealtad a él sabían ahora que el resucitado dios de este mundo se había vuelto un rey déspota. Cientos de miles morían en todas partes por falta de agua potable.

Un informe de la Región 7, los Estados Unidos Africanos, mostraba a una mujer que arengaba públicamente a un pequeño grupo de personas evidentemente temerosas: "Justicia, juego justo, hasta los jurados son reliquias de otros tiempos. ¡Obedecemos a la CG y nos inclinamos ante la imagen del rey supremo solamente porque todos conocemos a alguien que mataron por desobedecer!" Le dispararon a matar donde estaba y el grupo de gente se dispersó temiendo por su vida.

De la misma zona llegó una pésima grabación que mostraba un desfile programado para beneficios de la RNCG. La gente marchaba como autómata, con sus miradas en blanco, mientras sostenían pancartas y cantaban "¡Salve, Carpatia!", con voces monótonas.

Chang sufría el caos de palacio a la vez que se beneficiaba con eso. En muchas formas, Nueva Babilonia se había vuelto una ciudad fantasma. Los ciudadanos ya no se podían dar el lujo de hacer peregrinajes a los refulgentes edificios. Sabía por las estadísticas reales, no por los libros falsos que se ofrecían resumidamente al populacho, que desde la época del arrebatamiento hasta la fecha había muerto la mitad de la población del mundo.

Ya ni siquiera la ciudad capital del mundo marchaba bien. Brotaban las facciones y los pequeños reinos, incluso en torno a Carpatia, la gente de rango superior amenazaba, embaucaba, rodeándose de aduladores. Cada cual sospechaba del otro, mientras que todos se comportaban serviles y halagadores alrededor del gran jefe. La rebelión estaba fuera de programa. Tenían un rey que había demostrado que la muerte no le afectaba. ¿Qué sentido tenía volver a matarlo? Uno podría asumir el poder por tres días, pero era mejor que uno saqueara el lugar y desapareciera cuando él resucitara.

El mal estado de los servicios de Nueva Babilonia no era nada comparado con otras partes del mundo, excepto Petra. Los pilotos del Comando Tribulación y de la Cooperativa informaban que en todas partes veían que sencillamente las cosas se gastaban y no se sustituían. La inmensa reducción drástica de la población le costó a la sociedad la mitad de la gente que estaba empleada en trabajos de servicios. Quedaron muy pocos para transportar combustible, reparar vehículos, mantener funcionando las luces de la calle y del tránsito, resguardar el orden y proteger los negocios. En *La Verdad*, Camilo relataba que la CG usaba sus uniformes, credenciales y armas para conseguir más cosas para ellos, sobre todo en las localidades. "Ay del dueño de negocios que no le haga favores a su amistoso asegurador de la seguridad del barrio".

Chang observaba todo esto desde su sitio de técnico oficial del departamento de computación de Aurelio Figueroa, pero sobre todo desde el sistema diseñado e instalado con tanta pericia por su predecesor, David Hassid. *Irónico*, pensó Chang, *que eso fuera lo único que seguía funcionando a la perfección*.

El mismo Carpatia estaba enloquecido y nadie a su alrededor siquiera fingía que fuera de otro modo, salvo en su cara. Parecía que todo el mundo agasajaba sus locuras, compitiendo para ver quién sería el primero en recibir su favor por ejecutar su última orden, que casi siempre se impartía en un ataque de furor.

—¡Insubordinación! —aullaba una noche, muy tarde ya, cuando Chang estaba escuchando a sus agotados súbditos que trataban de permanecer despiertos en su presencia—. ¡Mi subsoberano de la Región 7 debe despertarse mañana para descubrir que asesinaron los jefes de Libia y Etiopía, junto con sus gabinetes titulares en pleno!

—Excelencia, hablaré con él —decía Suhail Akbar—. Estoy seguro de que se dará cuenta de...

—¿Entendiste que eso era una orden, Suhail?

—¿Señor?

—¿No entendiste mi orden?

—¿Quiere usted que esos líderes y sus gabinetes estén literalmente muertos en la mañana?

—Si no puedes realizarlo, buscaré...

—Señor, puede hacerse, pero no habrá tiempo para enviar nuestras fuerzas de ataque desde acá...

—¡Tú eres el Director de Seguridad e Inteligencia! ¿No tienes contactos en África que puedan...?

—¡Señor, estoy en eso!

—¡Espero que así sea!

El trabajo lo realizó una fuerza del servicio de inteligencia africana de los Pacificadores y Monitores de la Moral. A Akbar lo elogiaron al día siguiente, pero luego sufrió el castigo de Carpatia durante más de tres semanas porque el jefe tenía problemas para "conseguir información útil de la Región 7".

Raimundo vivía en una cabaña clandestina como todos los demás que trabajaban desde la ex base militar de San Diego. Como Mac y Albie desde Al Basrah, Raimundo piloteaba misiones directamente entre San Diego y otros centros de la Cooperativa Internacional, lugares tan remotos y ocultos que si los pilotos podían eludir el radar de la CG, y hasta eso se desmoronaba por la pérdida de personal en todo el mundo, no había detalles molestos del aeropuerto que tuvieran que falsificar para poder pasar. Al jefe del Comando Tribulación le preocupaba que él y su gente pudieran bajar la guardia y presenciar que toda su red se viniera abajo. En realidad, se sintió con más control y cautela cuando la CG estaba en plena fuerza. El mundo se había convertido en un caldero de sistemas individuales de mercado libre.

Cuando Raimundo estaba "en casa", en San Diego, estudiaba los informes que llegaban a Cloé desde los trabajadores de la Cooperativa en todo el mundo. Difícilmente había un lugar del planeta que se escapara de la maligna influencia de los engañadores patrocinados por la CG. Los magos, los hechiceros, los brujos, las apariciones demoníacas y los delegados de León Fortunato, predicaban un evangelio falso. Se mostraban como figuras de Cristo, como mesías, adivinando la suerte. Elogiaban la deidad de Carpatia. Hacían milagros y prodigios engañando casi siempre con la promesa de agua potable a incontables millares que se dejaban seducir y que se alejaban de considerar lo que Cristo mismo decía; sin embargo, cuando se decidían por el maligno, este los diezmaba como hizo en el Néguev o Dios mismo los mataba. Zión Ben Judá seguía manteniendo que Dios siempre estaba igualando el resultado, sacando de la tierra a los que tenían la marca de la bestia porque se avecinaba una gran guerra.

"No es que el Dios de dioses no pueda derrotar a cualquier enemigo que escoja", enseñaba el doctor Ben Judá, "sino que el hedor del otro lado de la evangelización del maligno lo ofendió y enardeció su ira. No obstante, la ira de Dios sigue equilibrada por su gran misericordia y su amor. No ha habido un solo dato de muertes o lesiones de ninguno de los ciento cuarenta y cuatro mil evangelistas que Dios levantó para difundir la verdad de su Hijo".

Aunque agotado por la batalla y el anhelo del cielo o la Manifestación Gloriosa, a veces a Raimundo no le importaba cuál fuera la primera para él, aún se emocionaba con los informes que llegaban de todo el planeta. El Comando Tribulación vio a muchos de esos ciento cuarenta y cuatro mil valientes cuando se aventuraban a presentarse en público, llamando al indeciso a que saliera de su casa para enfrentarlos con las declaraciones de Cristo. Los hombres eran predicadores poderosos, ungidos por Dios con el don de la evangelización. A menudo los acompañaban ángeles guardianes que los protegían a ellos y sus oyentes. Las fuerzas de la CG eran incapaces de detenerlos.

"Los arcángeles Gabriel y Miguel se han visto en varias partes del mundo, haciendo pronunciamientos a nombre de Dios y poniéndose a defender a su pueblo", clamaban Zión y Jaime a la gente de Petra y de esa manera a todo el mundo a través de la Internet. En silencio, Raimundo le daba gracias a Dios mientras leía que el ángel del evangelio eterno, Cristóbal, se presentaba a menudo en regiones donde nunca se había predicado a Cristo. Nahúm continuaba advirtiendo de la inminente caída de Babilonia, a veces con Cristóbal, y en otras solo. Se informaba casi todos los días que Caleb estaba en otra parte advirtiendo de las consecuencias para quien aceptara la marca de la bestia y adorara su imagen.

Además de esos, no era raro que el Comando Tribulación viera o percibiera la presencia de ángeles que los protegían a cualquier parte que fueran. A menudo, aun fuera de las rutas a Petra, los aviones de la CG les interceptaban sus naves aéreas, les hacían advertencias, trataban de obligarlos a bajar, luego les disparaban. Los pilotos del Comando Tribulación hacían maniobras evasivas fuera del Néguev, pues nunca sabía cuándo ni dónde estarían protegidos. Sin embargo, hasta ahora Dios había optado por aislarlos, para rabia y estupefacción de la CG.

Faltando menos de dos años para la Manifestación Gloriosa, Raimundo se reunió con Camilo y Cloé para evaluar el estado actual del Comando Tribulación y preguntó:

—¿Dónde estamos y dónde tenemos que estar para el beneficio máximo de todo el cuerpo de creyentes del mundo?

Cloé informó que Lionel Whalum y su esposa habían podido mantener su casa en Illinois a pesar de que Hana y Lea habían desarrollado casos serios de depresión por el encierro.

—Es decir, que me parece que se sienten alentados por la obra de Dios en sus vidas. Lionel, por supuesto, se emocionó cuando Lea le contó la urgencia que sintió de orar por él antes que hiciera el control final de la carga antes de despegar desde la Argentina. Tú sabes, papá, que ahora él es uno de los pilotos más ocupados en la entrega de abastecimientos a todo el mundo.

—¿Cuán grave es el caso de Lea y Hana? —preguntó Camilo—. No conozco a ninguna de ellas mucho, pero Lea irrita a cualquiera. ¿Todavía anda ilusionada con Zión?

—Las dos intentan pasar inadvertidas y dicen que les parece que vivieran solamente de noche —dijo Cloé—. No se atreven a salir durante el día. La actividad de la CG es esporádica en esa zona de los suburbios, pero bastaría con que se informara que una persona no tiene la marca y correría grave peligro uno de nuestros bastiones más importantes.

—Casi nunca sé de Z —comentó Raimundo.

—Probablemente Zeke sea el que más cambió de todos —dijo Cloé meneando la cabeza—. Allá en Wisconsin occidental casi no necesitan sus servicios. No hay uniformes que ajustar, ni disfraces que inventar, ni agentes clandestinos que transformar.

—¿Pudiéramos usarlo mejor aquí? —inquirió Raimundo.

—No cuando sepas esto —dijo Cloé—. Zeke se ha convertido en una nueva persona. Se ha interesado tanto en estudiar la Biblia que en la práctica se ha convertido en ayudante del líder espiritual de la iglesia clandestina de esa zona.

—¿Zeke de pastor ayudante? —dijo Raimundo—. Me has dejado perplejo.

—Cloé se ha mantenido en contacto con Enoc y su gente —dijo Camilo.

—Sí, me disculpé por entrometerme en sus vidas y su comunidad porque sentía la responsabilidad por la división de gran parte de la congregación El Lugar. Sin embargo, Enoc me recordó que si no los hubiera descubierto, no hubieran sabido de la futura destrucción. Por otro lado, papá, sé que si no hubiera deambulado por Chicago a medianoche, quizás nunca hubiera podido ocurrir la segunda destrucción.

Una mañana en Petra la gente se despertó con la noticia de que todos los mares del planeta volvieron a convertirse en agua salada de forma espontánea. "Dios no me ha dado conocimiento especial sobre este", anunció Zión. "Aun así, me pregunto si no hay algo peor que se nos viene encima. Y pronto".

El cambio fue poco, salvo que Carpatia trató de darse el mérito de haber limpiado los mares anunciando: "Mi gente creó una fórmula que sanó las aguas. La vida vegetal y animal de los océanos volverá a resurgir antes de que pase mucho tiempo. Ahora que los océanos vuelven a estar limpios, también se restaurarán muy pronto todos nuestros hermosos ríos y lagos".

Se equivocó, por supuesto, y el disparate de su fanfarronada le costó incluso más credibilidad. Dios había decidido levantar, en su tiempo, la plaga de los mares, pero los lagos y los ríos siguieron siendo de sangre.

Antes de su ejecución, un rebelde sueco anunció: "Nuestro autotitulado soberano ignoraba, cuando se regocijó de los mares revividos, que aún sigue habiendo un desorden internacional. Los peces muertos, putrefactos y hediondos, todavía tapizan las costas del mundo y siguen acarreando enfermedades que han empujado tierra adentro a la mayor parte de la población de las costas. ¿Y dónde están las plantas purificadoras para convertir en agua potable a los mares? Nos morimos de sed mientras el rey almacena los recursos".

A los sesenta y ocho meses
de la tribulación

Chang se sintió intrigado cuando supo de una reunión imprevista en el salón de conferencias de Carpatia. En realidad, esa reunión la había convocado León, para gran enojo de Carpatia, pero Suhail Akbar, Viv Ivins y Cristal, la secretaria de Nicolás, acudieron rápidamente en defensa de León.

—Excelencia, se trata del agua —empezó León—. Puesto que usted ya no necesita más nutrición, ni agua, quizá no entien...

—León, escúchame. Hay agua en la comida. ¿Ustedes no están comiendo bastante?

—Soberano, la situación es gravísima. Tratamos de sacar agua de los mares y convertirla. Aun así, resulta difícil hasta sacar barcos nuevos a alta mar.

—Es lamentable, pero eso es cierto —dijo Akbar—, y nuestras tropas sufren en todas partes.

—*Yo estoy* sufriendo —dijo Viv—. Personalmente, quiero decir. Hay momentos en que pienso que me voy a morir si no encuentro un sorbo de agua.

—Señorita Ivins —dijo Carpatia—, no permitiremos que la administración de la Comunidad Global haga un alto porque usted tiene sed. ¿Entiende?

—Sí, Alteza. Perdone esa expresión de egoísmo. No sé en qué...

—Es más, ¿tiene aunque sea una pizca de experiencia en este campo?

—¿Señor?

—¡En el asunto que nos ocupa! ¿Trae usted a la mesa algo que nos ayude a encontrar una solución? ¿Es una experta, una científica, una hidróloga? No tiene que menear la cabeza. Sé sus respuestas. Si no tiene cosas urgentes que hacer en su oficina, ¿por qué no se limita a sentarse, escuchar y agradecer que reciba un sueldo aquí?

—¿Prefiere que me vaya?

—¡Por supuesto!

Chang oyó que ella retiraba su silla de la mesa.

—Un pequeño vínculo con mi familia —comentó Nicolás—, y se cree dueña de todo. Y no me dé la espalda cuando le hablo.

—Creí que usted quería que me fuera —gimoteó ella.

—Yo no doy el gusto a súbditos, empleados, amigos, o lo que sea, que le falte el respeto a su soberano. Esta misma actitud la hizo pensar que podía sentarse en *MI TRONO* en *MI TEMPLO*.

—Su Señoría, me he disculpado repetidamente por esa indiscreción. Estoy humillada, arrepentida y...

—Excelencia —dijo León con suavidad—, eso *ocurrió* hace más de dos años...

—¡Tú! —rugió Carpatia—. Tú convocas esta reunión y ahora también me vas a contradecir?

—No, señor, me disculpo si parece que yo...

—¿Cómo lo calificarías? ¿Te gustaría juntarte con la *tía Viv* y volver a tu oficina a trabajar en lo que se te ha delegado? ¡Hombre, eres la cabeza de la iglesia! ¿Qué le pasa al carpatianismo mientras te preocupas por el agua? ¿Dónde están aquí los científicos, los tecnólogos que tienen algo que ofrecer?

León no respondió.

—Señorita Ivins, ¿*por qué* sigue aquí?

—Yo... pues pensé que usted...

—¡Vete! Por el amor de...

—Señor —comenzó Suhail como si fuera la voz de la razón—, consulté con los expertos antes de venir y...

—¡Por fin, uno que usa el cerebro que yo le di! ¿Qué dices?

—Si usted se fija aquí, su Alteza...

Chang escuchó el crujido de papeles como si Akbar estuviera desplegando un documento.

—Hay fotografías de satélites que detectaron un manantial en el medio de Petra que, evidentemente, ha estado produciendo agua potable desde el día de los bombardeos.

—Así que estamos de vuelta en Petra, ¿no es así, director Akbar? ¿El sitio de tantos miles de millones de nicks derramados en las arenas del desierto?

—Señor, fue un desperdicio, pero fíjese qué muestra la fotografía aérea. Es evidente que el misil chocó con un acuífero que proporciona miles de galones de agua pura cada día. Resulta lógico razonar que la fuente de ese manantial se extiende mucho más allá del exterior de la ciudad de Petra y nuestra gente no ve motivos por los cuales no pudiéramos tener acceso a ella.

—¿Hacia dónde creen que se extiende?

—Hacia el este.

—¿Y a cuánta profundidad?

—Con esta clase de tecnología no saben, pero si un misil pudo dar en eso allá en Petra, seguramente que pudiéramos perforar al este o hasta usar otro misil.

—¿Usar un misil para abrir un manantial? Suhail, ¿alguna vez oíste eso de usar demasiado equipo para una tarea?

—Le ruego que me perdone, señor, pero dos bombas cortantes y un misil Lance produjeron solamente agua potable para un millón de enemigos.

Mac llamó a Abdula para transmitirle la noticia de la finalización de una nueva pista aérea para la Coope, "bellamente oculta» justo al este de Taizz, al norte del golfo de Adén, en Yemen del Sur.

—Albie tiene un embarque que quisiera entregar en Petra si tú pudieras manejarlo allá en algún momento de mañana o algo así.

—¿Yo? —dijo Abdula—. ¿Yo solo?

—Smitty, ¿necesitas que te vaya a llevar de la mano?

—No. Esa no es la cosa. Es que esas diligencias son mucho más entretenidas con compañía.

—Sí, yo soy como un canasto de risas, pero esa tarea es rápida y para un solo hombre, así que lo puedes hacer con uno de esos aviones livianos.

—Uno del personal del señor Whalum dejó aquí un Lear. ¿Puede la pista nueva aguantar a un Lear?

—Seguro. Un treinta o menos. De todos modos, espéranos a eso del mediodía. ¿Cuándo crees que pudieras hacer eso?

—Probablemente hoy mismo. Si termino a tiempo con mis citas de la manicura y el peluquero. También iba a pedir que me hicieran un masaje facial, pero...

—¡Santo cielo! ¿En qué cosas andas?

—¡Por fin te sorprendí, don Mac! —dijo Abdula riendo—. ¡Bromeaba contigo!

—Muy simpático, Smitty.

—¿Te sorprendí fuera de base vaquero o no?

———————

Abdula estaba verificando el tiempo en el centro de comunicaciones cuando Noemí lo llamó.

—Señor Smith, ¿pudiera decirme cómo se entiende esto?

Él se fue apurado.

—¿Qué le parece esto? —dijo ella.

Abdula sintió un cosquilleo en el estómago. ¿Se animaba a decirlo? ¿No se atrevía a decirlo?

—Eso parece que viene.

—¡Eso fue lo que pensé! ¿Qué puedo hacer?

—Anda a buscar a Jaime y Zión. Alerta roja.

—¿Puedo decirles que usted dio esa orden?

—Diles lo que sea necesario, pero rápido.

Ella apretó un botón y habló por un micrófono.

—Central de comunicaciones a jefatura.

—Aquí jefatura. Buenos días, Noemí.

—Necesito que los doctores Ben Judá y Rosenzweig vengan para acá lo más rápido posible, por un alerta roja autorizada por el señor Smith.

—No te pediré que repitas eso si puedes confirmar lo que me pareció que dijiste.

—Jefatura, afirmativo. Alerta roja.

Abdula salió hasta la entrada para recibir a Zión y Jaime. Los acompañaban varios ancianos que parecían muy serios.

—Abdula —comenzó Jaime—, las alertas rojas están reservadas para las amenazas al bienestar de todos.

—Síganme.

Los llevó hasta donde estaba Noemí y allí formaron un semicírculo tras ella y miraron fijamente la pantalla.

—¿Un misil?

—Así parece —dijo Abdula.

—¿Dirigido a la ciudad?

—En realidad no, pero cerca.

—¿Desde dónde?

—Probablemente Ammán.

—¿Tiempo?

—Minutos.

—¿Blanco?

—Parece que al este.

—¿En el lugar que han estado perforando?

Abdula asintió.

—Ellos han estado haciendo perforaciones durante semanas y no hemos visto nada —dijo Zión—. Nada de petróleo, ni agua, ni sangre. ¿Ahora van a bombardear el lugar? No es propio de Carpatia atacar con armas a sus propias fuerzas, diezmadas como están. ¿Tenemos tiempo para observar? ¿Será prudente?

Abdula estudió la pantalla.

—Dos años atrás estuve en el sitio de impacto de las dos bombas y el misil. No temería a otro misil que esté a menos de kilómetro y medio de aquí. Tenemos binoculares instalados en trípodes en el lugar alto que está al norte del bastión.—¿Le aviso a la gente? —preguntó Noemí.

Zión se detuvo un momento.

—Solamente diles que no se asusten si oyen una explosión dentro de... Abdula, ¿cuánto tiempo te parece?

—Quince minutos.

—Eso no toma por sorpresa al equipo de perforaciones —dijo Abdula minutos después, inclinado y mirando por unos binoculares de alto poder.

—Se fueron —dijo Zión.

—Bastante lejos. Más de kilómetro y medio. Quizá dos. Desarmaron el equipo de perforación. Eso me dice que no quieren que lo destruya ese misil. Es probable que esté programado internamente para una coordenada específica.

Jaime se sentó en una roca, respirando con pesadez.

—¿Será mi edad o el día está particularmente caluroso hoy?

—Amigo mío, estoy sudando más de lo habitual —dijo Zión.

Abdula se paró, se alejó de los binoculares y se puso una mano en forma de visera.

—Ahora que lo dicen, miren el sol.

Parecía más grande, más brillante, más alto de lo debido.

—¿Qué hora es? —preguntó Zión.

—Alrededor de las diez.

—Vaya, ¡pudiera ser el sol del mediodía! ¿No supones...?

Abdula oyó un sonido sibilante a la distancia. Miró al norte. Una columna de humo blanco apareció en el horizonte.

—Misil —dijo—. Será difícil seguirlo con los anteojos, pero se puede intentar.

—Puedo verlo a simple vista —dijo Zión.

—Tengo calor —dijo Jaime.

Observaron cómo el misil culebreaba delante de ellos y empezaba a descender. Era evidente que iba dirigido al sitio de la perforación. Pasó a toda velocidad por el equipo de perforación que estaba desarmado sobre el suelo del desierto, luego golpeó a ochenta metros al sur, levantando una inmensa nube de arena y polvo y cavando un amplio y profundo cráter.

El ruido ensordecedor de la explosión los alcanzó en pocos segundos y la nube se fue disipando poco a poco. Abdula reajustó los binoculares para estudiar el cráter.

—No creo posible que sea tan profundo como el hoyo que ya estaban haciendo —dijo—. De todos modos, hasta ahora no ha producido nada.

—Me divierte —dijo Zión—, pero me pregunto qué creyeron que iban a conseguir. Si esperaban sacar agua, ¿no hubieran producido sencillamente un géiser de sangre de cualquier manera?

VEINTIUNO

Desde su escritorio en la oficina, Chang se arriesgó en forma poco común siguiendo en secreto el curso del misil. Oía por los auriculares, pero se mantenía alerta en caso que alguien pasara por allí.

Nicolás blasfemó.

—Suhail, ¿cuánto costó el pequeño proyecto?

—No fue barato, Excelencia, pero aún no supongamos que fracasó...

—¿Supongamos? ¡El Lance que mandamos a Petra produjo de inmediato un chorro de agua que fluye hasta hoy! Eso es un desastre tan claro como el día.

—Puede que tenga razón.

—Siempre tengo la razón. Admítelo. Vas a tener que atacar esta cosa del agua de otra manera.

Chang oyó un golpe y la voz de Cristal.

—Señor, le ruego que me perdone, pero estamos recibiendo informes raros.

—¿Qué clase de informes?

—Una especie de onda térmica. Las líneas están atiborradas. La gente está...

Chang oyó un griterío y se dio cuenta que provenía de su oficina y no de la vigilancia que efectuaba. Salió con rapidez del sistema y se quitó los audífonos. Siguió a sus compañeros de trabajo hasta las ventanas donde se amontonaron para mirar afuera.

—¡Regresen! —gritaba el señor Figueroa mientras salía con brusquedad de su oficina—. ¡Aléjense de las ventanas!

No obstante, como los párvulos, esta gente quería hacer cualquier cosa que le prohibían y, al fin y al cabo, tenían mucha curiosidad. ¿Qué causaba las explosiones allá afuera? Felizmente para el grupo amontonado alrededor de la ventana desde donde atisbaba Chang, no fueron los primeros en llegar allí. Sin embargo, a dos compañeros de trabajo, el transigente y arrogante Lars y una mujer joven, los atravesaron fragmentos de vidrio cuando cedió la ventana que estaba ante ellos.

El húmedo y caluroso viento del desierto entró mientras ellos yacían retorciéndose, pálidos y aterrados. La primera mujer que se arrodilló para ayudar a los heridos, enrojeció de inmediato por el calor y, al rendirse e intentar evadir el viento, se le encrespó el pelo, le salieron chispas, estalló en llamas y quedó incinerada.

Otros trabajadores trataron de arrastrar a los dos primeros a un sitio seguro, pero también tuvieron que salir huyendo del calor.

—¿Qué *es* esto? —aulló uno—. ¿Qué está pasando?

Los que estaban al frente de Chang retrocedieron rápidamente de la ventana y él vio lo que estaba ocurriendo abajo. Los neumáticos de los automóviles reventaban. La gente se tiraba de los vehículos, luego trataba de volver a subirse, quemándose las manos en las manijas de las puertas. Los parabrisas se derretían, las plantas se pusieron color marrón, se marchitaron y luego se convirtieron en antorchas. Un perro se soltó de su correa, corrió en círculos, luego se cayó, jadeando antes de quedar incinerado.

—¡Al subterráneo!— gritaba Figueroa y la gente parecía reacia a abandonar a los heridos que estaban caídos—. ¡Es demasiado tarde para ayudarlos!

La gente miraba para atrás por encima de sus hombros mientras corrían y, cuando llegaron a la puerta, vieron que Lars y la joven reventaron en llamas que pronto los consumirían.

Chang fue uno de los últimos en abandonar la sala porque solamente fingía los efectos del calor. Vio los resultados, pero fuera de ser consciente de que la temperatura exterior parecía superior a la normal, no lo tocaba la fuerza que mataba.

Se alegró de llegar al ascensor en el momento que se cerraban las puertas.

—Subiré en el próximo —dijo pero, en cambio, se fue corriendo a sus habitaciones.

Era medianoche en San Diego y Raimundo se despertó a causa de los insistentes sonidos de su computadora. Salió arrastrándose de la cama y encendió la pantalla. Zión estaba informando a su público cibernético de todo el planeta que había caído el terrible cuarto juicio de las copas, según estaba profetizado en la Biblia, y que afectaría todas las zonas de la tierra, por husos horarios, a medida que fuera saliendo el sol. "Aquí, en Petra", escribía, "cerca de las diez de la mañana, la gente que salió al sol sin el sello de Dios se quemaron vivas. Al parecer, esta es una oportunidad sin precedentes para volver a rogar por las almas de hombres y mujeres, puesto que habrá millones que perderán a sus seres queridos. Sin embargo, las Escrituras también indican que esto pudiera ser tan tarde para los corazones de los indecisos que ya estarán endurecidos.

"Apocalipsis 16:8-9 dice: 'El cuarto ángel derramó su copa sobre el sol, al cual se le permitió quemar con fuego a la gente. Todos sufrieron terribles quemaduras, pero ni así se arrepintieron; en vez de darle gloria a Dios, que tiene poder sobre esas plagas, maldijeron su nombre'".

Raimundo tecleó una petición para hablar en privado con Zión o Jaime, cualquiera de los dos. "Sé que ustedes están muy ocupados ahora, pero les agradecería si uno de ustedes pudiera darme un minuto en aras del Comando Tribulación".

Ming se despertó con una llamada de Ree Woo que está a tres cabañas de distancia. Ree había prometido ver cómo estaba su madre así que, quizá, este fuera su informe pero Ming se alarmó por la hora. Descansaba en la promesa que le había dado Cristóbal tocante a la supervivencia de ella y su madre hasta la Manifestación Gloriosa, pero sabía que eso no garantizaba que su madre no viviera presa esos días.

—¿Todos están bien? —preguntó.

—Mucho mejor que bien —contestó Ree—. Aunque cuando llegué no estaba muy seguro. Me dijeron que permaneciera lejos del refugio subterráneo porque corrían rumores de que la CG los había encontrado y que planeaban un allanamiento. Los creyentes estaban muy ocupados empacando y se iban a ir sigilosamente esta noche. Oraban que la CG hiciera el allanamiento más tarde, como acostumbran, cuando se suponía que estuvieran durmiendo.

»Sin embargo, al salir el sol se dieron cuenta de que oían muy poco ruido de la calle. Unos se atrevieron a salir y vieron el daño que provocó el sol. Todo estaba quemado, reseco, derretido, destruido. No había nadie en las calles, aunque divisaron restos calcinados tirados por todas partes. Los creyentes están protegidos, pero la CG y los leales a Carpatia no pueden exponerse al sol. La clandestinidad se ha desplazado a plena luz del día y la CG se desilusionará si viene a detenerlos en la noche. Los creyentes no se fueron muy lejos, sino a un mejor escondite.

»Algo que vieron en el camino hubiera sido divertido si no hubiese sido tan triste. Una pequeña facción de la CG había tratado de usar trajes, botas y cascos a prueba de fuego para protegerse del enorme calor. Duraron lo suficiente para caminar menos de cien metros, entonces se separaron cuando sus trajes se prendieron fuego. Hay montones de materiales que arden diseminados por todas partes en las calles.

—¿Volverás pronto, Ree? Te extraño muchísimo.

—Yo también te extraño, Ming, y te amo. Esto me permitirá partir durante el día, así que debiera estar de regreso temprano.

—Ten cuidado, mi amor —dijo ella.

Raimundo se sentó al borde de la cama, con la cabeza entre las manos, envuelto en una oscuridad sin par que daba el refugio subterráneo. Raimundo estaba cansado y sabía que debía dormir más. Sin embargo, no podía hacerlo. Esta plaga podía brindar oportunidades únicas a él y su equipo, tal vez como ninguna otra.

Por último, entró la señal y Zión apareció al otro lado del sistema privado de mensajes.

—Perdóname por no prender el vídeo —dijo Raimundo—, pero aquí es medianoche.

—Muy bien, capitán. Te preguntaré algo. ¿Esta tiene que ser una conversación privada? Estoy en el centro de enseñanzas y otros pudieran oír.

—No importa, Zión ¿Están todos bien por allá?

—Muy bien. Sentimos un poco más de calor y algunos están con fatiga, pero es evidente que estamos protegidos contra los efectos reales de esta plaga.

—Sé que estás ocupado, pero necesito confirmación. ¿Crees que estamos inmunizados contra el calor los que tenemos la marca del sello de Dios?

—Sí.

—¿Te das cuenta, Zión, de lo que esto puede significar para el Comando Tribulación? Podemos hacer lo que queramos a plena luz del día. En la medida que nos escondamos cuando mengua el calor del día y la CG sale de nuevo, estarán impotentes para interferir.

—Entiendo. Te advierto, eso sí, que nunca se puede predecir a Dios con estas cosas. Conocemos la secuencia y nos acostumbramos a pensar que una plaga empieza y termina antes que comience otra. Sin embargo, la maldición de los océanos no había terminado aún cuando la misma maldición golpeó lagos y ríos, y los océanos se limpiaron no mucho antes que cayera esta, la actual. No quisiera verte al sol resplandeciente cuando la maldición termine. Quedarías sumamente vulnerable.

—Entendido. Me gustaría pensar que esto durará lo suficiente como para ayudarnos. Nunca he visto al mundo en peor estado o más gente que necesite ayuda.

—Ay, Raimundo, el mundo es un cartucho acabado. Aun antes que Dios desencadenara esta maldición, el planeta estaba en el peor estado imaginable. Hace que me pregunte cómo puede el Señor tardar tanto hasta el final de los siete años. En realidad, ¿qué va a quedar? Reina la pobreza. La ley y el orden son reliquias. Hasta los leales de la Comunidad Global han perdido la fe en su gobierno y sus Pacificadores. Los Monitores de la Moral están dedicados al pillaje. La gente que tiene que salir y trabajar ni siquiera se aventura en las calles sin estar armada.

»Camilo me dice que no sabe que haya un ciudadano común y corriente que no tenga ni porte un arma de fuego. Casi no oigo hablar de que haya países sin bandas de ladrones y violadores merodeando, para ni mencionar a los vándalos y los terroristas. Lo mejor que está afuera son los ciento cuarenta y cuatro mil evangelistas y el aumento de la actividad de los ángeles que el Señor ha permitido con tanta bondad.

»Acuérdate, Raimundo, de que estamos reducidos a tres clases de personas: los que tenemos la marca de Dios, los que llevan la marca del anticristo y los indecisos. Estos últimos son cada vez menos, pero son los que debemos alcanzar. Ahora están sufriendo. ¡Ay!, pero aun así, cómo sufrirán cuando el sol salga cada día. Imagínate el tormento, la devastación. Escasez de electricidad, sobrecargas de los sistemas de aire acondicionado, roturas y todo esto pasa cuando ya desapareció la mitad de la población.

»Amigo mío, no estamos lejos de la anarquía. A la CG no le importa tomar medidas enérgicas porque se benefician del estado actual. Me asombra que quede uno leal a Carpatia. Mira lo que ha acarreado.

—Doctor Ben Judá, ¿cómo encaja esto con su observación de que estos juicios son misericordia y compasión de Dios así como ira? El ángel que anunció que los ríos y los lagos se volverían sangre dijo que era para vengar la sangre de los profetas.

—Dios es justo y santo, Raimundo, pero no creo que ahora mandaría más juicios al mundo si aún no sintiera celos de que alguno se arrepienta. Es obvio que alguno se arrepentirá. Por lo que dice la Escritura, sé que no va a ser la mayoría, pues ellos blasfeman el nombre de Dios. Es evidente que a estas alturas todos saben que estos juicios son de Dios; aun así, muchos rehúsan arrepentirse de sus pecados.

—Estoy de acuerdo contigo, Zión. Nadie pudiera alegar que Dios no existe. Hay pruebas abrumadoras de su presencia y poder. Sin embargo, ¿por qué muchos aún lo rechazan?

—Capitán Steele, esa es la pregunta de los siglos. ¿Recuerdas la historia del antiguo Testamento cuando Moisés ya adulto renunció a que lo llamaran hijo de la hija del faraón, a pesar de que podía haberlo hecho? La Biblia dice que "prefirió ser maltratado con el pueblo de Dios a disfrutar de los efímeros placeres del pecado".

—Pues bien, no cabe duda que esta gente no es Moisés. Sufrirán tormentos y perderán sus almas, todo para disfrutar los placeres del pecado por una temporada, ¡y qué temporada tan corta! Alabo que pienses que este quizá sea el momento para que el Comando Tribulación intensifique sus esfuerzos para ayudar a los creyentes que luchan, para buscar al remanente indeciso, para ayudar a que los evangelistas y los ángeles los lleven al redil antes que sea demasiado tarde. Deseo que vayas con Dios en lo que decidas.

Camilo corrió a toda prisa a las habitaciones subterráneas de George Sebastian donde estaba la esposa de este jugando con su bebé en el suelo.

—Tengo que salir y ver esto— dijo Camilo.

—Ten cuidado con el radar —le contestó Sebastian—. LA CG se quedaría boquiabierta viendo que alguien vuela durante el día.

—¿Qué recomiendas?

—Helicóptero.

—¿Vendrías, George?

—No me lo tienes que pedir dos veces.

Camilo había visto vapor elevándose de las ensenadas en las mañanas frías, pero nunca había visto que el océano Pacífico emitiera vapor hasta la distancia que sus ojos captaban.

—¿Crees eso? —dijo.

—Creería cualquier cosa en estos momentos —respondió George.

Camilo se quedó silencioso cuando estallaron incendios en todo lo que quedaba de San Diego. Mientras más se aproximaba el mediodía, más brillante se volvía el cielo. Las casas y los edificios ya no empezaban a humear, arder y, al final, prenderse en llamas. Ahora refulgían y temblaban, las ventanas estallaban, los techos se retorcían, entonces todas las estructuras explotaban y lanzaban llamas y chispas que llovían por todas partes.

George volvió a cruzar sobre el océano, donde Camilo vio que la arena cambiaba de colores antes que danzaran sobre ella alfombras de llamas crepitantes. Las olas traían a la playa el agua hirviente que silbaba y hervía al tocar la arena quemante. Sin previa advertencia, todo el océano llegó al punto de ebullición volviéndose una rodante cisterna de burbujas gigantescas, que emitía una densa neblina de vapor que bloqueó al cielo y al sol de la vista de Camilo. El helicóptero quedó sumido en un blanco tan puro y espeso que Camilo temió que Sebastian perdiera los controles.

—Amigo, ahora volamos totalmente por instrumentos —anunció George.

El helicóptero rebotaba y temblaba en un aprieto mientras seguían *pum*, *pum*, *pumba* hacia la playa. Sebastian llegó a quinientos metros tierra adentro antes de salir de la nube de vapor y poder mirar para abajo, los pastos y los vecindarios ardiendo.

—¿Cuál es la temperatura de ebullición de la sangre? —preguntó Camilo.

—Ni idea —contestó George, pero enseguida viró dirigiéndose al río San Diego.

—Sea la que sea —siguió Camilo—, ya la alcanzamos.

Se quedó boquiabierto ante las enormes burbujas carmesí que se formaban y bullían, lanzando un fino rocío que subía junto con el vapor.

—¡Puf! —exclamó, haciendo muecas y apretándose la nariz—. Vámonos de aquí.

El Comando Tribulación podía ir y venir a gusto siempre y cuando tuvieran el cuidado de planear sus viajes por los husos horarios que los mantuvieran a la luz del sol por el mayor tiempo posible. El único alivio que había para las fuerzas y los ciudadanos de la Comunidad Global que llevaban la marca de la lealtad, era permanecer dentro y debajo del nivel del suelo inventando formas para aliviar la mayor intensidad del sofocante calor. Aun así, murieron centenares de miles cuando ardieron sus casas desplomándose encima de los subterráneos. Se dejaba que los edificios y las casas ardieran por completo, pues los bomberos no podían salir hasta que oscureciera bien.

Murieron los jardines, las cosechas, los pastos. El hielo polar se derritió más rápido que en cualquier otro instante de la historia y los maremotos amenazaban a todos los puertos. Las playas y los litorales quedaron sepultados bajo la anegación y la acumulación de las criaturas marinas muertas se extendía por kilómetros costa adentro. Si no hubiera sido porque con antelación la gente se había mudado tierra adentro para evitar el hedor y las bacterias, se habrían perdido ahora más vidas.

Raimundo y Cloé trabajaban mucho más que nunca en medio de tanto trastorno y pena para volver a disponer los almacenamientos de bienes y productos intercambiados por medio de la Cooperativa Internacional de Bienes. Como sabían que tenían el tiempo limitado, se aprovechaban de la obsesión de todos por encontrar refugio y alivio del sol. Junto a Chang, organizaron estrategias para mover equipos y aviones por todos lados creando así nuevas bodegas y centros de repartos a fin de prepararse para el último año de existencia en un planeta herido.

En Nueva Babilonia, Carpatia insistía en que el calor no le molestaba. Chang escuchaba a la gente de mantenimiento que preguntaba a cada momento si quería cortinas para cubrir el segundo piso de su oficina donde hasta el cielo raso era transparente. El sol aumentaba al pasar por el cristal y asaba su oficina durante las horas de cada día, haciendo que todo el resto del piso fuera inhabitable. A Cristal la ubicaron en las entrañas del Edificio D y tenía que comunicarse con él todo el día por medio de los intercomunicadores. No se podían realizar reuniones en su salón de conferencias ni en su oficina, pero él se pasaba la mayor parte del día allí, dando órdenes a la gente por teléfono o intercomunicadores.

Los ejecutivos de los pisos de más abajo cambiaron las ventanas, luego las tapiaron con adhesivos, las recubrieron y hasta las pintaron de negro; a la mayoría de los empleados de oficina los trasladaron al subterráneo del vasto complejo. El departamento de Chang trabajaba solamente de noche así que, a menudo, podía escuchar a Nicolás que canturreaba o cantaba suavemente mientras trabajaba todo el día en su oficina.

—Me daré un baño de sol en el patio mientras los mortales comen —le dijo a Cristal un día al mediodía.

Chang se deslizó a una ventana que estaba en un rincón, donde raspó los materiales que la cubrían y se quedó estupefacto cuando vio al soberano que se desvestía, quedándose solo con la ropa interior y se acostaba en un banco de cemento, con las manos detrás de su cabeza, tomando un baño de sol con los rayos asesinos.

Luego de una hora, cuando las llamas lamían el cemento, pareció que Carpatia pensó en algo y sacó el celular de su bolsillo. Chang volvió de un salto a sus habitaciones y oyó que Nicolás le decía a Fortunato que iba camino al refugio subterráneo transitorio de este. Después, Chang grabó la llamada de Fortunato a Suhail.

—Te digo, ¡el hombre no es humano! ¡Estuvo afuera, dándose un baño de sol!

—León...

—¡Es cierto! Estaba tan caliente que no pude acercarme a menos de veinte metros. Las suelas de sus zapatos echaban humo. Vi chispas brotando de su pelo, que estaba totalmente blanqueado, hasta las cejas. El cuello y los puños de su camisa estaban incinerados como si los hubieran planchado excesivamente en el lavado en seco, y los botones del traje y de la camisa estaban derretidos.

—El hombre es un dios, insensible al dolor. ¡Es como si prefiriera estar afuera!

Un día Chang oyó que Carpatia llamaba a Servicios Técnicos.

—Quiero que me instalen un telescopio de manera que al mediodía apunte directamente al sol.

—Su alteza, eso se puede hacer —dijo un hombre—. Sin embargo, como es natural, tendría que hacerlo después que oscurezca.

—¿Pudiera tener capacidad para grabar?

—Por supuesto, señor. ¿Qué quisiera grabar?

—Si el sol ha crecido y si son visibles las explosiones de llamas en su superficie.

El instrumento se instaló y calibró esa misma noche, y al otro día Chang observó cuando Carpatia salió muy apurado a mediodía. En realidad, estuvo mirando al sol por medio de los lentes durante varios minutos. Una hora después los lentes se habían fundido y todo el telescopio se doblaba y pandeaba al calor.

Esa tarde, el técnico llamó a Carpatia para informar que el disco grabador también se había derretido.

—Está bien. Ya vi lo que quería.

—¿Señor?

—Esa era una excelente pieza de equipo. Me dio una imagen clara como el cristal del sol del mediodía y, sin duda, pude ver las llamaradas danzando desde la superficie.

El técnico se rió.

—¿Te parece cómico? —preguntó Carpatia.

—Bueno, usted bromea, como es natural.

—No.

—Señor, perdóneme, pero su globo ocular hubiera desaparecido. Es más, su cerebro estuviera frito.

—¿Te das cuenta con quién estás hablando?

Chang se heló al oír el tono de Carpatia.

—Sí, señor, soberano —dijo el técnico con voz temblorosa.

—¡El sol, la luna y las estrellas se postran ante mí!

—Sí, señor.

—¿Entendido?

—Sí, señor, soberano.

—¿Dudas de lo que te dije?

—No, señor. Perdóneme.

Diecisiete semanas después

Una noche en su escritorio Chang monitoreaba poco a poco varios niveles y récords de temperatura cuando se dio cuenta de que se había levantado el tercer juicio de las copas. Llamó a Figueroa diciendo:

—Usted tiene que ver esto.

Aurelio salió precipitadamente de su oficina y se paró detrás de Chang.

—Mire esta lectura.

—"Agua hirviendo rebosa del río Chicago. Muy recalentada y contaminada con radiación" —leyó quedamente el jefe—. ¿Nada nuevo, no?

—Jefe, pasó algo por alto.

—Dime.

—No dice "sangre" sino "agua".

Figueroa temblaba cuando usó el teléfono de Chang para llamar a Akbar.

—¿Adivina lo que acabo de descubrir?

————————————

"Ahora las vías fluviales sanarán con el tiempo", oyó Chang al día siguiente cuando Suhail Akbar se lo decía a Carpatia.

A lo mejor, pensó Chang, *si quedaran décadas*.

A Chang le parecía que Carpatia estaba ahora menos preocupado por el agua y el calor porque ninguna de esas plagas lo afectaba personalmente. Lo que ocupaba la mayor parte de su tiempo era el fracaso de su plan maestro, sobre todo en Israel, para encargarse de solucionar el "problema" judío. En muchos países, las persecuciones tuvieron un éxito relativo. Sin embargo, fue tremendo el éxito de los evangelistas asignados a la Tierra Santa, de aquellos ciento cuarenta y cuatro mil, pues se veía que los indecisos se transformaban en creyentes. Entonces, por algún motivo, podían evadir la detección. La plaga del sol atacó precisamente cuando Carpatia y Akbar pensaban que habían diseñado la manera de limpiar la zona de judíos mesiánicos y la CG había quedado incapacitada.

Ahora Carpatia y Suhail Akbar estaban en constante comunicación aunque rara vez se veían cara a cara durante el día. A Chang le asombraba cuánto poder de fuego estaba aún disponible para las fuerzas de la Comunidad Global considerando todo lo que había perdido y desperdiciado en tantas escaramuzas con los protegidos judaítas.

Los Estados Unidos Africanos amenazaban con la secesión por lo que Carpatia había hecho con su elite gobernante, mientras que un grupo rebelde de allá, se confabulaba en secreto con palacio para usurpar el gobierno ahora desautorizado.

Chang grabó un día del teléfono de Carpatia esta conversación:

—Suhail, estas plagas siempre han tenido sus temporadas. Esta tiene que terminar en algún momento. Cuando se acabe, ese momento pudiera ser para que nosotros saquemos la mitad de las municiones y equipos que tenemos en reserva. ¿Te parece que el nivel de confidencialidad de ese abastecimiento sigue siendo seguro?

—Sí, Excelencia, por lo que sé.

—Director, cuando se levante la maldición del sol, cuando tú puedas tolerar volver a estar a la luz del día, vamos a prepararnos para montar la ofensiva más masiva de la historia de la humanidad. Todavía no he entregado a Petra, pero quiero a los judíos dondequiera que se encuentren. Los quiero de Israel, en particular de Jerusalén. Y no permitiré que nuestros quejumbrosos amigos de África del Norte me molesten ni disuadan. Suhail, si alguna vez has querido complacerme, impresionarme, hacerte indispensable para mí, entrégate por entero a esta tarea. La planificación, la estrategia, el uso de los recursos debiera hacer que todos los estrategas bélicos de la historia inclinen avergonzados sus cabezas. Quiero, Suhail, que me dejes anonadado y te digo que los recursos, monetarios y militares, son ilimitados.

—Gracias, amo, no lo decepcionaré.

—Suhail, ¿captaste eso? I-li-mi-ta-dos.

Seis años en la tribulación

Chang se levantó de madrugada, como de costumbre, pero enseguida se dio cuenta que las cosas habían cambiado. No fue vulnerable al daño que causó el sol, pero era consciente de la diferencia de la temperatura y la humedad. El aire se sentía diferente esa mañana.

Se apresuró a ir a la computadora y vio el tiempo. *Ah, ah, se acabó el espectáculo*. La temperatura de Nueva Babilonia era normal.

Chang comió, se duchó, se vistió y se fue a toda prisa. El palacio zumbaba. Se abrían las ventanas. La gente entraba y salía a montones. Hasta vio sonrisas, aunque la mayoría de la disminuida fuerza laboral se veía agotada, pálida y enferma por el exceso de trabajo y la mala nutrición.

Los altos mandos anunciaron que el almuerzo se serviría al mediodía, pero afuera, al estilo de las comidas campestres. Poco se trabajó esa mañana, pues todos esperaban la hora del almuerzo. Entonces, el ánimo fue festivo y abundó la comida. Muchos pudieron dar una mirada a Carpatia que se paseaba a propósito como si tuviera un nuevo contrato de la vida.

Chang se apuró en volver a sus habitaciones, luego de terminar su trabajo aquel día, ansioso por ver qué pasaba en el resto del mundo. El Comando Tribulación había asentado sus velas y parado sus cañones. Volvieron a esconderse, eligiendo sus puntos, organizando estrategias para volver a operar en las horas de la noche.

Carpatia seguía incansable y esperaba lo mismo de los demás. Sostuvo otra reunión de alto nivel con los altos mandos que se habían pasado gran parte del día en volver a mudarse a su piso. Invitó hasta Viv Ivins y, por lo que Chang pudo oír, todo se había perdonado.

—Por primera vez en mucho tiempo, estamos jugando en campo parejo —decía Nicolás—. Las vías fluviales se están limpiando solas y tenemos que reconstruir la infraestructura. Pongámonos todos a trabajar para que cada uno de nuestros ciudadanos leales vuelva a pensar lo mismo de nosotros. El director Akbar y yo tenemos unas sorpresas especiales guardadas para los disidentes de los diversos niveles. Pueblo, volvemos a trabajar en lo nuestro. Es hora de recuperarnos de nuestras pérdidas y empezar a causar unas cuantas.

El renovado ánimo duró tres días. Entonces se apagaron las luces. Al pie de la letra. Todo se oscureció. No solamente el sol, sino también la luna, las estrellas, los faroles de la calle, las luces eléctricas, las luces de los automóviles.

Ahora estaba oscuro todo lo que emitió luz alguna vez. No más teclados luminosos en los teléfonos, no más linternas, nada iridiscente, nada que brillara en la oscuridad. Las luces de emergencia, las señales de salida, las señales de incendio, las señales de alarmas. Todo. Negro como el alquitrán.

¿La consabida frase de no ser capaz de verse ni las manos? Ahora era verdad. No importaba cuál fuera la hora del día; la gente no podía ver nada. Ni sus relojes de pared ni de pulsera, ni siquiera el fuego de fósforos encendidos, cocinas de gas, eléctricas. Era como si la luz se hubiera ido, pero más que ido, era como si el universo hubiera absorbido todo vestigio de luz.

La gente gritaba aterrorizada, dándose cuenta de que esta era la peor pesadilla de la vida; y tenían muchas para elegir. Estaban ciegos; completa, total y absolutamente incapacitados para ver nada, sino negrura, las veinticuatro horas del día.

Andaban tanteando por el palacio; empujaban para salir afuera. Probaban todos los interruptores y todas las palancas de las que se acordaban. Se llamaban los unos a los otros para saber si eran solamente ellos o si eran todos los que tenían el mismo problema. ¡Buscar una vela! ¡Frotar dos palitos! Arrastrar los pies sobre el alfombrado para generar electricidad estática. Hacer algo. ¡Cualquier cosa! Algo que permitiera un vestigio de sombra, un resquicio, un indicio.

Todo era infructuoso.

Chang quería reírse. Quería reírse a carcajadas desde lo más profundo de su ser. Deseaba poder decirles a todos, de cada lugar, que una vez más Dios había lanzado una maldición, un juicio a la tierra que afectaba solamente a los que llevaban la marca de la bestia. Chang podía ver aunque era diferente. No veía las luces sino que, simplemente, veía en tonos sepia, como si alguien hubiera disminuido los vatios de una lámpara.

Veía lo que necesitaba, incluyendo la computadora, la pantalla, el reloj y sus habitaciones. Su comida, su fregadero, su cocina, cada cosa. Lo mejor de todo era que podía andar de puntillas por todo el palacio con sus zapatos de suela de goma, esquivando a sus compañeros de trabajo que iban tanteando su camino.

A las pocas horas, ocurrió algo aun más raro. La gente no se moría de hambre ni de sed. A tientas, podían llegar a comer y beber, pero no podían trabajar. No había nada que discutir, nada de qué hablar, sino de la maldita oscuridad y, por cierta razón, también empezaron a sentir dolores.

Sentían picazones, así que se rascaban. Sentían dolores, así que se friccionaban. Gritaban, se rascaban y se friccionaban un poco más. El dolor se intensificó tanto en algunos, que todo lo que podían hacer era doblarse y palpar el suelo para cerciorarse de que no hubiera un agujero ni un vacío de escalera donde caerse, entonces se desplomaban como un montón, retorciéndose, rascándose, buscando alivio.

La situación empeoraba sin cesar mientras más tiempo duraba y, ahora, la gente blasfemaba y maldecía a Dios y se mordían la lengua. Andaban a gatas por los pasillos, buscando armas, rogando a sus amigos que los mataran, hasta se los imploraban a los desconocidos. Muchos se suicidaban. Todo el complejo palaciego se convirtió en un manicomio de aullidos, quejidos, gemidos guturales, mientras la gente se iba convenciendo que, en definitiva, eso era el fin del mundo.

Sin embargo, no eran tan afortunados. A menos que tuvieran recursos y valor para suicidarse ellos mismos, simplemente sufrían. La situación empeoraba hora tras hora. Cada día era peor. Esto seguía y continuaba sin parar y, en medio de todo, a Chang se le ocurrió la idea más brillante de su vida.

Ahora era el momento más perfecto para huir. Se iba a poner en contacto con Raimundo o Mac, con cualquiera dispuesto, capaz y disponible para que fuera a buscarlo. Tenía que estar con los demás del Comando Tribulación; en realidad, todos los creyentes sellados y marcados en el mundo tenían el mismo beneficio que él.

Alguno tenía que ser capaz de pilotear un reactor aterrizando precisamente ahí en Nueva Babilonia, y el personal de la CG tendría que correr a ocultarse por no tener idea de quién pudiera hacer tal cosa en la oscuridad total. No serían capaces de identificarlos siempre y cuando nadie hablara. El Comando podía apropiarse de aviones y armas, lo que quisieran.

Si alguien los acosaba o los desafiaba, ¿qué mejor ventaja podía tener el Comando Tribulación que poder ver? Tendrían esa ventaja sobre todos. *Faltando nada más que un año para la Manifestación Gloriosa*, pensaba Chang, *los buenos de la película al fin tendrían un trato mejor que el que tuvieron cuando las horas del día les pertenecían solamente a ellos.*

Ahora, mientras Dios se demoraba, mientras decidiera mantener las sombras y las luces apagadas, todo estaba a favor del creyente.

"Dios mío", dijo Chang, "solamente dame un par de días más de estos".

EPÍLOGO

El quinto ángel derramó su copa sobre el trono de la bestia, y el reino de la bestia quedó sumido en la oscuridad. La gente se mordía la lengua de dolor y, por causa de sus padecimientos y de sus llagas, maldecían al Dios del cielo, pero no se arrepintieron de sus malas obras.

Apocalipsis 16:10-11

Acerca de los autores

Jerry B. Jenkins (www.jerryjenkins.com) es el escritor de la serie *Dejados atrás*. Es dueño de Christian Writers Guild, una organización dedicada a instruir y aconsejar a personas que aspiran ser autores de libros. Ex vicepresidente de la editorial del Instituto Bíblico Moody de Chicago, Illinois, también sirvió muchos años como editor de la revista *Moody* y actualmente es autor de Moody.

Sus obras han sido publicadas en diversos medios como *Reader's Digest* (Selecciones), *Parade, Guideposts,* revistas para los aviones, y muchos periódicos cristianos. Entre las biografías que ha escrito Jenkins se encuentran la de Billy Graham, Hank Aaron, Bill Gaither, Luis Palau, Walter Payton, Orel Hershiser, Nolan Ryan y muchas más. Sus libros figuran en la lista de los éxitos de librería del *New York Times, USA Today, Wall Street Journal* y *Publishers Weekly.*

Jerry también escribe una tira cómica deportiva que publican muchos periódicos norteamericanos.

Jerry y su esposa Dianna viven en Colorado Springs y tienen tres hijos.

Dr. Tim LaHaye (www.timlahaye.com), que concibió la idea de novelar el relato del arrebatamiento y la tribulación, es un conocido autor, ministro, y conferenciante de renombre nacional en materia de profecía bíblica. El Institute for the Study of American Evangelicals en Wheaton College, seleccionó al Dr. LaHaye como "el evangélico más influyente en los últimos veinticinco años".

Fundador y presidente de Ministerios Tim LaHaye y PreTrib Research Center.

Es el cofundador de Tim LaHaye School of Prophecy en Liberty University. Actualmente se presenta como orador en las principales conferencias sobre profecía bíblica que se organizan en los Estados Unidos y el Canadá, donde son muy populares sus libros.

El doctor LaHaye tiene un doctorado en ministerio de Western Theological Seminary y un doctorado en literatura de Liberty University. Durante veinticinco años ha pastoreado una de las iglesias más sobresalientes de los Estados Unidos, situada en San Diego, California que creció instalándose en tres lugares más. Durante ese tiempo fundó dos reconocidas escuelas cristianas de enseñanza superior, un sistema escolar de diez escuelas y el Christian Heritage College.

El doctor LaHaye ha escrito más de cuarenta libros que han sido impresos en más de treinta idiomas. Ha escrito sobre muchos temas como vida familiar, temperamentos y profecía bíblica. Sus novelas actuales, escritas en colaboración con Jerry B. Jenkins, continúan figurando en las listas de éxitos de librería de Christian Booksellers Association, *Publishers Weekly, Wall Street Journal, USA Today* y el *New York Times*.

El doctor LaHaye tiene cuatro hijos y nueve nietos. Entre sus actividades recreativas se cuentan, esquiar en la nieve y el esquí acuático, motocicleta, golf, salir de vacaciones con su familia y trotar.